Falko Löffler

Drachenwächter

Die Prophezeiung

Fantasy-Roman

für Mona

Falko Löffler
www.falkoloeffler.de

Spreeside Verlags GmbH
www.spreeside.de
12103 Berlin
Mail: info@spreeside.de

Erste Auflage

Lektorat: www.lektorat-hamerski.de, Willich
Satz: www.jentzschdesign.com, Rheinbach
Umschlaggestaltung: HOX designgroup, Köln
Umschlagillustration: Kay Elzner, Oschersleben
Druck: Legoprint, Italien

Printed in Italy
ISBN: 978-3-939994-02-2

Sie finden uns im
Internet unter
www.spreeside.de

Weitere Informationen zum
Drachenwächter finden Sie unter
www.drachenwaechter.de

INHALT

KAPITEL 1 - Morgendämmerung 11
KAPITEL 2 - Die Kälte naht 15
KAPITEL 3 - Goldene Augen 31
KAPITEL 4 - Die Ratssitzung 41
KAPITEL 5 - Klüch erwacht 53
KAPITEL 6 - Den Drachen nach 57
KAPITEL 7 - Klüch erstarrt 71
KAPITEL 8 - Der Angriff des Dämonen 75
KAPITEL 9 - In der Steppe des Geistes 97
KAPITEL 10 - Der Weg nach Klüch 112
KAPITEL 11 - In der Stadt 137
KAPITEL 12 - Ein Gesicht aus der Vergangenheit 155
KAPITEL 13 - Land ohne Drachen 171
KAPITEL 14 - Das Ende von Klüch 193
KAPITEL 15 - Alemas Schicksal 210
KAPITEL 16 - In fremden Gewässern 224
KAPITEL 17 - Unbekanntes Land 245
KAPITEL 18 - Das Osertem 259
KAPITEL 19 - Auf der Drachenspitze 278
KAPITEL 20 - Kurzer Friede 294
KAPITEL 21 - Die Prophezeiung 312
KAPITEL 22 - Entscheidungen 320
KAPITEL 23 - Abenddämmerung 337

Kapitel 1

Morgendämmerung

Der Mann folgte der Frau, die dem Tod geweiht war.

Als die Sonne über die Berggipfel stieg und ihr Licht über die Ebene vor der Gebirgskette kroch, ging die Frau den Felshang hinauf zu den Drachen. Sie trug ein weißes, reich besticktes Kleid und Schuhe aus feinem Leder, ihr Haar war zu einem Zopf geflochten. Von hoch oben drang das Schnaufen der Drachen und das Kratzen ihrer Krallen auf dem blanken Felsen zu ihr herab. Gegen das Licht der Morgensonne zeichneten sich die Silhouetten der geflügelten Drachen auf den Gebirgskämmen ab.

Der Mann folgte ihr in gebührendem Abstand, und wenn sie innehielt, um zu Atem zu kommen, blieb auch er stehen. Nicht ein einziges Mal schaute die Frau zurück. Vielleicht wusste sie, dass sie verfolgt wurde, doch wenn, schien es sie nicht zu bekümmern.

Ein kalter Wind jagte den Berghang hinab und ließ ihr Kleid wie die Fahne auf einer Turmzinne nach hinten wehen. Der Mann legte beim Aufstieg seine Arme eng an den Körper, damit sie ihm ein wenig Wärme spendeten.

Er ging weiter, bergan, Schritt für Schritt. Schließlich bemerkte der Mann, dass er in einen Schatten getreten war, und hob den Kopf.

Über ihm ragten Drachen auf.

Auf einem Plateau knapp unterhalb des Gipfels befand sich der Mann. Eine Wand golden glänzender Schuppen ragte vor ihm in die Höhe – unzählige Drachen hatten einen Kreis um ihn und die Frau geschlossen und blickten auf ihn herab.

Die Drachen ruhten auf vier Beinen, von denen jedes einzelne größer als ein ausgewachsener Mann war. Aus den schweren Pranken ragten drei gebogene, spitz zulaufende Krallen; unter den Schuppen schienen sich gewaltige Muskeln zu bewegen. Hinten lief der Körper in einem Schwanz zusammen, den die Drachen beim Gehen stets ein Stück über dem Boden hin- und herbewegten; vorn verjüngte sich der Körper zu einem schmalen Hals, der steil in die Höhe ragte und auf dem der knochige Kopf thronte. Ein pupillenloses, gelbes Augenpaar lag tief im Schädel. Aus den Nüstern stiegen fortwährend kleine Rauchschwaden. Glänzende Schuppen bedeckten die Drachen; jede einzelne von ihnen war so groß wie die Handfläche eines Menschen.

Die Frau stand drei Schritte vor dem Mann, hatte ihm noch immer den Rücken zugewendet.

Immer mehr Drachenkörper drängten sich um die beiden Menschen. Die Hälse bewegten sich geschmeidig in immer neuen Windungen, und stieß ein Drache eine Feuerfontäne in die Luft, tat es ihm ein anderer gleich, als antwortete dieser darauf.

Langsam drehte sich die Frau um. Ihre klaren Augen starrten den Mann an, und es war, als blickte dieser in einen Ozean. Es schien ihr keine Angst einzujagen, von den gewaltigen Drachen umringt zu sein.

Er versuchte, ihren Blick zu ergründen, suchte nach Anzeichen von Furcht oder Verwirrung, doch nichts dergleichen konnte er darin ausmachen. Schließlich wandte er sich ab und schaute nach oben.

Zwischen dem Gewirr von Drachenköpfen und Hälsen blitzte nur gelegentlich die Sonne durch.

Wind kam auf und erfasste den Mann. Die Luft zerrte an seinen Kleidern und Gliedmaßen, zog ihn in die Höhe. Er stieg vorbei an den Drachenköpfen, wobei der pupillenlose Blick der Drachen auf ihm lag. Dann wurde er weiter hinaufgezogen, breitete die Arme aus, als suchte er Halt in der Luft.

Auch die Frau war vom Wind nach oben getragen worden. Sie schwebte vor dem Mann, und ihr unergründlicher Blick war weiter auf ihn geheftet. Er wollte etwas zu ihr sagen, doch kein Wort kam aus seinem Mund, als verschwänden seine Gedanken, bevor sie seine Lippen erreichten.

Er schaute hinab. Noch immer stiegen die beiden Menschen langsam nach oben, und tief unter sich sah er die Drachen auf dem Plateau in den Bergen, wie sie ihre golden geschuppten Körper über die felsige Landschaft bewegten. Einige von ihnen gingen in die Höhlen, die sich im Berg befanden, und andere kamen heraus. Und immer wieder schauten die Drachen zu den beiden Menschen hinauf.

Sein Blick wanderte zurück zu ihr. Abermals setzte er zum Sprechen an, doch mehr als ein Krächzen kam nicht aus seinem Mund.

Sie blinzelte, als erwachte sie aus einem tiefen Schlaf. Einige Haarsträhnen fielen vor ihr Gesicht, die sie mit der Hand beiseite schob. Ihre Augen ruhten auf ihm. Nun öffnete sie den Mund, um etwas zu sagen, und in diesem Augenblick legte sich der Wind; das Brausen in seinen Ohren verstummte.

»Nein«, rief sie.

Dann fiel sie in die Tiefe.

Er streckte seine Hände nach vorn, doch er konnte sie nicht erreichen. Immer schneller stürzte sie hinab, auf die Drachen zu.

Kurz bevor sie aufprallte, schloss er seine Augen.

Die Luft um ihn herum war nun still, von keinem Windhauch bewegt. Vorsichtig öffnete er seine Augen. Noch immer hing er im Himmel über den Bergen, und die Drachen bewegten sich tief unter ihm. Die Frau war zwischen ihren Körpern verschwunden.

»Was wollt ihr?«, brüllte der Mann.

Die Drachen bogen ihre Hälse, um zu ihm hinaufzublicken. Dann schickten sie ihr Feuer zu ihm in die Höhe.

Kapitel 2

Die Kälte naht

Ark Sibin genoss jeden Morgen den Aufgang der Sonne über den Koan-Bergen. Auch an diesem Tag hatte er sich leise aus dem Haus geschlichen, um seine Frau Erima nicht zu wecken, war die Anhöhe vor dem Dorf hinaufgegangen und hatte sich in der Dunkelheit auf einen Stein gesetzt. Still verfolgte er, wie sich die sternenverhangene Schwärze über den Bergen langsam in ein dunkles Blau verwandelte, dann ein warmes Hellrot annahm, bis schließlich der erste Sonnenstrahl in einem tiefen Einschnitt zwischen zwei schneebedeckten Berggipfeln erschien. Langsam stieg die Sonne höher, und als sie in ihrer ganzen Pracht über der breiten Bergkette hing, erhob sich Ark. Er blickte über die hügelige Ebene vor den Bergen, durch die sich mehrere schmale Flüsse zogen und die von herumliegenden Felsbrocken beherrscht wurde, sog die kalte Luft des Herbstes in seine Lungen. Am Fuß der Berge, die noch im Schatten lagen, sah er kurz ein eigentümliches goldenes Glitzern, dessen Ursprung er aber nicht ausmachen konnte, dann wendete er sich ab und ging wieder ins Dorf zurück.

Hequis lag in einer flachen Senke und wurde noch nicht von den Sonnenstrahlen gestreift; erst etwas später würden die Lehmziegel der

Dächer im Licht der Morgensonne leuchten. Ark ging langsam, denn die Narben an seinem rechten Bein machten sich wieder bemerkbar. Eine Kältewelle kam, dies sagte ihm der Schmerz, der ihn bei jeder schnellen Bewegung des Beines durchzuckte. Doch er konnte froh sein, dass er überhaupt noch das Bein besaß. Vor zehn Jahren hatte er im Heer des Herrschers gedient und war bei den Grenzkriegen im Norden schwer verwundet worden. Eine Kanone war direkt neben ihm explodiert, und zahlreiche Splitter hatten sich in seine rechte Seite gebohrt, wobei sein Bein die meisten abbekommen hatte. Danach war er aus der Armee ausgeschlossen worden und in sein Heimatdorf im Nordostland zurückgekehrt – und seitdem lebte er von der Aufzucht und dem Verkauf von Lif, die als zahme Reittiere dienten, aber deren Fleisch auch wohlschmeckend war und deren Fell zu Kleidung verarbeitet wurde.

Es waren zwanzig Tage und Nächte seit dem letzten Markttag vergangen, und heute war es wieder soweit: Die Hequiser brachten ihre Überschüsse zum Marktplatz, um sie untereinander zu tauschen oder gegen klingende Goldmünzen an fahrende Händler zu verkaufen. Die meisten Händler hatten schon mit ihren Geschäften begonnen.

Als Ark an seinem Haus vorüberging, das sich direkt am Marktplatz befand, warf er einen Blick auf die Tür – sie war noch immer geschlossen, wahrscheinlich schlief Erima noch.

Er ging weiter durch das Dorf, bis er vor Seld Esans Haus ankam. Es war ein einfaches Haus, das aus grauen Steinen der Koan-Berge und dunkelbraunem Holz aus den Wäldern bei den Drei Dörfern gebaut war, die sich südlich von Hequis befanden. Das Dach war mit zugeschnittenen Holzstämmen gedeckt und mit Moos und Wachs abgedichtet. Leise öffnete er die Tür und warf einen Blick hinein.

Im Haus hing noch die Kälte der Nacht – das Feuer in dem kleinen Kamin war heruntergebrannt. Seld hatte seine wenigen Habseligkeiten im einzigen Raum des Hauses verteilt: abgetragene Kleidungsstücke, einige Holztruhen mit Erbstücken seiner Eltern: Schnitzereien und Schmuckstücke, die ihren Glanz verloren hatten. Auf dem runden Tisch in der Mitte des Zimmers lagen einige angebissene Brocken Brot und stand ein Krug mit kaltem Wasser.

Seld schlief auf seinem Strohlager in der hinteren Ecke des Zimmers unter einer dicken Felldecke. Er hatte Ark den Rücken zugewendet und schien dessen Hereinkommen nicht bemerkt zu haben.

Seld Esan erwachte.

Noch im Halbschlaf spürte er die kühle Morgenluft durch die geöffnete Tür hereinwehen und über sein Gesicht streichen.

Schritte näherten sich. Seld blinzelte, griff mit einer schnellen Bewegung nach dem Messer neben seinem Lager und rollte auf den Rücken, blickte in die Augen des Mannes, der hereingekommen war. Erleichtert ließ Seld das Messer sinken, als er das von Narben gezeichnete Gesicht seines Freundes Ark Sibin erkannte.

»Wie kannst du dich so an mich heranschleichen?«, fragte Seld. »Fast hätte ich dir mein Messer in den Bauch gerammt!« Er blinzelte in das Sonnenlicht, das durch das Fenster hereinfiel. »Ich habe wohl verschlafen?«

»Ja, das hast du«, antwortete Ark Sibin. »Der Markttag hat schon begonnen. Die Händler werden sich fragen, wo der Vorsteher bleibt.«

Seld gähnte und setzte sich auf. Er versuchte, die Fetzen des Traums abzuschütteln, der ihn gequält hatte. Fast glaubte er, noch den Wind in seinen Haaren zu spüren und die Hitze, die das Drachenfeuer unter ihm erzeugt hatte. Und immer wieder sah er ihre Augen, den Blick seiner Frau Alema, bevor sie in die Tiefe stürzte.

»Gut, dass du nach mir gesehen hast. Sind viele Wagen gekommen?« Seld erhob sich von seinem Lager und suchte seine Kleider zusammen.

Sein Gegenüber nickte. »Händler aus allen Teilen von Derod haben uns aufgesucht.«

»Dann haben die Unruhen in Klüch wenigstens ein Gutes. In der Stadt verliert die Kaufmannsgilde immer weiter an Einfluss.« Seld erhob sich und streckte seine Glieder, ein Stöhnen kam über seine Lippen.

Ark runzelte die Stirn. »Wie viele Carem-Knollen hast du gestern Nacht noch geerntet?«

»Den Rest des Feldes.«

»Kannst du noch aus eigener Kraft zum Markt gehen?«

»Ruf lieber meine Sänfte.«

Ark lachte herzlich und ließ sich in einen der morschen Holzstühle fallen, der bedrohlich unter seinem Gewicht knirschte.

Seld ging zum Tisch und goss etwas Wasser aus dem Krug in eine Holzschale. Einen Moment betrachtete er sein wogendes Spiegelbild im Wasser – ein Gesicht, das von einem dunklen Bart und ungebändigten Haaren beherrscht wurde. Seine Augen wirkten müde, doch es war nicht nur das plötzliche Erwachen, das den Glanz der Augen getrübt hatte. Diese Müdigkeit war allumfassend. Mit beiden Händen schöpfte Seld die kalte Flüssigkeit heraus und rieb sie in sein Gesicht. Er richtete sich auf, und das Wasser suchte seinen Weg durch die Barthaare, tropften herab auf seine Brust. Sein Körper wirkte auf den ersten Blick hager und schwächlich, doch es schien Kraft in den Muskeln unter der sonnengegerbten Haut zu schlummern. In seinen dunklen Haaren waren kurz nach Alemas Tod graue Strähnen erschienen. »Ich hatte wieder einen dieser Träume«, sagte er.

Ark bedachte ihn mit einem nachdenklichen, langen Blick. »Erzähl mir davon.«

»Alema kam darin vor. Ich habe wieder geträumt, mit ihr in die Höhe zu fliegen.« Seld nahm die Schale und kippte ihren Inhalt in ein Fass, das neben dem Tisch stand. Als er sprach, wanderte sein Blick zum Fenster hinaus, über Hequis hinweg und in unbestimmte Ferne. »Sie ging zu den Drachen, die Koan-Berge hinauf. Ich folgte ihr, obwohl ich wusste, dass etwas Schreckliches geschehen würde.«

Ark schwieg.

Seld wendete sich vom Fenster ab, nahm seine Hose, die neben seinem Nachtlager auf dem Boden lag, und schüttelte sie; Staubflocken tanzten im Licht der Morgensonne. »Die Drachen umringten uns, und ich dachte, sie würden uns verbrennen – so wie in meinem letzten Traum. Aber dann stiegen Alema und ich in die Höhe. Und sie stürzte hinab, während ich hoch in der Luft blieb, erst dann haben sie ihr Feuer ausgestoßen. In diesem Moment bin ich aufgewacht und hörte dich.«

Ark atmete tief ein und aus. Seine schweren Stiefel schabten über den Steinboden. In seinem Fellmantel wirkte er größer und breiter als er tatsächlich war. Seine schwarzen Haare hingen bis zur Mitte seines Rückens und umrahmten sein Gesicht, in dem Barthaare mit Narben wetteiferten. Obwohl er wie Seld vor 34 Jahren geboren war, wirkte er älter – sein Dienst im Heer von Klüch hatte Spuren hinterlassen, besonders in seinem Blick, der oft ruhelos war.

Dieser Blick lag nun auf Seld. »Es war nur ein Traum, einer von vielen. Deine Wahrnehmung wird dadurch verschleiert, Seld. Ich weiß, dass du noch immer unter Alemas Tod leidest, aber du bist der Vorsteher von Hequis, und darauf solltest du dein Denken richten. Wie lange ist das nun her? Bald fünfzehn Jahre!«

Seld schlüpfte in seine Hose, dann schnürte er seine Schuhe um die Knöchel fest. »Es ist mir egal, wie lange Alema schon tot ist. In meinen Gedanken wird sie immer leben. Es ist gerade so, als ob mir ihr Geist etwas zeigen wollte.« Er schaute seinen Freund an. »Glaubst du es, Ark? Dass die Toten in unsere Träume eindringen, um uns zu warnen? Oder um uns an sie zu erinnern?«

»Die Toten ruhen. Wir gedenken ihrer und ehren sie dadurch, aber sie sprechen nicht zu uns. Du solltest das Vergangene zurücklassen, sonst wirst du daran zerbrechen.«

Seld lächelte. »Du hast Recht. Diese Nacht ist vorüber.« Er zog ein Hemd und einen Mantel aus gegerbter Lifhaut an und trat gemeinsam mit Ark vor die Tür seines Hauses.

Der Morgen begrüßte Seld mit der schneidenden Kälte, die jeder Bewohner von Hequis gewohnt war. Selbst im Hochsommer wurde es im Nordostland selten so warm, dass die Hequiser auf ihre Mäntel verzichten konnten. Die Lifhaut war ein guter Schutz vor dem eisigen Wind, der von den Bergen her seinen Weg zwischen den Häusern hindurchsuchte. Die Sonne stach vom Himmel und vertrieb jeden Schatten aus der Landschaft, so dass Seld seine Augen zusammenkneifen musste.

Das Nordostland war nur gering bewachsen. Einige Bäume standen in der hügeligen Landschaft, und nur wenige Tage in der Sommerzeit trugen sie ein helles Blätterdach. Während des übrigen Jahres waren sie knorrige, schwarze Schemen, nur als Feuerholz zu gebrauchen. Häuser konnten daraus nicht errichtet werden; zum Bauen mussten stabile Stämme aus den Südländern hergeschafft oder Steine verwendet werden. Wildkraut bedeckte den harten Boden von einem Ende des Nordostlandes bis zum anderen – von den Koan-Bergen bis hinab zur Weiten Steppe. Es war den Lif und den Jari eine gute Nahrung, doch die Menschen konnten das Kraut nicht essen, denn es war bitter und verursachte Magenschmerzen.

Bald würde der Winter hereinbrechen und den ersten Schnee bringen. Die Hequiser hatten in den vergangenen Tagen ihre Felder abgeerntet, und ihre Lager waren gefüllt. Neben den Carem-Knollen, die aus der Erde gegraben wurden und die roh oder gekocht das wichtigste Nahrungsmittel im Nordostland waren, pflanzten die Hequiser nur noch etwas Getreide an, das zum größten Teil im Boden verkümmerte, doch der Ertrag war hinreichend genug, um zumindest einige Laibe Brot daraus zu backen. In diesem Sommer war die Ernte so reichhaltig gewesen, dass die Hequiser sogar einige Carem-Knollen an Händler verkaufen konnten, statt alle für den Winter zu lagern. Auch die Stöcke mit den kleinen Nordbeeren hatten sich in diesem Jahr unter ihrer Last gebogen. Aus ihnen pressten die Hequiser am Ende des Herbstes den Saft und machten köstlichen Wein, für den Händler hohe Beträge zahlten, da er in Klüch sehr begehrt war.

Seld und Ark gingen hinter das Haus. »Könntest du etwas Wasser aus dem Brunnen schöpfen?«, bat Seld und reichte seinem Freund einen Eimer. Ark ging zu dem nahen Brunnen und grüßte die anderen Hequiser, die dort Wasser holten.

Als Seld vor zwei Jahren aus seinem selbst auferlegten Exil in den Wimor-Bergen nach Hequis zurückgekehrt war, hatte er nur eine Ruine vorgefunden. Das Haus, in dem er aufgewachsen war und in dem er glückliche Tage mit Alema verlebt hatte, war erst den Flammen, dann der Witterung zum Opfer gefallen. Niemand in Hequis hatte darin wohnen wollen, nachdem er das Dorf verlassen hatte. So war das Haus viele Jahreszeiten lang seinem Schicksal überlassen worden. Der erste Winter in seiner Behausung war kalt gewesen. Durch die Ritzen im Gemäuer pfiff eisiger Wind, und kein Lebewesen teilte seine Wärme mit ihm. Die Nächte mit der strengsten Kälte hatte Seld im Haus seines Freundes Ark verbringen müssen. Erst im darauf folgenden Frühling konnte er das Haus wieder reparieren.

Dann, im Sommer, war er zum neuen Vorsteher von Hequis berufen worden. Dislin, der alte Vorsteher, hatte eine tiefe Freundschaft zu Seld gepflegt, und er fühlte wohl sein Ende nahen, denn bevor er diese Welt verließ, bestimmte er Seld zu seinem Nachfolger, so wie jedes Ratsmitglied jederzeit seinen Platz an eines seiner Kinder abtreten konnte. Auch wenn ein Vorsteher das Recht hatte, jederzeit seinen Nachfolger zu bestimmen, hatte dies noch niemals jemand in Anspruch genommen. Bis dahin waren die Vorsteher in Hequis immer nach dem Tod eines Vorstehers durch den Rat bestimmt worden.

Quint Tamat war Dislins Stellvertreter gewesen, und heute war er der von Seld. Er hatte erwartet, selbst der neue Vorsteher zu werden, und nun stand er wieder im Schatten eines anderen, der Hequis vertrat. Seld versuchte, Quint zu beschwichtigen, indem er ihm die Aufsicht über den Markt übertragen wollte, doch Quint lehnte ab.

An der Rückseite seines Hauses hatte Seld im vergangenen Sommer einen kleinen Stall gezimmert, in dem er seine beiden Lif hütete. Seld öffnete das schmale Tor, woraufhin die Tiere blökten und sich an ihm vorbei ins Freie drängten. Mit beiden Handflächen strich Seld den Tieren über das Fell, das aus langen rauen Haaren bestand.

Schon kam Ark mit dem gefüllten Eimer zurück und goss das Wasser in die Tränke, die sich neben dem Haus befand. Die Tiere tranken mit gierigen Schlucken, und danach grasten sie das Wildkraut in der Umgebung des Hauses.

»Die beiden sind kräftig geworden«, sagte Ark. Er trat nach vorne und griff sich das Jungtier.

»Sie werden den Winter sicher gut überstehen«, erwiderte Seld.

»Wenn du sie in Klüch verkaufst, wirst du einen ordentlichen Gewinn machen.«

»Ich weiß noch nicht.« Seld fuhr mit seiner Hand den langen, sehnigen Hals des jungen Lif hoch und strich über den Kopf des Tieres, was es mit lauten Blöken beantwortete. »Vielleicht behalte ich sie auch. Sie versprechen, gute Reittiere zu werden. Und ich habe mich im Laufe des Jahres an sie gewöhnt.«

Ark ging in die Knie und überprüfte die Vorderläufe. Das Jungtier hatte gelahmt, als Seld die beiden Tiere von einem Händler gekauft hatte, aber inzwischen zeigte keiner der vier Hufe Krankheiten oder Schwäche.

»Ich denke auch daran, einige Jari zu halten«, meinte Seld. »Es ist noch Platz im Stall, und ich wüsste die Milch zu schätzen.«

»Hast du nicht daran gedacht, wieder als Händler tätig zu sein?« Ark erhob sich wieder und ließ das Tier los.

»Seit Alemas Tod bin ich kein Händler mehr.«

»Du kannst über alles verfügen, was das Dorf besitzt – du musst nicht selbst anpflanzen und züchten.«

Seld erhob sich und schlenderte in Richtung des Marktplatzes. »Dieses Recht des Vorstehers möchte ich nicht in Anspruch nehmen. Und mit der Unterstützung des Rates möchte ich es abschaffen.«

»Diesem Vorschlag wird Quint Tamat niemals zustimmen.«

Ein Junge kam zu Seld und Ark gerannt. Außer Atem hielt Hem Sibin vor den beiden an. »Was gibt es, mein Sohn?«, fragte Ark.

Nach einigen schweren Atemzügen sagte der Junge an Seld gewandt: »Ein Händler aus Klüch möchte alle Carem-Knollen kaufen. Alle!«

Seld lächelte. »Das ist sehr gut! Und?«

»Er möchte aber nicht so viel zahlen, wie wir verlangen.«

»Ich kümmere mich darum. Danke, Hem.« Seld klopfte dem Jungen auf die Schulter, woraufhin dieser glücklich grinste und wieder davonsauste.

»Er ist fast ein Mann. Du kannst stolz auf ihn sein«, meinte Seld.

»Das bin ich«, erwiderte Ark. »Aber ich sorge mich auch um ihn. Er hat mein altes Schwert und einige Orden gefunden. Ich musste ihm von meiner Zeit im Heer des Herrschers erzählen. Und ich fürchte, aus meinen Berichten zieht er nicht die gleichen Schlüsse wie ich aus dem, was ich erleben musste.«

Seld lächelte. »Ich erinnere mich an einen jungen Mann, der es kaum erwarten konnte, das Schwert in der Hand zu halten und in die Schlacht zu ziehen.«

Ark erwiderte das Lächeln nicht. »Wir beide haben Dinge erlebt, die uns heute anders handeln lassen. Ich habe gelernt, dass Narben nichts Ehrenvolles mit sich bringen.«

Seite an Seite näherten sie sich dem Marktplatz.

»Würde Hem jetzt ins Heer eintreten, müsste er in den Grenzkriegen im Norden Dienst leisten. Ich hörte, die abtrünnigen Provinzen bekämpfen die Armeen des Herrschers bis zum letzten Blutstropfen«, sagte Seld.

Ark schwieg.

Selds Blick glitt zu den Koan-Bergen. »Seltsam ... noch immer ist nichts von den Drachen auszumachen. Wann haben wir das letzte Mal ihre Flammen gesehen?«

»Vor zwei Tagen und Nächten. Niemand kann sich erinnern, derart lange kein Zeichen der Drachen erblickt zu haben.« Ark blieb stehen und wies mit der rechten Hand zu den Bergen. »Was ist das?«

Seld kniff die Augen zusammen. Er erspähte einen Jungen, der den Hügel vor Hequis herabgerannt kam, mit den Armen winkte und etwas brüllte.

»Wahrscheinlich hat er sich im See nasse Füße geholt«, gab Ark zurück.

Der Name des Jungen war Frun, und er rannte so schnell wie nie zuvor in seinem Leben. Ihn trieb die größte Angst an, die er jemals gefühlt hatte, und niemals würde er wohl eine stärkere empfinden.

Frun war von seinen Eltern zum oberen Flusslauf geschickt worden, um zu fischen. Der frühe Morgen war die beste Zeit, um die Flussfische zu fangen, die sich bei Tageslicht unter Steinen und im Schlick verkrochen. Also war Frun schon losgegangen, als es noch dunkle Nacht war, hatte sich in der bitteren Kälte an den Fluss gesetzt und mit seiner Aufgabe begonnen.

Als der Tag anbrach, befanden sich in dem Holzeimer, den er mitgenommen hatte, schon drei Fische – genug, um seinen Vater zufriedenzustellen. Doch Frun wollte noch zwei weitere Fische fangen, damit es fünf waren, denn so viele hatte er noch niemals gefangen. Die Sonne war schon über den höchsten Gipfel der Koan-Berge gestiegen, als er schließlich den fünften Fisch fing und ihm ein Freudenjauchzer entfuhr. Minutenlang hatte er beobachtet, wie der Fisch um den Köder herumgestreift war, bis er schließlich zuschnappte. Frun löste den Fisch von dem Haken und ließ das zappelnde Tier in den Eimer gleiten. Dann klemmte er seine Angel unter den linken Arm, nahm mit der rechten Hand den Eimer und warf noch einen Blick hinauf zu den Koan-Bergen.

Da entdeckte er etwas ... am Fuß der Berge. Frun kniff die Augen zusammen, und dann wurde ihm klar, was er sah. Ein Gefühl kalter Angst floss seinen Rücken herunter. Angel und Eimer entglitten ihm, einige Fische schlitterten zurück in den Fluss, aber Frun hatte die Fische vergessen. Er musste das Dorf warnen!

So schnell er konnte, rannte er nach Hequis zurück.

Seld und Ark kamen am Marktplatz an. In der Mitte des Platzes stand ein runder Brunnen, dessen Steine vor hunderten von Jahren von den Dorfgründern aneinandergefügt worden waren. Alle zwanzig Tage versammelten sich auf dem Brunnenplatz die Einwohner und Händler aus ganz Derod, um Waren gegen Münzen zu tauschen.

Das war nicht zu allen Zeiten so gewesen. Noch vor einigen Jahren hatte Talut Bas, der Herrscher von Derod, den Aufstieg des Nordostlandes unterbinden wollen. Immer mehr Deroder hatten dem gefährlichen Treiben in Klüch den Rücken gekehrt und waren in das Nordostland ausgewandert. Talut drohte, jeden Händler hinrichten zu lassen, der mit seinen Wagen dorthin fuhr, und erst als die erstarkte Kaufmannsgilde ihren Einfluss geltend machte, ließ Talut die Händler gewähren, allerdings führte er hohe Zölle ein.

Viele der Händler standen inzwischen auf dem Kutschbock und brüllten ihre Angebote der Menge entgegen: Gewürze aus den Südländern, Met aus Klüch, gesunde Jari aus einer Zucht in den Drei Dörfern, Getreide von den Feldern am Fluss Heke. Ein Händler hatte drei Wagen mit farbig gemusterten Stoffen aus Klüch hergeführt, die er vor den Hequisern ausgebreitet hatte. Andere Händler feilschten mit den Hequisern. Seld kannte die meisten von ihnen und nickte ihnen zu.

Zwischen den Händlern hatten die Hequiser ihre Waren auf Holztischen ausgebreitet. Sie tauschten das, was sie geschmiedet, gebacken oder gewebt hatten, gegen die Waren der anderen Hequiser oder nahmen Münzen entgegen.

»Dort sind unsere Carem-Knollen.« Ark deutete zu einer Ecke des Marktplatzes, in der ein Haufen Säcke mit Knollen gestapelt war. Davor stand ein Wagen, der von zwei Lif gezogen wurde, und ein Mann saß auf dem Kutschbock. »Kennst du diesen Händler?«

»Das ist Lokar!«, rief Seld.

Der Mann auf dem Kutschbock hörte seinen Namen, schaute zu Seld und sprang zu Boden. Lachend umarmten sich die beiden.

»Wir haben uns lange nicht mehr gesehen, mein Freund«, sagte Lokar. »Seit einiger Zeit nicht mehr. Du warst gerade zum Vorsteher ernannt worden, nicht wahr?«

»Ja. Du warst einer der ersten Händler, die meiner Bitte entsprachen, wieder nach Hequis zu kommen. Ich danke dir.«

Lokar lachte auf. »Man trifft mich immer dort, wo Münzen die Taschen ihrer Besitzer verlassen möchten.« Wer mit Lokar feilschte, war geneigt, ihn aufgrund seiner Leibesfülle als umgänglichen Händler zu unterschätzen, was Lokar durchaus beabsichtigte.

»Um in deine zu wandern, ich weiß. Es ist gut, dass wieder viele Händler nach Hequis kommen.«

Lokars Miene verfinsterte sich. »Es würden noch mehr von uns kommen, aber die Kaufmannsgilde wird abermals von Talut Bas bedroht. Die Gilde ist einflussreich, doch ich fürchte, der Herrscher wird bald das Nordostland wieder für tabu erklären. Warum hasst er es derart?«

Seld wich Lokars Blick aus. »Ich weiß es nicht. Wahrscheinlich fürchtet er, dass die Drei Dörfer weiter an Einfluss gewinnen. Aber kümmern wir uns jetzt nicht darum. Du möchtest die Carem-Knollen kaufen?«

Nun strahlte das Gesicht des Kaufmanns wieder die geschäftsmäßige Fröhlichkeit aus, die Seld schon vor fünfzehn Jahren schätzen gelernt hatte. »Sie erfreuen sich bei den Bürgern großer Beliebtheit. Ganze Säcke verkaufe ich in Klüch.«

»Das ist kaum zu glauben. Hier im Nordostland ernähren wir uns fast nur von den Knollen, während man in Klüch alles bekommen kann ...«

»Aber die Knollen wachsen nur im Nordostland«, fiel Lokar ihm ins Wort. »Das macht sie zu etwas Besonderem für die dicken Klücher Bürger.«

»Und du wirst von ihnen einen stattlichen Preis dafür verlangen.«

»So stattlich wie ich selbst bin.« Lokar lachte auf.

»Vielleicht sollte ich selbst einen Wagen beladen und eine Reise nach Klüch machen. Nun – wir verlangen zwölf Münzen für einen Sack Knollen.«

»Und ich möchte nur sechs bezahlen.«

»Ich weiß, warum du nur sechs Münzen bietest.« Seld lächelte. »Wir sollen uns in der Mitte treffen.«

Lokar schaute in den Himmel, als dachte er angestrengt nach. »Neun Münzen ... ich glaube, damit könnte ich leben.«

»Aber nur, wenn du alle Säcke kaufst.«

»Natürlich.«

»Wir sind uns einig.«

Seld wollte seine Hand ausstrecken, damit Lokar einschlagen konnte, als hinter ihm eine schneidende Stimme ertönte: »Der Vorsteher senkt einen Preis, ohne es mit dem Rat des Dorfes abzusprechen?«

Diese helle Stimme, in der stets ein Vorwurf mitzuklingen schien, erkannte Seld sofort. Er drehte sich zu Quint Tamat um, der die Hände hinter dem Rücken verschränkt hatte. Er trug ein edles Hemd aus Klüch, dessen glänzende Metallknöpfe eine gerade Linie vom Bauch hinauf bis unter sein Kinn bildeten. In solcher Kleidung sah man in Klüch nur die höheren Bürger. Quint hatte seinen Oberkörper etwas nach vorne gebeugt und seine Augen, die niemals zu blinzeln schienen, auf Seld geheftet.

»Ich spreche und handle für Hequis. Diesen Preis muss ich nicht mit dem Rat absprechen«, sagte Seld.

»Das sehe ich anders«, antwortete Quint.

»Dann trage es bei der nächsten Ratssitzung vor.«

Seld wendete sich wieder Lokar zu, da fiel Tamats Hand auf seine Schulter.

»Ich werde nicht zulassen, dass du deine Bekanntschaften benutzt, um Hequis zu hintergehen.«

Selds Körper spannte sich an, und er musste sich beherrschen, die Hand auf seiner Schulter nicht zu packen und diese zwischen seinen Handflächen zusammenzuquetschen. Stattdessen schaute er über die Schulter hinter sich, und Quint zog seine Hand zurück. Dann wendete Seld sich dem Mann zu. »Unsere Lagerhäuser sind mit Carem-Knollen gefüllt, und wir verkaufen unsere Überschüsse«, sagte er ruhig.

»Du könntest einen höheren Preis dafür verlangen. Sie sind viel mehr wert!«

»Bitte – du kannst gerne für Hequis sprechen. Finde einen Händler, der für alle Säcke mehr zahlt als neun Münzen.« Seld machte eine ausholende Handbewegung, die den Marktplatz umfasste.

Quint Tamat kniff die Augen zusammen. »Ich werde noch heute eine Ratssitzung einberufen. Das sind Dinge, die ich nicht allein entscheiden kann.«

Seld macht einen Schritt nach vorne, so dass sein Atem über Quints Gesicht strich. »Gern kannst du den Rat einberufen, Quint, aber glaubst du wirklich, er hätte etwas dagegen, dass wir die Knollen hier und jetzt zu diesem Preis verkaufen? Glaubst du das? Ruf den Rat doch sofort ein – alle Ratsmitglieder sind hier auf dem Markt.«

Quint Tamat erwiderte Selds Blick und rührte keinen Muskel.

Von der Seite trat Ark heran. »Schau – dort ist der Junge, den wir vorhin gesehen haben.«

Seld wendete sich von Quint ab und hielt nach dem Jungen Ausschau. Dieser rannte über den Marktplatz, warf gehetzte Blicke umher. Dann sah er Seld, kam auf ihn zugeeilt, fiel schwer atmend vor ihm auf die Knie. »Drachen ... die Drachen«, flüsterte er atemlos.

Seld ging in die Hocke und packte den schmächtigen Jungen an der Schulter. »Frun, was ist mit den Drachen?«

»Die Drachen ... die Drachen«, wiederholte der Junge. Er schaute zu Seld auf, schluckte. »Die Drachen kommen.«

Seld stand auf, legte den Kopf in den Nacken. Sein Blick wanderte zum Himmel über den Koan-Bergen. Nicht ein Drache flog dort.

Ein Geräusch erhob sich, als rollten tausende Wagen heran, und der Boden erzitterte unter Selds Füßen. Gebannt schaute er zu den Koan-Bergen.

Auf dem Kamm des Hügels erschienen die Drachen und verdeckten die Berge.

Kapitel 3

Goldene Augen

Ganz Hequis schien den Atem anzuhalten, als die Drachen wie ein kampfbereites Heer auf dem Hügel erschienen. Nun wurde der gesamte nördliche Horizont von den Drachen verdeckt, die sich Hequis näherten.

Die Drachen liefen.

Schon oft war Seld den Drachen nahe gewesen, und er wusste, dass sie sich auf den Plateaus der Koan-Berge und in den Höhlen nur selten auf dem Boden bewegten. Erst in den Lüften entfalteten Drachen ihre Pracht; mit einem einzigen Schlag ihrer Schwingen legten sie eine Strecke zurück, für die ein Mensch zu Fuß einen halben Tag benötigte. Mit der Luft spielten die Drachen kunstvoll wie mit einem Instrument, lenkten ihre Körper in steilen Bögen in den Himmel und stürzten wieder in die Tiefe, doch auf dem Boden bewegten sie sich schwankend und unsicher.

Alle Menschen auf dem Marktplatz waren wie erstarrt. Niemand von ihnen brachte zunächst ein Wort hervor – der Anblick überwältigte sie.

Das Schnaufen der Drachen und das Geräusch der Krallen, die die Erde aufrissen, wehte über den Marktplatz. Ein ängstliches Gemurmel erhob sich, und von einem Moment zum nächsten rannten die Menschen in blinder Panik los, suchten ihre Verwandten, nahmen ihre Waren, trieben Tiere an, schlugen Türen hinter sich zu, brüllten ihre Angst in die kalte Luft hinaus.

Lokar, der noch bei Seld stand, machte einen unschlüssigen Schritt nach vorne, dann nach hinten und schließlich eilte er zu seinem Wagen, während er immer wieder ausrief: »Die Drachen kommen!« In einer fließenden Bewegung hievte er sich auf den Kutschbock, griff nach den Zügeln und schlug mit ihnen zu, worauf die beiden Lif mit überraschtem Blöken reagierten und ruckartig lossprangen, den Wagen hinter sich herzogen.

Selds Blick folgte Lokars Wagen, der sich bedrohlich zur Seite neigte und vor dem die Menschenmenge auseinanderrannte, doch er schaffte es, die Gassen von Hequis ohne Kollision zu durchqueren und das Dorf in südlicher Richtung zu verlassen.

Anderen Händlern gelang dies nicht. Direkt hinter Lokar folgten zwei Wagen, die in dieselbe Gasse einbiegen wollten. Die Tiere wichen aus, aber die Wagen, die sie zogen, schleuderten zur Seite – ein Wagen drückte den anderen gegen eine Hauswand, so dass die Schindeln vom Dach fielen, dann kippten beide Wagen zur Seite und ergossen ihre Fracht auf den Boden. Die zwei Händler sprangen ab und rannten nach Süden, nachdem sie die Zügel ihrer Lif durchgeschnitten hatten.

Seld verfolgte das, was um ihn geschah, in machtloser Ergebenheit. Die Hequiser mussten das Dorf verlassen, damit sie nicht von den Pranken der Drachen zertrampelt wurden.

»Wo sind Erima und Hem?«, brüllte Ark zu Seld. »Hast du sie gesehen?«

»Nein«, rief Seld zurück. Seine Augen waren auf die golden geschuppten Körper geheftet, die sich langsam auf das Dorf zuschoben. Die ersten Drachen liefen schon den flachen Hang hinab. Seld sah noch die helle Spur im Wildkraut, die der Junge hinterlassen hatte, als er nach Hequis gerannt war – nun wurde sie von goldenen Leibern verschluckt. Seld spürte den Boden unter sich erzittern.

Genau in diesem Moment verließ Selds Geist seinen Körper.

Drachen umgaben ihn. Sie liefen an Seld vorüber, ihre Krallen und Schwingen tanzten vor seinen Augen, aber nicht ein Drache berührte Seld, obwohl ihre Pranken sich bedrohlich nahe bei ihm in den schwarzen Boden bohrten.

Seld machte einige Schritte nach vorn, streckte seine Arme aus, um einen der Drachen zu berühren, doch sie wichen vor ihm zurück. Wohin er sich auch wendete, seine Hände glitten nur durch Luft.

Doch die Drachen drangen in Selds Gedanken ein. Ihre Stimmen schwirrten durch seinen Kopf, redeten auf ihn ein und brachen wieder ab, während sich andere Drachenstimmen erhoben:

... keine Angst ...

... gehörst zu uns ...

... komm mit ...

... weg ...

... werden nicht töten ...

Seld blieb stehen, griff sich an seinen Kopf, der zu bersten drohte, als die Stimmen von ihm Besitz ergriffen. »Versprecht es«, forderte er im Geiste. »Versprecht, dass ihr niemanden in Hequis töten werdet.«

... wir versprechen ...

Die Worte schienen wie von einem vielstimmigen Chor zu kommen und hallten in seinen Gedanken wider.

Selds Geist kehrte in seinen Körper zurück; seine Sinne nahmen wieder den Marktplatz und die nahenden Drachen wahr. Er taumelte, konnte aber verhindern, dass er zu Boden fiel – diese Reise seines Geistes konnte nur einen Augenblick gedauert haben, doch was er erlebt hatte, war ihm so real erschienen wie die Hequiser, die an ihm vorüberrannten.

»Was ist mit dir?«, fragte Ark neben ihm.

»Es war wieder eine Geistesreise. Ich habe im Geist die Stimmen der Drachen vernommen – sie werden uns nicht töten.«

»Du glaubst, das waren Worte der Drachen?«

Seld legte die Hände auf die Schultern seines Freundes und zog ihn zu sich heran, dass beide Augenpaare nur eine Handbreit voneinander entfernt waren. »Wir sind nicht in Gefahr!«, sagte er.

Inzwischen waren schon die meisten Hequiser und Händler aus dem Dorf geflohen, aber einige standen wie erstarrt noch auf dem Marktplatz, blickten ratlos und weinend den nahenden Drachen entgegen. Seld eilte zum Brunnen, stieg auf dessen Steine und rief so laut er konnte: »Hört mich an!«

Die Blicke der Hequiser pendelten zwischen ihm und den Drachen.

»Wir sind nicht in Gefahr«, rief Seld. »Die Drachen werden uns nichts antun. Aber wir dürfen ihnen nicht im Weg sein. Geht in eure Häuser – schnell!«

Die Hequiser zögerten nur kurz, dann eilten sie zu ihren Hütten und schlossen die Türen hinter sich. Daraufhin war der Platz leer bis auf die beiden Männer. Seld sprang von dem Brunnen herunter und trat zu Ark. »Das gilt auch für dich. Geh in dein Haus und warte, bis die Drachen das Dorf durchquert haben.«

»Ich weiß nicht, wo Erima und Hem sind«, sagte Ark.

»Sie haben sicher mit den anderen das Dorf verlassen. Schnell – die Drachen sind nahe herangekommen.«

»Geh mit in mein Haus, es ist näher.«

»Nein. Ich werde auf mein Haus steigen und die Drachen beobachten.«

»Dann werde ich bei dir bleiben!«

Selds Blick wanderte zu den Drachen. Die ersten von ihnen waren schon an der Ortsgrenze von Hequis angekommen. »Nun gut. Wir müssen uns beeilen.«

Der Marktplatz war von zerbrochenen Waren, umgekippten Wagen, zerrissenen Ständen und aufgewühlter Erde übersät. Selbst im Wasser des Brunnens schwammen einige Knollen und Kleidungsstücke.

Seld rannte zu seinem Haus, und Ark folgte ihm. Seine Lif – wo waren sie? Hinter dem Haus grasten sie nicht mehr, sie mussten voller Angst davongerannt sein. Doch aus dem Stall vernahm Seld ein gedämpftes Blöken der beiden. Seld verschloss die Stalltür, dann stellte er eine Leiter auf. Sprosse um Sprosse stieg er hoch, bis er auf dem Dach ankam, dann reichte er Ark die Hand und half ihm hoch. Oben tasteten sich beide gebückt über die glatten Holzbalken zur Kante des Daches und richteten sich vorsichtig auf.

Es war, als blicke man auf ein aufgewühltes goldenes Meer.

Hunderte Hälse und Köpfe ragten daraus hervor; gelegentlich wurde eine Feuerfontäne in die Luft gestoßen, die sich in einer rußigen Wolke auflöste, oder ein tiefes Grollen drang aus den Drachenleibern. Einige glänzten golden im Sonnenlicht, als wären ihre Schuppen poliert, bei anderen waren die Schuppen von einer matten, fast bronzenen Farbe. Sie bewegten sich behäbig, aber unaufhaltsam. Jeder einzelne Schritt schien sie viel Kraft zu kosten, und ihre Pranken sanken in den harten Boden ein. Beim Gehen schwankten die Drachen sachte von einer Seite zur anderen, und diese Bewegungen glichen sie mit einem Schwingen ihres Schwanzes aus.

Seld konnte erkennen, dass die ersten Drachen schon zwischen den Häusern von Hequis liefen. Sie hatten ihre ledernen Schwingen an den Seiten angelegt, bedeckten damit ihre Flanken und schienen sich vorsichtig nach vorne zu tasten – es wirkte, als achteten sie darauf, keines der Häuser zu berühren.

Der größte Teil der Drachen machte einen Bogen um Hequis, so dass nur fünfzig oder sechzig von ihnen sich ihren Weg durch das Dorf bahnten. Sie überragten die Gebäude um das Doppelte, und mit einem einzigen Schlag ihres Schwanzes könnten sie ein Haus zum Einsturz bringen. Insgesamt mussten es mehrere hundert Drachen sein, die hier vorbeizogen. Seld hatte nicht gewusst, wie vielfältig die Drachen waren – einige waren klein und gedrungen, andere waren schlank und liefen geradezu anmutig; mancher Drache bewegte sich leichtfüßig, als wolle er jeden Moment in die Lüfte aufsteigen, wieder andere stampften schwerfällig über den Boden.

Die Köpfe der Drachen glitten durch die Luft, wendeten sich hierhin und dorthin, hoch nach oben und bis hinunter auf den Boden. Das vielstimmige Grollen, das aus ihren Mäulern drang, wurde lauter, und gelegentlich züngelten kleine Flammen aus den Nüstern. Von ihren Schädeln stand eine Vielzahl kantiger Schuppen ab, und zwei von ihnen stachen heraus, da sie sich an den Seiten der Köpfe befanden und wie Hörner wirkten.

Die goldenen Augen lagen tief in den lang gezogenen Schädeln. Sie zeigten einen gleichförmigen Schimmer, keine Pupille befand sich darin. Seld konnte nur aufgrund der Richtung des Kopfes vermuten, wohin ein Drache blickte.

Schritt für Schritt kamen die Drachen näher. Die Bilder aus dem Traum der vergangenen Nacht standen wieder vor Selds Augen, und das Gefühl, von Drachen umzingelt worden zu sein, lähmte jeden Muskel.

Unter sich fühlte Seld das sachte Beben des Bodens, und er vernahm das Knirschen der Bretter. Wenn auch die Drachen offenbar dem Dorf keinen Schaden zufügen wollten, so konnten dennoch einige Häuser allein durch die Erschütterung in sich zusammenbrechen ... und Menschen unter sich begraben.

Nun hatten die ersten Drachen den Marktplatz erreicht. Einige von ihnen verharrten, senkten ihre Köpfe zu den umgestürzten Wagen, den verstreuten Knollen und Kleidungsstücken. Seld erwartete, dass sie mit ihren gewaltigen Mäulern die Nahrungsmittel aufnehmen würden, doch kein Drache tat dergleichen. Auch am frischen Wasser des Brunnens gingen sie achtlos vorüber.

Die Drachen schoben sich weiter durch die Gassen von Hequis. Ein verbrannter, rußiger Geruch wehte zu Seld herüber. Angeführt wurden die Drachen, die sich durch Hequis hindurch Seld und Ark näherten, von einem besonders großen Drachen. Mit seinen riesigen Pranken schob er sich durch Hequis, und in seinen Augenhöhlen schien Feuer zu lodern.

Sah dieser Drache die beiden Menschen auf dem Dach vor sich? Sein Kopf fegte beim Gehen durch die Luft, und Seld hatte kurz den Eindruck, dass der Drache genau zu ihm blickte.

Der Drache kam näher, und direkt vor Seld blieb er stehen.

Da standen alle Drachen still.

Seld hielt die Luft an, und sein Blick fuhr den Hals des Drachen hoch, der direkt vor ihm stand. Nun senkte der Drache seinen Kopf herab. Ark entfuhr ein Krächzen, und er machte einige gefährliche, taumelnde Schritte zurück auf dem Dach.

Da bog sich der Hals des Drachen schnell wie ein Blitz, und der Kopf des Drachen schwebte vor Seld, die lodernden Augen auf Seld gerichtet. Heiße Luft drang aus den Nüstern und strich über Seld. Das riesige Maul öffnete sich, und Seld blickte auf unzählige Zähne und in die Abgründe eines Rachens, in dem ein Mensch verschwinden könnte. Mit einem Krachen schlugen die Zähne aufeinander, und der Drache besah Seld noch einen Augenblick, dann fuhr sein Kopf wieder in die Höhe.

Der Drache setzte sich wieder in Bewegung, und mit jedem Schritt erbebte das Haus unter Seld. Und im gleichen Augenblick bewegten sich wieder alle Drachen.

Der mit leuchtend hellen Schuppen bedeckte Drachenleib nahm Selds gesamtes Gesichtsfeld ein. Vor ihm waren nur noch die halb durchsichtigen Schwingen und viereckige Schuppen, von denen jede so groß wie seine Hand war, und ein stechender Geruch wehte in seine Nase, der ihn an uraltes Pergament erinnerte.

Als würden seine Muskeln nicht von ihm selbst kontrolliert, machte Seld plötzlich einen Schritt zum Rand des Daches, streckte die Hand aus, und seine Fingerkuppen glitten über die goldenen Schuppen des Drachen.

Selds Kopf wurde von Schwindelgefühl geflutet. Er ging in die Knie, stützte sich mit den Handflächen auf das Dach und schloss die Augen.

Sofort war Ark an seiner Seite, der am ganzen Körper zitterte. »Was ist mit dir?«, fragte er. »Eine Geistesreise?«

»Nein«, brachte Seld hervor. Er atmete tief und langsam, bis sich seine Sinne aufklarten. »Ich bin bei mir. Es war nur ... ich habe noch nie einen Drachen berührt.«

Nach einem Augenblick stand er auf, und sein Blick glitt über das Dorf. Alle Drachen waren inzwischen an Hequis vorbei- oder hindurchgelaufen, und nicht ein Haus schien beschädigt worden zu sein. Jenseits des Dorfes waren die Drachen wieder zu der Masse verschmolzen, als die sie auf dem Hügel erschienen waren, und nun bewältigten sie den flachen Anstieg hinter Hequis, von dem gewaltigen Drachen mit den feurigen Augen angeführt.

Seld und Ark stiegen die Leiter hinab. Während sie zum Marktplatz zurückgingen, waren sie in Gedanken versunken. Seld fragte sich, ob es noch Drachen gab, die auf den Bergen geblieben waren oder ob alle ihre

Heimstatt verlassen hatten. Wohin waren sie unterwegs? Und warum flogen sie nicht?

Als Seld und Ark den Marktplatz erreichten, öffneten sich die Türen einiger Häuser, und die Hequiser, die im Dorf geblieben waren, traten wieder heraus, blinzelten ins Tageslicht, als erblickten sie es zum ersten Mal in ihrem Leben.

Dann, nachdem auch der letzte Drache aus der Sichtweite von Hequis verschwunden war, kehrten die Geflohenen in das Dorf zurück. Sie waren nach allen Seiten davongerannt, nun trafen sie sich wieder im Durcheinander des Marktplatzes. Sie redeten gedämpft miteinander, einige von ihnen weinten, und immer wieder wanderten ihre Blicke zu ihrem Vorsteher. Ark fand Erima und Hem wieder – beide waren mit den anderen geflohen, als die Drachen erschienen waren.

»Was werden wir tun?«, fragte Ark seinen Freund.

»Der Rat muss eine Entscheidung treffen«, entgegnete Seld. »Wir werden heute Abend das rituelle Feuer entzünden.«

Es wurde dunkel. Seld saß am Rand von Hequis auf einem Felsen und spähte zu den verlassenen Koan-Bergen, die bedrohlich und für Menschen unüberwindlich am Horizont aufragten.

Seine Gedanken weilten bei der Legende, die vom Kampf der Drachen gegen die Dämonen berichtete. Vor langer Zeit waren Dämonen über Derod erschienen und hatten die Menschen angegriffen, die mit den Drachen in Frieden lebten. Dorf um Dorf verbrannte in den Flammen der Dämonen, und es stand zu befürchten, dass keine Menschenseele in Derod überleben würde. Doch die Drachen griffen die Dämonen an, und in einer gewaltigen Schlacht in einem Tal vor Klüch wurden fast alle Dämonen vernichtet. Die wenigen dunklen Wesen, die diese drei Tage und Nächte währende Schlacht überlebten, wurden ins Ödland hinter den Koan-Bergen getrieben. Und seitdem wachen die Drachen darüber, dass die Dämonen nicht in die Welt der Menschen zurückkehren.

Bis zu diesem Tag, an dem die Drachen die Berge verließen ... an diesem Tag, der sich nun seinem Ende neigte.

Schritte näherten sich aus der Dämmerung, und jemand setzte sich neben Seld. Es war Ark.

»Die Zeiten haben sich verändert, nicht wahr?«, fragte Seld. »Es wird niemals wieder so sein wie vorher. Der Moment, in dem die Drachen vor unserem Dorf erschienen sind, war vielleicht das Ende unseres Dorfes.«

»Vielleicht«, gab Ark zurück. »Sollten wirklich alle Drachen die Berge verlassen haben, wären wir völlig wehrlos gegen die Dämonen.« Ark zog seinen Mantel enger, um sich vor der Kälte zu schützen, die die Nacht mit sich brachte. »Ich frage mich, wie in Klüch die Kunde aufgenommen wird, was geschehen ist.«

»Talut Bas wird es für seine Zwecke nutzen, dessen bin ich mir sicher.«

Ark beugte sich nach vorne und nahm einige Steine vom Boden auf, die er in der flachen Hand drehte. »Im ersten Augenblick habe ich wirklich geglaubt, die Drachen wollten uns töten, obwohl ich weiß, dass sie unsere Beschützer sind.«

»Jeder in Derod wird es so empfinden.«

Sie schwiegen, während Ark die Steine zwischen seinen Fingern tanzen ließ.

»Welchen Vorschlag wirst du nun dem Rat unterbreiten?«, fragte Ark.

Seld ließ sich mit einer Antwort Zeit. »Genau darüber habe ich die ganze Zeit nachgedacht.«

Ark wartete.

»Ich werde Talut Bas aufsuchen.«

Kapitel 4

Die Ratssitzung

Als das letzte Tageslicht der Nacht gewichen war und die Kälte strenger wurde, ging Seld mit einer Fackel und einer Axt zum Steinkreis, der sich am Westrand von Hequis befand, wo das rituelle Feuer entzündet wurde. Die mannshohen Monolithen waren von den Gründern des Dorfes aufgestellt worden. Seld entzündete die Fackeln, die an den Monolithen befestigt waren und schritt zu dem lichten Waldstück hinter dem Steinkreis.

Es war noch etwas Zeit, bis die Acht des Rats zusammenkamen, der aus Vertretern der ältesten Familien des Dorfes bestand. Seld als Vorsteher hatte, wie die anderen Mitglieder, eine Stimme bei den Beschlüssen des Rats. Alle mussten sich widerspruchslos entscheiden, nachdem der Vorsteher seine Ansichten vorgetragen hatte und diese besprochen worden waren. Nur wenn alle acht Stimmen einem Vorschlag zustimmten, hatte der Rat einen Beschluss gefasst. Selbst wenn nur ein einziges Ratsmitglied den Vorschlag ablehnte, konnte kein Beschluss zustande kommen – dann musste der Vorsteher einen neuen Vorschlag unterbreiten, über den wiederum abgestimmt wurde.

Seld kam am Waldstück an. Die Bäume, die längst ihre Blätter verloren hatten, standen weit voneinander entfernt. Selbst in den wenigen Tagen im Hochsommer, in denen sie in voller Blüte standen, erweckte dieser kleine Wald nicht annähernd den Eindruck wie die Wälder, die Seld bei seinen Reisen durch die milderen Regionen von Derod kennen gelernt hatte – ein Dach grüner Blätter, durch das wärmende Sonnenstrahlen einfielen ...

Seld fröstelte, hielt nach einem Baum Ausschau, von dem er Holz schlagen konnte. Sein Blick wanderte an den Bäumen vorbei hinauf zu den Koan-Bergen. Nun war es nicht mehr zu sehen, das Drachenfeuer. Nachts hatte man beobachten können, wie die Drachen ihr Feuer hinauf zum Himmel bliesen, und stand der Wind günstig, war manchmal sogar ihr majestätisches Gebrüll zu hören.

Doch diese Nacht war still, kalt und einsam. Die Koan-Berge waren nicht mehr die Heimat der Drachen, sondern nur noch die letzte Hürde für die Dämonen, bevor sie ihren Schrecken in Derod verbreiten konnten.

Seld fragte sich, wie es wohl im Ödland hinter den Bergen aussah. Diejenigen, die sich in Richtung des Ödlandes aufgemacht hatten, waren niemals zurückgekehrt. Ob sie auf den Höhen der Koan-Berge erfroren oder im Ödland von den Dämonen getötet worden waren – niemand wusste es.

Die Berge ... ihre Höhlen ... ein Schaudern durchlief Seld, als er sich erinnerte, wie er einstmals in eine Drachenhöhle gestürmt war. Mit wütenden Schreien war er durch die Dunkelheit geirrt, auf der Suche nach Alema. Zu jenem Zeitpunkt war er nicht mehr bei Sinnen gewesen, und als er Alema nicht fand, wollte er hinaus ins Ödland gehen, um für immer Derod den Rücken zu kehren.

Zwei Tage später hatte ihn eine dreiköpfige Gruppe aus Hequis gefunden, die von Ark angeführt worden war. Seld hatte auf den grauen

Steinen gelegen und war halb verhungert und fast erfroren gewesen. Sie hatten ihn zurück nach Hequis gebracht und ihn gesund gepflegt. Kaum hatte er wieder stehen können, hatte er sich aus dem Dorf davongestohlen, damit seine Rachegedanken ihn keine Untaten an den Hequisern verüben ließen, die seine Frau in die Drachenhöhle gestürzt hatten.

All dies war nun viele Jahre her, doch die dunklen Erinnerungen aus dieser Zeit drängten sich immer wieder in sein Bewusstsein – er hatte den Hequisern vergeben, die von Talut Bas' Lügen verblendet gewesen waren, doch konnte er nicht vergessen, was mit Alema geschehen war.

Seld stellte sich vor den Baum, holte mit der Axt aus –

Dunkelheit umgab ihn.

Seld war in einer Drachenhöhle in den Koan-Bergen. Ein Grollen hinter ihm – Seld wirbelte herum. Zwei glühende Augen blickten auf ihn herab.

Er wollte seine Stimme erheben, um die Wesenheit anzubrüllen, warum er diese Geistesreisen hatte, als schon eine Stimme durch seinen Kopf hallte:

Folge uns. Wir brauchen einander.

Kräftige Hände schüttelten Seld. »Was ist mit ihm? Lebt er noch?«

Seld kam langsam wieder zu sich. Kälte drang durch die Kleidung, als Leben in seinen Körper zurückkehrte, und er bemerkte, dass er rücklings auf dem Boden lag. Über sich sah er die winzigen Lichter der Sterne, der bitterkalte Nachtwind fuhr ihm durchs Haar, und er vernahm das leise Gemurmel von Stimmen.

Besorgte Blicke lagen auf ihm.

Mit zitternden Ellenbogen stemmte sich Seld auf. Die Mitglieder des Rats von Hequis standen um ihn herum. Als Seld sich aufrichten wollte, zogen ihn helfende Hände in die Höhe.

»Sie haben dich entdeckt, bevor ich es verhindern konnte«, flüsterte jemand in sein Ohr. Es war Ark.

Seld nickte. »Während dieser Geistesreise muss ich besonders lange nicht bei mir gewesen sein. Sie werden immer stärker«, sagte er ebenso leise. Dann räusperte er sich und sagte: »Versammeln wir uns.«

Die sechs anderen Mitglieder des Rats zögerten kurz, dann gingen sie in Richtung des Steinkreises. Ark und Seld sammelten das herumliegende Holz ein und folgten den anderen. »Du musst ihnen von den Geistesreisen erzählen«, sagte Ark.

»Ja, das werde ich.«

»Was hast du gesehen?«

»Die Drachen ... sie haben zu mir gesprochen. Ich soll ihnen folgen.«

»Wohin?«

»Das weiß ich nicht.«

Sie kamen am Steinkreis an.

Die sechs anderen Ratsmitglieder hatten sich inzwischen um die Feuerstelle herum niedergelassen. Ark nahm seinen Platz ein, und Seld kniete sich neben die Feuerstelle.

Die Ratsmitglieder verfolgten stumm, wie Seld das Holz auf den Boden legte und das rituelle Feuer vorbereitete, indem er jeden einzelnen Zweig in der Mitte entzweibrach und die Stücke danach aufschichtete. Dabei kreisten seine Gedanken um die Frage, wie er dem Rat erklären konnte, was es mit den Geistesreisen auf sich hatte. Konnte er ihnen sagen, dass die ersten dieser Träume ihn schon überkommen hatten, als er unterhalb eines eisigen Gipfels der Wimor-Berge im Norden Derods in einer Höhle gehaust hatte, nachdem er aus Hequis geflohen war – das lag nun schon mehr als zehn Jahre zurück. Würden sie darin Zeichen des Wahnsinns sehen?

Quint Tamat saß ein wenig nach vorne gebeugt auf seinem Stein, und seine funkelnden Augen verfolgten jede kleine Bewegung von Seld.

Es war ein kalter Herbst, und das bedeutete, dass der Hequiser Rat sich schneller einigte als noch vor einigen Monaten. Die Tradition verlangte, dass nach Beginn der Versammlung kein Holz mehr nachgelegt werden durfte. So sollte verhindert werden, dass ein Ratsmitglied eine nötige Entscheidung zu lange hinauszögerte. Und keine Versammlung durfte ohne Entscheidung des Rats enden.

Seld erhob sich. Er holte einen Beutel aus einer Tasche, schüttete etwas Pulver daraus in die hohle Hand und steckte den Beutel zurück. Vorsichtig streute er das Pulver ins Feuer – es bestand aus zerriebenen Eisblumen von den steinigen Hängen der Koan-Berge. Daraufhin verfärbten sich die Flammen zu einem knisternden Blau.

»Mögen die Drachen uns stets gewogen sein. Die Ratssitzung ist eröffnet«, sagte Seld leise, wie es dem Ritual entsprach. Er ging zu dem letzten freien Stein, setzte sich, und damit war die Runde geschlossen. »Sagt mir, was ihr denkt.«

Der alte Flinn sprach als Erster. Er war ein alter, aber zäher Mann, dem auch bei harter Arbeit kein Stöhnen über die Lippen kam. In seinem schmächtigen Körper ruhte noch immer eine Kraft, die die von vielen jungen Hequisern übertraf. Sein Gesicht war faltig, und seine hellen Augen wanderten aufmerksam von einem zum nächsten. »Seit vielen Jahren führt meine Familie die Chronik von Hequis. Ich habe den ganzen Tag damit verbracht, in den Schriften nach Hinweisen zu suchen, ob die Drachen schon einmal die Berge verlassen haben. Die Antwort ist nein – dergleichen ist niemals geschehen. Ich weiß nicht, was ich denken soll.«

Auch die anderen Ratsmitglieder schienen so zu empfinden, denn niemand von ihnen erhob das Wort.

»Die Drachen haben die Dämonen hinter die Koan-Berge getrieben, und seitdem halten sie dort Wache, schützen uns Menschen«, sagte Seld. »Wenn die Drachen die Berge verlassen, kann es nur den Grund haben, dass die Dämonen stärker als die Drachen geworden sind und kurz vor einem erneuten Angriff stehen.«

»Aber wenn es so wäre, würden die Drachen nicht die Berge verlassen, sondern die Dämonen bekämpfen!«, rief Ogon aus, ein Mann, der Seld um einen Kopf überragte.

»Warum sollten sie das?«, fragte Mirsa, eine Frau, die fast so alt wie Flinn war. Sie verfolgte meist schweigend das Geschehen im Rat, aber wenn sie mit ihrer ruhigen Stimme sprach, bekam sie immer die Aufmerksamkeit der Ratsmitglieder. »Wenn Seld Recht hat, begeben sich die Drachen in Sicherheit. Wir würden uns genauso verhalten. Vielleicht sollten wir das auch tun – Hequis verlassen.«

»Leeres Gerede.« Alle Blicke wanderten zu demjenigen, der die Stimme erhoben hatte. Es war Quint. »Wir wissen überhaupt nicht, ob die Dämonen noch existieren. Seit vielen Jahren hat niemand in Derod ein Zeichen von ihnen vernommen. Aber die Drachen sind Wirklichkeit, und sie sind eine Gefahr für uns. Nun sind die Drachen fortgegangen, und ich fühle mich deswegen wohler.«

»Nur ein Narr fühlt sich wohl, wenn etwas verschwindet, das er nicht beherrschen kann«, knurrte Flinn.

Es war an Seld, dem Rat seinen Vorschlag zu unterbreiten. »Hört mich an«, sagte er nun.

Die Ratsmitglieder blickten Seld an, nur Quint schaute hinab ins Feuer.

»Ich bin der Meinung, dass wir unseren Herrscher bitten müssen, seine Truppen hier zu stationieren«, sagte Seld.

Ein ungläubiges Raunen erhob sich, sieben Augenpaare lagen auf Seld.

»Es wird mir nicht leicht fallen, wieder vor Talut Bas zu treten. Und, bei den Göttern, ich werde meinen Wunsch unterdrücken müssen, ihn tot sehen zu wollen. Aber es geht nicht um mich, sondern um unser Dorf. Ohne sein Heer werden wir nicht überleben, wenn die Dämonen kommen. So der Rat mir zustimmt, werde ich morgen nach Klüch aufbrechen.«

Quint schien nicht mehr an sich halten zu können. »Er flieht aus Hequis!«, entfuhr es ihm. »Unser Vorsteher möchte sich selbst in Sicherheit bringen!« Schwer atmend funkelte er Seld an.

Dieser erwiderte ungerührt den Blick. »Soll ich hier bleiben?«, fragte Seld. »Hier – mit euch allen? Wollen wir mit unseren verrosteten Waffen exerzieren und uns den Dämonen entgegenstellen? Zweihundert Männer, Frauen und Kinder gegen dunkle Wesen, die so mächtig sind, dass sie Drachen zerschmettern können?«

»Wenn es unser Schicksal sein soll, werden wir uns ihm stellen. Doch du hast Angst und möchtest fliehen.« Quint stand auf und deutete auf Seld. Seine Augen rasten von einem Ratsmitglied zum nächsten. »Seht ihn euch an!«, rief er. »Euer Vorsteher möchte euch im Stich lassen. Ich habe euch gesagt, dass er Tod und Verderben nach Hequis bringen wird, wenn ihr ihn zum Vorsteher macht – ihn, einen Ausgestoßenen, der nicht hierher gehört ...«

Ark fuhr in die Höhe. »Genug!«

Quint verstummte.

Mit der flachen Hand gab Seld seinem Freund ein Zeichen, sich zu setzen. »Es geschehen um uns herum größere Dinge, als wir verstehen«, sagte Seld. »Nie zuvor haben die Drachen die Berge verlassen. Wir wissen weder aus den Überlieferungen der Ahnen noch aus den

Legenden, wie wir uns verhalten sollen. Aber wir sind schutzlos und brauchen Hilfe.«

»Warum warten wir nicht einfach ab?«, fragte Mirsa. »Wir schicken Späher auf die Berge, die uns rechtzeitig warnen, wenn die Dämonen sich nähern.«

»Ich fürchte, diese Warnung käme zu spät«, entgegnete Seld. »Wir wären längst tot, bevor wir das Dorf verlassen könnten.«

»Aber was, wenn die Dämonen kommen, während du noch auf dem Weg nach Klüch bist? Und was geschieht mit uns, wenn der Herrscher uns keine Soldaten schickt?«

»Dann müssen wir uns entscheiden, ob wir weiter mit der Gefahr leben wollen oder unsere Heimat verlassen.«

»Aber warum verlassen wir das Dorf nicht sofort? Wir sind in großer Gefahr.« Mirsa sprach ruhig, als erkläre sie eine Selbstverständlichkeit.

»Seid ihr von Sinnen?«, rief Quint aus. »Wir sollen zurücklassen, was unsere Väter und Mütter aufgebaut haben? Dies ist unsere Heimat!«

Seld wollte etwas erwidern, als Ark sich zu ihm beugte und flüsterte: »Es stimmt. Vielleicht ist es zu spät, wenn du aus Klüch zurückkehrst.«

Seld blickte seinen Freund ungläubig an. »Du meinst, wir sollen Hequis verlassen?«

»Hört mich an!«, rief Ark und erhob sich. »Wir wissen nicht, wohin die Drachen gehen, aber in ihrer Nähe sind wir sicher. Die Dämonen werden sie nicht angreifen. Habt ihr darüber nachgedacht, warum die Drachen laufen? Vielleicht wollen sie, dass wir ihnen folgen. Wir und alle anderen Menschen des Nordostlandes.«

»Aber wohin gehen sie?«, fuhr Telam dazwischen. Der junge Mann schien froh zu sein, endlich etwas sagen zu können, auch wenn es nur eine Frage war, nachdem er bislang mit großen Augen die jeweiligen Redner angesehen hatte.

»Wenn die Drachen auf diesem Weg weiterlaufen, werden sie bald zur Weiten Steppe kommen. Wohin ihr Weg sie führt, werden wir nur erfahren, wenn wir ihnen folgen.«

Ark nahm wieder Platz.

»Unser Dorf verlassen ...«, murmelte Lecaro, der bislang nur schweigend die Flammen beobachtet hatte. Der alte Mann bewegte beim Sprechen kaum seinen Mund. »Seit Generationen leben wir hier. Aber ich glaube, wir haben keine andere Wahl.«

Seld erhob sich. »Ich stimme Ark zu. Mein Vorschlag an den Rat ist, dass wir alle unser Dorf verlassen, um den Drachen zu folgen.«

Ark nickte. »Mein Wohlwollen.«

Flinn wiederholte Arks Worte. Mirsa ebenso. Ogon. Lecaro. Telam von der Jerv-Familie. Schließlich hatte nur Quint nichts erwidert, und alle Augenpaare waren auf ihn gerichtet.

»Nun erwartet ihr auch mein Wohlwollen.« Seine zusammengekniffenen Augen wanderten von einem zum anderen. »Doch ich werde diesem törichten Vorschlag nicht zustimmen.«

»Was tust du?«, entfuhr es Ogon, der in die Höhe schoss.

Mirsa erhob sich ebenfalls, klagte Quint an, und auch der alte Flinn stieß Verwünschungen heraus.

Seld verfolgte das Treiben eine Zeit lang. Dann sagte er: »Setzt euch wieder. Der Rat hat einen Vorschlag abgelehnt.«

Die drei verstummten. Ungläubig nahmen sie wieder Platz.

»Dadurch, dass Quint dem Vorschlag nicht zugestimmt hat, ist er abgelehnt. Es gibt keine weiteren Vorschläge, und daher werden wir in Hequis bleiben. Die Ratssitzung ist beendet.«

Seld schaute Quint an, der ungläubig dreinblickte. Niemand regte sich für einige Augenblicke, dann stand Quint auf.

»Aber eines noch«, sagte Seld jetzt. Quint wartete. »Als Vorsteher verfüge ich für Quint Tamat, der nicht unser Wohlwollen teilt, dass du morgen vor dem Dorf erklärst, warum du gegen den Vorschlag gestimmt hast.«

Quint blinzelte. »Warum sollte ich das?«

»Unser Dorf erfährt von allem, was im Rat besprochen wird. Durch deine Stimme ist dieser Vorschlag abgelehnt worden. Du wirst unseren Leuten sicher erklären können, warum sie hier bleiben sollen. Warum sie sich lieber den Dämonen entgegenstellen sollen, als das Dorf zu verlassen.«

»Ich ...« Quints Augen blieben auf Seld geheftet. Lange Augenblicke dachte er nach, dann straffte er seine Gestalt. »Erlaubt der Rat, dass ich meine Meinung zu dem Vorschlag ändere?«

»Sicher«, erwiderte Seld.

»Mein Wohlwollen«, murmelte Quint mit bebender Stimme. Seld wollte etwas sagen, doch Quint kam ihm zuvor. »Doch nun möchte ich noch eines von dir wissen, Vorsteher.« Nach kurzem Innehalten fragte er: »Möchtest du dem Rat sagen, warum wir dich auf dem Boden gefunden haben? Leidest du an einer Krankheit?«

Seld nickte. »Ich schulde euch noch eine Erklärung«, bestätigte er. »Nun gut.«

Quint setzte sich wieder und lauschte.

»Es ist keine Krankheit, an der ich leide. Von Zeit zu Zeit geht mein Geist auf Reisen und führt mir vor Augen, was an anderen Orten geschieht ... oder zu anderen Zeiten passiert ist. Manchmal glaube ich Dinge zu sehen, die uns noch bevorstehen. Aber nicht immer stimmt die Zeit der Geistesreise mit der Zeit in unserer Welt überein.

Die ersten Geistesreisen hatte ich während meine Zeit auf den Wimor-Bergen. Meine tote Frau sprach zu mir. Anfangs glaubte ich, es wären grässliche Träume, die mich quälten, aber diese Geistesreisen übermannten mich auch, wenn ich hellwach war. Ich finde mich an einem anderen Ort wieder, und dann kehre ich wieder in meinen Körper zurück. In diesem Zustand habt ihr mich vorgefunden.

Es waren auch die Geistesreisen, die mich zurück nach Hequis geführt haben. Immer wieder sah ich die Drachen auf den Koan-Bergen, und ich fühlte, dass ich nach Hequis zurückkehren musste, obwohl ich mir geschworen hatte, es niemals zu tun.«

Niemand erwiderte etwas auf Selds Schilderung, bis Quint abermals seine Stimme erhob. »Ausflüchte, Lügen und Täuschung! Unser eigener Vorsteher sagt uns die Unwahrheit. Wie können wir einem solchen Mann vertrauen, der im Exil vom Wahnsinn gepackt worden ist?«

»Sei still!«, fuhr Flinn den Mann neben sich an. Quint verstummte. An Seld gewandt sagte Flinn: »Ich vertraue dir und der Macht deiner Geistesreisen. Mögen sie uns den rechten Weg aufzeigen.«

Die anderen Ratsmitglieder nickten und murmelten ihre Zustimmung. Quint schoss in die Höhe, wendete sich ab und wurde von der Nacht verschluckt.

Selds und Arks Blicke trafen sich, und Ark nickte zustimmend. In die Runde hinein sagte Seld: »Der Rat hat beschlossen, dass wir Hequis verlassen. Wir sollten schon morgen aufbrechen, damit die Drachen sich nicht zu weit entfernen. Verbreitet die Nachricht im Dorf.«

Das Holz knackte in der Glut. Die Ratsmitglieder verließen den Steinkreis, wobei sie sich flüsternd über den bevorstehenden Aufbruch unterhielten.

Die Hequiser hatten sich auf dem Marktplatz versammelt und auf die Entscheidung des Rats gewartet. Sie wärmten sich mit dünner, heißer Suppe, die sie aus flachen Holzschalen tranken.

Die Kunde, dass sie ihr Dorf verlassen sollten, breitete sich rasch aus, und die meisten von ihnen gingen sofort in ihre Hütten, um ihre Habe zu packen. Doch einige der Hequiser verbrachten die Nacht um die Feuerstellen am Marktplatz und stritten über den Beschluss des Rats.

Es war kalt in Selds Hütte, als er endlich nach Hause kam. Mit tauben Händen entzündete er ein Feuer und legte sich auf sein Lager. Doch schon wenige Stunden später wachte er auf, vom lauten Treiben in Hequis aus dunklen Träumen gerissen.

Kapitel 5

Klüch erwacht

Während Talut Bas, Herrscher von Derod, noch in seinen seidenen Laken schlief und die Morgenwache seiner Leibgarde am hohen Tor des Palastes die Nachtwache ablöste, wurde eine Holztür in der Palastmauer des Westflügels geöffnet, damit eine Frau hinausschlüpfen konnte.

Es war Mesala Cohm, die sich davonschlich, gebückt, sich im Schatten der hohen Giebel haltend. Noch waren nur wenige Menschen in den Gassen der Stadt unterwegs, und Mesala ging unbehelligt ihren Weg durch die Alte Stadt, das Gelehrtenviertel und überquerte schließlich die Dunkelbrücke. Auf der anderen Seite des Heke ging sie an das Ufer, die Stufen der Waschtreppe hinab. Mesala schnürte ihre Schuhe auf, stieg in das kalte Wasser, das an ihren Waden kitzelte, und setzte sich, genoss das Spiel der sanften Wellen an ihren Füßen. Dann tauchte sie ihre Arme in das Wasser, rieb sich die reinigende Nässe über das Gesicht.

Nun kam der erste Sonnenstrahl über die Stadtmauer, und sein Licht tanzte auf der Oberfläche des Heke. Die Wärme tat ihr gut, vertrieb den pochenden Schmerz aus ihrem Schädel und ihrem Unterleib.

Mesalas Blick glitt hinüber zur Mündung des Heke und hinaus aufs offene Meer. Wie lange würde sie nun Ruhe vor Talut Bas haben, bis er wieder nach ihr schickte? Drei Tage? Fünf Tage? Und würde sie wieder warten müssen, bis er eingeschlafen war, bis sie sich davonschleichen konnte? Vielleicht sollte Mesala sich ertränken. Jetzt. Hier. Damit der Schmerz ein Ende hatte.

Sofort schalt sie sich für ihre törichten Gedanken. Sie konnte nicht einfach aufgeben.

Mesala erhob sich, rieb die Hände an ihrem Kleid trocken und ging wieder die Treppe hinauf. Nur Feiglinge gaben auf, das hatte ihre Schwester ihr beigebracht, als sie noch ein Kind gewesen war. Und selbst wenn Alema längst tot war – Mesala würde das Andenken ihrer Schwester nicht verraten. Langsam ging sie über den Anlegesteg und beobachtete ein paar Seeleute, die einen Dreimaster entluden.

Galen Cohm hatte schon seit Monaten keine Nacht mehr durchgeschlafen. Kaum ruhte er einige Stunden, zerrte ihn der Schmerz wieder ins Wachsein, und oftmals wälzte er sich dann stundenlang zitternd und schwitzend im Bett.

Er lag rücklings auf seinem Lager, den Kopf zum Fenster gedreht. Galen stützte sich auf die Ellenbogen, um nach unten auf den Anleger blicken zu können, auf dem sich immer mehr Seeleute sammelten.

Als er sich wieder zurücklehnte, durchzuckte ein stechender Schmerz seinen Rücken, und Galen ließ sich auf das Kissen fallen, die Zähne aufeinandergebissen. Er würgte und versuchte, flach und gleichförmig zu atmen, bis der Schmerz nachließ.

Wie lange hatte er noch zu leben? Mit jedem Tag wurden die Schmerzen stärker – würde der Schmerz bald in einen allumfassenden Todeskampf münden?

Galen erinnerte sich, dass er nach dem Aufprall keine Schmerzen gefühlt hatte. Er war mit seinem Rücken auf dem Kopfsteinpflaster aufgeschlagen, und als Erstes hatte er Nässe an seinem Hinterkopf bemerkt. Als er mit der Hand danach tastete, entdeckte er, dass es Blut war, doch er hatte keine Schmerzen – nicht am Kopf, nicht in den Beinen. Dann versuchte er aufzustehen, doch es ging nicht. Er konnte seine Arme bewegen, den Rücken krümmen und sich aufsetzen, aber so sehr er sich auch bemühte, konnte er keines seiner Beine auch nur ein kleines Stück bewegen.

Wie viele Jahre war das nun her? Fünf oder sechs? Galen wusste noch, dass es ein wundervoller Frühlingsmorgen gewesen war. Er hatte begonnen, die Schindeln vom Dach eines dreistöckigen Hauses nahe des Südtores abzutragen. Seit zwanzig Jahren schnitt er hölzerne Schindeln zu und passte sie den Hausdächern an, und niemals war dabei ein Unfall geschehen. Auf den Dachfirsten bewegte er sich flink und sicher, wusste, wo er seine Füße abstützen konnte und wo seine Hände sicheren Halt fanden. Es war ein einziger Fehler gewesen, der zu dem Unfall geführt hatte: Ein sicher wirkender Balken – Galen platzierte seinen rechten Fuß darauf, verlagerte das Gewicht, da brach der Balken, und Galen fiel hintenüber, prallte mit der Seite auf den Rand des Daches, drehte sich einmal um die eigene Achse, dann schlug er auf das Kopfsteinpflaster. Seinen Hammer hatte er während alledem nicht losgelassen.

Galen hörte Schritte, die die Treppe hochkamen, dann wurde die Tür geöffnet. »Guten Morgen, Mesala«, sagte er.

»Guten Morgen, Vater.« Mesala kam herein, schloss die Tür und trat zu ihrem Vater ans Bett. Sie küsste ihn auf die Stirn.

Mesala hatte dunkle Ränder unter ihren Augen, ihre schulterlangen dunklen Haare waren zerzaust, und ihre Kleidung war zerknittert. »War es wieder anstrengend?«, fragte er.

Sie trat vom Bett zurück und nickte. »Gewürzballen aus den Südländern. Sie sind so groß, dass zwei Leute gebraucht werden, sie zu tragen.«

»Warum plagst du dich mit der Arbeit am Hafen ab, Mesala? Es gibt andere Arbeiten in der Stadt für eine junge Frau wie dich.«

Mesala senkte den Blick und trat zur Anrichte an der Wand. Dort öffnete sie ein Fach, holte eine verzierte Holzkassette heraus, die Galen vor vielen Jahren seiner Frau geschenkt hatte, und ließ einige Münzen hineinfallen. Dann stellte sie die Kassette zurück und schloss das Fach wieder. Als sie sich zu ihrem Vater herumdrehte, setzte sie ein müdes Lächeln auf. »Ich werde uns ein Frühstück zubereiten.«

Kapitel 6

Den Drachen nach

Zwischen dichten Wolken blitzte ab und an die Sonne auf, als Seld vor seine Hütte trat. Er fühlte sich krank und müde und wusste nicht, ob die Alpträume der letzten Nacht vielleicht sogar Geistesreisen gewesen waren. Abermals hatte er die Drachen in seinen Träumen gesehen.

Das erste Mal, dass sein Geist seinen Körper verlassen hatte, lag etwa fünf Jahre zurück. Seld war in seinem selbstauferlegten Exil auf den Wimor-Bergen gewesen, als er von einem Moment zum nächsten mit Alema in eine tiefe Höhle fiel. Dies war nur ein flüchtiger Eindruck, doch als er wieder zu sich kam, fand er sich auf dem Boden liegend wieder, aus einer Wunde an seiner Stirn floss Blut; er war beim Fallen mit dem Kopf angeschlagen. Seld hatte dies als eine Ohnmacht abgetan, doch wenige Wochen später widerfuhr ihm das Gleiche, und dann wieder. Manchmal vergingen Wochen ohne eine Geistesreise, und manchmal wurde er täglich von ihnen übermannt.

Die Gipfel der Koan-Berge wurden vom Nebel verschluckt. Selds Blick versuchte, durch den Dunst zu dringen und die verlassene Bergkette nach Zeichen der Drachen abzusuchen. Wären noch einige Drachen auf den Bergen zurückgeblieben, dann müssten die Hequiser nicht ihr Dorf verlassen, doch nichts war mehr von den Drachen zu sehen. Die Spuren, die die Drachenklauen hinterlassen hatten, zogen sich durch das gesamte Dorf und waren durch einen leichten Regen, der in den Morgenstunden niedergegangen war, zu matschigen Furchen geworden.

Die Hequiser beluden die Wagen, die sie auf dem Marktplatz versammelt hatten und spannten ihre Lif davor an. Alle Lagerhäuser wurden leer geräumt, und die Vorräte, die für den Winter gedacht waren, wurden mitgenommen. Kinder saßen auf den Steinen des Brunnens in der Mitte des Marktplatzes und beobachteten mit fragenden Gesichtern ihre Eltern.

Seld hatte zunächst befürchtet, dass viele der Hequiser ihr Heimatdorf nicht verlassen wollten, doch nun sah er, dass seine Sorgen unbegründet waren. Er blickte in die Mienen der Hequiser und fühlte, dass sich jeder Einzelne mit großer Angst auf diese Reise begab. Niemand von ihnen wusste, ob sie jemals in dieses Dorf zurückkehren konnten oder in welchem Zustand sie es wieder vorfinden würden. Das verlassene Hequis war eine Einladung an Plünderer, die töricht genug waren, trotz der Dämonen hierher zu kommen. Doch die Angst vor der bevorstehenden Reise lähmte niemanden von ihnen; alle waren sie bereit, mit Seld zu gehen.

Ark, Erima und Hem saßen auf dem Kutschbock ihres Wagens, der von zwei kräftigen Lif gezogen wurde. Hinter ihnen lagerten die Habseligkeiten der Familie unter der hellen, von gebogenen Stöcken gehaltenen Plane.

Ark sprang herab und packte den Zügel eines Lif. »Wir sind bereit zum Aufbruch. Wann werden wir Hequis verlassen?«, fragte er.

»Sobald alle fertig sind, aber sicher noch, solange es hell ist. Wir sollten heute bis Kequor kommen, wo wir die Nacht verbringen.«

Ark blickte zum Horizont, hinter den die Drachen tags zuvor marschiert waren. »Wir werden niemals wieder so leben wie bisher.«

»Nein«, antwortete Seld leise. »Hequis wird nie wieder dasselbe sein.« Kopfschmerzen breiteten sich wie Wellen durch Selds Kopf aus, aber er ließ sich nichts anmerken. Seine Kehle war wie ausgetrocknet. Waren dies Zeichen einer bevorstehenden Geistesreise oder nur Müdigkeit? Seld atmete tief durch und ging zum Brunnen im Zentrum des Marktplatzes. Er tauchte seine Hände in das Wasser und trank langsam – es war, als schlucke er Eisbrocken. Mehrere Handvoll Wasser rieb er sich ins Gesicht und in die Haare. Da sprach ihn jemand mit seinem Namen an.

Seld drehte sich um. Telam Jerv, Mitglied des Rats, stand vor ihm. Der Mann war etwas jünger als Seld, aber wirkte in seiner offensichtlichen Verlegenheit wie ein Kind, das etwas Verbotenes getan hatte und es nun seinen Eltern beichten musste. »Ich muss mit dir reden«, sagte er.

»Was gibt es?«

»Ich ... meine Familie und ich – wir möchten in Hequis bleiben.«

Seld begriff den Sinn der Worte erst nach einigen Augenblicken. »Warum?«

Telam wich Selds Blick aus. »Meine Familie glaubt, dass es nicht die richtige Entscheidung ist, das Dorf zu verlassen.«

»Du hast während der Ratssitzung kaum etwas von dir gegeben, aber dem Vorschlag hast du dein Wohlwollen gegeben.«

»Dort habe ich für das Dorf gesprochen. Doch meine Familie stimmt dem nicht zu.«

Seld legte die Stirn in Falten. »Ich kenne deinen Vater. Er möchte hierbleiben, nicht wahr?«

Telam nickte zögerlich.

»Und du? Denkst du wie er?«

»Ich möchte mitgehen.«

»Deine Entscheidung im Rat gilt auch für deine Familie. Glaubst du nicht, dass heute der Tag gekommen ist, an dem du gegen deinen Vater sprechen musst?«

Telams Blick füllte sich mit Entsetzen. »Nein!«, rief er aus. »Das kann ich nicht tun.«

»Dein Vater hat dir den Platz im Rat aus freien Stücken übergeben, und damit bist du das Oberhaupt eurer Familie.«

»Ja ... aber ich kann nicht gegen ihn sprechen. Ich werde mit meiner Familie in Hequis bleiben.«

»Wenn die Dämonen ...«

Telam hob eine Hand. »Ich weiß, dass wir uns in Gefahr begeben. Bitte lass uns zurück.«

Seld nickte. »Nun gut.«

Als die Sonne am höchsten Punkt stand, waren die Hequiser zum Aufbruch bereit. Die Wagen hatten eine Reihe gebildet, die vom Marktplatz zwischen den Häusern hindurch bis zum Rand von Hequis reichte. Seld schritt die Wagen ab, die insgesamt mehr als vier Dutzend zählten. Vor allem die Kinder und die Alten saßen auf den Wagen unter der Plane, die Männer und Frauen ritten oder liefen neben den Wagen. Viele Familien hatten ihre Jari und weitere Lif hinten an den Wagen festgebunden. Die Jari wühlten mit den Vorderläufen den Boden auf und suchten mit ihren Schnauzen im Erdreich nach Essbarem.

Die zehnköpfige Jerv-Familie stand vor ihrem Haus in einer Seitenstraße des Marktplatzes und beobachtete, wie ihre Freunde und Nachbarn sich aufmachten, ihr Heimatdorf zu verlassen. Seld hatte Telam noch einmal gesagt, dass sie ihnen jederzeit folgen konnten und dass sie bei Anzeichen von Dämonen sofort fliehen sollten. Er hob zum Abschied seine Hand, aber nur Telam winkte zurück. Der Vater des jungen Mannes stand mit verschränkten Armen etwas abseits und ließ seinen missbilligenden Blick auf Seld ruhen.

Einige Alte hatten das Dorf ebenfalls nicht verlassen wollen. Sie waren gebrechlich und wollten die Strapazen der Reise nicht auf sich nehmen, und sie wussten, dass sie den kommenden Winter nicht überleben würden. Seld hatte ihre Familien überzeugen müssen, dass sie nicht bei ihren Alten blieben, und diese hatten ihn dabei unterstützt, schickten ihre Kinder und Kindeskinder fort. Nahrung und Feuerholz wurde in die Quartiere der alten Leute gebracht, dann verabschiedeten sie sich von ihren Kindern, die sie niemals wieder sehen würden.

Nach einem letzten Blick zur Jerv-Familie ließ Seld seine Hand sinken, dann gab er das Zeichen zum Aufbruch. Die Hequiser trieben ihre Lif an, woraufhin sich die ersten Wagen ruckartig in Bewegung setzten – die Hufe der Lif scharrten über den Boden, und Wagenräder quietschten.

Seld ging zu Fuß der Kolonne voran, seine beiden Lif hatte er am ersten Wagen angebunden. Er warf keinen Blick zurück, aber die Hequiser taten es. Wind blies von den Bergen kommend gegen ihre Rücken, als die Jerv-Familie stumm in der flachen Senke des Dorfes zurückblieb. Im Stillen bat Seld die Götter, auf die Familie und die Alten zu achten.

Mit jedem Schritt, der die Hequiser weiter von ihrem Heimatort entfernte, verstummten mehr Gespräche auf den Wagen. Der Wind von den Bergen ließ diejenigen frösteln, die neben der Kolonne liefen oder auf einem Lif ritten. Über ihren Köpfen zogen sich die Wolken zusammen: Ein Gewitter kündigte sich an.

Seld ging von einem Wagen zum anderen, nachdem das Dorf aus der Sichtweite der Kolonne verschwunden war. So weit das Auge reichte, erstreckte sich eine karge, hügelige Landschaft, die von Wildkraut bedeckt war. Einige schmale Flüsse durchzogen von den Bergen kommend die Umgebung, und hier und da standen dürre Bäume beieinander. Im Norden zeichneten sich die zackigen Umrisse der Koan-Berge ab. Ihre Gipfel waren immerzu mit Schnee bedeckt, und auch die meisten Hänge waren von Gletschern und weit reichenden Schneebrettern verziert. Wo der Schnee sich nicht niedergelassen hatte, ragte graues Gestein auf. Die Koan-Berge, Heimstatt der Drachen, Grenze zum Dämonenland ... niemals hatte sie ein Mensch überquert.

Selds Gedanken waren bei Telam Jerv. Hatte er richtig gehandelt, ihn und seine Familie im Dorf zurückzulassen? Vielleicht hätte er sich weiter bemühen sollen, die Familie mitzunehmen. Wenigstens waren keine anderen Hequiser dem Beispiel der Jerv-Familie gefolgt. Selbst die Tamat-Familie hatte sich der Kolonne angeschlossen.

Regen setzte ein, der bald zu einem schweren Vorhang aus Nässe wurde. Er erdrückte auch die letzten Gespräche unter den Hequisern, und stumm ließen sie das Wasser an sich herabfließen, die Köpfe gesenkt, die Spur der Drachen vor sich.

Als sie das Dorf Kequor erreichten, war die Nacht hereingebrochen. Nur gelegentlich drangen Blitze durch das Dunkel, und Donner grollte von den Bergen. Seld gab das Zeichen zum Halten.

Die Spuren der Drachen waren auch im Nachbarort nicht zu übersehen: Tiefe Furchen und die Abdrücke der Krallen zogen sich durch Kequor; Wasser bildete Pfützen darin.

Kequor war in Aufruhr. Die Leute aus dem Ort beluden in ungeordneter Hast ihre Wagen und beachteten die angekommene Kolonne nicht.

Die Hequiser ließen sich schweigsam am Rand des Dorfes nieder und zogen sich in den Schutz ihrer Zelte zurück oder verkrochen sich unter der Plane auf den Wagen. Die kopflose Angst der Kequorer weckte ihre eigene Furcht, die sie während des ersten Tags ihrer Reise sorgsam unterdrückt hatten. Vereinzelte Wagen zogen aus Kequor nach Westen oder Süden davon.

Seld verließ die Kolonne und stapfte durch den Matsch in das Dorf hinein. Er musste mit der Vorsteherin von Kequor reden. Während er den Weg zu ihrer Hütte zurücklegte, erinnerte er sich an sein letztes Zusammentreffen mit ihr. Ob sie ihm verziehen hatte? An ihrem Haus angekommen, klopfte er gegen die schwere Holztür. Niemand antwortete, doch die Tür schwang durch sein Klopfen ein Stück weit auf.

Seld betrat das Haus und schloss die Tür hinter sich. Das Regengeräusch wurde zu einem dumpfen Trommeln auf dem Holzdach. Wasser tropfte von Seld herunter auf den Steinboden und sammelte sich in den Fugen; in der Hütte herrschte drückende Hitze. Seld streifte seinen nassen Mantel ab und ließ ihn auf den Steinboden fallen.

Im Kamin am jenseitigen Ende des Raums flackerte ein Feuer, das die Hütte in tanzendes Licht tauchte. Seld machte einige Schritte zu dem Schemen, der auf einem Strohlager vor dem Kamin lag. Die Hitze trocknete langsam das Wasser auf seiner Haut.

»Wer ist da?«, fragte eine müde Stimme.

»Seld Esan.«

Yol Fram setzte sich auf und schaute einen Augenblick verwirrt um sich. Seld hatte die Vorsteherin von Kequor im vergangenen Winter zum letzten Mal gesehen. Seitdem war sie ersichtlich abgemagert. »Seld Esan«, murmelte sie. »Ich habe dich schon erwartet. Was haben eure Drachen vor?«

Er ignorierte den leisen Vorwurf in ihrer Frage und gab zurück: »Ihr wollt euer Dorf ebenso verlassen?«

»Was sonst sollen wir tun?« Sie schlüpfte unter der Decke hervor und nahm ihre Kleidung vom Boden auf – ihrer Blöße schämte sie sich nicht –, dann zog sie sich an. Unsicheren Schrittes ging sie zum Kamin und legte etwas Holz nach. »Komm zu mir und wärm dich. Ich möchte nicht gleich wieder zu meinen Leuten hinaus und von ihrer Angst gepackt werden.« Die beiden setzten sich auf das Lager. Yol beugte sich nach vorn und nahm einen Beutel, der neben der Feuerstelle auf den warmen Steinen lag. Aus diesem schüttete sie eine wohlriechende Flüssigkeit in zwei Holzbecher und reichte Seld einen.

Vorsichtig nahm er einen Schluck, und eine angenehme, würzige Wärme suchte den Weg in seinen Magen.

»Sind noch Drachen auf den Bergen?«, fragte sie.

»Nein, ich glaube nicht. Wir haben keine Anzeichen von ihnen mehr gesehen – es sind wohl alle Drachen, die nun durch Derod marschieren.«

Yol Fram nickte. »Die Drachen machen mir Angst, und als sie sich unserem Dorf genähert hatten, dachte ich, es wäre unser aller Ende.« Mit einem langen Holzstück schürte sie das Feuer. »Aber als sie dann an uns vorüberzogen, hatte ich das Gefühl, dass die Drachen selbst etwas zu fürchten haben. Die Legenden über die Dämonen haben mir niemals Angst eingejagt – nun weiß ich nicht mehr, woran ich glauben soll.«

»Wir wissen noch nicht, wohin die Drachen gehen. In ihrer Nähe werden wir sicher sein, daher werden wir ihnen so lange wie möglich folgen.«

»Vielleicht wollen die Drachen das aber nicht.«

»Sie laufen«, entgegnete Seld. »Viel schneller kämen sie fliegend voran. Ich glaube, es ist ihre Absicht, dass wir ihnen folgen. Schließt euch uns an.«

Yol Fram schüttelte den Kopf. »Nein, wir werden alle weggehen und niemals zurückkehren. Aber wir folgen nicht dem Weg der Drachen.« Sie warf das Holzstück ins Feuer und beobachtete mit leeren Augen, wie die Flammen danach griffen.

»Wohin?«

»Nach Westen. Nach Hatresk und vielleicht noch weiter westlich. Dort gibt es keine Drachen und keine Dämonen.«

»Und kaum Menschen. Dort seid ihr auf euch allein gestellt. Ich habe lange Jahre im Nordwesten gelebt.«

»Das weiß ich.«

»Es werden andere mit uns kommen. Ihr solltet es auch tun. Wir werden jemanden nach Klüch entsenden, damit der Herrscher seine Heere ins Nordostland verlegt.«

»Ich glaube nicht, dass euch viele folgen werden. Je weiter ihr nach Süden kommt, umso weiter weg seid ihr von den Koan-Bergen und damit auch von den Dämonen. Jenseits der Weiten Steppe wird niemand seine Heimat verlassen.«

»Mir geht es nur darum, dass die Hequiser in Sicherheit sind.«

»Und ich sorge mich um die Kequorer. Wir werden nach Hatresk gehen.«

Seld schaute in ihre Augen und sah darin nur Entschlossenheit. »Ich wünsche euch, dass ihr Sicherheit und Glück findet.« Er umarmte Yol unbeholfen.

Sie drückte ihn nach kurzem Zögern an sich. »Das wünsche ich euch auch«, flüsterte sie.

Seld löste sich von ihr und stand auf.

»Wir würden mit euch kommen«, sagte plötzlich Yol Fram, »wenn du mich doch zur Frau nimmst.«

Sie schaute ihn an, und nach einigen Augenblicken erschien ein trauriges Lächeln auf ihrem Gesicht. »Ich weiß – es soll nicht sein. Halte deine tote Frau weiter in Ehren.«

Seld beugte sich nach vorne und küsste Yol Frams Stirn. »Ich hoffe, dass wir uns wiedersehen«, sprach er, wendete sich ab und legte die wenigen Schritte zur Tür zurück.

»Manchmal glaube ich, dass du nur auf deinen Tod wartest«, sagte Yol Fram.

Seld hielt inne und blickte zurück zu ihr. Sie hatte ihm nun den Rücken zugewendet und starrte ins Feuer. Vom Boden nahm Seld seinen durchnässten Mantel und streifte ihn über, dann trat er hinaus in den strömenden Regen.

Seld lag auf einem der Wagen zwischen zwei anderen Hequisern, er war lange wach in dieser Nacht. Das Donnergrollen hatte sich entfernt, doch der Regen war stärker geworden, trommelte auf die dünne Plane über ihm, und durch einige Ritzen tropfte das kalte Wasser, so dass Seld den Kopf zur Seite drehen musste, um nicht nass zu werden.

Er dachte an Yol Fram. Es war im letzten Herbst gewesen, als er mit ihr aus Klüch zurück nach Hause gereist war, nachdem sie beide vor der Handelsgilde das Nordostland vertreten hatten. Auf dem Rückweg rastete er bei ihr in Kequor, doch es war nicht nur bei der Rast geblieben. Seld verbrachte die Nacht in ihrem Bett, allerdings stahl er sich noch vor Morgengrauen davon und ritt nach Hequis zurück. Tags darauf kam Yol nach Hequis und bat ihn, sie zur Frau zu nehmen, aber Seld lehnte ab. Daraufhin nickte Yol nur und ritt ohne ein weiteres Wort nach Kequor zurück. Seitdem hatte Seld sie nicht mehr gesehen.

Vielleicht hatte Yol Recht, und er wünschte sich wirklich, den Tod zu finden, um wieder mit seiner Frau vereint zu sein. Alema ... nun war sie seit über zehn Jahren tot, und es verging kein Tag, an dem er sie nicht vermisste. Von einer anderen Frau berührt zu werden, hatte Seld das Gefühl gegeben, ein Ehebrecher zu sein, der das Andenken an Alema beschmutzte. Auch die Jahre seines Exils in den Wimor-Bergen hatten seine Erinnerungen an Alema nicht verblassen lassen – nur die Gedanken der Rache hatte Seld in dieser Zeit abgelegt. Auch wenn es die Hände einiger Hequiser waren, die Alema in den Tod gestoßen hatten;

es war Talut Bas, der verfügt hatte, dass Selds Frau nicht weiterleben durfte. Er war der einzig Schuldige, und nur gegenüber dem Herrscher von Derod empfand Seld den kalten Wunsch nach Rache.

Durch den Regen hindurch hörte Seld, wie sich immer wieder Wagen der Kequorer quietschend nach Westen entfernten.

Am nächsten Morgen fanden die Hequiser das Nachbardorf fast verlassen vor, die letzten Wagen machten sich gerade auf den Weg. Die Sonne brach durch die Wolken und begann, Erde und Menschen zu trocknen. Seld hörte, wie sich einige Hequiser murmelnd darüber unterhielten, ob man nicht ebenso nach Hatresk fliehen sollte.

Dann nahmen die Hequiser ihren Weg wieder auf, weiter der Spur der Drachen folgend. Über den feuchten Boden kamen sie nur langsam voran, aber zur Mittagszeit hatten sie einige Drachen für einen Moment in Sichtweite – eine goldene Masse, die kurz am Horizont auftauchte. Die Drachen liefen also mit der gleichen Geschwindigkeit weiter, so dass die Hequiser ihnen folgen konnten. Seld versuchte die Richtung einzuschätzen, in der sie sich bewegten, und es sah ganz so aus, als zögen sie in Richtung der Weiten Steppe, denn ganz in der Nähe waren die steinernen Wegmarkierungen der alten Handelsroute. Die Morgensonne wurde von dichten Wolken verschluckt, und die Kolonne bewegte sich im gedämpften Licht auf dem Pfad der Drachen. Die Landschaft hatte sich nicht verändert, und auch die Berge im Rücken der Hequiser schienen nicht kleiner geworden zu sein, auch wenn sie sich nun schon anderthalb Tage von ihnen entfernt hatten.

Als Seld neben dem Wagen lief, der die Kolonne anführte, und er zu der Stelle am Horizont blickte, an der die Drachen aufgetaucht waren, sank er unvermittelt zu Boden.

Seld war wieder in Hequis, und er war allein. Er stand neben dem Brunnen in der Mitte des Marktplatzes, und das einzige Geräusch, das er vernahm, war sein eigener Atem. Der Himmel über ihm war schwarz, aber durch den Boden schien ein mattes Leuchten zu dringen, als strahle eine Sonne tief unter der Erdkruste, auf der Seld stand. Nicht ein einziger Stern stand am Firmament.

Wind kam auf, und er blies so stark gegen Selds Rücken, dass er nach vorn taumelte. Er versuchte, sich an dem Brunnen festzuhalten, doch seine Hände glitten über den Stein. Das Rauschen des Windes schwoll an, und etwas Riesiges schoss über Seld hinweg. Er ließ sich zu Boden fallen und verschränkte seine Arme über dem Kopf. Nach einigen Augenblicken wagte er, sich auf den Rücken zu drehen und nach oben zu schauen, und im Himmel erahnte er ein geflügeltes schwarzes Wesen, das über ihm Kreise zog.

Nein – es waren viele. Sie hoben sich kaum von der Dunkelheit der sternenlosen Nacht ab.

Dann verharrten die Wesen still und ohne Flügelschlag in der Luft – direkt über Seld, als wollten sie jeden Augenblick nach unten stoßen.

Dieser stand auf und rannte los. Jeder Stein bohrte sich spitz in seine bloßen Fußsohlen. Hinter und über sich hörte er den heißen Atem von Wesen, auf die ein Mensch wie Ungeziefer wirken musste. Sie verfolgten ihn nun in der Luft, kamen näher.

Ein Blitz – und Seld fand sich an einem anderen Ort wieder.

Schau.

Es war die gleiche Stimme, die während seiner letzten Geistesreise zu Seld gesprochen hatte – die ihm gesagt hatte, den Drachen zu folgen. Seld saß auf einem runden, flachen Stein, der in absoluter Dunkelheit zu schweben schien – nichts außer Schwärze umgab Seld, der mit der Handfläche über den Stein strich, als wollte er sich dessen Wahrhaftigkeit vergewissern.

Wohin sollte Seld schauen, wie es die Stimme befahl? Die Dunkelheit war allumfassend. Er drehte seinen Kopf von einer Seite zur anderen, aber entdeckte nichts. Doch, dort – in scheinbar unendlicher Entfernung glomm ein Licht, blau und unscheinbar.

Dorthin musst du gehen.

Das Leuchten wurde stärker, und nun konnte Seld erkennen, dass es sich auf der Spitze eines Berges befand, der weit in die Höhe ragte und so steil war, dass kein Mensch ihn besteigen konnte. Die Quelle des Lichts war nicht zu erkennen.

Hier werden wir unser Schicksal vollenden.

Die Stimme wurde immer leiser, während sie erklang, dann erlosch das Licht.

Seld fiel.

Als Seld die Augen öffnete, dachte er, sein Geist wäre noch immer an einem anderen Ort, denn die Dunkelheit umgab ihn weiterhin. Doch er fiel nicht mehr – er lag flach auf dem Boden, und dieser bewegte sich rumpelnd unter ihm. Seld hob seine rechte Hand zum Kopf und strich über seine Stirn, hinter der stechender Schmerz pulsierte.

Er blinzelte. Es war die Plane des Wagens, die den Blick auf den Sternenhimmel verdeckte. Ächzend setzte er sich auf.

Neben sich sah er den sitzenden Ark, der die Knie angezogen und sein Gesicht in den Unterarm vergraben hatte. Er schien zu schlafen. Als er Selds Ächzen vernahm, blickte er auf, und die Verwirrung in seinem Gesicht wandelte sich sofort in Freude. Er fuhr hoch und machte gebückt einen Schritt zu Seld, packte ihn an den Schultern.

»Du bist erwacht! Bei den Göttern – endlich!«

Seld atmete tief ein, um den Schwindel aus seinem Kopf und die Übelkeit aus seinem Magen zu vertreiben, und langsam ebbte beides ab. Er klopfte auf Arks Arme. »Das war die stärkste Geistesreise, die ich jemals hatte«, sagte er mit tauben Lippen. »Es ist Nacht – wie lange war ich nicht bei mir?«

»Den Rest des vergangenen Tages und diese halbe Nacht. Es waren viele Stunden, die du hier gelegen hast, und ich war in tiefer Sorge. Dein Herzschlag wurde immer schwächer. Es schien, als wollte dein Geist nicht in seinen Körper zurückkehren.«

Selds Hand fuhr zu seinem Herzen und fühlte das gleichmäßige Pochen. »Ich war an der Spitze der Kolonne ...«

»Ja. Du bist zusammengebrochen, und ich habe dich auf diesen Wagen betten lassen. Unsere Leute reden von nichts anderem mehr. Sie fürchten, dass du sterben wirst. Ich hielt es für das Klügste, sie von den Geistesreisen zu unterrichten, so wie du dem Rat davon erzählt hast.« Ark setzte sich neben Seld auf das Lager. »Und was hast du auf dieser Geistesreise gesehen?«

Seld nahm einen Wasserbeutel vom Boden und trank einen Schluck. »Es war wie mehrere Geistesreisen auf einmal, so viele Dinge habe ich gesehen. Zuerst war da etwas Dunkles, das mich gejagt hat, dann hörte ich die gleiche Stimme wie während meiner letzten Geistesreise. Sie zeigte mir einen Ort ... eine Bergspitze, von der blaues Licht leuchtete. Dorthin soll ich gehen.« Seld nahm einen weiteren Schluck.

Er horchte auf seinen eigenen Herzschlag und auf das Rauschen des Blutes durch seine Ohren. Seine Muskeln schmerzten, sein ganzer Körper fühlte sich an, als habe er mehrere Tage auf dem Feld gearbeitet.

»Ruhe dich diese Nacht aus«, sagte Ark. »Ich werde die Ratsmitglieder davon unterrichten, dass du wieder wach bist. Quint Tamat wollte schon den Rat einberufen, um einen neuen Vorsteher zu bestimmen.«

Kapitel 7

Klüch erstarrt

Die Kunde, dass die Drachen die Koan-Berge verlassen hatten und nun durch Derod in südwestlicher Richtung marschierten, erreichte Talut Bas während einer Einsatzbesprechung mit den Generälen, die im Norden die abtrünnigen Provinzen bekämpften.

Der Herrscher saß in einem hohen Holzstuhl am Kopf des Tisches, die Hände im Schoß gefaltet, den Blick zur Seite auf die Fenster gerichtet. Er trug die königliche Robe aus rotem Samt und ein schwarzes Kleid, das eng wie eine zweite Haut an seinem schmalen Körper lag. Den Worten des wuchtigen Generals, der aufgestanden war und von Stärke und Moral seiner Truppe erzählte, schien Talut überhaupt nicht zu lauschen.

Einer der Bediensteten trat an den Herrscher heran. »Ein Bote aus dem Nordostland ist angekommen, Herr«, teilte der Bedienstete mit.

»Er soll warten«, befahl Talut.

»Der Bote sagt, es gehe um die Drachen.«

Talut schaute in die Augen des Bediensteten, als suchte er darin eine Lüge. Dann erhob er sich und rauschte davon, während der General kurz stockte und dann den Faden wieder aufnahm.

Der Bote wartete im steinernen Gang, der den ausladenden Innenhof des Schlosses umsäumte. Seine Uniform, die ihn als einen Angehörigen des untersten Ranges auswies, war verdreckt und an vielen Stellen eingerissen. Er wich dem Blick des Herrschers aus, als dieser vor ihn trat.

»Was ist mit den Drachen?«, fragte Talut.

»Die Drachen ... sie haben die Koan-Berge verlassen.«

Talut wendete sich von dem Boten ab und schritt zu einem der Fenster, ließ seinen Blick über die Stadt schweifen, die er beherrschte. »Wohin sind sie geflogen?«, fragte er weiter.

»Sie fliegen nicht ... sie laufen.«

Talut schaute über die Schulter zu dem Boten zurück, der unter dem Blick des Herrschers erschauderte. »Laufen?«

Der Bote nickte nur.

Wieder wendete sich Talut der Stadt zu. Mit seinen Handflächen trommelte er rhythmisch auf die grauen Steine der Fensterbank. »Wo bist du stationiert?«, fragte er.

»In den Drei Dörfern. Wir sind nur wenige Soldaten dort, die meisten sind in die Nordländer abgezogen worden ...«

Talut hob die Hand und brachte den Soldaten damit zum Schweigen. »Ich kenne meine Befehle. Du hast die Drachen selbst gesehen?«

»Ja. Wir erfuhren von Händlern, die aus Hequis kamen, dass die Drachen auf das Dorf zu marschierten. Ich wurde von meinem Kommandanten ausgesandt, dies zu überprüfen, und zwischen Kequor und Hequis sah ich die Drachen. Ich habe nur einmal vorher einen Drachen gesehen – eigentlich nur sein Feuer auf einem Plateau auf den Bergen. Aber dies ... es waren hunderte, ja tausende!«

»Haben sie Hequis zerstört?«

»Das weiß ich nicht. Ich bin sofort zurück in die Drei Dörfer geritten, und mein Kommandant sandte mich nach Klüch, um Euch diese Nachricht zu überbringen, Herr.« Der Bote verneigte sich.

Talut Bas ließ seinen Blick kurz auf dem Mann ruhen, dann ging er gemessenen Schrittes den Gang entlang, zurück in das Besprechungszimmer. Die Generäle unterhielten sich leise, doch ihr Murmeln erstarb in dem Augenblick, in dem Talut Bas wieder den Raum betrat. Er sank in den verzierten Holzstuhl am Kopf der Tafel und strich mit den Handflächen über das polierte Edelholz der Tischplatte. Die Generäle warteten darauf, dass er etwas sagte, während Talut die Maserung der Tischplatte zu studieren schien.

»Unsere Pläne haben sich geändert«, begann er leise. Nun hob er den Kopf und blickte düster die sieben Generäle an. »Der Vormarsch gegen die Nordländer wird sofort gestoppt. Kommandieren Sie Ihre Truppen nach Klüch. Ich erwarte, dass in zehn Tagen alle Soldaten hier in der Stadt stationiert sind.«

Wenige Minuten später preschten Boten auf den schnellsten Lif, die das Heer aufbieten konnte, in Richtung Norden, in den Satteltaschen ein jeder den Marschbefehl mit dem Siegel des Herrschers.

Mesala war auf dem Weg zurück nach Hause, als sie von den Drachen erfuhr. Sie trug einen Korb mit nasser Wäsche, die sie im Fluss gewaschen hatte, als sie einen Ausrufer sah, der an einer Straßenecke die Leute zusammenrief, um eine Nachricht im Auftrag des Königs zu verkünden. Mesala vermutete, dass der Ausrufer wie immer vom Vormarsch der Truppen in den Nordländern berichten würde. Jedes Mal, wenn Talut mit ihr redete, kam er auf seinen Krieg in den nördlichen Provinzen zu sprechen. Er glaubte, er sei vom Schicksal ausersehen, ganz Derod zu einen. Die Nordländer hatten vor vielen Jahren ihre Unabhängigkeit von Klüch erstritten, was Talut natürlich nicht anerkannte.

»Die Drachen des Nordostlandes haben die Koan-Berge verlassen!«, verkündete der Ausrufer.

Mesala erstarrte. Ihre Hände verkrampften sich um die Griffe ihres Korbs, kaltes Wasser tropfte auf ihre Füße.

Der Ausrufer erzählte mit lauter Stimme, dass die Drachen zu Fuß durch das Nordostland stampften und sich derzeit in der Weiten Steppe befanden. Sie bewegten sich in Richtung Klüch. Nachdem der Mann geendet hatte, eilte er davon, um dieselbe Neuigkeit an der nächsten Ecke zu verkünden.

Die Klücher, die dem Mann gelauscht hatten, standen schweigend herum, dann gingen sie auseinander. Mesala fühlte sich wie betäubt, während sie nach Hause ging.

Das Nordostland ... ihre Schwester war dort gestorben, von den Dorfbewohnern in eine Drachenhöhle geworfen worden. Nun hatten die Drachen die Berge verlassen. Bei den Göttern – die Dämonen! Was war mit ihnen? Konnten sie nun nach Derod vordringen?

Schneller als die Ausrufer vermochten, verbreiteten die Klücher die Kunde in ihrer Stadt, bis auch der Letzte davon wusste. Noch bis tief in die Nacht sprachen die Klücher leise über die Drachen, über die Dämonen und über all jene Prophezeiungen, die mit ihnen zu tun hatten.

Kapitel 8

Der Angriff des Dämonen

Seld schlief die Nacht hindurch und erwachte erfrischt. Dichter Morgennebel lag über dem Nordostland und verbarg, was vor der Kolonne lag, und auch die Drachen wurden von dem Weiß verschluckt. Eine klamme Kälte kroch durch Selds Kleidung, und er zog seinen Mantel enger, als er vom fahrenden Wagen heruntersprang und begann, die Kolonne entlangzugehen.

Die Hequiser beäugten ihren Vorsteher mit einer Mischung aus Erleichterung und Sorge. Seld versuchte, ihnen zu erklären, dass die Geistesreisen ihm halfen, die richtigen Entscheidungen zu treffen, da sie ihm Dinge vor Augen führten, die an anderen Orten geschahen. Doch die Hequiser schienen sich schwer damit zu tun, diesen Worten Glauben zu schenken. Hem berichtete Seld und seinem Vater, dass er einige Leute belauscht hatte, die behaupteten, der Vorsteher sei verrückt geworden, und vielleicht wäre es besser, wenn Quint das Dorf anführen würde.

Drei Tage und Nächte blieben die Hequiser hinter den Drachen, so dass sie meistens am Horizont zu sehen waren.

Die Vegetation veränderte sich. Das Wildkraut auf dem Boden wurde dichter und höher, einige Bäume hatten noch die Reste ihres Laubwerks an den Ästen, und manche Sträucher trugen die letzten Beeren des Jahres. Hier war der Boden etwas fruchtbarer als in Hequis, so dass sogar geringe Erträge an Weizen eingefahren werden konnten, doch die Carem-Knollen schienen in der Nähe von Selds Heimatdorf besser zu wachsen. Bald würde die Kolonne an den Rand des Nordostlandes kommen, und dann würde sich der Boden innerhalb weniger Meter zu einer kargen Oberfläche verwandeln, die jedes Leben verabscheute.

Die Kolonne passierte eine Herde wilder Lif, worauf die angeschirrten Tiere mit lautem Blöken reagierten, und die Wagenlenker und Reiter hatten Mühe, die Tiere in ihrer Bahn zu halten.

Nidbal war die nächste Siedlung, die die Kolonne erreichte. Das Dorf war etwa so groß wie Hequis und Kequor. Seld kannte den Ort gut, war er doch eine Zwischenstation auf dem Weg zu den Drei Dörfern und nach Klüch, und er lag auf der alten Handelsroute.

Das Dorf war still und offenbar menschenleer. Schmale Rauchfahnen stiegen aus einigen Schornsteinen, als glomm noch ein sterbendes Feuer in ihnen. Die Häuser waren wie die Gebäude von Hequis und Kequor vornehmlich mit den dunkelgrauen Steinen aus den Ebenen vor den Bergen und dem hellbraunen Holz der hiesigen Bäume gebaut worden. Die Drachen waren hier vorbeigekommen – ihre Spuren waren nicht zu übersehen.

Als die Kolonne Nidbal passierte, hob Seld seine Hand, und die Hequiser hielten. Er bedeutete der Kolonne, ein Stück vor dem Dorf zu warten, stieg von dem vordersten Wagen und ging allein in den Ort hinein.

Der Tag war sonnig und windstill, aber die Luft war kalt, als finge sie nicht mehr die wärmenden Strahlen ein. Seld schritt langsam durch die weiten Gassen des Dorfes. Da viele Türen offen standen, konnte er einen Blick in manche Häuser hineinwerfen, doch das Einzige, was er sah, waren Überreste eines hastigen Aufbruchs: Stühle lagen umgeworfen auf dem Boden; Ungeziefer taten sich an Essensresten gütlich und huschten davon, wenn Selds Schritte näherkamen.

Nidbal war ein verlassenes Dorf. Wieder kam Seld die Jerv-Familie in den Sinn – ob sie nun die einzigen Menschen waren, die sich jenseits der Drei Dörfer aufhielten? Und was, wenn sogar die Drei Dörfer schon verlassen waren? Ein Nordostland ohne jede Menschenseele, wie in der Zeit der Vorväter, nachdem die Drachen die Dämonen hinter die Koan-Berge gejagt hatten …

Seld wendete sich ab und ging zurück zur Kolonne. Als er am Ortsrand ankam, ertönte hinter ihm eine schneidende Stimme: »Die Drachen!«

Seld fuhr herum und spähte nach dem Rufer, aber er konnte ihn nicht finden. Da trat ein alter Mann aus dem Schatten einer Hütte. Er stützte sich auf einen schwarzen, abgegriffenen Stock und war in ein altes Fell gekleidet, dessen stechender Geruch bis zu Seld herüberwehte. Der Wind zerzauste sein graues Haar, und Seld sah, dass der Mann nur noch ein Auge hatte; sein linkes Auge war nur eine dunkle Höhle.

»Die Drachen. Sie gehen!«, rief der Mann aus. Er blinzelte, ächzte. »Wer bist du?«, fragte er schließlich.

»Seld Esan. Ich komme aus Hequis.« Langsam ging Seld auf den alten Mann zu. »Seid Ihr zurückgelassen worden?«

»Zurückgelassen … ja … von den Drachen.«

Seld führte den alten Mann zu der Kolonne, half ihm auf einen der Wagen und wies einige Hequiser an, sie sollten in allen Häusern nachsehen, ob noch weitere Nidbaler zurückgelassen worden waren. Nach einiger Zeit kehrten sie zurück und berichteten, dass sie niemanden gefunden hatten. Die Kolonne nahm ihren Weg wieder auf.

Dann stieg Seld in den Wagen zu dem alten Mann, der inzwischen auf einem Strohlager schlief. Er setzte sich neben ihn und betrachtete das entspannte Gesicht. Der Mann musste älter sein als jeder Bewohner von Hequis. Sein Gesicht war von Falten durchzogen, die Haut war blass und seine spärlichen Haare waren grau.

Langsam tauchte der alte Mann aus seinem Schlaf auf. Mit seinem matten Auge nahm er wahr, dass jemand bei ihm saß, und daraufhin lächelte er zahnlos. »Ihr habt mich mitgenommen.«

»Wie ist Euer Name?«

»Alur«, sagte der alte Mann.

»Wie konnten die Leute von Nidbal Euch allein zurücklassen? Oder wolltet Ihr hierbleiben?«, fragte Seld.

»Sie wollten nicht hören, was ich ihnen sagte. Es machte ihnen Angst.«

»Und was habt Ihr ihnen gesagt?« Seld holte einen Beutel Wasser, der in einer Ecke des Wagens lag.

»Das, was ich von der Stimme in meinen Träumen erfahren habe.«

Seld schaute den alten Mann ungläubig an. Dann hielt er dem Mann den Beutel hin. Dieser lächelte, nahm den Beutel entgegen. »Ich versuchte, etwas zu erwidern, aber die Stimme hörte mich nicht.« Alur goss Wasser in seinen Mund, ein Rinnsal floss sein Kinn hinab. Hustend drehte er den Kopf zur Seite, gab Seld den Beutel zurück und wischte sich über den Mund.

»Nur deswegen seid Ihr zurückgelassen worden?«

»Sie haben mir nicht geglaubt. Niemand! Alle dachten, der Wahnsinn hätte mich gepackt. Ich wollte ihnen erklären, was ich in meinen Träumen sah, aber sie hörten nicht auf mich!«

»Tauchen die Drachen in Euren Träumen auf?«

»Ja. Sie zeigen mir Orte, die ich noch niemals gesehen habe.«

»War darunter auch ein Berg, von dem ein blaues Licht strahlt?«

Alur dachte nach. »Nein«, meinte er schließlich. »Daran erinnere ich mich nicht.«

Seld kniete sich nach vorne und drückte den alten Mann sanft zurück auf sein Lager. »Ihr braucht Ruhe. Erholt Euch und schlaft in der folgenden Nacht. Wir haben noch Zeit zum Reden.«

»Keine Zeit mehr«, murmelte Alur an der Grenze zum Schlaf.

Seld zog eine Decke bis unter Alurs Kinn und wartete, bis dessen Atemzüge flacher wurden. Dann drehte er sich um und sprang vom Wagen.

»Die Drachen erwarten dich, Seld«, murmelte Alur im Schlaf.

Telam Jerv ging den Hügel hinter Hequis hinauf, nachdem die Nacht hereingebrochen war. Über ihm erstreckte sich ein Sternenhimmel, der an einigen Stellen von schwarzen Wolken verdeckt wurde, die sich langsam über das Land schoben.

Auf dem Hügel angekommen, betrachtete er die Koan-Berge. Eisiger Wind pfiff über die Ebene und biss in Telams Haut unter der Kleidung. Sein Blick glitt über den dunklen Schemen der Bergkette, es war nach wie vor kein Zeichen der Drachen zu erkennen. Noch immer hatte er Hoffnung, eine Feuersäule auszumachen – ein Zeichen, dass es noch Drachen auf den Bergen gab, die die Menschen vor den Dämonen schützten. Doch nichts dergleichen war zu sehen.

Seine Aufmerksamkeit richtete sich nun auf eine Wolke, die besonders niedrig zu hängen schien und sich besonders schnell fortbewegte. Immer wieder verschwanden Sterne um diese Wolke herum und tauchten wieder auf; es war, als lebte diese Wolke.

Da fühlte Telam plötzlich einen starken Windstoß aufkommen, der ihn einige Schritte zurücktaumeln ließ. Mit seiner Ferse stieß er gegen einen Stein, kippte nach hinten und schlug auf dem Boden auf, überschlug sich einmal und blieb schwer atmend auf der Seite liegen, den

Blick in den Himmel gerichtet. Er erhaschte noch einen Blick auf das schwarze Wesen, das knapp über ihm hinwegschoss, und für einen Augenblick glaubte er, zwei glühend rote Augen zu erkennen. Dann entfernte sich das Wesen, flog über Hequis hinweg und war schließlich nicht mehr auszumachen.

Telam richtete sich auf und hielt sich die rechte Seite, in die sich bei seinem Sturz ein Stein gebohrt haben musste. Es war ein Dämon gewesen, dessen Flügelschlag ihn gerade umgestoßen hatte, dessen war er sich sicher.

Er hastete ins Dorf zurück, stieß die Tür seines Elternhauses auf. Sein Vater saß am Tisch über seinem Abendmahl und warf Telam einen wütenden Blick zu. »Warum kommst du hereingestürmt wie ein Bandit?«

»Ich habe einen Dämonen gesehen!«, entfuhr es Telam. »Ein riesiges, schwarzes Wesen – es flog über mich hinweg und nach Südwesten.«

Der Vater fischte mit einem Holzlöffel einen dampfenden Brocken Jarifleisch von seinem Teller. »Du bist von Sinnen ... verrückt wie dieser Vorsteher, der nur Unheil über unser Dorf gebracht hat.«

Telam trat an den Tisch. »Wir sind in Gefahr. Noch können wir fliehen, vielleicht holen wir die Kolonne ein!«

»Wir bleiben in unserem Dorf.« Der Tonfall des Vaters duldete keinen Widerspruch.

»Nein, das werden wir nicht.«

Der Vater hob den Blick von seinem Holzteller und schaute seinen Sohn ungläubig an. »Du widersprichst mir?«

»Ich hätte es schon früher tun sollen, denn ich bin das Oberhaupt unserer Familie.«

Der Vater fuhr in die Höhe. »Du bist schwach – das unwürdigste Oberhaupt, das unsere Familie jemals hatte! Ich hätte niemals meinen Sitz im Rat an dich abgeben dürfen. Aber ich ertrug das Geschwätz dieses Esan nicht mehr.« Er holte mit seiner Rechten aus und schlug zu, doch Telam duckte sich schnell unter dem Schlag weg.

Langsam wich Telam zurück. »Ich werde der Kolonne folgen. Jetzt. Wenn du nicht mit mir kommen willst, bleib hier.« Er schaute zu seinen Geschwistern, die auf der Treppe erschienen waren, von dem Lärm angelockt. »Das gilt auch für euch. Und für dich, Mutter.«

Niemand rührte sich. Der Vater funkelte Telam an, schwer atmend, die Fäuste geballt, als wollte er seinen Sohn jeden Augenblick anspringen. Die Mutter und die Geschwister bewegten sich nicht.

»Lebt wohl«, sagte Telam, drehte sich um und verließ das Haus.

Wieder umfing ihn die Nacht. Sein Blick wanderte zu den Bergen, und er fürchtete schon, ein ganzes Dämonenheer zu sehen, doch nur die Wolken verdeckten die Sterne. Er ging um das Haus herum in den hölzernen Verschlag, in dem die Lif angebunden waren und einige Jari im Stroh wühlten. Mit flinken Händen band er sein Lif los und führte es hinaus.

Draußen wartete jemand auf ihn.

Telam entspannte sich, als er seine Mutter erkannte. Sie trat nahe an ihn heran und umarmte ihn. »Bitte bleib«, flüsterte sie.

»Nein. Ich möchte nicht in diesem Dorf sterben.« Telam erwiderte die Umarmung, sog den Geruch seiner Mutter in sich auf. »Komm mit mir. Lass ihn hier zurück, er ist töricht.«

Die Mutter löste sich von ihm. »Das kann ich nicht. Es ist zu spät für uns ... für mich.« Sie hielt ihm einen Beutel hin. »Dies wirst du brauchen. Wer weiß, wo du auf deinem Weg etwas zu essen findest.«

Telam nahm den Beutel. »Danke. Danke ... für alles.«

Seine Mutter hob eine faltige Hand, strich ihm über das Gesicht. »Leb wohl.«

Dann stieg Telam auf das Lif und trieb es zu einem Galopp durch das dunkle Nordostland an.

Am nächsten Morgen rastete die Kolonne am Reme. Dieser Fluss entsprang in den Koan-Bergen und floss nach Südosten, am Rand der Weiten Steppe entlang und schließlich hinab nach Süden, wo er von weiteren Flüssen gespeist zu einem breiten Strom wurde, der die Südländer mit frischem Wasser versorgte. Die Quelle des Flusses Heke, an dessen Mündung die Stadt Klüch lag, befand sich in den nördlichen Bergen, wand sich zuerst nach Südosten, um dann nahe der Weiten Steppe den Weg nach Süden zu nehmen, um sich schließlich mit dem Großen Meer zu vereinen.

Seld rieb das kalte Wasser des Reme über sein Gesicht und fuhr sich mit nassen Händen durchs Haar. Nachdem der alte Mann wieder aufgewacht war, schien sein Geist verwirrt gewesen zu sein, denn er redete nur unzusammenhängende Dinge über die Drachen, ihr Feuer und den Ort Nidbal. Die Namen, die er nannte, waren Seld nicht bekannt; wahrscheinlich waren es Leute aus Nidbal.

Der Vorsteher des Ortes war ein gramgebeugter Mann, der an Schwindsucht litt, aber sich an sein Leben wie an seinen Posten klammerte. Seld fragte sich, ob es die Entscheidung dieses Vorstehers gewesen war, Alur in Nidbal zurückzulassen.

Die Wasservorräte wurden aufgefüllt. Bis zu den Drei Dörfern war es nur noch eine halbe Tagesreise flussabwärts.

Im Laufe des Tages sammelten sich Wolken über den Köpfen der Hequiser, die alle Sonnenstrahlen verschluckten. Seld saß auf dem Kutschbock des Wagens, der die Kolonne anführte und blickte nach vorne. Die Umgebung wurde immer flacher, nur noch ein paar steinige Hügel erhoben sich in der Landschaft. Im Rücken der Hequiser waren die Koan-Berge hinter dem Horizont verschwunden – sie näherten sich der Grenze des Nordostlandes, und selbst das Wildkraut auf dem Boden wurde immer lichter. Hier und da kam der braune Sand zum Vorschein, aus dem die Weite Steppe bestand – die Kolonne war nicht mehr weit von ihr entfernt. Seld hoffte, noch an diesem Tag in den Drei Dörfern anzukommen.

»Darf ich mich zu dir setzen?« Seld schreckte auf.

Es war Hem, Arks Sohn. Er lief neben dem Wagen und blickte hoffnungsvoll zu Seld hinauf. Dieser lächelte und sagte: »Natürlich. Komm herauf.«

Hem grinste und schwang sich auf den Kutschbock. Er hielt die rechte Hand über die Augen und spähte nach vorne, als bestimmte er die Richtung der Kolonne.

»Siehst du etwas auf unserem Weg?«, fragte Seld.

»Die Drachen ... dort am Horizont sind sie. Wohin gehen sie nur?«

»Nun, als Nächstes werden sie die Drei Dörfer erreichen.«

»Von denen habe ich gehört. Werden dort auch keine Menschen mehr sein?«

»Um ehrlich zu sein – ich weiß es nicht. Dort leben viel mehr Leute als in Hequis, Kequor oder Nidbal. Ich hoffe, dass noch einige dort sind.«

»Ich war noch niemals dort«, sagte Hem. »Mein Vater hat mich nicht mitgenommen, obwohl ich sie schon immer sehen wollte. Genauso wie Klüch!« Hems Augen glitzerten.

»Kennst du die Geschichte, warum es drei Dörfer sind und nicht eines?«

Hem schüttelte den Kopf.

»Ich erzähle sie dir. Aber du musst solange die Zügel halten. Traust du dir das zu?«

Hem nickte energisch.

»Hier hast du sie.« Seld gab ihm den Lederriemen. »Nicht so straff ziehen«, belehrte Seld. »Wir wollen schließlich heute noch ankommen.« Seld streckte stöhnend seinen Rücken, dann setzte er sich seitlich auf den Holzbalken und hob seine Beine über den Rand des Kutschbocks. »Also ... vor langer Zeit war das Nordostland kaum bewohnt. Fast alle Menschen in Derod lebten auf der anderen Seite der Weiten Steppe, vor allem in Klüch. Nur wenige Leute hatten die Steppe durchquert und dann das Nordostland bereist und die Heimstatt der Drachen gesehen.«

»War das, kurz nachdem die Drachen die Dämonen in einer riesigen Schlacht besiegt hatten?«, fuhr Hem dazwischen.

»Nein, das ist noch viel länger her. Viele Menschen verließen ihre Heimat, weil sie glaubten, an anderen Orten besser zu leben, weil Klüch von Banditen beherrscht wurde. Eine reiche Familie aus der Stadt verlor ihre ganze Habe, als sie von einer Banditenhorde ausgeraubt wurde. Sie beschlossen, jenseits der Steppe zu leben, fernab von den Gefahren in Klüch. Also durchquerten sie die Steppe. An deren Rand, wo der fruchtbare Boden begann, ließen sie sich nieder.«

»Aber warum haben sie drei Dörfer gebaut und nicht eines?«

»Geduld. Anfangs war es eine Siedlung. Und sie wuchs rasch, denn die Banditenhorden brachten immer mehr Leute dazu, Klüch zu verlassen, und die gingen den gleichen Weg wie diese Familie. Und über die Jahre hinweg wuchs die Siedlung, und mit ihr wuchsen der Ruhm und das Vermögen der Familie. Zwar brachte der Boden weniger Erträge ein, aber sie waren weit weg von allen Unruhen und nahe bei den Drachen, die Schutz verhießen.

Eines Morgens fand man den Vater der Familie tot in seiner Hütte. Die Trauer wich noch am gleichen Tag einem erzürnten Streit unter seinen beiden Söhnen, wer nun das neue Familienoberhaupt sein solle. Der Jüngere der beiden behauptete, sich als der Würdigere erwiesen zu haben, doch der Ältere bestand auf seinem Recht als Erstgeborener. Von einem Tag auf den nächsten war die Siedlung in zwei Lager gespalten; jeder wollte einen anderen der beiden Söhne als Vorsteher sehen. Fast wäre es zu einem Kampf zwischen den Anhängern der beiden Söhnen gekommen, doch die drohende Fehde wurde von der Mutter verhindert. Sie forderte ihre Söhne auf, in unmittelbarer Nähe ihre eigenen Siedlungen zu errichten, während sie selbst das Erbe ihres Mannes antreten wollte. Sobald sich einer der beiden als würdig erwiesen hätte, sollte dieser allein das Erbe des Vaters bekommen und Vorsteher der drei Siedlungen werden. Die beiden neuen Siedlungen sollten nahe in der Umgebung entstehen, damit niemand einen Vorteil durch eine bessere Lage hatte. Die Söhne stimmten zu.«

»Und deswegen sind es drei Dörfer!«, rief Hem aus.

»Aber die Geschichte ist damit noch nicht zu Ende. Viele der folgenden Jahre verbrachten die beiden damit, ihre Aufgabe zu erfüllen. In Blickweite der Siedlung, die ihr Vater gegründet hatte, ließen sie sich nieder und versuchten, ihrerseits ein Dorf zu errichten, um ihre eigenen Vorstellungen einer Gemeinschaft zu verwirklichen. Beide Söhne waren erfolgreich – die beiden neuen Siedlungen lockten immer mehr Deroder in den bis dahin gemiedenen Landstrich am Nordostland. In den nahen Bergen hatte man Edelsteine gefunden, und so nahmen viele die Strapazen der Reise auf sich, weil sie hier Reichtum zu finden hofften.

Nach und nach näherten sich die beiden Brüder einander wieder an, nachdem sie all die Jahre misstrauisch den Fortschritt des jeweils anderen verfolgt hatten. Beiden war es gelungen, zu einem angesehenen Vorsteher zu werden. Sie wussten nicht, dass von ihnen unbemerkt ihre Mutter dafür gesorgt hatte, dass die Neuankömmlinge auf beide Siedlungen gleichermaßen verteilt wurden, während sie ihr eigenes Dorf zu bescheidenem Wohlstand geführt hatte. Und als die Mutter starb, wurde aus den drei Siedlungen die Drei Dörfer, mit zwei weisen Vorstehern.«

»Wer von den beiden hat dann regiert?«

Seld blinzelte. Darauf wusste er keine Antwort. »Beide«, sagte er.

»Und haben sie sich das Dorf der Mutter geteilt?«

»Nun ... ich weiß es nicht.«

»Aber die beiden müssen sich doch wieder deswegen gestritten haben«, beharrte Hem.

»Das mag sein. Aber auch heute noch ist eine Nachfahrin dieser Familie die Vorsteherin der Drei Dörfer. Allerdings heißt es, dass sie nicht unbedingt die Weisheit ihrer Vorfahren geerbt hat. Angeblich verlassen immer mehr Menschen die Drei Dörfer, um nach Klüch oder in die Südländer zu gehen. Einige ziehen aber auch in die andere Richtung und kommen nach Hequis.«

»Aber warum sollte jemand nach Hequis gehen? Der Ort ist karg, die Winter sind lang ... «

»Es ist deine Heimat.«

»Ich hatte nicht vor, für immer in Hequis zu bleiben. Daher ... ich hoffe, du bist mir nicht böse, aber dass wir nun den Drachen folgen – das ist für mich fast die Erfüllung eines Wunsches.«

Gegen Abend erreichte die Kolonne die Drei Dörfer. Die Silhouetten flacher, mit Lehmziegeln gebauter Gebäude hoben sich gegen den Abendhimmel ab, und hinter ihnen erstreckte sich die unendlich wirkende Weite Steppe. Unzählige Lichter flackerten um die Gebäude herum – es waren noch Menschen in den Drei Dörfern. Von den Drachen war an diesem Tag kein Zeichen mehr zu vernehmen gewesen, doch die Spur war auch hier nicht zu übersehen – sie führte an den Drei Dörfern vorbei und in die Steppe hinaus.

Der Anblick der Siedlungen wärmte den Hequisern das Herz. Sie hatten das Nordostland durchquert, und auch wenn mit der Weiten Steppe der härteste Teil ihrer Reise noch vor ihnen lag, schöpften sie Mut. Irgendwo dort, viele Tagesreisen hinter dem Horizont, begannen die Südländer am anderen Ende der Steppe, und noch etwas weiter lagen die Meeresküste und die Hauptstadt Klüch. Zwischen den Drei

Dörfern und den bewohnten Landstrichen im Süden war die Wasserstadt Ovin die einzige Siedlung – der einzige Ort, an dem Menschen in der Steppe sesshaft geworden waren.

Die Kolonne näherte sich den Siedlungen, und Seld sah, dass die Berichte über den anhaltenden Niedergang der Drei Dörfer nicht übertrieben waren: Die ersten Häuser am Ortsrand waren verlassene Ruinen, halb in sich zusammengefallen. Lehmbrocken lagen in den Gassen, und Wildkraut wuchs auf den nicht benutzten Wegen. Vor vier Jahren hatte Jer Wocham das Amt der Vorsteherin von ihrem Vater übernommen, und seitdem hatten immer mehr Leute die Drei Dörfer verlassen. Sie hatte nicht die Ruhe und die Weisheit ihres Vaters geerbt, sondern sie wollte so schnell wie möglich die Drei Dörfer zu einer größeren und wichtigeren Stadt als Klüch vereinen. Sie scheute auch nicht die offene Konfrontation mit dem Herrscher von Derod, und dieser legte den Drei Dörfern eine Vielzahl neuer Steuern auf. Nachdem der vergangene Sommer kalt gewesen war und die Dreidörfler kaum Erträge einfahren konnten, mussten viele von ihnen dem Nordostland den Rücken kehren, um nicht zu verhungern.

Jer Wocham ließ sich jedoch nicht belehren, angeblich stand sie kurz davor, endgültig mit Talut Bas zu brechen und eine Allianz mit den Nordländern zu schmieden, und dann drohte ein offener Krieg mit Klüch. Der Herrscher würde dann das Nordostland als abtrünnige Provinz betrachten.

Die drei Siedlungen waren einige hundert Meter voneinander entfernt, und Seld konnte nun erkennen, dass die Lichter, die er schon aus einiger Entfernung ausgemacht hatte, nicht aus den Siedlungen selbst stammten – die Fläche zwischen den Drei Dörfern war voller Menschen, Tiere und Wagen, die sich in ungeordneter Hast verteilt hatten. Lagerfeuer glommen, um die sich die Flüchtlinge versammelten. Sie mussten aus allen Teilen des Nordostlandes gekommen sein – die

Kunde vom Drachenmarsch war offenbar gewandert, und die Drei Dörfer waren für die Menschen des Nordostlandes wohl das erste und bisher einzige Ziel gewesen.

Seld lenkte die Kolonne in Richtung der östlichen Siedlung, aber ein gutes Stück entfernt von den anderen Flüchtlingen, dann gab er das Zeichen zum Halten. Die Hequiser waren müde, und die Strapazen der Reise machten sich bei den meisten bemerkbar.

Um seinen Besuch bei der Vorsteherin Jer Wocham hinauszuzögern, half Seld beim Aufbau der Lager, aber schließlich gab es nichts mehr zu tun, und die Hequiser nahmen ein karges Mahl ein und verkrochen sich in ihren Lagern, um nicht das ängstliche Gemurmel der anderen Menschen hören zu müssen.

Nachdem die Nacht hereingebrochen war, machte sich Seld auf den Weg. Es würde sicher ein unangenehmer Besuch bei Jer Wocham sein, aber er musste wissen, wie sie mit den Flüchtlingen verfahren wollte.

Wocham lebte in der westlichen Siedlung, und Selds Weg führte ihn durch die Flüchtlinge hindurch. Unterwegs wurde er Zeuge eines Handgemenges zwischen zwei Männern – einer stieß den anderen in ein Feuer, woraufhin dessen Kleidung sofort entflammte. Die Herumstehenden griffen erst jetzt ein und löschten mit Wasser aus Krügen die Flammen.

Seld erkannte nun die Gruppe, zu der die Männer gehörten – es waren Nidbaler. Er fragte einen der Herumstehenden, wo sich Vorsteher Flelar aufhielt, und bekam die Richtung gewiesen. So ging Seld zu einem halb zerrissenen Wagen, auf dessen Kutschbock der Vorsteher schlief. Seld trat an seine Seite und rüttelte ihn wach.

Im flackernden Licht der Lagerfeuer blickte Seld in das schmale Gesicht des Vorstehers. Tief lagen die Augen des Mannes in den Höhlen, und er blinzelte einige Male, bevor sich Erkennen abzeichnete. »Esan. Auch auf der Flucht, wie?«

Seld mochte Flelar nicht. In seinen Augen war der Vorsteher Nidbals ein Aufschneider, wenn auch ein kranker Mann. Niemals hatte er Seld bei seinen Vorstößen unterstützt, vor dem Herrscher für das Nordostland einzustehen, hatte immerzu gebuckelt.

»Wir waren in Nidbal«, begann Seld. »Dort haben wir einen alten Mann gefunden.«

»Den verrückten Alur? Er hat euch hoffentlich nicht belästigt.«

»Wie konntet ihr einen alten Mann allein in dem Dorf zurücklassen? Er wäre verhungert!«

Flelar stemmte sich auf seine Ellenbogen. »Das war unsere Absicht. Alur wurde mit jedem Tag seines Lebens verwirrter, redete unentwegt von den Drachen, die er in seinen Träumen sah. Wir alle haben Angst und fragen uns, warum die Drachen weggegangen sind und was wir nun tun sollen. Wir sind auf der Flucht, und einen alten Mann, der uns mit seinem Wahnsinn ansteckt, konnten wir nicht gebrauchen. Und nun lass mich schlafen. Wir wollen in aller Frühe weiterziehen.« Flelar drehte sich auf die Seite.

Seld machte einen wütenden Schritt nach vorne, griff den Mann auf dem Kutschbock mit beiden Händen am Kragen und zog ihn von dem Wagen herunter. Flelar entfuhr ein ersticktes Stöhnen, als er mit dem Rücken auf dem Boden aufschlug. Aus seinen Augenwinkeln heraus sah Seld, wie einige Nidbaler herankamen, aber sie machten keinen Anstalten, ihn von Flelar wegzudrängen.

Mit der linken Hand hielt Seld das Kinn des Mannes fest, den er mit seinem Körpergewicht auf den Boden drückte. »Du bist Abschaum, Flelar«, sagte er so laut, dass es auch die Umstehenden vernahmen. »Es ist eine Schande für einen Vorsteher, einen seiner Schutzbefohlenen dem Tode zu überlassen. Du verstehst nicht, was Alur plagt und was er dir sagen möchte. Man sollte dich an einen Baum fesseln und als einzige

Seele der Kälte des Nordostlandes überlassen.« Mit einer unwirschen Bewegung ließ er Flelars Gesicht los und stellte sich auf.

In den Augen des Mannes unter ihm spiegelte sich die Angst, nun könnten Schläge und Tritte auf ihn niederprasseln.

Doch Seld überließ den Vorsteher dem Urteil der Nidbaler.

Schließlich kam Seld in der westlichen Siedlung zum Haus von Jer Wocham. Es war ein unauffälliges, flaches Gebäude, das von außen nicht den Anschein erweckte, dass darin die Vorsteherin der Drei Dörfer lebte. Die Tür stand eine Handbreit offen, und Seld ging hinein.

Drückende Hitze empfing ihn, und er sah sich den dunklen Blicken einiger Männer ausgesetzt, die sich unter der niedrigen Decke um einen Tisch drängten. Einer von ihnen sprang auf und zog ein Schwert. »Wer bist du!«, brüllte er.

Seld hob beschwichtigend die Hände. »Mein Name ist Seld Esan. Ich komme aus Hequis und möchte zur Vorsteherin.«

Der andere sah, dass Seld keine Waffe trug. »Du bist bei ihr.« Mit der Schwertspitze deutete er auf den Tisch, und langsam schritt Seld an dem Mann vorüber, schaute in die Richtung, in die das Schwert zeigte.

Eine blutüberströmte Frau lag auf der Tischplatte, von einem Schwert aufgespießt, dessen Spitze durch sie und den Tisch gedrungen war und auf den Steinboden zeigte. Die Männer hatten Holzteller mit gegrilltem Fleisch, frisches Obst und Krüge mit Met um die Tote gestellt – Seld hatte sie beim Essen überrascht. Der Mann, der ihm entgegengetreten war, steckte sein Schwert wieder ein und ließ sich an seinem Platz nieder. Schweigend aßen die Männer weiter und schenkten Seld keine Aufmerksamkeit mehr.

Es war Jer Wocham, die tot vor Seld auf dem Tisch lag. Ihr Blut war noch nicht getrocknet. »Wer seid ihr?«, fragte er.

Die Männer ließen sich Zeit, ihm zu antworten. »Die neuen Herren der Drei Dörfer«, gab dann einer von ihnen zurück.

»Ihr habt die Vorsteherin getötet.« Seld stellte es mit tonloser Stimme fest. Er konnte den Blick nicht von dem Leichnam abwenden. »Warum habt ihr das getan?«

»Wir herrschen nun«, sagte der Mann mit dem Schwert.

»Herrschen? Wie könnt ihr –«

»Wage nicht, unseren Anspruch in Frage zu stellen. Der Herrscher von Derod wird uns anerkennen.«

Eine kalte Erkenntnis kroch in Selds Gedanken: In den Drei Dörfern konnte es schon in den nächsten Stunden zu einem Blutbad kommen, sobald sich die Nachricht vom Mord an der Vorsteherin verbreitet hatte. Die Hequiser mussten noch in dieser Nacht wieder ihren Weg aufnehmen.

Die Männer schlangen ihre Mahlzeiten in sich hinein. Einer von ihnen, ein bärtiger, vierschrötiger Kerl, tunkte ein Stück Brot in eine Pfütze des noch nicht getrockneten Blutes und schob das Brot in seinen Mund, wobei er Seld durchdringend anblickte.

Seld erwiderte stoisch den Blick. Er drehte sich auf dem Absatz um und trat hinaus in die Kälte der Nacht. Eilends entfernte er sich, blickte immer wieder zurück. Keiner der Männer folgte ihm.

Inzwischen war es völlig dunkel geworden, der schwarze Himmel schien die Sterne verschluckt zu haben. Der Wind jagte von Norden kommend durch die Drei Dörfer und blies in die Weite Steppe hinaus. Noch immer strömten Menschen aus den Dörfern des Nordostlandes in die Drei Dörfer – Seld konnte Reihen flackernder Lichter erkennen, die sich aus unterschiedlichen Richtungen den Siedlungen näherten. Ganz Nordostland war in Aufruhr, und alle glaubten, in den Drei Dörfern sicher zu sein.

Welch ein Irrtum, dachte Seld.

Er rannte durch das Chaos zwischen den Siedlungen zu der Kolonne der Hequiser zurück. Im Lärm, der über allem hing, bemerkte er erst, als er bei ihnen angekommen war, dass die lautesten Schreie von den Hequisern stammten: Plünderer hatten die Kolonne überfallen.

Sie waren auf die Wagen gesprungen und warfen nun die Güter hinab in die Arme ihrer Kumpane, die mit dem Diebesgut in alle Himmelsrichtungen davonrannten. Die erschöpften Hequiser versuchten mit letzten Kräften, die Diebe von ihrem Raubzug abzuhalten, doch sie waren zu geschwächt und zu wenige – und niemand der anderen Menschen half ihnen dabei, den Diebstahl zu vereiteln. Seld hastete nach vorn, stieß einige Plünderer beiseite und entriss ihnen die Säcke mit Carem-Knollen, die Fellmäntel, die Wasserbeutel ...

Ein Schlag traf ihn am Hinterkopf, und er fiel vornüber, atmete den Staub vom Boden ein, hustete, dann wirbelte er jedoch herum und trat nach dem Angreifer, traf diesen im Magen. Mit einer schnellen Bewegung war Seld wieder auf den Beinen und schlug den Mann, der ihn angegriffen hatte, zu Boden.

Selds Widerstand weckte offenbar den Kampfgeist in den Hequisern. Sie griffen nun die Plünderer an, von denen die ersten flohen, einige von ihnen verloren dabei das Diebesgut.

Doch unvermittelt wurde das Kampfgetümmel von Schreckensschreien übertönt, die aus anderen Richtungen vom Wind herübergetragen wurden. Seld, der mit weit aufgerissenen Augen nach den nächsten Angreifern Ausschau hielt, vernahm aus der Ferne ein vielstimmiges Rufen der Menschen, das voller Todesangst war, und viele der Stimmen brachen sofort wieder ab.

Die Geräusche kamen aus dem westlichen Dorf, in dem Jer Wochams Haus lag. Sein Blick wanderte dorthin, aber im ersten Moment konnte sein Geist nicht erfassen, was er dort sah. Die Menschen, die sich auf der Fläche zwischen den Dörfern und im östlichen Dorf aufhielten, rannten wild auseinander. Vom Himmel schossen aus dem Nichts blaue Flammen auf sie hinab und verzehrten, was auch immer ihnen im Weg war. Wo das blaue Glühen etwas Brennbares fand, griff sofort hell loderndes Feuer um sich, das die Umgebung zunehmend erhellte und Seld einen erschreckend deutlichen Blick auf die Menschen erlaubte, deren Körper von den Flammen verzehrt wurden.

Doch woher kamen die Flammen?

Etwas bewegte sich im Himmel über dem östlichen Dorf, ein schwarzer und geflügelter Schemen, der im Nachthimmel fast unsichtbar war. Was auch immer es war: Es näherte sich Seld. Das Wesen spie blaues Feuer auf den Boden hinab, und dort breitete es sich verzehrend und züngelnd aus. So erhaschte Seld im Widerschein des Feuers einen kurzen Blick auf schwarze Schwingen und rot glühende Augen in einem Schädel, von dem knochige Zacken abstanden. Der Wind, den die dunklen Flügel über die Drei Dörfer jagten, wirbelte Sand in Selds Augen.

Die letzten Plünderer wurden vertrieben, und nun bemerkten die Hequiser, dass sich etwas näherte, das ihnen mit einem einzigen blauen Feuerball den Tod bringen könnte.

Wie versteinert verfolgte Seld das Näherkommen des Wesens. Er erkannte es wieder – schon auf seiner Geistesreise hatte er es gesehen. Doch während sein Geist im Augenblick der Gefahr einfach an einen anderen Ort gegangen war, schaute er hier mit eigenen Augen seinem Verderben entgegen, und es gab nichts, was er tun konnte.

Aus dem Augenwinkel erhaschte er ein goldenes Schimmern, aber noch bevor er seinen Kopf wenden konnte, schoss der Ursprung dieses Lichts in sein Gesichtsfeld.

Ein goldener Drache rammte das schwarze Wesen in der Luft. Als sie aufeinanderprallten, schoss Feuer aus beider Rachen, das sich mit einem Donnergrollen in der Luft vermischte. Von der Wucht des

Aufschlags wurde das schwarze Wesen aus der Luft geholt, und es stürzte zu Boden, wobei es wild mit den Flügeln schlug, als wollte es sich verzweifelt in der Luft halten. Die Menschen rannten auseinander, doch nicht alle konnten rechtzeitig fliehen. Als das Wesen auf den Boden prallte, zerschmetterte es einige Menschen unter sich, und seine wirbelnden Gliedmaßen zerstörten herumstehende Wagen.

Die Lagerfeuer warfen einen matten Schimmer auf das Wesen, das auf der Seite lag. Seine Krallen hatten sich in die harte Erde gebohrt, der Körper hob und senkte sich unter schweren Atemzügen, die rot glühenden Augen waren verschlossen.

Seld wusste, dass er einen Dämonen vor sich hatte. Noch niemals in seinem Leben hatte er einen gesehen, und es waren keine Berichte über das Aussehen der Dämonen überliefert, doch für ihn gab es keine Zweifel, welches Wesen er gerade anblickte.

Der Drache, der den Dämonen aus der Luft geschleudert hatte, landete in der Nähe des schwarzen Wesens, den Blick der pupillenlosen Augen darauf geheftet. Im Gegensatz zu dem Dämonen, der eins mit der Dunkelheit war, schien der Drache von sich heraus zu strahlen – oder war es doch nur das Licht der Lagerfeuer, das die unzähligen Schuppen in alle Richtungen zurückwarfen?

Der Dämon hob seinen Kopf, öffnete seine Augen. Mit einer schnellen Bewegung, die zu rasch für Selds Sinne war, sprang er auf seine vier Pranken und breitete seine Schwingen aus, die vor dem Nachthimmel nun dunkelblau wirkten, dann brüllte er seine Wut heraus.

Selds Ohren schienen zu bersten, seine Hände fuhren an seinen Kopf, er wendete sich ab. Er glaubte, taub geworden zu sein, als er sich wieder zu den beiden Wesen drehte, doch sein Gehör kehrte zurück, gerade als der Drache seine Schwingen ausbreitete und nach vorn stieß, um mit einem gewaltigen Klauenstreich auf den Dämonen niederzufahren. Die Krallen kratzten über die schwarzen Schuppen, rissen einige von ihnen vom Leib des Wesens, worauf es mit einem schmerzerfüllten, hohen Brüllen reagierte. Dann jagte es sein blaues Feuer dem Drachen entgegen.

Von den Flammen eingehüllt, wich der Drache zurück, und Seld fürchtete schon, der Drache würde darin vergehen, dann spie er sein Feuer, das so gleißend war, dass Seld die Augen schloss. Das gelbe Feuer schien die blauen Flammen aufzulösen, und der Dämon wurde davon in den Himmel geschleudert.

Der Drache blieb unversehrt zurück, der Dämon war jedoch verschwunden.

Seld blickte um sich, aber es gab kein Anzeichen mehr von dem Dämonen außer der von ihm aufgewühlten Erde. Der Drache hob langsam seinen Kopf, als verfolgte er den Flug des Dämonen in den Weiten der Nacht, dann lenkte er seinen Blick hinab auf Seld.

Es war der Drache mit den feurigen Augen, den Seld in Hequis berührt hatte.

»Habt Dank«, flüsterte Seld.

Dann schlug der Drache einmal mit den Flügeln und verschmolz mit der Nacht, in der er wie ein nervöser Stern glitzerte.

Vor dem Kampf des Drachen gegen den Dämonen waren die Menschen, die sich zwischen den Siedlungen aufgehalten hatten, in blinder Panik geflohen, nur die Hequiser nicht. Nun gab Seld das Zeichen zum Aufbruch, und langsam formierte sich die Kolonne, um den Weg in die Weite Steppe hinaus aufzunehmen.

Er wusste noch nicht, was die Plünderer gestohlen hatten, aber die Hequiser mussten die Drei Dörfer verlassen haben, bevor dort den neuen Machthabern die Lage entglitt und die Angst vor neuen Dämonenangriffen in tödlichem Chaos gipfelte.

So ließen die Hequiser die Drei Dörfer zurück, von denen sie sich Schutz und Ruhe erhofft hatten. Zwei Stunden lang folgten sie in der Weiten Steppe der Drachenspur auf dem staubigen Boden. Den Widerschein der Fackeln hatten sie hinter sich gelassen, und nur die Sterne spendeten noch ein fahles Licht.

Dann hielten die Hequiser an, hüllten sich in Decken und fielen in traumlosen Schlaf. Nur ihr Vorsteher saß auf dem Kutschbock und hielt am Himmel nach Drachen und Dämonen Ausschau.

Kapitel 9

In der Steppe des Geistes

Ark erwachte, als er das Stechen der Sonnenstrahlen gegen seine geschlossenen Lider fühlte. Rumpelnd bewegte sich der Wagen unter ihm; er drehte den Kopf zur Seite und öffnete langsam seine Augen. Die Sonne stand schon hoch am Himmel und schickte durch ein Loch in der Plane des Wagens ihre Strahlen auf Arks Lager. Mit einer ruckartigen Bewegung stemmte er sich auf die Ellenbogen, und sofort flutete ein Gefühl von Schwindel seinen Kopf. Kurz blickte er um sich und fiel kraftlos wieder auf den Rücken.

Sie befanden sich in der Weiten Steppe. Hier waren die Tage schier endlos und die Nächte schwarz und kalt. Im Sommer brannte die Sonne ihre Hitze in den kargen Boden, weil es keine Berge gab, die Wolken entstehen ließen, aber in der kalten Zeit hatte sie kaum wärmende Kraft. Nun war es Herbst, und selbst am Tage sammelte sich keine Wärme mehr in dem sandigen, braunen Untergrund.

Ark erhob sich, zog seinen Mantel an und stieg über den schlafenden Hem hinweg auf den Kutschbock, setzte sich neben Erima.

Sie bedachte ihren Mann mit einem müden Blick. »Du kannst noch weiterschlafen.«

»Ich habe genügend geruht. Hat die Kolonne einmal gehalten, seitdem wir die Drei Dörfer verlassen haben?«

»Ja, aber nur für wenige Stunden. Den Rest der Nacht und den größten Teil des Tages sind wir weitergezogen.«

»Dann sollten wir inzwischen in Sicherheit sein.«

Ark küsste seine Frau und sprang vom Kutschbock. Er ging die Kolonne entlang. Auf dem vordersten Wagen fand er Seld. Sein Freund saß zusammengesunken auf dem Kutschbock, die Zügel in verkrampften Händen, den Blick starr nach vorn auf den leeren Horizont gerichtet.

Ark stieg zu Seld hinauf. Erst nach einigen Augenblicken reagierte der Vorsteher und warf Ark einen Seitenblick zu, murmelte eine Begrüßung. Hinter Seld schliefen einige Hequiser auf der Pritsche des Wagens.

»Hast du geschlafen, seitdem wir die Drei Dörfer verlassen haben?«

»Wir müssen erst in die Nähe der Drachen kommen. Jederzeit könnte ein Dämon angreifen.«

»Du solltest dich jetzt hinlegen.« Ark streckte seine recht Hand aus, um nach den Zügeln zu fassen.

»Das werde ich nicht!«, schrie Seld und zerrte die Zügel zur Seite. Die Schlafenden auf der Pritsche rührten sich. In Selds Augen stand eine übernächtigte Wut. Dann blinzelte er, als erwache er aus einem Traum. »Ich ... vergib mir.« Er reichte Ark die Zügel, der nur nickte, dann stieg Seld nach hinten auf die Pritsche und hüllte sich in eine Decke ein.

Seld hatte während seiner Zeit als Händler oft die Weite Steppe durchquert, und es war eine Reise, die ihn jedes Mal aufs neue fasziniert hatte. Hier schienen die Tage länger zu dauern als an jedem anderen Ort in Derod. Zu langsam wanderte die Sonne am Morgen über den Horizont, zu früh am Tage stachen ihre Strahlen in die Augen. Zu lange dauerte die blendende Helligkeit des Mittags, und zu spät senkte die Nacht sich herab, die dann eine bittere Kälte brachte, die niemals zu enden schien.

Von den Drei Dörfern bis zum jenseitigen Rand der Steppe war man zwanzig Tage und Nächte unterwegs, doch mit den vielen Wagen sollten die Hequiser sicher einige Tage länger benötigen. Der Boden war mit feinem, braunem Sand bedeckt, der bei jedem Schritt aufwirbelte. Sobald Wind aufkam, musste man sein Gesicht mit einem Tuch bedecken, um den Sand nicht einzuatmen. Viele Menschen waren in den Sandstürmen der Steppe erstickt. Beim Nordostland war die Steppe noch hügelig, doch je weiter man sich nach Süden oder Westen bewegte, umso flacher wurde sie. Am Westrand schließlich wurde sie von der Nadelschlucht begrenzt, die sich quer durch die Steppe zog und nur an einer Stelle passierbar war oder ganz umgangen werden musste. Nur an einem Ort in der Steppe lebten Menschen, nämlich in Ovin.

Der Name Ovin bedeutete »Stadt des Wassers«. Vor vielen hundert Jahren, lange nach der großen Schlacht der Drachen gegen die Dämonen, hatte sich eine Gemeinschaft von über einhundert Menschen auf den Weg in das Dorf jenseits der Weiten Steppe gemacht, aus dem später die Drei Dörfer werden sollten. Doch die Gemeinschaft verirrte sich in einem zwei Tage und Nächte währenden Staubsturm, aus dem die Gemeinschaft zu entfliehen versuchte, dabei aber immer weiter vom ursprünglichen Weg abkam. Als schon die Hälfte der Leute verdurstet war, legte sich der Staub endlich, und die Gemeinschaft sah vor sich einen kreisrunden See voll süßen Wassers, inmitten der Weiten Steppe. Sie ließen sich dort nieder, und das war der Ursprung von Ovin. Fortan zogen alle, die die Weite Steppe bereisten, durch Ovin, um dort zu rasten und die Gastfreundschaft der Oviner in Anspruch zu nehmen. Und diese hießen alle Durchreisenden willkommen, denn im Austausch gegen das Wasser erhielten sie Lebensmittel.

Egal, wie warm es im Sommer wurde – niemals sank der Wasserspiegel des Sees, und immerzu war das Wasser so klar wie die Flüsse, die den Tiefen der Koan-Berge entsprangen. Einige Deroder glaubten, es sei ein magischer See, und sie schrieben dem Wasser verjüngende Kräfte zu.

Für die ausgeraubten Hequiser war Ovin die einzige Möglichkeit, lebend durch die Weite Steppe zu kommen.

Während all der Tage und Nächte, bis endlich Ovin am Horizont auftauchte, kam sich Seld vor, als steckte er unter einem dichten Schleier, derart verworren waren seine Gedanken. Oftmals überließ er es Ark, die Kolonne den Wegmarken folgen zu lassen – gesplitterte Holzpfähle, die den Weg nach Ovin wiesen, und Kerben darin gaben Auskunft über die Entfernungen. Eine Unruhe hatte Seld überkommen, die ihn an die Zeit nach Alemas Tod erinnerte. Damals hatte er nicht gewusst, wohin er gehen sollte, aber er hatte auch nicht in Hequis bleiben können. Nun fühlte er sich wieder rastlos und voller Angst, als könnte jeden Augenblick ein Dämon aus dem Himmel zu ihm hinabstoßen.

Seld suchte Alur auf, wann immer es möglich war. Der alte Mann wurde zunehmend verwirrter, redete unverständliche Dinge. Eines Nachts brüllte er so laut, die Drachen mögen ihn retten, dass Seld die Kolonne stoppte, weil er fürchtete, jemand habe einen Dämon entdeckt. Alur bedeutete Seld mit gehetztem Blick, sein Weg gehe zu Ende, und Seld fragte sich, ob der alte Mann seinen Tod nahen spürte.

In der Steppe war die Spur der Drachen für einige Zeit nicht mehr zu erkennen – der Wind verwischte sie. Dann stand sie wieder vor den Hequisern. Als wüssten die Drachen um die Wegmarken, blieben sie immer in ihrer Nähe. Hätten die Drachen eine andere Richtung eingeschlagen, hätte Seld die Hequiser trotzdem nach Ovin führen müssen, und danach wäre es schwierig gewesen, wieder auf die Drachenspur zu stoßen.

Schon nach sechs Tagen wurde das Wasser knapp. Nachdem sie aus den Drei Dörfern geflohen waren, hatte Seld es rationieren müssen. Nach acht Tagen war der letzte Tropfen getrunken. Doch die Kerben in den Wegmarken zeigten, dass die Kolonne noch etwa drei Tage von Ovin entfernt war. Und am Horizont zeichnete sich ein Sandsturm ab.

In Kequor hatte Telam Jerv eine längere Rast einlegen müssen, weil sein Lif so erschöpft gewesen war, dass es nicht mehr stehen konnte. Nachdem er Kequor wieder verlassen hatte, ritt er sein Lif nur noch im Galopp, und regelmäßig stieg er ab, um neben dem Tier zu laufen. Es war nicht gewohnt, einen Menschen über weite Strecken zu tragen. Nidbal hatte er genauso verlassen wie Kequor angetroffen, und nun erreichte er die Drei Dörfer.

Dort stieß er auf den Tod – die Dörfer standen in Flammen. Auf der Fläche zwischen den Siedlungen lagen verkohlte Leichen und die Überreste von Wagen. Schwerer Qualm hing über der Siedlung und verdeckte die Sonne. Telam hörte Schreie aus einem der Häuser, die noch nicht von den Flammen erfasst worden waren. Er machte einen Bogen um die Drei Dörfer und tauchte in die Weite Steppe ein.

Die Spur der Drachen ... sie war noch zu erkennen.

Die Hequiser hatten sich auf den Pritschen in Decken gehüllt, die Planen zugezogen und die Wagen mit Seilen verbunden. Seld saß auf dem Kutschbock des vordersten Wagens und versuchte, die Lif auf einer geraden Linie zu halten. Sie blökten laut – der Sand musste ihnen in den Augen brennen –, und gelegentlich bockten sie.

Der Sand schien sich vor Seld zu einer Wand zu verdichten, die wanderte, sich auflöste und sich immer wieder neu formte. Wellen von

Sand und Staub strichen über seine gebückte Gestalt, und die Körner, die an den Fasern seines Mantels hängenblieben, wurden von der nächsten Böe wieder erfasst und weggerissen. Wie ein borstiger Pinsel strich der Sand über sein Gesicht, und auch in seinem Bart verfingen sich immer mehr Körner.

Seld hielt die Zügel mit seiner rechten Hand und versuchte, mit der Innenseite seiner Linken sein Gesicht zu schützen, doch die Körner schienen durch jede kleine Ritze seines Fingers zu dringen. Als die Lif wieder bockten, musste Seld mit beiden Händen an den Zügeln zerren, damit sie die Spur hielten, womit sein Gesicht der Naturgewalt wieder offen ausgesetzt war.

Die Stürme der Weiten Steppe waren weithin bekannt für ihre Heftigkeit, doch jeder wusste, dass sie nicht lange anhielten. Zwar gab es Berichte von Sandstürmen, die ohne Unterlass mehrere Tage tobten, doch dies geschah nur in den Wintermonaten. Jetzt im Herbst sollte der Sturm nach einigen Stunden nachlassen.

Doch Seld irrte sich – der Sandsturm schien an Stärke sogar zuzunehmen. Es war unmöglich, durch den Staub und den Sand in der Luft noch die Spur auf dem Boden zu erkennen. Seld konnte nur hoffen, dass er die Lif gerade weitergeführt hatte. Doch es war schon einige Zeit vergangen, seit er die letzte Wegmarke passiert hatte – bald würde er halten müssen, um nicht zu weit vom Weg abzukommen, wodurch sie wertvolle Zeit verlieren würden.

Und plötzlich sah Seld vor sich einen Schatten, der sich gegen den herumwirbelnden Sand abzeichnete. Nein – nicht einer, es waren mehrere. Mit jedem Schritt der Lif konnte er mehr von diesem Schatten erkennen.

Es waren die Häuser von Ovin.

Noch während des Sandsturms liefen die Hequiser zum Ufer des Sees und füllten ihre Wasserbeutel, dann eilten sie auf ihre Wagen zurück.

Erst am nächsten Morgen, als die Hequiser erwachten, hatte sich der Sturm gelegt. Seld verließ den Wagen, auf dem er sich die Nacht über verkrochen hatte, und ließ seinen Blick über Ovin schweifen.

Die Siedlung bestand aus flachen Hütten, die mit löchrigem Lehm gemauert waren. Der Sandsturm schien den Häusern keinen Schaden zugefügt zu haben, und in dem kristallklaren See schwamm nicht ein Sandkorn.

Der Vorsteher von Ovin war ein braungebrannter Mann mit kindlichen Augen und einem faltigen Gesicht. Er trat an Seld heran, als dieser an einem Lagerhaus für die Kolonne Brot, Carem-Knollen und Salz kaufte.

»Seid gegrüßt, Hequiser«, sagte Vorsteher Gechet mit einer Verbeugung. Er trug das weiße Gewand, das für die Oviner typisch war. »Es freut uns, in dieser seltsamen Zeit andere Menschen hier empfangen zu dürfen. Der Sturm ... die Drachen haben ihn mitgebracht.« Seld entging die Verachtung nicht, die der Mann gegenüber den Drachen empfand – oder waren seine Worte Ausgeburt der Furcht?

Er erwiderte die Verbeugung. »Der Sturm könnte viel schlimmer werden, den die Dämonen entfesseln.«

Gechets Blick wanderte zum Horizont, in die Richtung, aus der die Hequiser gekommen waren. »Fürchte ich die Dämonen?«, fragte er sich selbst. »Gibt es sie wirklich? Und verlassen die Drachen die Berge, weil ein Dämonenheer naht? Ich weiß es nicht.«

»Die Dämonen kommen. Wir wurden von einem angegriffen.«

Gechet suchte in Selds Augen nach einer Lüge. »Wann?«

»Vor einigen Tagen, als wir uns in den Drei Dörfern aufhielten. Ein Drache hat uns gerettet.«

»Etwas Böses ist in den Drei Dörfern zugange.«

Seld erzählte von dem, was er in den Drei Dörfern erlebt hatte.

Gechet nahm das Gehörte äußerlich ruhig auf. »Dann werden sich die Zeiten für Ovin ändern. Die Drachen verlassen die Koan-Berge, die Drei Dörfer versinken im Chaos. Vielleicht ist das Nordostland bald wieder menschenleer, wie zu Anbeginn der Zeit.«

»Ihr könnt mit uns kommen«, bot Seld an.

Gechet schüttelte den Kopf. »Das Ufer des Sees ist unsere Heimat. Wir wollen nicht auf Berghängen, nicht in Wäldern und nicht an einer salzigen Küste leben. Die Abgeschiedenheit der Steppe, das klare Wasser – hierher sind unsere Vorväter gekommen, und hier werden wir sterben.«

Die Hequiser prüften die Vorräte, die sie vor den Plünderern hatten retten können, kauften frische Waren und füllten die Wasserbeutel. Alle Wagen wurden vom Sand und Staub befreit, der sich auf und in ihnen gesammelt hatte. Dann reparierten sie einige Deichseln, die zu brechen drohten, und schmierten die Gelenke der Räder.

Seld beschloss, dass es am besten war, noch vor Sonnenuntergang wieder auf dem Weg der Drachen zu sein. Also ließ er die Kolonne sich am Rand von Ovin versammeln und ging sie dann vom ersten zum letzten Wagen ab. Als er hinten angekommen war, trat jemand vor ihn.

Es war Alur.

Der alte Mann ging gebückt und stützte sich auf seinen Stock, doch er wirkte lebendiger, als Seld ihn jemals zuvor gesehen hatte. Seine Augen strahlten Aufmerksamkeit und Entschlossenheit aus. »Ich werde hier bleiben«, sagte er.

Seld wollte etwas sagen, doch er fühlte, dass Alur keinen Widerspruch annehmen würde. Der alte Mann hatte einen Entschluss gefasst. Seld nickte langsam und fragte: »Aber warum?«

»Du wirst Hilfe brauchen auf deinem Weg, Seld. Und diese Hilfe werde ich dir nicht geben können, wenn ich mit euch gehe.«

Seld schüttelte den Kopf. »Ich verstehe nicht.«

Alur trat an Seld heran und lächelte, als hätte er Mitleid mit seinem Gegenüber, hob seinen rechten Arm und strich mit dem Handrücken über Selds Wange. »Du wirst verstehen.« Seine Miene wandelte sich in tiefe Traurigkeit, und er nickte noch einmal, dann ging er davon.

Gechet kam zu Seld. »Wir werden den alten Mann bei uns aufnehmen und uns um ihn kümmern. Er wird hier in Ruhe leben.«

Seld blickte Alur hinterher, bis er in einem der Häuser verschwunden war. »Ich danke Euch«, sagte er an Gechet gewandt. »Alur ist oft verwirrt. Dann redet er von Dingen, die Ihr nicht verstehen werdet und ...«

Gechet unterbrach Seld: »Es wird ihm gut bei uns gehen. Seid unbesorgt.«

»Danke«, sagte Seld und schüttelte zum Abschied Gechets Hand. Dann ging er die Kolonne entlang nach vorne und gab das Zeichen zum Aufbruch, woraufhin sich die Wagen in Bewegung setzten.

Bald stießen die Hequiser wieder auf die Spur der Drachen, die sich zum Horizont in südwestlicher Richtung wand.

Drei Tage und Nächte folgten die Hequiser dieser Spur. Die Steppe wurde zusehends flacher, und bald gab es auf dem Weg keine steilen Anstiege mehr. Dann kamen die Drachen wieder in Sichtweite, woraufhin die Hequiser etwas langsamer reisen konnten.

Seitdem sie Ovin verlassen hatten, waren keine Wegmarken mehr zu sehen gewesen, aber am Lauf der Sonne konnte Seld ablesen, dass der Weg der Drachen in der Nähe des alten Handelsweges blieb, vielleicht kamen sie etwas weiter südlich an den Rand der Steppe.

Weitere vier Tage vergingen mit langsamem Reisen und Rasten. Die Drachen waren jederzeit am Horizont auszumachen, und tatsächlich streifte der Weg der Drachen ab und an die alte Handelsroute mit ihren Wegmarken.

Und plötzlich und ohne Ankündigung geschah es wieder: Seld lief gerade neben den Lif, die den vordersten Wagen zogen, als ihn die nächste Geistesreise überkam und er zu Boden sank.

Seld schwebte abwärts durch eine Höhle, immer tiefer durch einen engen, felsigen Tunnel hinab. Spitze Steine ragten aus den Wänden, und sein körperloses Selbst kam ihnen bedrohlich nahe, doch er war sich auf eigentümliche Weise der Unverwundbarkeit seines Geistes bewusst und verspürte keine Angst. Eine leise Stimme, die er als seine eigene erkannte, flüsterte ihm ein, dass er in Wirklichkeit unter dem klaren Himmel der Weiten Steppe lag und dass die Höhle nur seinem Geist entsprang. So ließ Seld sich treiben und gab sich dem Gefühl des gleichförmigen Fallens hin. Ruhe überkam ihn, mit der wohlige Wärme einherging.

Ein fahles Licht umspielte ihn, das weder heller noch schwächer wurde, je tiefer er hinabsank. Seld glaubte jedoch, dass sich das Licht veränderte. Es wurde weicher, schien von überall zu kommen – ein sanfter Schimmer, der alle Schatten vertrieb. Selds körperloses Selbst drehte sich, sank in die Tiefe hinunter. Die Wände drängten immer näher an ihn heran und schienen geradezu nach ihm zu greifen.

Da weitete sich der Tunnel – die Wände entfernten sich von Seld, und auch sein Abstieg verlangsamte sich. Er versuchte, sich zu orientieren, aber es gab kein Oben und Unten, und auch ein Ziel seiner Reise war nicht auszumachen.

Doch unvermittelt war ein Unten da, ein flacher, mit Wildkraut bewachsener Boden, und Kraft seines Geistes versuchte Seld, sich in eine aufrechte Position zu bringen. Als es ihm schließlich gelungen war, bemerkte er, dass sich über ihm ein blauer Himmel befand, von dem die Sonne blendendes Licht auf ihn herabschickte. Die Höhle war verschwunden.

Und Seld war von Drachen umgeben.

Sie standen in einem weiten Kreis um ihn herum. Oder war dies gar keine Geistesreise? War es etwa Wirklichkeit, dass er hier stand, von Drachen umgeben? Seld blickte an sich herab, und er sah seinen Körper, strich mit den Handflächen über die Kleidung, fühlte den rauen Stoff unter seinen Fingerkuppen. Ein Schauer der Angst glitt über seine Haut, und er glaubte, Schweiß auf der Stirn zu fühlen – allesamt Zeichen dafür, dass es nicht nur sein Geist war, der sich hier befand?

Die Drachen hielten ihre Köpfe schräg und musterten Seld mit bedrohlicher Aufmerksamkeit. Kamen sie näher? Nein, sie bewegten sich nicht – doch, sie kamen näher! Und ihre Schuppen wurden schwarz! Seld roch und schmeckte ihren feurigen Atem, schloss die Augen. Es mussten nur noch Sekunden sein, bis sie ihre Mäuler aufrissen, um mit ihrem heißen Atem –

Doch dies taten sie nicht. Als Seld seine Augen zögerlich wieder öffnete, war er allein. Nun war es Nacht, und das Licht unzähliger Sterne strahlte vor dem tiefblauen Himmel.

Jemand sprach Selds Namen, hinter ihm. Langsam drehte er sich um.

Es war Alur. Die Schmerzen des Alters schienen von ihm abgefallen; er lächelte Seld auf eine Art an, die ihn mehr wärmte, als es die Sonne vermochte.

»Ich bin tot«, sagte er.

»Tot?«

»Am zweiten Tag, nachdem ihr Ovin verlassen habt, bin ich gestorben. Seitdem bin ich hier.«

Seld blickte um sich in die Schwärze. »Was ist das für ein Ort?«

Alur wendete sich ab, verschränkte die Arme hinter dem Rücken und machte einige Schritte. Seld setzte sich in Bewegung, lief neben Alur, der aufrecht einherschritt, das Kinn erhoben. »Dies«, sagte Alur, »ist das Reich der Drachen.«

»Hier kommen sie her?«

»Ja ... und nein. Sie sind immer noch hier, und gleichzeitig sind sie in unserer Welt. Die Drachen sind mächtiger, als du dir je vorstellen kannst, Seld. Für dich sind die Drachen die Beschützer der Menschen – sie wachen auf den Koan-Bergen darüber, dass die Dämonen nicht nach Derod kommen, nicht wahr?«

Seld nickte.

»Doch so einfach ist es nicht«, fuhr Alur fort. »Du hast einen Dämon in den Drei Dörfern gesehen. Was ist dir an ihm aufgefallen?«

»Er sah aus wie ein Drache«, sagte Seld. »Aber er war gleichzeitig ... dunkel, bedrohlich.«

»Hattest du Angst vor ihm?«

»Ja«, erwiderte Seld. »Mehr als jemals zuvor in meinem Leben.«

Eine Zeitlang schritten sie schweigend über den gleichförmigen Boden einher, die Sterne über sich.

»Ich fürchtete die Drachen«, sagte Alur plötzlich. »Sie schienen meinen Geist aus meinem Körper zu stehlen, um mir Dinge zu zeigen, die ich nicht verstand. Viele Jahre versuchte ich zu erfassen, warum sie dies taten. Ich glaubte, wahnsinnig zu werden.«

Alur blickte zum Sternenhimmel. »Doch nun verstehe ich. Nun bin ich hier, und alles fügt sich zusammen. Ich weiß, was mir die Drachen all die Jahre vor Augen führten. Es war töricht, vor den Drachen Angst zu haben, weil sie meinen Geist kontrollieren konnten. Die Dämonen waren es immer, die ich hätte fürchten sollen. Doch ich verstand nicht, ich ...« Seine Stimme verklang.

»Warum? Weswegen hassen die Dämonen die Menschen derart?«, fragte Seld.

»Ein Band verbindet Drachen und Menschen. Was der eine weiß, daraus schöpft der andere; die Gefühle, die den einen überfluten, an ihnen hat der andere teil – und beide bekommen das, was der jeweils andere nicht haben kann. Denn die Drachen sind ewig, und die Menschen sterblich. Aber das schier unendliche Wissen der Drachen kennt weder Freude noch Trauer, so bekamen sie diese Gefühle von den Menschen und diesen einen Blick auf ewiges Wissen.

Doch vor langer Zeit gab es einen Drachen, der dieses Band brach. Er wollte sein Wissen nicht mit den niederen Menschen teilen, und so verwandelte er sich in einen Dämon. Und er war nicht der Einzige. Bald hatte sich eine Unzahl von Drachen in Dämonen verwandelt.«

»Das Drachental vor Klüch ... war es –«

»Ja«, unterbrach Alur. »Im Drachental kam es zu der Schlacht gegen die Abtrünnigen. Es starben unzählige Drachen und Dämonen, und die letzten der schwarzen Wesen wurden über die Koan-Berge ins Ödland getrieben. Doch seitdem verwandeln sich immer wieder Drachen zu Dämonen, und inzwischen ist das Dämonenheer derart groß geworden, dass die Drachen sich sammeln, um die letzte Schlacht um diese Welt zu schlagen.«

Seld wurde schwindlig. »Aber was haben wir damit zu tun? Wir Menschen?«

»Das wirst du von den Drachen erfahren, Seld. Nun, da du an diesem Ort warst, wirst du auch in deiner Welt mit ihnen reden können. Du wirst ihre Gedanken hören, so wie sie den deinen schon lange lauschen. Doch nimm dich in Acht vor den Dämonen – ihre Lügen werden deine Gedanken betören, aber du darfst niemals die Drachen betrügen! Suche die Prophezeiung des Bematu!«

Seld wollte Alur fragen, wo er nach dieser Prophezeiung suchen sollte, doch –

Er tat einen pfeifenden Atemzug, bekam Staub in seine Lunge und hustete heftig. Seld wollte seinen Kopf bewegen, doch er konnte es nicht. Schwer atmete er, wollte etwas sagen, aber bekam keinen Ton heraus.

Dunkelheit war um ihn – war es Nacht? Wie lange hatte Selds Geist seinen Körper verlassen? Er lag flach auf dem Rücken, und nichts durchdrang die Schwärze. Seld versuchte, seine Arme anzuziehen, um sich auf die Ellenbogen zu stützen, doch seine Arme schienen festgebunden zu sein. Etwas hüllte ihn ein, presste ihn zusammen. Mit aller Kraft, die sich in seinem Körper befand, stemmte er Arme und Beine zur Seite, und so verschaffte er sich ein wenig Raum in der Dunkelheit. Seld fühlte Stoff auf seinem Gesicht liegen, und er drückt seinen ganzen Oberkörper dagegen, krümmte sich, und der Widerstand über ihm wurde langsam geringer.

Nun hatte er sich etwas Platz verschafft, und er konnte seine Arme anheben und mit ihnen gegen das Gewicht drücken, das auf ihm lag. Mit den Fingernägeln kratzte er über den Stoff, der ihn umhüllte, und schließlich fühlte er, wie der Nagel ein kleines Loch riss, das er mit den Fingern rasch erweiterte. Erde rieselte auf Seld herab, und panisch stieß er mit seinen Fingern in das Loch und drückte die Erde hinauf, die nun in Massen auf ihn niederstürzte und in seinen aufgerissenen Augen brannte.

Dann drang endlich ein Wort über seine Lippen: »Hier!«, rief er, leise, krächzend. »Hier bin ich!«

Nichts. Er war allein. Er war verloren.

Die Erde über ihm lockerte sich, und mit einem Mal schoss seine Faust hinauf ins Freie, und er jagte seine andere Hand hinauf, schob die

Erde mit schnellen, panischen Bewegungen beiseite. Licht stach in seine Augen, und Seld setzte sich auf.

Seine Schultern und Oberkörper ragten aus dem Boden. Mit langsamen Bewegungen wischte er sich die Erde vom Gesicht und öffnete die Augen einen Spalt. Lange Zeit starrte er in die Weite Steppe, über der die Sonne hing.

Seld saß in einem Grab.

Kapitel 10

Der Weg nach Klüch

Ark hatte keine Tränen mehr.

Ein Tag und eine Nacht waren vergangen, seitdem sein Freund vor aller Augen tot zusammengebrochen war. Im ersten Moment hatte Ark sich nur gesorgt, dass die Hequiser schon wieder mitansehen mussten, wie ihr Vorsteher von etwas übermannt wurde, das weder er noch irgendjemand anderer verstehen konnte, aber dann sah er Seld, der auf dem staubigen Boden lag. Seine Augen hatte er weit aufgerissen, und sie waren ausdruckslos. Der Wind spielte mit seinen Haaren, seine Haut war blass, und Staub sammelte sich in seinen Mundwinkeln.

Ark fiel neben Seld auf die Knie, tastete über das Gesicht seines Freundes, fühlte auf der Brust nach einem Herzschlag.

Dies war keine Geistesreise. Der Vorsteher von Hequis war tot.

Doch Ark ließ den leblosen Körper zunächst auf einen der Wagen legen, deckte ihn zu und wusch das Gesicht. Vielleicht war es doch nur eine Geistesreise, und bald würde sich bei Seld wieder ein Zeichen des Lebens zeigen.

»Sein Blut wird wieder fließen. Er wird wieder atmen!«, beteuerte Ark, und Erima nickte, aber in ihren Augen stand Zweifel.

Als es Abend wurde, legte Erima ihre Hände auf seine Schulter. »Er ist tot. Seld wird nicht mehr zurückkehren. Wir müssen ihn begraben.«

Die Hequiser stellten Fackeln auf, hoben ein Loch aus, hüllten Selds Körper in ein Tuch und legten ihn in das Grab. Dann schaufelten sie es schweigend zu.

Die Hequiser standen beisammen um das Grab, und nach einiger Zeit gingen die ersten zu ihren Wagen zurück. Immer weniger waren es um Selds Grab, dann saß nur noch Ark auf dem sandigen Boden.

Und als auch er wieder auf einem der Wagen saß, machte sich die Kolonne, die nun keinen Vorsteher mehr hatte, wieder auf den Weg.

Am nächsten Tag kam der Rat zusammen, um einen neuen Vorsteher zu ernennen. Nahe der Kolonne setzten sie sich auf den Boden der Steppe in einen Fackelkreis. Selds Platz im Rat war neu zu besetzen, und weil er keine Angehörigen hatte, bekam nun diejenige Familie ihn zugesprochen, deren Ahnenreihe am weitesten in der Chronik von Hequis zurückreichte und die noch nicht im Rat vertreten war. Der alte Flinn brütete die halbe Nacht über den Pergamenten der Chroniken und kam zu dem Schluss, dass das Oberhaupt der Partan-Familie ausersehen war. Get Partan war Schmied in Hequis gewesen, ein redseliger und großer Mann, und er war sichtlich stolz, nun dem Rat des Dorfes anzugehören.

Es war nur eine Formalität, den bisherigen Stellvertreter zum neuen Vorsteher des Dorfes zu ernennen. Flinn trug die althergebrachten Worte vor, mit denen ein Vorsteher in sein Amt gehoben wurde, und Quint verfolgte die Zeremonie mit einem Grinsen, von dem Ark den Blick abwenden musste. Seine Gedanken weilten bei seinem Freund, den er in der Steppe hatte begraben müssen.

Und Quint war kaum im Amt, da traf er bereits eine folgenschwere Entscheidung, die sich gegen den toten Seld richtete. Er baute sich vor dem Rat auf und ließ seinen Blick über die Runde schweifen.

»Wir werden nun nicht mehr den Drachen folgen«, verkündete der neue Vorsteher von Hequis der lauschenden Menge. »Unser Weg wird uns stattdessen direkt nach Klüch führen, denn dort werden wir sicher sein.«

Ein Murmeln erhob sich unter den Hequisern, und Quint schien es nicht zu gefallen, dass sein Beschluss angezweifelt wurde. »Wer anderer Meinung ist, kann gerne hier bleiben oder umkehren«, rief er aus.

»Der Vorsteher hat das Recht, dem Rat einen Vorschlag zu unterbreiten«, führte Flinn aus. »Dieser wird vom Rat einstimmig angenommen oder abgelehnt. Nun ist es dein Vorschlag, nicht weiter den Drachen zu folgen, sondern direkt auf Klüch zuzuhalten.«

Quint nickte grimmig.

»Ich stimme dem Vorschlag nicht zu«, sagte Ark, der aus einer Erstarrung zu erwachen schien.

Die Ratsmitglieder tauschten Blicke aus, doch niemand wagte, die Stille zu durchbrechen. »Es war ein vernünftiger Beschluss, den Drachen zu folgen«, fuhr Ark fort. »Und es gibt keinen Grund, warum wir nun einen anderen Weg einschlagen sollten.«

Quint Tamat erhob sich. »Der entscheidende Grund ist, dass wir uns vor den Dämonen in Sicherheit bringen müssen. Nun können wir weiter den Drachen folgen, ohne zu wissen, wohin sie uns führen, oder wir gehen nach Klüch, dessen Mauern uns schützen werden.«

Auch Ark stand von seinem Platz auf. »Ein Beschluss ist ein Beschluss.«

Flinn räusperte sich. »Ark, der Rat kann jederzeit einen neuen Beschluss fassen.«

»Hört mich an«, sagte Quint. Als die Aufmerksamkeit des Rates auf ihn gerichtet war, sagte er: »Die Drachen sind nun in westlicher Richtung unterwegs. Nun sind es noch einige Tagesreisen bis zum Rand der Weiten Steppe, und bis zur Küste und schließlich nach

Klüch sind wir noch länger unterwegs. Unsere Vorräte gehen zur Neige – wir laufen Gefahr, dass die Schwachen unter uns die Reise durch die Steppe nicht überleben.«

Einige Ratsmitglieder nickten.

»Doch wenn wir beschließen, nicht weiter den Drachen zu folgen, können wir den Weg über die alte Handelsroute nehmen. Zwar müssen wir dann dem Lauf des Heke folgen und sind vielleicht länger nach Klüch unterwegs, als wenn wir nach Westen gingen, doch wir wären auf einer sicheren Strecke unterwegs, an einem Wasserlauf entlang und durch viele kleine Siedlungen hindurch.«

Ark war erstaunt. Noch nie hatte er Quint auf diese Weise reden hören. Bislang hatte er in den Ratssitzungen nur gegen Selds Vorschläge sein Veto eingelegt, bis ihn die anderen Ratsmitglieder dazu gebracht hatten, sein Wohlwollen zu geben. »Dies wird uns nichts nützen, wenn uns wie in den Drei Dörfern ein Dämon angreift«, brauste er auf.

»Was, wenn die Drachen mitten in der Steppe beschließen, eine andere Richtung einzuschlagen? Vielleicht nach Norden, vielleicht zurück in Richtung Osten?«, fragte Quint. »Folgen wir ihnen durch diese Steppe, bis wir mit den Kräften am Ende sind, oder soll unser Weg dorthin führen, wo wir vor den Dämonen sicher sind?«

Ark starrte den neuen Vorsteher an, der ihm auf der anderen Seite des Feuers gegenüberstand. »Es gab nur einen Menschen in Hequis, der wirklich wissen konnte, in welcher Gefahr wir uns befinden, doch Seld kann uns leider nicht mehr helfen. Er hörte die Stimmen der Drachen, und er wusste, dass die Dämonen nahten. In seinem Handeln lag Weisheit.«

Gelassen erwiderte Quint den Blick. »Ich sehe keine Weisheit darin, dass die Trauer über unseren Verlust die Entscheidungen des Rats beeinflusst.« Quint nahm wieder Platz. »Ihr habt meinen Vorschlag vernommen.«

Auch Ark setzte sich hin.

Viele Augenblicke lang herrschte Stille, in der nur das Prasseln des Feuers zu hören war. Dann erhob sich eines der Ratsmitglieder – es war Ogon. »Wir sind alle erschöpft, und es wird nicht mehr lange dauern, bis in der Kolonne Krankheiten ausbrechen. Je schneller wir die Südländer erreichen, desto besser. Der Vorschlag des Vorstehers, nach Klüch zu gehen, bekommt mein Wohlwollen.« Weitere Ratsmitglieder erhoben sich. Sie vermieden es, in Arks Richtung zu blicken, und gaben ihr Wohlwollen. Schließlich standen alle bis auf Ark und Quint.

Quint lächelte ihn an. »Wenn du den Vorschlag ablehnst, möchte ich, dass du morgen unseren Leuten erklärst, warum du es getan hast.«

Ark erhob sich und musste sich anstrengen, dabei nicht zu ächzen. Er blickte in die Runde. »Ich gebe dem Vorschlag mein Wohlwollen«, sagte er mit belegter Stimme und verließ seinen Platz.

Damit hatte der Rat unter Quint Tamat seinen ersten Beschluss gefasst.

Bald stieß die Kolonne wieder auf Wegmarken, die zum südwestlichen Ende der Weiten Steppe führten, und die Spur der Drachen war damit aus ihrem Blickfeld verschwunden. Ark fürchtete, dass die Kolonne nun jederzeit von Dämonen angegriffen werden konnte, da keine Drachen mehr in der Nähe waren, doch er behielt seine Sorgen für sich. Erima und Hem versuchten, mit ihm zu reden, doch er blieb in sich gekehrt, so dass sie ihn schließlich in Ruhe ließen.

Nach weiteren sechs Tagen und Nächten, in denen die Hequiser fast ohne Unterlass reisten, kamen sie am Rand der Weiten Steppe an – an einer Klippe, in deren Tiefe die Nadelfelsen aufragten.

Diese Nadelfelsen markierten die Grenze zwischen dem südwestlichen Ende der Weiten Steppe und dem fruchtbaren Gebiet, das sich dahinter bis zur Küste nach Klüch erstreckte. Wie ein Band zog sich eine steil abfallende Klippe von einem Horizont zum anderen, und darunter ragten spitze, nadelähnliche Steine aus dem Boden, die jeden aufzuspießen drohten, der in die Tiefe stürzte. Im Laufe der Jahre, als die Handelswege durch die Weite Steppe immer wichtiger geworden waren, hatten die Deroder eine Passage durch die Nadelfelsen und einen Aufgang zum Rand der Weiten Steppe geschlagen.

Die Kolonne war durch die Wegmarken zu diesem Pass geführt worden. Langsam rollten die Wagen hinab, dann zwischen den baumhohen Felsen hindurch und auf das offene Land zu. Am Horizont sah Ark schon die dichten Wälder und die Felder, für die die Südländer berühmt waren. Einige Lif scheuten, als sie den Pass hinab mussten, doch mit beruhigenden Worten war schließlich auch der letzte Wagen unten angekommen. Die Hequiser hatten damit den beschwerlichsten Teil ihrer Reise hinter sich gebracht.

An einem nahen Fluss rasteten sie. Hier war der Boden fruchtbar, und von Süden wehten Düfte herauf, die an den Sommer erinnerten, an schattige Haine, saftige Früchte und volle Felder. Während im Nordostland der Winter jederzeit hereinbrechen konnte, herrschte in den Südländern noch ein wenig Sommer, bevor auch hier die kalte Zeit kam.

Nach einer kurzen Rast nahmen die Hequiser wieder ihren Weg auf. Ark warf einen letzten Blick die Nadelfelsen entlang zum Rand der Weiten Steppe, in der er seinen Freund begraben hatte.

Seld wusste nicht, wie lange er in der Weiten Steppe gestanden und in sein Grab hinabgestarrt hatte. Das Loch hatte sich wieder mit Sand gefüllt, und nur noch eine Ecke des Tuches ragte heraus.

Er war begraben worden. Auf seiner Geistesreise hatte er Alur getroffen, und der alte Mann war tot gewesen. Hatte er Seld dann wieder ins Leben zurückgeschickt, oder war Seld niemals wirklich tot gewesen? Eines war klar: Niemals hätten die Hequiser Seld begraben, wenn sein Herz noch geschlagen hätte.

Was sollte er tun? Selds Blick glitt durch die Steppe, und er sah zwei Spuren, die von diesem Ort wegführten. Der Wind hatte sie schon ein wenig verweht, aber noch waren sie zu erkennen. Da war eine breite Spur, die Seld sofort als den Weg der Drachen erkannte. Die andere Spur war nur schmal und wand sich in Kurven bis zum Horizont. Die beiden Spuren liefen in unterschiedliche Richtungen, und Seld konnte sehen, dass sich in der Nähe der schmalen Spur ein Pfahl befand – eine Wegmarke nach Klüch.

Die Kolonne folgte also nicht mehr den Drachen, sie war nach Klüch unterwegs.

Seld hustete und spuckte aus. Sein Hals war trocken und wund, Krämpfe jagten durch jeden seiner Muskeln. Wie lange war er reglos unter der Erde gefangen gewesen? Es konnten eine Stunde oder auch Tage gewesen sein.

Mit langsamen Bewegungen streckte er seine Gliedmaßen. Welcher der beiden Spuren sollte er folgen? Alur hatte ihm gesagt, dass die Dämonen sich zur großen Schlacht gegen die Drachen sammelten und dass Seld nun die Gedanken der Drachen vernehmen würde. Noch war dies nicht der Fall. Und er sollte etwas suchen ... es war ...

»Die Prophezeiung des Bematu«, flüsterte Seld, und seine eigenen Worte klangen wie die Stimme eines Fremden in seinen Ohren.

Würde er sie finden, wenn er weiter den Drachen folgte? Seld überlegte, wo er sich ungefähr in der Weiten Steppe befand, welche Richtung die Drachen eingeschlagen hatten. Sie mussten nach Nordwesten unterwegs sein, noch tiefer in die Steppe, so dass sie zu den Nordländern kamen. Den Wegmarken in Richtung Klüch zu folgen, war der kürzeste Weg aus der Steppe hinaus.

Oder sollte Seld umkehren und zurück nach Ovin gehen?

Nein. Jeder Schritt in diese Richtung führte näher an die Dämonen heran.

Seld warf noch einen letzten Blick in das Grab, in das stetig der Sand rieselte, der vom sanften Wind über die Steppe getrieben wurde, dann machte er sich auf, mit langsamen Schritten der Kolonne nachzufolgen.

»Was reden die Leute über die Drachen?«, fragte Galen Cohm seine Tochter. »Gibt es etwas Neues?«

Mesala wrang das Tuch, mit dem sie ihren Vater wusch, über dem Topf neben dem Bett aus. »Das letzte Mal, dass jemand die Drachen gesehen hat, war in den Drei Dörfern. Danach sind sie in die Weite Steppe gezogen, und niemand weiß, wo sie nun herauskommen werden.« Sie strich mit dem feuchten Tuch über die nackte Brust des Mannes, fühlte die Wellen seiner Rippen unter ihren Händen. Mesala erinnerte sich, wie kräftig ihr Vater vor seiner Lähmung gewesen war – nichts war davon geblieben.

Seine Augen waren auf das Fenster gerichtet »Sie werden hierher kommen. Ich weiß es.«

»Du glaubst, die Drachen werden uns töten?«

»Nein.« Er schaute sie an.

Erst nach einigen Augenblicken bemerkte Mesala, dass ihr Vater sie ansah. »Was gibt es?«

»Ich bereue vieles von dem, was ich dich gelehrt habe«, sagte er langsam, und das Leid in seinem Blick bedrückte sie. »Du warst ein Kind, als Alema getötet wurde, und ich habe dir als Heranwachsende immer wieder erzählt, deine Schwester sei von den Drachen getötet worden und ein Mann namens Seld Esan habe sie ihnen geopfert.«

Mesala wünschte, sie könnte ihrem Vater widersprechen, doch das war nicht möglich. Bis zu Alemas Tod war ihr Vater immer ein ruhiger Mann gewesen, aber danach hatte er sich gewandelt. Nachdem Alema weggegangen war, hatte er kaum mehr mit Mesala gesprochen ... monatelang. Dann war die Nachricht von Alemas Tod nach Klüch gekommen, und der Vater war weinend durch die Zimmer ihrer Wohnung gestampft, wobei er immer wieder den Namen Seld Esan verflucht hatte. Er bleute seiner Tochter ein, sie solle sich vor den Leuten aus dem Nordostland in Acht nehmen, denn sie würden den Drachen Menschenopfer darbieten.

»Ich war verzweifelt, konnte keinen klaren Gedanken mehr fassen«, sagte Galen Cohm. Tränen rannen seine Wangen hinab. »Vergib mir.«

Mit dem Tuch wischte Mesala die Tränen weg. »Es gibt nichts, was ich dir vergeben müsste.«

»Inzwischen habe ich verstanden, dass Alema mit Seld fortging, weil sie ihn liebte. Ich habe ihm die Schuld an ihrem Tod gegeben, aber inzwischen weiß ich, dass er ihr nichts angetan hat. Er hat versucht, sie zu retten, aber diese Wahnsinnigen waren in der Überzahl ...«

Mesala befeuchtete erneut das Tuch und wusch die blassen, reglosen Beine ihres Vaters. »Hast du jemals mit ihm geredet?«

»Nein. Er hat es versucht, aber ich habe ihn abgewiesen. Wie ich es auch mit Alema getan habe. Ich wünschte, er würde noch einmal zu mir kommen.«

Telam Jerv ritt seit Tagen. Sein geschundener Körper wurde von dem Lif getragen, das schwer schnaufte und dessen Knöchel schon blutige Striemen zeigte. Während Telam durch die Weite Steppe ritt, bemerkte er kaum, wie sich Tag und Nacht abwechselten. Sich und seinem Tier gönnte er nur wenig Ruhe, er folgte den Resten der Drachenspur. Diese war vom Wind schon fast unkenntlich gemacht worden, doch in manchen Senken war sie wieder deutlich zu sehen – sie befand sich in Nähe der Wegmarkierungen.

Telam wusste nicht, wie viele Tage er schon in der Weiten Steppe unterwegs war, als er den dunklen Fleck vor sich wahrnahm. Zuerst dachte er, es sei ein Stein, der auf einem flachen Hang vor ihm lag, in der Nähe einer Wegmarke.

Als er näher kam, sah er, dass der Wind mit Fetzen spielte, die von dem Objekt herabhingen. War es ein totes Lif? Oder gar ein toter Mensch?

Ja – ein Mensch. Telam trieb sein müdes Lif an, doch es schien darauf nicht zu reagieren und trottete gleichmütig weiter. Als es bei dem Menschen ankam, hob sich Telam vom Rücken des Tieres und stieg herunter. Sofort knickte das Lif seine Knie ein und sank zu Boden, legte seinen lang gezogenen Kopf auf die Erde und blies Staubwolken auf.

Es schien ein Mann zu sein, der vor Telam auf dem Boden lag, auf der Seite und Telam den Rücken zugewendet. Der Wind bewegte die Strähnen des dunklen Haares und spielte mit der Felljacke des Mannes.

Wer hatte diesen Mann zum Sterben zurückgelassen? Warum hatte ihn niemand begraben? Er war in die gleiche Richtung gewandt wie Telam, also kam auch er vielleicht aus den Drei Dörfern oder aus Ovin? Vielleicht war er aus den Siedlungen geflohen und alleine gereist. Aber dann musste er auf einem Lif geritten sein, doch davon war nichts zu sehen.

Und wie lange mochte er hier schon liegen? Wenn Telam nun um den Mann herumging, um in dessen Gesicht zu blicken – würde er dann ein eingefallenes Gesicht sehen? Der Wind blies über den Mann hinweg und zu Telam herüber, und er war froh, keinen Leichengeruch in der Luft wahrzunehmen.

Langsam ging er um den Mann herum. Schwere, schwarze Stiefel trug er, und auf der Hose und der Jacke befand sich eine Sandschicht.

Das Gesicht war von schwarzen Haaren bedeckt, und nur die drahtigen Barthaare am Kinn des Mannes waren zu sehen. Eine Windböe blies die Haare aus dem Gesicht.

Es war Seld Esan. Ein verklärtes Todeslächeln stand in seine Züge geschrieben.

Telam fiel auf die Knie. Seine linke Hand fuhr über Selds Oberarm, seine rechte strich über das Gesicht und wischte die Haare nach hinten. Ein Wimmern drang aus seiner Kehle, und Tränen schossen in seine Augen.

Jemand hatte den Vorsteher von Hequis getötet und in die Steppe geworfen. Es musste Quint gewesen sein, dachte Telam. Bei den Göttern, er würde Rache üben an dem Mann, der dies ...

Seld regte sich unter Telams Händen. Er zuckte, rollte auf den Rücken und hustete trocken; seine Gesichtszüge wurden nun von Schmerzen verzerrt.

»Du lebst«, flüsterte Telam. »Seld, du lebst!«

Die Augen des Mannes öffneten sich, und seine Pupillen rasten von einer Seite zur anderen; Seld versuchte etwas zu sagen, doch es war nur ein Keuchen, das aus seiner Kehle kam.

Telam fuhr in die Höhe, sprang über Seld hinweg zu dem Lif und kramte einen fast leeren Wasserbeutel hervor, eilte zu Seld zurück und träufelte etwas Wasser auf sein Gesicht und in seinen Mund. Seld trank, hustete. Für einen Augenblick richteten sich seine Pupillen auf Telam, starrten ihn an, dann schlossen sich die Augen, und Selds Körper entspannte sich.

Nein, er schlief nur. Telam sah, wie sich die Ader an Selds Hals pumpend bewegte, und er hörte, wie der Vorsteher atmete. Telam verstaute den Wasserbeutel wieder – nun hatte er nur noch einen kümmerlichen Rest, und noch immer waren es einige Tagesreisen bis zur südlichen Grenze der Weiten Steppe, wenn er die Kerben in den Wegmarken richtig deutete.

Er schleifte Selds schlafenden Körper zu seinem Lif und legte ihn bäuchlings darauf. Das Tier konnte niemals zwei Menschen tragen, also zog er an den Zügeln, damit das Lif sich erhob, dann lief er neben ihm her.

Ark packte kalte Wut, wenn er beobachtete, wie sehr Quint sich als Vorsteher aufspielte. Aufrecht auf einem Lif sitzend, führte er die Kolonne an. Wenn die Hequiser rasteten, zog er sich entweder auf seinen Wagen zurück, als müsste er wichtige Pläne schmieden, oder lief zwischen den Hequisern herum und sprach ihnen mit salbungsvollen Worten Mut zu.

Kaum jemand schien ihn in seinem neuen Amt ernst zu nehmen, doch niemand sprach es aus. Ark vernahm, dass die Leute über Quint tuschelten und sich wünschten, Seld wäre noch ihr Vorsteher. Doch dieses Amt hatte nun Quint inne, solange er lebte.

Nun folgten die Hequiser nicht mehr den Drachen, sondern blieben auf der alten Handelsroute nach Klüch. Dort wären sie am sichersten vor allem, was ihnen drohte, glaubte Quint Tamat. Der Weg von der Grenze der Weiten Steppe bis zur Küste war gut erschlossen und führte durch viele kleine Siedlungen in den Südländern, doch auch dieser Teil der Reise würde noch etwa fünfzehn Tage und Nächte dauern, bevor die Hequiser die letzte Hügelkette vor Derods größter Stadt erreichten.

Nahe der Steppe waren die Südländer von einem Nadelwald beherrscht, dessen dichtes Unterholz vielen kleinen Tieren Schutz bot. Die Landschaft war nur wenig hügelig, doch nach einigen Tagesreisen in Richtung Süden wandelte sich die Umgebung: Die Baumreihen wurden lichter, und vor dem Reisenden erhoben sich die Höhen des Mittelmassivs. Es teilte das Südland von Derod in zwei Hälften. Verglichen mit den Koan-Bergen bestand das Mittelmassiv nur aus Hügeln, doch für die Deroder, die niemals die Nordländer bereist hatten und niemals staunend zu den schneebedeckten Höhen der Koan-Berge geblickt hatten, war das Mittelmassiv fast eine Bergkette.

Hinter dem Mittelmassiv flachte das Land zusehends ab, und in der weitläufigen Landschaft lebten Bauern in ihren riesigen Höfen. Weizen, Hafer und Mais gediehen prächtig im warmen Klima der Südländer, und regelmäßig sorgten Wolken für Regen. Während im Nordostland der Herbst schon hereingebrochen war, fuhren die Bauern hier noch die letzte Ernte des Jahres ein und lieferten ihre Erzeugnisse nach Klüch.

Der Stadtadel hatte seine Sommerhäuser an den zahlreichen Seen und kleinen Flüssen, die vom Mittelmassiv kommend das Südland durchzogen. Während der heißen Sommermonate zogen sich die Adligen hierher zurück, und für einige Zeit spielte sich das gesellschaftliche Leben von Klüch nicht in der Stadt ab, sondern in den Gärten und Ballsälen der Villen im Südland.

Neben den Farmen mit ihren mehrstöckigen Gesindehäusern und den prachtvollen Villen gab es zwischen dem Mittelmassiv und der Südküste nur wenige kleine Siedlungen.

Quint Tamat hatte beschlossen, dass die Hequiser den beschwerlichen Weg über das Mittelmassiv nehmen sollten, statt am Ufer des Heke entlang im Süden das Massiv zu umgehen und dann in westlicher Richtung nach Klüch zu wandern. Der Weg über das Massiv sparte vielleicht fünf Tagesreisen, doch der Anstieg war steil und anstrengend, denn der Boden war unwegsam.

Doch keiner der Hequiser protestierte, sondern alle schwiegen und gehorchten.

Seld fühlte die Bewegung unter sich, doch er wusste nicht, ob er noch lebte oder bereits tot war. Einem Grab war er entstiegen, doch vielleicht lag er wieder in einem, und dieses Mal würde er nicht wieder zu sich kommen, sondern sein Geist hatte diese Welt dann für immer verlassen. Alema erwartete ihn im Reich des Todes.

Nein, noch lebte Seld. Er fühlte wie aus weiter Ferne, wie sein Körper von der Bewegung durchgeschüttelt wurde und wie immer wieder ein stumpfer Gegenstand in seine Seite drückte. Das Letzte, woran er sich erinnerte, war sein einsamer Marsch durch die Weite Steppe. Immer wieder war er zusammengebrochen, hatte sich erhoben und war weitergegangen. Seld wusste noch, dass er keine Wegmarken mehr gesehen hatte, und er versuchte, den Horizont nach einem Pfahl abzusuchen, doch seine Augen waren trocken, seine Gliedmaßen schmerzten, und wenn er lange in eine Richtung blickte, breitete sich ein Stechen in seinem Schädel aus, so dass er den Blick abwenden musste. Schließlich glaubte er, einen Pfahl zu entdecken, hielt schwankend darauf zu, und tatsächlich war es eine Wegmarke.

Nun versuchte er, seinen Kopf zu heben und seine Augen zu öffnen, doch er schaffte es nicht.

Da waren Stimmen um ihn herum. Einige klangen, als brüllte jemand aus der Ferne zu ihm, und andere waren wie in sein Ohr geflüstert. Sie alle vermengten sich zu einem unverständlichen Gemurmel, doch die fremden, unverständlichen Klänge lösten etwas in Seld aus. Es war keine Sprache, die er vernahm – sein Geist lauschte ... es waren die Drachen, denen er im Geist zuhörte. Seld versuchte, mit ihnen zu reden, aber es waren nur gemurmelte Worte, die über seine Lippen drangen, während sein Geist schwieg. Nur zwei Worte verstand er: ... Klüch ... Bematu ...

Abermals nahm ihn die Dunkelheit gefangen, und seine Sinne schwanden.

Er wachte auf, dann driftete sein Geist wieder weg, dann wachte er wieder auf.

Waren es nur Stunden oder ganze Tage, die Seld diese Bewegungen unter sich fühlte? Dann, mit einem Mal, hörten sie auf. Seld wurde an seinen Armen gepackt und über den Boden gezogen. Er fühlt seine rechte Hand in Wasser eintauchen, und erfrischende Tropfen flossen über sein Gesicht. Instinktiv öffnete Seld seinen Mund, um das Wasser zu trinken, und kalt rann es seine Kehle hinunter.

Wieder hüllte sich sein Geist in Schlaf.

Als Seld zu sich kam, lag er auf der Seite und war in eine Decke gehüllt. Vor ihm prasselte ein Feuer, dessen Wärme sein Gesicht gerötet hatte und das die Nacht um ihn herum ein wenig erleuchtete. Seld wälzte sich auf den Rücken, und ein stechender Schmerz fuhr durch seinen Bauch, als bohrte jemand eine glühende Nadel hinein. Reflexartig zog er die Beine an.

»Du bist wach«, sagt jemand neben ihm. Es war Telam Jerv.

»Wo bin ich? Was ist mit mir?«, fragte Seld.

»Wir haben gestern die Weite Steppe verlassen«, gab Telam zur Antwort. Er lag neben Selds Füßen und setzte sich nun auf. Telam wirkte, als hätte er seit Tagen nicht geschlafen. »Ich wollte eigentlich noch die Nacht hindurch weiterziehen, doch ich war zu erschöpft. Und auch das Lif brauchte Ruhe.«

Seld fröstelte und zog die Decke enger um sich. »Du hast mich gefunden ...«

»Ja. Ich dachte, du wärst tot.«

»Das war ich auch.« Seld erzählte, wie er sich aus seinem Grab befreit hatte und von dem Dämon in den Drei Dörfern. »Während mein Geist meinen Körper verlassen hatte, muss mein Herz stehen geblieben sein«, schloss er. »Doch dann schlug es wieder.«

Telam hatte während Selds Bericht in die Flammen gestarrt. Nun wendete er sich Seld zu. »Ich bin aus Hequis geritten, weil ich wusste, dass die Dämonen nahen«, sagte er leise. »Meine Familie wollte nicht mitkommen. Ich habe sie verlassen.«

»Du hast richtig gehandelt«, sagte Seld, und fast übergangslos versank er wieder in tiefen Schlaf.

Am nächsten Morgen war es für Seld, als fielen all die Dunkelheit und Kälte von ihm ab, die sich eine Ewigkeit lang seiner Sinne bemächtigt hatten. Sein Blick glitt über das ruhig fließende Wasser des Heke zurück zu den Felsen an der Grenze zur Weiten Steppe, die noch am Horizont zu sehen waren. In die andere Richtung, dem Flusslauf folgend, konnte Seld den Anstieg des Mittelmassivs erkennen, an dem der Heke sich nach links wendete, um hinter dem Massiv wieder nach Süden in Richtung des Meeres zu fließen.

»Welchen Weg wird die Kolonne genommen haben?«, fragte Telam, der an Seld herangetreten kam.

»Sie sollte eigentlich weiter den Drachen gefolgt sein, aber hier sind keine Drachenspuren mehr zu sehen.«

»In der Weiten Steppe war nicht zu übersehen, welchen Weg sie genommen hatten, doch kurz bevor ich dich fand, gingen die Spuren der Kolonne und der Drachen auseinander. Während die Kolonne weiter den Wegmarken folgte, wand sich die Drachenspur nach Westen.«

Seld nickte. »An dem Grab haben sie ihren Weg verändert. Wir werden nach Klüch gehen.«

Zwei Tage und Nächte ritten Seld und Telam auf dem breiten Weg neben dem Fluss. Sie wechselten sich auf dem Lif ab und reisten langsam, denn Seld war noch schwach, und auch Telam war ausgelaugt von den Strapazen seiner Reise.

Auf ihrem Weg lagen einige Dörfer am Heke. Schmale Handelsschiffe lagen dort vor Anker, die von den Nordländern den Heke abwärts das

Mittelmassiv umschifften, aber noch weit vor Klüch ihre Ladung lichten mussten, da kurz hinter dem Mittelmassiv der Fluss in die Breite ging und nur kleine Ruderboote die Sandbänke umfahren konnten. Telam schlug vor, auf einem der Schiffe mitzufahren, doch Seld winkte ab, denn sie wären eher langsamer unterwegs. »Am besten, wir nehmen den Weg über das Massiv.«

In der ersten Siedlung, die die beiden erreichten, erfuhr Seld, dass die Kolonne aus Hequis vor einigen Tagen das Dorf durchquert hatte. Niemand konnte ihm sagen, welchen Weg die Kolonne nehmen wollte.

In Renin überquerten Seld und Telam die alte Steinbrücke über den Heke, und nach einigen Stunden standen sie am Fuß des Mittelmassivs, das sich vor ihnen erhob. Während der vergangenen Tage war Seld immer schweigsamer geworden. Er versuchte, wieder die Stimmen der Drachen zu vernehmen, doch sein Geist war verschlossen. Würde er auf die nächste Geistesreise warten müssen? Und was hatte es mit der Prophezeiung des Bematu auf sich? Vielleicht fand er in der Gelehrtenstätte von Klüch eine Antwort.

Telam bemerkte, dass Seld mit seinen Gedanken alleingelassen werden wollte und ließ ihn gewähren.

Für zwei Reiter ohne Wagen war der Aufstieg über das Mittelmassiv mühelos und dauerte nur einen halben Tag. Seld genoss die Luft, die von den Wäldern im Tal und vom Heke aufstieg und über die steinigen Hänge des Mittelmassivs kroch. Nur einmal rasteten Seld und Telam auf halber Höhe, bevor sie weiterzogen.

Auf der Höhe des Massivs bot sich den beiden ein weiter Blick über die Südländer. Die Felder waren bewachsen, und die Bäume hingen voller Blätter und rötlich glänzender Früchte. Der Heke wand sich in sanften Kurven zur Küste hinunter, und zahlreiche kleine Bachläufe mündeten in ihn. Über das Land waren einige große Farmhäuser verteilt.

Und unten am Fuß des Mittelmassivs konnte Seld eine Wagenreihe entdecken. Vielleicht waren es die Hequiser. Er wies Telam darauf hin. »Wir sollten vorsichtig hinuntergehen«, sagte er. »Es ist steil. Lass uns ihnen folgen, so dass wir sie unten am Fuß des Massivs treffen.«

Nachdem sie den Abstieg etwa zur Hälfte bewältigt hatten, gab es keine Zweifel mehr. Sie hatten die Hequiser eingeholt.

Ein seltsames Gefühl hatte sich Selds bemächtigt. Nicht ein Funken Freude regte sich, als er die Hequiser erblickte, und ein Teil von ihm wollte sich sogar abwenden und überhaupt nicht zu der Kolonne aufschließen.

Seld wusste, dass er für diese Leute tot war. Wie würden sie reagieren, wenn er wieder vor ihnen stand? Langsam, sehr langsam machten sich die beiden auf den Weg hinab.

Ark hatte die beiden Lif vor seinem Wagen an den Zügeln geführt, bis er schließlich am Fuß des Massivs ankam. Er atmete auf – die Hequiser hatten den letzten unwegsamen Abschnitt ihrer langen Reise hinter sich gebracht. Nun würden sie nach einer weiteren Tagesreise wieder an den Heke kommen – Klüch war nicht mehr weit.

Jemand trat von hinten an Ark heran und sagte seinen Namen. Es war Quint Tamat, und er wirkte, als hätte er seit Tagen nicht geschlafen. Sein Haar stand nach allen Seiten ab, und sein Anzug, den er sonst pflegte, war zerknittert. »Ist es noch weit bis nach Klüch?«, fragte Quint.

»Wir werden noch etwa sechs Tage und Nächte unterwegs sein«, gab Ark zurück.

»Ich möchte in vier Tagen in Klüch ankommen«, sagte Quint. »Ich habe genug von Wind und Regen, dem Gestank der Tiere und den Fragen unserer Leute.«

Ark warf dem Mann einen Seitenblick zu. »Und an wen werden wir uns in Klüch wenden?«

»Ich werde zu meinem Bruder gehen. Er lebt seit vielen Jahren mit seiner Frau in der Stadt.«

»Meine Frage war, was wir in Klüch tun, Vorsteher.«

Quints rechte Hand fuhr hoch und packte Arks Hals. »Du solltest vorsichtig sein, Sibin. Ich könnte dich und deine Familie aus der Dorfgemeinschaft verstoßen.«

Arks Körper spannte sich an. Mit einer einzigen Bewegung könnte er den ausgestreckten Arm des Mannes brechen, doch dann entspannte er wieder seine Muskeln und schaute Quint in die Augen, aus denen Wut schoss. »Ich werde dich niemals als Vorsteher akzeptieren«, flüsterte er.

Als Ark sich nicht gegen Quints Griff zur Wehr setzte, nahm dieser wieder seine Hand zurück. Er setzte an, etwas zu sagen, doch dann vernahmen die Männer einen Tumult vom hinteren Ende der Kolonne.

Arks Blick wanderte die Kolonne entlang. Ein Wagen nach dem anderen hielt an, und die Hequiser sprangen herab, riefen sich etwas zu. Den Hang des Mittelmassivs kamen zwei Männer und ein Lif herunter, und einige der Hequiser rannten ihnen entgegen.

Quint Tamat war vergessen. Ark fixierte den Mann, der in der Mitte lief. Diese Kleidung, dieser Gang – bei den Göttern! Er hatte das Gefühl, schwerelos geworden zu sein, als er sich wie von Geisterhand geführt nach vorn bewegte, immer schneller lief, an den Hequisern vorbei, die nun den Namen riefen, der ihm seit Tagen durch seine Gedanken hallte, wieder und wieder.

Seld.

Das konnte er nicht sein, auch wenn die Hequiser nun seinen Namen im Chor anstimmten und ihn umringten, dort am Hang. Sie nahmen Ark den Blick, und er musste die Leute grob beiseite stoßen, um zu dem Mann zu kommen.

Doch als er vor ihm stand, gab es keine Zweifel mehr. Es war Seld – sein Freund, dessen Herz nicht mehr geschlagen hatte und den er in der

Weiten Steppe beerdigt hatte. Er war abgemagert, hatte eingefallene Wangen, und die Augen lagen tief in den Höhlen, doch sie strahlten noch immer den harten Glanz aus, den sie nach Alemas Tod angenommen hatten. Die Hequiser berührten ihn sanft, als wollten sie sich seiner Lebendigkeit vergewissern.

»Bist du es?«, fragte Ark.

Seld blinzelte, als erkenne er den Mann nicht, der ihm gegenüberstand. Dann nickte er nur.

Ark machte einen Schritt nach vorne, tastete nach dem Mann, strich über Schultern und Gesicht. »Du warst tot«, sagte Ark.

»Das war ich«, sagte Seld.

Dann umarmten sie sich.

Seld stand in einem See am Wegesrand, das Wasser bis zu den Hüften. Er tauchte seine Hände in das kalte Wasser und strich es über seinen nackten Oberkörper. Kleine Wellen gingen von ihm aus und wanderten langsam über die Wasseroberfläche. Dann ließ sich Seld von Ark ein Messer reichen. Sein Freund saß auf einem Stein am Ufer und betrachtete Seld mit einem Ausdruck des Unglaubens.

Mit seiner Linken griff Seld ein Büschel Haar von der Seite des Kopfes, und mit dem Messer in seiner Rechten schnitt er mühelos die Haare ab und ließ sie in den See fallen, wo sie sich rasch verteilten. Er schilderte Ark, was geschehen war, seitdem er in dem Grab erwacht war. Seine Stimme war ruhig, doch was er erzählte, ließ Arks Blut gefrieren.

»Ich war mir sicher, dass du tot warst«, sagte der Mann am Ufer, der mit der rechten Hand durch seinen Bart fuhr. »Deine Augen waren glasig, dein Mund stand offen, und nicht der leichteste Schlag deines Herzens war zu vernehmen.«

»Mein Geist hatte meinen Körper verlassen, wie es wohl beim Tod geschieht. Doch er war noch in dieser Welt – nämlich bei den Drachen.

Ich muss nun herausfinden, was es mit der Prophezeiung des Bematu auf sich hat.« Seld wischte mit dem Messer durch das Wasser, um die Klinge von Haaren zu befreien, dann schnitt er seinen Bart.

»Und nun hörst du die Stimmen der Drachen?«, fragte Ark.

»Manchmal vernehme ich sie deutlich, dann scheinen sie wieder zu verstummen. Ich weiß nicht, wo die Drachen nun in Derod sind, aber eines fühle ich jedes Mal, wenn ich ihre Gedanken höre – sie fürchten die Dämonen so sehr wie nichts anderes in dieser Welt. Sie sind eins, Ark.«

»Wie meinst du das?«

Seld erzählte ihm von der Verbindung zwischen Drachen und Dämonen, die Alur ihm während der Geistesreise aufgezeigt hatte.

Ark nickte. »Die Ähnlichkeit der Drachen und Dämonen ist offensichtlich. Aber wer von ihnen ist mächtiger?«

»Ich weiß es nicht«, antwortete Seld, »aber wir werden es noch erfahren.«

Nachdem Seld sich wieder angekleidet hatte, ging er mit Ark zurück zu der rastenden Kolonne. Die Blicke aller Hequiser folgten ihm, und einige von ihnen traten an Seld heran, um seine Hand zu schütteln oder ihn einfach nur zu berühren, um sich seiner Lebendigkeit zu versichern.

Der Rat von Hequis traf sich am Mittag auf einer Lichtung in dem Waldstück, das den Wegesrand säumte. Die Bäume waren von einer Art, wie sie die meisten Hequiser noch nicht gesehen hatten – helles, weiches Holz und längliche Blätter, die ein herbstliches, blasses Grün besaßen.

Die Acht des Rats von Hequis versammelten sich in einem Kreis, und Seld saß ein wenig abseits. Quint Tamat wirkte, als wollte er an dieser Versammlung nicht teilnehmen. Sein Blick glitt über die Ratsmitglieder mit einem Ausdruck unverhohlenen Spottes, und Seld sah er überhaupt nicht an.

Da Quint die Ratssitzung nicht eröffnen wollte, erhob sich Ark, und die Ratsmitglieder verstummten. »Der Vorsteher möchte die Riten offensichtlich nicht beachten. Also lasst uns ohne sie beginnen.«

Quint blickte zu Boden, als hörte er überhaupt nicht zu.

Ark setzte sich wieder in das weiche Gras, und Seld erhob sich. Langsam schritt er hinter den Rücken der Ratsmitglieder entlang, und als er den Kreis zur Hälfte umrundet hatte, sprach er. »Ich möchte nur eines wissen«, begann Seld. »Warum folgt die Kolonne nicht mehr den Drachen?«

Die Ratsmitglieder warfen sich verstohlene Blicke zu.

»Nur einer kann diese Frage beantworten«, sagte Ark.

Seld machte einige weitere Schritte, bis er hinter Quint stand.

Dieser hob drei kleine Steine vom Boden auf und nahm sie in Augenschein, als könnte unter der braunen Kruste ein Edelstein erscheinen. »Als Vorsteher von Hequis habe ich beschlossen, dass es töricht wäre, den Drachen weiter durch Derod zu folgen.« Er atmete tief ein und aus, drehte den Kopf und zog die Augenbrauen hoch. »Und ich bin immer noch der Vorsteher, während du nicht einmal einen Platz im Rat besetzt.« Quint wendete sich wieder den Steinen zu, die er nun in der Handfläche drehte. Das klackende Geräusch der aufeinandertreffenden Steine war das einzige Geräusch, das durch den Wald hallte.

»Der rechtmäßige Vorsteher ist zurückgekehrt«, sagte Ark.

»Nein, der rechtmäßige Vorsteher bin ich. Ihr habt mich dazu bestimmt.« Quints Stimme war gleichförmig und emotionslos. »Und ihr wißt, dass ein neuer Vorsteher nur von seinem Vorgänger ernannt werden kann oder nach dessen Tod neu bestimmt wird. Und ich lebe noch und werde niemanden zum Nachfolger erklären.«

Seld und Ark blickten zu Flinn, der das älteste Ratsmitglied war. Der Mann fühlte die Blicke auf sich. »Er hat Recht«, sagte er. »Wir würden unsere eigenen Regeln brechen, wenn wir Seld wieder zum Vorsteher ernennen.«

»Aber das ist falsch!«, entfuhr es Ark. »Wir haben uns geirrt – unser Vorsteher war niemals tot, und deswegen ist der Ratsbeschluss ungültig!«

»Es war ein Beschluss«, sagte Flinn.

»Aber Quint hat entschieden, nicht mehr den Drachen zu folgen. Damit hat er sich über einen Beschluss des Rats hinweggesetzt, und ...« Als Ark sah, wie sich ein Lächeln in Quints Gesicht stahl, brach er ab. Quint hatte sich über nichts hinweggesetzt, er hatte einen eigenen Beschluss gefasst ... dem Ark im Rat zugestimmt hatte.

»Ja, er hat Recht«, sagte Seld mit Bestimmtheit und entfernte sich zwei Schritte vom Rat. »Wir dürfen nicht mit unseren Traditionen brechen. Ich bin kein Teil des Rats mehr.« Seld wendete sich ab und ging durch den Wald zur wartenden Kolonne zurück.

Alle Ratsmitglieder waren erstarrt, nur in Quint schien nun Leben zurückzukehren. Mit funkelnden Augen blickte er in die Runde. »Nun – wenn niemand mehr etwas vorzubringen hat, möchte ich diese Ratssitzung beschließen.«

Als die Kolonne ihren Weg wieder aufgenommen hatte, saßen Seld und Ark unter der Plane des rumpelnden Wagens.

»Bist du von Sinnen?«, fragte Ark. »Wie kannst du ihm kampflos dieses Amt überlassen?«

»Es steht ihm rechtmäßig zu«, antwortete Seld. »Vielleicht würden mich die meisten unserer Leute sofort wieder als Vorsteher akzeptieren, doch ich bin es nicht mehr. Wenn wir einen Ratsbeschluss umstürzen, werden die Hequiser das Vertrauen in den Rat verlieren, und das darf nicht geschehen!«

»Wenn sie von diesem Beschluss ins Verderben geführt werden, ist der Rat daran schuld. Und du!«

Seld nickte. »Das ist mir bewusst. Doch nach allem, was mit mir geschehen ist, wäre ich auch ein schlechter Vorsteher unserer Leute. Ich muss nun herausfinden, was die Drachen von mir wollen und was es mit der Prophezeiung des Bematu auf sich hat.« Er stockte, blickte nach hinten aus dem Wagen hinaus. »Ich höre wieder die Stimmen der Drachen, Ark. Nun folgen sie uns. Sie kommen nach Klüch.«

Während der folgenden vier Tage und Nächte kam die Kolonne gut voran. Die alte Handelsstraße streifte wieder die Ufer des Heke, und das Land wurde immer flacher, so dass kaum Ruhepausen eingelegt werden mussten.

Seld hielt sich für den größten Teil der Zeit auf Arks Wagen auf, starrte schweigend auf die Wälder und abgeernteten Felder und auf das scheinbar stillstehende Wasser des Heke, der nun immer breiter wurde.

Dann kamen die Hequiser durch das Tal der Drachenseelen. Den Legenden nach blieb ein Teil der Lebenskraft eines Drachen noch viele hundert Jahreszeiten an den Ort seines Todes gefesselt, bis die Seele des Drachen seine letzte Ruhe gefunden hatte.

Viele Drachen hatten in diesem Tal ihr Leben gelassen. Als die Kolonne in dieser Nacht das Tal der Drachenseelen durchquerte, glomm das gesamte Tal. Es wirkte, als wäre eine Glocke aus Licht über das Tal gestülpt worden, die mit ihrem Schimmer die Dunkelheit der Nacht vertrieb. In ehrfürchtigem Staunen bewegten sich die Hequiser durch das Leuchten, das eine fast greifbare Substanz zu haben schien und jeden Schatten auslöschte.

Ein tiefer Friede ging von diesem Licht aus, und Seld fühlte, wie eine eigentümliche Ruhe in ihn einkehrte. Alle Hequiser schienen so zu empfinden. Sie beugten sich aus den Wagen, und alle hatten ein leises

Lächeln auf ihrem Gesicht. Doch an einigen Stellen wurde das weiße Glühen von einer wabernden Dunkelheit verdrängt, und ein Gefühl der Kälte kroch über Selds Haut, wenn er in diese dunklen Orte eindrang. Hier waren keine Drachen gestorben, sondern Dämonen, doch ihre Dunkelheit wurde von dem Leuchten ringsum geradezu verschluckt.

Die Hequiser folgten dem Flusslauf und verließen bald darauf das Tal. Kaum hatten sie es hinter sich gelassen, war das Glühen nicht mehr wahrnehmbar. Tiefe Nacht umgab wieder die Hequiser, und nun fühlten sie den frischen Wind mit dem Hauch des Meeresgeruchs vom Süden zu ihnen heraufwehen.

Es war, als hätten die toten Drachen die Seelen der Menschen gestreift.

Kapitel 11

In der Stadt

Die Hequiser folgten weiter der alten Handelsroute, und nach dem Tal der Drachenseelen trennte sie nur noch ein Hügel von Klüch und der Meeresküste. Als die Kolonne die Kuppe erreichte, bot sich den Hequisern ein erster Blick auf Derods größte Stadt.

Viele von ihnen sahen Klüch zum ersten Mal, denn sie waren noch nie weiter nach Süden als zu den die Drei Dörfern gereist. Was nun vor ihnen lag, raubte ihnen den Atem.

Die Stadtmauer war so hoch wie fünf Mann, die dunkelbraunen Steine waren fugenlos gesetzt worden und endeten oben in Zinnen. Selbst auf die Entfernung konnte Seld einige Soldaten erkennen, die auf der Mauer patrouillierten. Er wusste, dass sich in den Wachtürmen inzwischen gewaltige Kanonen befanden, die allerdings noch nie hatten eingesetzt werden müssen, denn es war viele Jahre her, dass Klüch zum letzten Mal angegriffen worden war.

Hinter der Mauer erhoben sich die Giebel und Zinnen der Stadthäuser. Hellrote Ziegel bedeckten die Dächer, und Fahnen flatterten auf den Spitzen im starken Wind, der vom Meer herüberblies. Eine Wolkenfront zog von der See heran, und am Horizont konnte Seld schon die grauen Schlieren des fallenden Regens über dem Meer ausmachen.

Der Geruch des Meeres ... seit zwei Jahren war Seld nicht mehr an der Küste gewesen, und nun sog er die Luft tief ein und schmeckte das Salz auf seiner Zunge.

Der Heke wand sich in einem lang gezogenen Bogen zur Stadt hin. Durch ein Gitter, das von Seilzügen angehoben wurde, wenn Handelsschiffe in die Stadt einfahren wollten, floss er in die Stadt, wo er schließlich ins Meer mündete.

Vor den Toren der Stadt waren beiderseits des Flusses Felder angelegt, von denen die meisten inzwischen abgeerntet waren. Diese Felder waren nun ein einziger gewaltiger Lagerplatz für Flüchtlinge aus ganz Derod. Die Stadt erschien wie umzingelt, derart viele Menschen und Wagen hatten sich vor der Stadtmauer versammelt. Der Anblick erinnerte Seld an das Chaos, das in den Drei Dörfern geherrscht hatte. Ein sirrendes Klanggewirr, das von den Menschen, Tieren und Karren vor den Toren der Stadt erzeugt wurde, wehte zu Seld herauf.

Zwei mit Eisen beschlagene Tore waren in die Mauer eingelassen, eines nördlich des Heke, das andere südlich davon. Mit der Abenddämmerung wurden sie verschlossen und erst wieder hochgezogen, wenn die Sonne zur Gänze über dem Horizont erschienen war. Doch an diesem Tag waren beide Tore verschlossen – offenbar wurden keine Flüchtlinge mehr in Klüch eingelassen.

Seld fragte sich, warum die Kolonne noch immer auf dem Hügel anhielt. Er stieg von Arks Wagen, ging nach vorne und fand Quint Tamat auf dem Kutschbock des führenden Wagens. Mit halb geöffnetem Mund schaute er zur Stadt, immer wieder blinzelnd.

»Warum ziehen wir nicht weiter zur Stadt?«

Quint bedachte Seld mit einem kurzen Seitenblick. »Man wird uns nicht einlassen ... ich weiß nicht ... vielleicht sollten wir ...«

»Es wäre am besten, wenn wir uns vor den Toren der Stadt einen Lagerplatz suchen.«

Quint schien diesen Vorschlag abzuwägen. »Ja, das sollten wir tun«, sagte er schließlich und trieb sein Lif an. Seld setzte sich wieder auf Arks Wagen.

Während sich die Hequiser der Stadt näherten, setzte Regen ein. Es war nicht der kalte und stechende Regen, den sie aus ihrer Heimat kannten, sondern ein kühlender, angenehmer Schauer, den sie dankbar auf sich niedergehen ließen.

Es war, als bereite Talut einen Krieg gegen die Drachen vor.

Die stolze Stadt Klüch war zur letzten Zuflucht der angsterfüllten Menschen aus dem ganzen Land geworden. Hierher waren die meisten von ihnen geflohen, als die Kunde vom Drachenmarsch ihre Ohren erreicht hatte, doch die Stadt ließ niemanden mehr ein. Beide Tore waren geschlossen und wurden von jeweils einer Hundertschaft bewacht.

Mesala wendete ihren Blick ab, als sie an einem kleineren Marktplatz vorüberging, doch die Menschenmenge, die sie umgab, schrie ihre Blutlust heraus. Der Ausrufer verkündete gerade, dass es drei Unruhestifter waren, die gehenkt werden sollten.

Die Menschen drängten sich trotz des einsetzenden Regens um die Holzbühne, die in der Mitte des kleinen Marktplatzes in der Oststadt aufgebaut worden war. Das Urteil wurde vollstreckt, die Klappen unter den Füßen der Unruhestifter wurden geöffnet, und ruckartig brach ihr Genick. Die Menge johlte.

Mesala schob einige der Umstehenden beiseite, damit sie diesen Ort hinter sich lassen konnte. Die Auspeitschungen und Hinrichtungen schienen in der Stadt inzwischen täglich stattzufinden. Es waren meistens Flüchtlinge, die bestraft wurden, und zumeist waren es einfache Diebstähle, die sie begangen hatten, doch die Wachen des Herrschers kannten keine Gnade. Das Strafmaß war jedes Mal hart, und das Urteil wurde sofort und öffentlich vollstreckt. Wenn Talut glaubte, auf diese Weise in Klüch Ruhe einkehren zu lassen, so täuschte er sich, denn in der Stadt schwelte Aufruhr. Und überall erzählte man sich, dass es wohl nur noch wenige Tage waren, bis die Drachen Derods Hauptstadt erreichten.

Seit zwei Tagen hatte der Herrscher nicht mehr nach Mesala geschickt; seine Amtsgeschäfte mussten ihn von allen Vergnügungen abhalten. So wusste Mesala nicht, was er nun plante. Jedes Mal, nachdem er von ihr abgelassen hatte, war er redselig geworden und hatte ihr von seinen Eroberungsplänen erzählt. Nun verschanzte er sich in seinem Schloss, in das Boten ein- und ausgingen, um neue Nachrichten für die Heeresteile in ganz Derod zu empfangen.

Die Hequiser suchten sich eine Lagerstätte zwischen dem Südtor und der Küste. Nicht nur, dass viele zum ersten Mal die Stadt mit eigenen Augen sahen – auch die Weite des Meeres hatten sie noch nie erblickt. Trotz des Trubels, der sie umgab, sank eine tiefe Stille über die Kolonne.

Nachdem die Hequiser ihr Lager errichtet hatten, gingen Seld und Ark in Richtung des Südtores. Ihre Stiefel erzeugten schmatzende Geräusche in dem Matsch unter ihnen. Unzählige Füße und Wagenräder hatten den Boden aufgewühlt, und der Regen hatte ihn schlammig werden lassen.

Die Wachsoldaten waren direkt vor dem verschlossenen Südtor stationiert. Mit stoischer Ruhe standen sie in mehreren Reihen vor dem Tor, die Hellebarden in der rechten Hand. In den Pfützen um sie herum war Blut zu erkennen.

Als Seld und Ark sich dem Tor näherten, stellte sich ihnen ein grobschlächtiger Kerl in einer zerschlissenen Uniform in den Weg. »Klüch nimmt keine Flüchtlinge mehr auf!«, schrie er den beiden ins Gesicht.

»Mein Name ist Seld Esan. Ich bin ...« Selds Stimme sank für einen Moment, er schluckte, dann sprach er weiter: »Ich bin Vorsteher von Hequis im Nordostland und muss mit dem Herrscher sprechen.«

Der Wächter runzelte die Stirn, ließ seinen Blick immer wieder über Seld und Ark streifen. Er ließ einen der Wächter in den Büchern nachsehen, wer der Vorsteher von Hequis war. »Nun denn«, sagte er schließlich. »Verlasst die Stadt wieder vor Sonnenuntergang.« Er gab ein Zeichen, und von innen wurde ein schmaler Durchgang im Tor geöffnet.

Kaum war er in der Stadt, da erkannte Seld auch schon, dass Klüch zu bersten drohte. Was in den Drei Dörfern schon geschehen war, kam nun auch über Derods größte Stadt: Aus allen Landesteilen flohen die Menschen hierher, wahrscheinlich weil sie glaubten, hinter den wehrhaften Stadtmauern Schutz zu finden. So konnten nur Menschen denken, die noch niemals die Drachen mit eigenen Augen gesehen hatten und ihre Macht nur ahnen konnten, ging es Seld durch den Sinn. Sie kamen aus allen Himmelsrichtungen, und einige von ihnen schienen ihr gesamtes Hab und Gut mitgebracht zu haben – gerade so, als befürchteten sie, niemals wieder in ihre Heimat zurückkehren zu können. Das einzige, was der Herrscher hatte tun können, war, die Stadt vor weiteren Flüchtlingen zu verschließen, die vor Drachen oder Dämonen Schutz suchten.

Wohin Seld und Ark auch blickten, patrouillierten Wachen in den Farben des Herrschers. Doch es gelang ihnen kaum, für Ruhe in der Stadt zu sorgen. Immer wieder kam es zu Kämpfen, bei denen nicht selten Tote zurückblieben. Am ersten Marktplatz, den Seld und Ark erreichten, baumelten leblose Körper an einem Galgen.

Durch die Außenbezirke mit ihren Lagerplätzen und Gasthäusern gelangten die beiden zum Ufer des Heke. Im Hafen war kaum noch ein Anlegeplatz frei, und die meisten Schiffe wurden eilig beladen, als wollten sie so bald wie möglich aus der Stadt segeln. Seld und Ark gingen über die Steinbrücke zur alten Stadt hinüber, die von den Resten der ersten Stadtmauer umsäumt war. Auf dieser Seite des Heke erhob sich eine Klippe. Während auf der Anhöhe die Villen standen, zwischen denen die Gelehrtenstätte aufragte, thronte der Palast über allem. Seine Mauern waren mit dem schwarzen Gestein der Nordberge errichtet worden, während die Kuppel in seiner Mitte, die feinen Türme und Verzierungen in hellem Marmor und Gold leuchteten.

Im Palast lebte der Herrscher mit seiner Familie und seinen Bediensteten. Vor Talut Bas hatte die Herut-Dynastie eine lange Zeit über Derod regiert – doch diesem Erbe hatte Talut ein Ende gesetzt, indem er von Jor Herut die Macht gestohlen hatte. Als vor vielen Jahreszeiten Klaf Herut verstorben war, hatte er seinem Sohn Jor ein zerstrittenes Land hinterlassen, das in viele sich gegenseitig bekämpfende Provinzen zerfallen war, außerdem eine Stadt Klüch, die von Räuberbanden beherrscht wurde, und einen Palast, der seinen Glanz und Ruhm verloren hatte.

Doch trotz seiner Fehler – oder gerade deswegen – war Klaf Herut beim Volk beliebt gewesen. Er war dafür bekannt, dem Frühlingswein zugeneigt zu sein und des Nachts die schönsten Frauen von Klüch in seinen Palast führen zu lassen.

Jor Herut war der einzige Sohn des alten Herrschers, und er fand beim Volk keinen Anklang. Der verschlossene, blasse Mann mied die Feierlichkeiten des Vaters und zog sich lieber in die Studierstuben zurück. Viele Klücher sahen ihn zum ersten Mal, als er mit dem königlichen Schiff auslief, um den Körper seines toten Vaters dem Meer zu übergeben.

Kaum war Jor Herut in der Rolle des Herrschers, verhielt er sich gänzlich anders als sein Vater. Der neue Herrscher entließ einen großen Teil der Bediensteten des Palastes. Die prunkvollsten Räume wurden verschlossen, und Jor Herut residierte und regierte im schmalen Westflügel, der keinerlei Größe oder Macht ausstrahlte.

In Klüch erließ er neue Gesetze. Das Gildewesen entstand, und bald kontrollierten nicht mehr die Räuberbanden die Stadt, sondern die Gilden. Daraufhin kehrten viele derjenigen zurück, die die Stadt in Angst verlassen hatten.

Der neue Herrscher ließ eine ganze Flotte Handelsschiffe bauen, die große Mengen Fleisch und Brot innerhalb weniger Tage an die entfernte Südküste von Derod bringen konnten. Von dort kehrten die Schiffe mit Früchten und Gewürzen zurück. Auch die kargen Küstengebiete der nordwestlichen Provinzen des Landes konnten mit diesen Schiffen beliefert werden. Und schmale Frachtkähne fuhren den Heke hinauf ins Landesinnere.

Zu Beginn seiner Regierungszeit hatte sich Jor Herut meist in sein Studierzimmer zurückgezogen, doch mit zunehmendem Alter bereiste er das Land, das er regierte. Es gelang ihm, mit ruhigen Verhandlungen die Feindschaften in den nordwestlichen Provinzen zu schlichten. Auch durch das Nordostland und die südlichen Provinzen kam er oft. In der Chronik von Hequis wurde ausschweifend von den beiden Besuchen berichtet, die der Herrscher dem Dorf abgestattet hatte. Stundenlang hatte er die Drachen beobachtet, stand in der Chronik. Davor und danach hatte kein Herrscher von Derod je einen Fuß in das Dorf im Nordostland gesetzt, und auch heute noch erinnerten sich die Älteren in Hequis mit Wohlwollen an den vormaligen Herrscher.

Seine Reisen legte Jor Herut nicht etwa in den prächtigen, mit Gold beschlagenen und im Inneren mit feinstem Samt ausgestatteten Wagen des Vaters zurück, sondern er reiste in einer Kutsche aus einfachem Holz. Auch wurde er nicht von einer vielköpfigen Garde beschützt, sondern umgab sich nur mit wenigen Vasallen.

Als Jor Herut auf einer dieser Reisen war, erreichte ihn während seiner Gespräche in den Nordländern die Kunde, dass einer seiner Berater sich in Klüch zum neuen Herrscher von Derod ausgerufen hatte, nachdem er Jor Heruts Tod verkündet hatte. Der Berater hatte das Heer von Klüch unter seine Kontrolle gebracht, und die Generäle standen auf seiner Seite.

Jor Herut wusste, dass es sein Todesurteil bedeutete, wenn er nach Klüch zurückkehrte, doch er musste seinen Untertanen zeigen, dass er noch lebte. Selbst wenn er dann von dem Usurpator getötet wurde – das Volk würde diesen nicht als neuen Herrscher annehmen, und es würde sicher zu einer Revolte kommen. Noch am gleichen Abend brach Jor Herut nach Klüch auf.

Nach langer Reise kam er an seinem Regentensitz an, fuhr mit seiner Kutsche durch das Südtor ein. Keiner der Soldaten in Klüch wagte, sich dem Herrscher in den Weg zu stellen, und so erreichte Jor Herut unbehelligt seinen Palast, wo er schon von seinem ehemaligen Berater erwartet wurde – und von unzähligen mit Schwertern bewaffneten Soldaten.

Vom Balkon verfolgte der ehemalige Berater, wie Jor Herut in seinen Palast kam, und das war das letzte Mal, dass die Klücher ihren Herrscher lebend sahen, denn am nächsten Tag wurde sein Körper in einem offenen Wagen durch die Stadt gefahren und auf dem großen Marktplatz verbrannt. Damit hatte die Herut-Dynastie ein Ende gefunden.

Der Name dieses ehemaligen Beraters und neuen Herrschers war Talut Bas. Niemand wusste, woher er gekommen war oder wie lange er als Berater im Palast gedient hatte, doch die Schnelligkeit, mit der er die Macht über Derod an sich gerissen hatte, sprach beredt von seinem Ehrgeiz und seiner Skrupellosigkeit.

In der Zeit nach Jor Heruts Tod schwärmten die Wachen des neuen Herrschers aus, um im ganzen Land die Abtrünnigen zu verfolgen, die Ränke gegen den neuen Herrscher schmiedeten. Bald waren die meisten von ihnen gefunden und öffentlich hingerichtet worden. In Derod kam es zu keinem Aufstand.

Als Erstes ließ Talut Bas den Palast wieder zu alter Größe herrichten. Die verschlossenen Räume wurden aufgebrochen, das Gold und die Edelsteine poliert. Bald erstrahlte der Palast in einer Pracht, wie man sie in Klüch noch nicht gesehen hatte. Talut Bas hielt rauschende Feste für die reichen Händler und die Edelleute der Stadt.

Der Herrscher entsandte Truppen in alle Teile Derods, und bald kontrollierte er das gesamte Land. Seine Soldaten erstickten die Aufstände in den Provinzen, indem sie mit eiserner Hand die Steuern eintrieben, und war jemand widerspenstig oder konnte seinem Herrscher nicht genügend abgeben, waren die Soldaten schnell mit dem Schwert zur Hand. Und das Volk ließ diese eiserne Herrschaft über sich ergehen. Nur die Grenzkriege im Norden bekam Talut Bas nicht unter Kontrolle.

Was Jor Herut still und geduldig geeint hatte, wurde nur noch mit Gewalt und Blutvergießen zusammengehalten.

Seld und Ark näherten sich dem Palast, und es schienen immer mehr Soldaten zu werden, die mit misstrauischem Gesicht in den Gassen unterwegs waren.

Nur noch wenige Ecken von den Toren des Palastes entfernt, bemerkten Seld und Ark in einer Seitenstraße zwei Männer, die sich lautstark stritten. Die Worte flogen hin und her, und plötzlich zückte einer von beiden einen Dolch, rammte ihn in die Brust des anderen und rannte davon. Seld und Ark eilten zu dem Verletzten und gingen neben ihm in die Knie, doch der Mann war schon tot. Während alledem waren Soldaten in der Nähe gewesen, doch sie hatten nicht einmal einen Blick dafür übrig gehabt.

Seld zog Ark am Ärmel in die Höhe und raunte ihm zu: »Wir müssen verschwinden!«

Zuerst wollte Ark protestieren, dann sah er den Blick der Soldaten auf sich und ging mit Seld weiter.

Die Palastwachen hatten Befehl, niemanden einzulassen. Erst nach langem Zureden und Selds Beteuerung, dass sie wirklich aus Hequis kamen, zeigte sich Regung in den starren Mienen der Wachleute. Einer von ihnen verschwand im Palast und kehrte nach langer Zeit zurück, um zu verkünden: »Talut Bas gewährt euch eine kurze Audienz.« Die beiden Wachmänner suchten die Hequiser nach Waffen ab, dann ließen sie beide eintreten.

Seld und Ark wurden von einem Bediensteten durch das mit prunkvollen Schnitzereien verzierte Tor in den Garten des Palastes geführt. Die Blumen, die sorgfältig arrangiert waren, standen noch in Blüte und betäubten Seld schier mit ihrem Geruch.

Durch einen langen Wandelgang kamen sie zur Kuppelhalle. Auf den Schildern, den Schwertknäufen und Wandteppichen waren noch die Umrisse des Wappens der Herut-Dynastie zu erahnen – nun befand sich dort das Bildnis eines dunklen Drachen. Talut Bas hatte fast alle Spuren seines Vorgängers aus dem Palast tilgen lassen. Über Selds Kopf erhob sich die Kuppel, und jedes Geräusch schien sich in ihr zu verlieren. In diesem Raum wurden Empfänge und Feierlichkeiten gehalten, hier waren Herrscher gekrönt und ermordet worden. Seld war nicht zum ersten Mal hier, doch jedes Mal nahm der Gedanke an die Geschichte dieses Raums ihm die Luft zum Atmen. Über breite Treppen stiegen sie in die Höhe und kamen schließlich zum Thronsaal, der sich im obersten Stockwerk des Palastes befand.

Die Wachen gaben den Weg frei, als der Bedienstete sich näherte, und Seld und Ark durften zur schweren Holztür treten, die in den Thronsaal führte. Seld legte seine Hände auf die polierten Messingknäufe, drehte sie und stieß die Tür auf. Langsam traten Seld und Ark ein, ließen ihre Blicke über die Säulen streifen und über den roten, bestickten Teppich, der zum anderen Ende des Saals führte und vor dem goldbesetzten Thron endete. Hinter ihnen verschloss der Bedienstete die Tür wieder.

Eindrucksvolle Fresken an der Decke gaben einige Legenden von Derod wieder. Eine von ihnen erregte Selds Aufmerksamkeit, denn sie zeigte einen goldenen Drachen, der über einem Menschen stand. Der Mann trug eine Rüstung, lag auf dem Rücken und hob dem Drachen abwehrend eine Hand entgegen. Seld war erstaunt über dieses Bildnis – es wirkte, als sei es erst vor kurzem entstanden, und Seld wusste nicht, welche Legende es darstellen sollte.

An beiden Seiten des Thronsaals befanden sich große Fenster in den Steinwänden. Links konnte Seld das offene Meer sehen, und rechts konnte er die Spitzen der höchsten Gebäude von Klüch erkennen.

Das Geräusch von Stiefeln, die auf Stein stampften, ließ Seld und Ark zur entfernten Seite des Raums blicken. In der Nähe des Throns erschien Talut Bas zwischen den Säulen. Er trat auf den Teppich, beide Arme hinter dem Rücken verschränkt. Nur aus dem Augenwinkel schaute er zu den Neuankömmlingen. Er blinzelte. Dann stieg er die drei marmornen Stufen hinauf zum Thron und sank in einer fließenden Bewegung nieder, wobei er mit den Händen das rote Gewand über die Armlehnen warf. Schräg saß er da, stützte das Kinn gelangweilt in seine Handfläche. »Kommt heran«, befahl er.

Gemessenen Schrittes näherten sich Seld und Ark dem Herrscher von Derod. Ihre Stiefel strichen geräuschlos über den Teppich, und nun bemerkte Seld die Soldaten, die stumm zwischen den Säulen standen, eine Hellebarde in der rechten Hand.

Es war nun zehn Jahre her, dass Seld diesem Mann, der für den Tod seiner Frau verantwortlich war, in die Augen geblickt hatte. Während Seld von diesen Jahren ausgezehrt worden war und sich in seinem Gesicht erste Falten abzeichneten, schien die Zeit an Talut Bas spurlos vorübergezogen zu sein. Er sah noch aus wie an dem Tag, als er die Macht über das Land an sich gerissen hatte.

Taluts Gesicht war das Antlitz eines Falken: Die Nase lief spitz zu, der Mund war schmal und bewegte sich beim Sprechen kaum, und die nimmermüden Augen schienen niemals zu blinzeln. Seine Mundwinkel hatte er spöttisch in die Höhe gezogen, und die blonden Haare fielen ordentlich auf die Schultern.

»Ich hoffe, ihr hattet eine gute Reise. Hier, trinkt!« Talut griff nach einem Porzellankrug, der auf einem goldenen Tablett neben seinem Thron stand, und warf den Krug in Selds Richtung.

Mit der Rechten fing Seld den Krug am Griff. Einen Augenblick wollte er den Krug dem Herrscher ins Gesicht schleudern, um dessen Ausdruck von Hohn wegzuwischen. Der Mann, der vor Seld auf dem Thron saß und diesen Platz unrechtmäßig einnahm, hatte Alemas Tod befohlen. Er hatte sie nicht haben können, und niemand anders hatte sie zum Weib bekommen sollen, also musste sie sterben.

Es schien Seld, als wäre die Zeit stehen geblieben. Talut rührte sich nicht, hielt seine dunklen Augen auf Seld geheftet, der zu Füßen des Throns stand, den Krug haltend. Dann hob Seld seine Hand und ließ einen Schluck der Flüssigkeit aus dem Krug in seinen Mund fließen. »Herbstwein aus dem Nordostland«, sagte Seld und warf den Krug in einem hohen Bogen zurück zu Talut.

Dieser fing ihn und warf ihn achtlos zur Seite. Der Krug zerschellte auf dem Steinboden neben dem Thron, und der Herbstwein floss in die

Ritzen zwischen den Steinen. »Du weißt ja, was ich mit Dingen aus dem Nordostland mache, die mich nicht mehr interessieren«, sagte Talut Bas.

Seld fühlte eine unbändige Wut in sich aufsteigen. Auf diesem Thron hatte Talut gesessen, als er seinen Offizieren den Befehl gegeben hatte, im Nordostland Unheil zu stiften ... und damit Alema zu töten. Er selbst hatte keinen Finger krümmen müssen, denn er hatte gewusst, dass die Hequiser Alema meucheln würden.

Hätte Seld ein Schwert in der Hand gehalten, hätte er in diesem Augenblick den Herrscher angegriffen, auch wenn es seinen eigenen Tod bedeutet hätte. Doch so verharrte Seld, jeden Muskel bis zum Zerreißen gespannt. Er fühlte den Blick seines Freundes auf sich ruhen.

»Ich bin nicht hierher gekommen, um mir Euer Gerede anzuhören, Talut.« Seld machte zwei Schritte nach vorne, bis er direkt bei den Stufen zum Thron stand. »Die Drachen kommen nach Klüch.«

»Was macht dich dessen so sicher?« Talut schaute interessiert auf Seld hinunter.

»Wir sind ihnen gefolgt. Sie sind geradewegs in Richtung Klüch marschiert.« Seld vermied es, von seinen Geistesreisen und den Stimmen der Drachen zu erzählen.

»Was kannst du mir sagen, warum die Drachen die Berge verlassen haben ... Vorsteher.« Talut tippte seine Fingerspitzen aneinander.

»Wir wissen es nicht«, antwortete Seld.

»Gibt es Zeichen von Dämonen?«

Seld zögerte, doch es konnte sein, dass Talut schon von dem Vorfall mit dem Dämonen erfahren hatte. »Ja. In den Drei Dörfern hat ein Dämon angegriffen. Ein Drache hat sich ihm entgegengestellt.«

Talut nickte. In seinen Augen sah Seld, dass dies dem Herrscher bereits bekannt gewesen war.

Ark trat neben Seld. »Was werdet Ihr unternehmen, wenn sich die Drachen der Stadt nähern?«, fragte er.

Talut bedachte Ark mit einem langen Blick. Dann erhob er sich und kam mit langsamen Schritten die Treppe herab. Seld und Ark traten zur Seite, und der Herrscher ging zwischen ihnen hindurch. Der Geruch eines süßlichen Parfüms stieg in Selds Nase, und das rote Gewand, in das Talut gehüllt war, streifte ihn. Der Herrscher machte einige Schritte auf dem Teppich, ließ seinen Blick über die Wachen gleiten. Schließlich drehte er sich wieder zu Seld und Ark um. »Kommt hierher.«

Die beiden blickten sich kurz an, dann näherten sie sich ihm. Talut ging zu einem der Fenster an der Seite. Er streckte seinen rechten Arm aus. »Dort seht ihr, was ich unternehmen werde.«

Selds Blick glitt über die Häuser von Klüch. Jenseits der Stadtmauer sah er den Heke, der sich nach Nordosten wand. Taluts Finger zeigte nach Norden, und Seld sah nun, worauf er wies. Was er im ersten Moment für einen Wald gehalten hatte, war eine Armee, die sich auf die Stadt zubewegte. Als Seld genauer hinblickte, konnte er erkennen, dass die meisten Soldaten zu Fuß unterwegs waren, nur einige ritten auf Lif. Sie hielten keine Formation ein, dafür bewegten sie sich zügig vorwärts. »Wie viele Soldaten sind das?«, fragte Seld. Er fühlte ein Schaudern seinen Rücken hinabfließen. Plante Talut wirklich, diese Soldaten den Drachen entgegenzuschicken?

Während Seld und Ark atemlos zu der nahenden Armee geblickt hatten, war Talut zu seinem Thron zurückgegangen. »Fünfzehn Hundertschaften«, sagte Talut von dort aus.

Die beiden wendeten sich von dem Fenster ab und traten wieder vor den Thron. »Ihr wollt die Drachen angreifen?«, fragte Seld.

»Nein«, gab Talut zurück. »Ich werde sie von dieser Welt tilgen.«

»Wie? Die Drachen schützen uns vor den Dämonen! Warum solltet Ihr sie angreifen?«

Talut schaute Seld an, als sei dieser ein ungehöriges Kind. »Das Zeitalter der Drachen neigt sich seinem Ende zu. Ich bin mir sicher, dass sie hierher kommen, um unsere Stadt zu vernichten.«

Seld kam das Bildnis in den Sinn, das den Drachen zeigte, der einen Menschen angriff. »Seid Ihr wahnsinnig geworden?« Seld hob seinen Fuß und stieg auf die erste Stufe zum Thron. In diesem Augenblick schossen zwei der Wachen nach vorne und streckten ihre Hellebarden aus. Seld verharrte. »Selbst fünfzehn Hundertschaften hätten nicht die Macht, einen einzigen Drachen zu töten!«, rief Seld aus.

Talut verfolgte das Geschehen amüsiert. »Du solltest vorsichtig sein, mein Freund. In dieser Stadt bist du nicht der Vorsteher.«

Seld machte einen Schritt zurück, doch die Wachen hielten ihre Stellung, ihre Hellebarden auf ihn gerichtet. »Ich bin nicht mehr der Vorsteher von Hequis.«

Der Herrscher beugte sich interessiert nach vorne. »Du hast dein Amt abgegeben? Warum?«

»Ich hatte vor, Hequis wieder zu verlassen«, antwortete Seld, der diese Lüge mit fester Stimme aussprach.

Nun lehnte sich Talut wieder zurück. »Dann richte Eurem neuen Vorsteher aus, dass die Hequiser in Klüch sicher sind.« Sein Blick schweifte zum Fenster. »Ihr dürft gehen.«

Da der Herrscher seine beiden Besucher nicht mehr ansah, drehten sie sich nach einem kurzen Zögern um und verließen den Thronsaal ohne ein weiteres Wort. Der Bedienstete, der vor der Tür gewartet hatte, führte Seld und Ark wieder aus dem Palast hinaus.

»Glaubst du, Talut wird es tatsächlich wagen, die Drachen anzugreifen?«, fragte Ark draußen.

»Ich fürchte, er wird es tun. Talut hat die Drachen schon immer gefürchtet. Und er ist töricht genug, seine eigenen Soldaten zu töten.«

Sie bogen nach ein paar Augenblicken in eine Gasse ein, aus der ein übler Geruch drang, und in der sich einige verlotterte Gestalten herumdrückten. Am Anfang dieser Gasse stand ein Wagen am Straßenrand, dessen Achsen gebrochen waren. Ein Mann saß vor diesem Wagen, den Rücken an ein Rad gelehnt, den Kopf gesenkt.

Seld war schon fast vorübergegangen, als er den Mann erkannte. »Lokar!«, rief er aus.

Der Kopf des Angesprochenen zuckte hoch. In seinen Augen stand Panik. »Was?« Er drückte seinen Rücken fester gegen das Wagenrad. Er erkannte, wer ihn angesprochen hatte, und entspannte sich ein wenig. »Der Drachenmann«, murmelte er. »Was willst du? Die letzten Reste meiner Habseligkeiten?«

»Was ist dir widerfahren?«

»Als wenn es dich kümmerte.«

»Bitte, rede!«

Nach einem tiefen Durchatmen sprach Lokar: »Nach meiner Flucht vor den Drachen habe ich einige Dörfer im Nordostland durchquert, um dort meine Waren zu verkaufen. Ich wollte so schnell es ging nach Klüch zurück. Als ich in die Drei Dörfer kam, wurde ich schon am Stadtrand überfallen und ausgeraubt. Alles haben sie mir genommen. Durch die Steppe bin ich nach Klüch geflohen. Wäre ich auch nur einen Augenblick länger geblieben, hätte man mir die Kehle durchgeschnitten. Und als ich nach Klüch kam, musste ich mitansehen, wie die Soldaten des Herrschers meine Lager leer räumten. Er hat alle Waren beschlagnahmt – für seine Truppen, sagten sie mir. Nichts mehr habe ich.«

»Das tut mir Leid«, sagte Seld.

»Geh«, zischte Lokar.

»Du kannst mit mir –«, begann Seld.

»Verschwinde, Drachenmann! Eure Brut ist Derods Untergang.« Er senkte sein Haupt.

Seld zögerte. Er wollte noch etwas Tröstliches sagen oder seine Hand ausstrecken, um den Mann zu helfen, der einmal ein guter Freund gewesen war. Doch stattdessen erhob er sich und entfernte sich langsam. Immer wieder blickte er über die Schulter zurück, ob Lokar nicht seine Worte überdachte, aber in seinem Elend schien er zu Stein geworden zu sein.

Als Seld und Ark schließlich durch das Tor die Stadt wieder verließen, sahen sie von Norden her die Armeen des Herrschers näherkommen. Egal, wie viele Soldaten Talut den Drachen entgegenschickte – sie würden alle ausgelöscht werden. Es war schon jetzt eine Armee der Toten. Und wenn die Drachen die Angreifer getötet hatten ... würden sie dann in ihrer Wut über den Angriff auch die Stadt auslöschen?

Während seine Gedanken bei den Drachen weilten, verließ unmittelbar Selds Geist seinen Körper, und er fand sich bei den Drachen wieder.

Nein, hallte eine Stimme durch seine Gedanken. Wir werden keinen Menschen töten.

Selds Geist schwebte über den Drachen, die durch Derod voranschritten. Sie befanden sich inzwischen im südlichen Teil des Landes, und am Horizont konnte Seld den Umriss des Mittelmassivs erkennen. Sie hatten die Weite Steppe am nördlichen Ende verlassen und näherten sich nun unaufhaltsam Klüch.

Folge uns. Das Osertem wird kommen.

Selds Geist kehrte in seinen Körper zurück, und er beendete den Schritt, den er vor seiner Geistesreise begonnen hatte. Dann blieb er stehen, und Ark blickte ihn fragend an.

»Ich habe wieder die Drachen gesehen«, flüsterte Seld und blickte nach Nordosten. Irgendwo hinter diesen Hügeln kamen die Drachen. »Ich habe wieder ihre Stimmen vernommen, Ark. Bald werden sie hier sein.«

Kapitel 12

Ein Gesicht aus der Vergangenheit

Während der folgenden Nacht fand keiner der Hequiser Ruhe. Vor den Toren der Stadt waren unzählige Lagerfeuer entzündet worden, in deren Schein sich die Flüchtlinge Geschichten von den Drachen erzählten. Es hatte sich mittlerweile herumgesprochen, dass selbst die Bewohner des Dorfes geflohen waren, die direkt bei den Drachen gelebt hatten, und so wurden die Hequiser von allen Seiten neugierig betrachtet. Immer noch kamen Flüchtlingsströme vor die Tore der Stadt, und immer neue Hundertschaften kehrten nach Klüch zurück. Als die Kasernen zum Bersten gefüllt waren, schlugen die Soldaten auf der anderen Seite des Heke ihre Zelte auf. Späher hatten die Nachricht überbracht, dass die Drachen nun geradewegs auf Klüch zuliefen und sie bald die Stadt erreichen würden. Dies hatte zur Folge, dass die ersten Flüchtlinge, die nach Klüch gekommen waren und die keinen Einlass gewährt bekommen hatten, nun wieder aufbrachen, in der vagen Hoffnung, weiter südlich an der Küste sicher zu sein.

Der nächste Tag war kühl. Kälte schien vom Meer aufzusteigen und sich über die Stadt zu legen; der Geruch von Algen und Brackwasser hing in der Luft.

Seld hatte tief und traumlos geschlafen, und zum ersten Mal, seit er seinem Grab entstiegen war, fühlte er sich stark und tatendurstig. Er erklärte Ark, dass er die Gelehrtenstätte in der Stadt aufsuchen wolle, um etwas über die Prophezeiung des Bematu herauszufinden.

Kaum hatte er sich von den Wagen der Hequiser entfernt, rief jemand hinter ihm seinen Namen.

Es war Quint. Er trug nicht mehr seine wertvolle Kleidung, sondern einen abgetragenen Mantel aus Lifhaut.

»Was gibt es ... Vorsteher?«, fragte Seld.

Quint trat an Seld heran und wich dessen Blick aus. »Ich ... ich möchte etwas wissen.«

Seld wartete.

»Ich fürchte, dass hier vor der Stadt ein Chaos ausbricht, wenn die Drachen kommen.«

Seld schaute lange Quint an. »Und was möchtest du wissen?«

Quint setzte zum Sprechen an, schloss dann jedoch seinen Mund wieder. Schließlich fragt er: »Was soll ich tun, wenn die Drachen kommen?«

»Du bist Vorsteher«, gab Seld zurück. »Entscheide.« Er wollte sich zum Gehen wenden.

»Warte!«

Seld blieb stehen.

»Ich möchte nicht, dass jemand stirbt, weil ich einen Fehler mache.«

In den Augen seines Gegenübers sah Seld nur eine Bitte, keinerlei Heimtücke, die sonst immer in Quints Augen stand. »Diese Anhöhe dort ...« Seld deutete mit seiner Rechten die Küste hinunter, wo sich ein bewaldeter Hügel erhob, der zum Meer hin eine steinige, steile Klippe bildete. »Bring die Kolonne zum Fuß dieses Hügels. Dort sind noch keine Flüchtlinge, wir sind weit genug von der Stadt entfernt, und die Bäume geben uns ein wenig Schutz. Ich fürchte, der Herrscher will die

Drachen angreifen, und sie werden sich der Stadt von Nordwesten nähern.«

Quint blickte zu der Stelle, auf die Seld wies. »Ich werde unsere Leute sofort dorthin bringen.« Er nickte. »Danke.«

Seld wurde von den Wachen in die Stadt eingelassen – es waren dieselben Männer, die sich ihm gestern noch in den Weg gestellt hatten. Wieder verlangte eine aufgebrachte Meute von Flüchtlingen Einlass hinter die schützenden Mauern, doch sie wurde von einer Hundertschaft in Schach gehalten.

Die Stadt war noch immer in Aufruhr. Nun bereiteten sogar einige Klücher ihren Aufbruch vor – doch wohin sollten sie gehen? Der Norden war zu unsicher, also mussten sie der Küste weiter nach Süden folgen. Doch in dieser Richtung gab es nur verstreute Dörfer bis hinab zur Ewigen Wüste, die Derod im Süden und Osten begrenzte.

Über den Heke ging Seld zum alten Teil der Stadt, doch dort nicht den Berg hinauf zum Palast, sondern er wendete sich in die andere Richtung – zu einem der ruhigeren Randbezirke nahe der Stadtmauer. Hier standen die ältesten Wohnhäuser der Stadt. Hinter Fassaden mit verschwenderischem Zierrat lebten reiche Kaufleute, die Großgrundbesitzer, niederer Adel und Begünstigte des Herrschers. Ein künstlicher Nebenlauf des Heke war angelegt worden, der nun in sanften Kurven durch einen ausladenden Park floss. Unter den Blättern der Gigantenbäume, die selbst die meisten Häuser der Stadt überragten, hatten Dichter im Frühling ihre Balladen geschrieben.

Durch diesen Park kam Seld schließlich zur Gelehrtenstätte. Er trat die abgewetzten Stufen zur Pforte hinauf und blickte an der verwitterten Fassade des Gebäudes hoch. Es war so alt wie der Palast des Herrschers, doch die Gelehrtenstätte war viele Male von Baumeistern umgebaut worden und war inzwischen ein unüberschaubares Konglomerat verschiedener Baustile. Hatte ein Baumeister begonnen, den Westflügel mit neuen Erkern zu ergänzen und das Dach mit roten Lehmziegeln zu decken, so hatte ein anderer versucht, den Ostflügel vom Prunk zu befreien und Wasserspeier und Verzierungen wegschlagen lassen, doch das verwitterte Gebälk unter dem Dach nicht angerührt. Das Portal, das so hoch wie drei Männer war, hatte die Jahre unangetastet überstanden.

Seld schlug den schweren Messingklopfer gegen das Holz und lauschte dem dumpfen Pochen, das sich hinter der schwarzen Tür ausbreitete. Dann näherten sich von innen her Schritte, und die Pforte wurde ein Stück geöffnet. Ein dürrer Mann erschien in der Tür und schaute an Seld fragend und grußlos hoch. Vom kantigen Schädel des Mannes standen graue Haarsträhnen in alle Richtungen ab, und er war in einen schmucklosen schwarzen Umhang gehüllt.

»Mein Name ist Seld Esan. Ich komme aus Hequis im Nordostland –«

»Das Drachendorf!«, entfuhr es dem Mann, der eine auffallend helle Stimme hatte. »Davon habe ich viel gehört!«

Seld nickte. »Ich möchte mit dem Obersten Gelehrten sprechen.«

»Zu welchem Zweck?« Der Mann öffnete die Tür ein Stück.

»Ich muss etwas über eine bestimmte Prophezeiung erfahren. Es ist sehr wichtig.«

Der Mann schien nachzudenken. Schließlich nickte er. »Nun gut.«

Die Pforte schwang auf, und Seld trat ein.

Galen Cohm blickte aus dem Fenster. »Die Leute haben Angst«, sagte er. »Diese Narren. Man kann ihre Furcht fast schon riechen. Sie wissen nicht, ob sie hier bleiben oder fliehen sollen.«

»Sei gnädig mit ihnen, Vater.« Mesala saß an seinem Bett und las ein Buch über die Herut-Dynastie. Erst seit Galen ans Bett gefesselt war, hatte er seine Tochter Lesen gelehrt. »Niemand weiß, was die Drachen in Klüch tun werden.«

»Vielleicht ist es ein Segen, ein Krüppel zu sein. Wer nicht fliehen kann, stellt sich jedem Schicksal.«

»Wolltest du fliehen?«

Galen sah seine Tochter an. »Nein«, gab er zu, dann lächelte er. »Vor den Drachen habe ich keine Angst mehr. Ich quäle dich mit meinen bitteren Gedanken und halte dich vom Lesen ab. Hör nicht auf mich. Lies weiter. Ich möchte dich auch noch das Schreiben lehren.« Er lehnte sich auf seinem Lager zurück und schloss die Augen.

Der Mann geleitete Seld durch ein Labyrinth enger Gänge. Immer wieder kamen die beiden an Studenten vorbei, die die gleichen unscheinbaren Gewänder trugen und sich flüsternd unterhielten. Es gab nur wenige schmale Fenster, durch die Licht hereinfiel; weite Teile der Gelehrtenstätte lagen auch des Tags im Dunkeln. Das Mauerwerk war rau und schmucklos.

»Mein Name ist Ardag Namtara«, erklärte der Mann, während er zielsicher durch die Gänge huschte. »Mir obliegt es, die Gärten der Stätte zu pflegen und den Studenten zu Diensten zu sein.«

Nach einem langen Marsch, bei dem Seld den Eindruck hatte, im Kreis durch das Gebäude zu laufen, kamen die beiden an einer Tür an, die aus dem gleichen Holz wie die Pforte der Gelehrtenstätte bestand. Ardag schlug einmal den Messingklopfer, dann stieß er die Tür auf und wies Seld hinein. Nachdem Seld eingetreten war, schloss Ardag die Tür.

Seld stand in einer Bibliothek. Regale, die sich unter dem Gewicht von dicken Büchern, losen Pergamenten und aufgerollten Karten bogen, erstreckten sich zu beiden Seiten. Die Decke war niedrig – Selds Haare strichen an ihr entlang, als er einen Schritt nach vorn machte, und er zog den Kopf ein wenig ein.

Zwischen den Regalen im Mittelgang erschien ein Mann mit einem Buch, das er aufgeschlagen in der rechten Hand hielt. Er warf Seld einen Seitenblick zu. »Einen Moment, bitte.« Der Mann verschwand zwischen den Regalen und tauchte kurz darauf wieder vor Seld auf, besah diesen von unten nach oben. »Ich bin Kolun Fer, der Oberste Gelehrte.« Kolun Fer hatte eine Glatze und ein faltenreiches Gesicht. Mit seinen hellen Augen schien er niemals zu blinzeln. Auf seinen Händen, die aus den Ärmeln seines schwarzen Gewandes ragten, erkannte Seld die Konturen jedes einzelnen Knochens, und Altersflecken bedeckten die Haut.

Seld deutete eine Verneigung an. »Seld Esan aus Hequis im Nordostland.«

»Bitte folgt mir«, forderte ihn der Oberste Gelehrte auf und schritt durch den Raum, bis er an einem Schreibtisch ankam, der unter Bergen von Büchern und Pergamenten kaum zu sehen war. Durch zwei schmale Fenster hinter dem Tisch fiel ein wenig Licht in den Raum. Kolun wies Seld zu den Schemeln, die vor dem Tisch standen und setzte sich selbst hinter den Tisch in einen hohen, verzierten Stuhl.

»Ich vermute, Euer Begehr hängt mit den Drachen zusammen.«

Seld wusste nicht, ob er diesem Mann von den Geistesreisen erzählen sollte. Vielleicht war er seinem Herrscher treu ergeben, und so würde Talut Bas etwas erfahren, was er nicht wissen sollte. Aber vielleicht konnte Seld dem Mann, dem er gegenübersaß, auch vertrauen. Doch zunächst wollte er nicht alles offenbaren. »Ja, es geht um die Drachen«, bestätigte Seld. »Unsere Gemeinschaft hat unser Heimatdorf verlassen, weil wir die Dämonen fürchten. Ich möchte wissen, warum die Drachen die Berge verlassen haben und wann wir wieder zurückkehren können. Gibt es vielleicht eine Prophezeiung, die all dies vorhergesagt hat?«

Die Augen des Obersten Gelehrten rührten sich nicht, und der glatzköpfige Mann wirkte, als hätten ihn die Worte seines Gegenübers erstarren lassen. »Nein«, antwortete er mit einer Stimme, die ungleich sanfter klang. »Es gibt viele Prophezeiungen über die Drachen, doch keine hat vorhergesagt, dass die Drachen jemals die Koan-Berge verlassen würden.«

»Ich hörte von einer Prophezeiung, über die ich mehr wissen möchte«, gab Seld zurück. »Die Prophezeiung des Bematu.«

Der Oberste Gelehrte fuhr in die Höhe. »Woher wisst Ihr von dieser Prophezeiung? Wer hat Euch davon erzählt?«

Seld blickte erstaunt sein Gegenüber an. Er hatte nicht erwartet, dass dieser Mann derart schnell die Fassung verlieren könnte. »Ein alter Mann, den ich auf unserer Reise kennen gelernt hatte, erzählte mir, dass diese Prophezeiung von den Drachen berichtet. Unterwegs ist er verstorben, bevor er mir darüber berichten konnte.«

»Geht«, sagte der Oberste Gelehrte leise.

»Wollt oder dürft Ihr nicht über die Prophezeiung reden?«, fragte Seld.

»Geht.«

Seld erhob sich und verließ den Raum.

Durch das Labyrinth der Gänge ging Seld zurück zur Pforte. Als er den Innenhof durchquerte, tauchte Ardag Namtara vor ihm auf.

»Eine kurze Audienz«, meinte er.

Ein Lächeln huschte über Selds Gesicht. »Der Oberste Gelehrte wird sehr schmallippig, wenn man auf die Prophezeiungen zu sprechen kommt.« Langsam ging er weiter, und Ardag blieb an seiner Seite.

»Es kommt auf die Prophezeiung an«, sagte der alte Mann. »Wenn er Euch von Prophezeiungen erzählen soll, die das goldene Zeitalter verheißen, wird er Euch gerne die Zeichen aufzählen, die darauf hinweisen, dass Talut Bas derjenige ist, durch den dieses Zeitalter anbricht.«

»Er ist dem Herrscher ergeben?«

»Ihr wisst, was eine Marionette ist?«, fragte Ardag zurück.

Seld nickte.

»Er ist der fünfte Oberste Gelehrte, den ich hier erlebe, und von allen ist er der Schwächste. Er kann kein Wissen geben, da er es selbst noch nicht gefunden hat.«

»Gibt es in der Stätte einen Lehrmeister, der mir etwas über eine bestimmte Prophezeiung erzählen kann? Einer, der nicht Talut Bas hörig ist?«

»Einen solchen gibt es sicher«, antwortete Ardag. »Doch würde er nicht lange seinen Kopf behalten, wenn Kolun Fer davon erfährt. Also wird er schweigen.«

»Und außerhalb der Gelehrtenstätte? Wer könnte etwas über eine Prophezeiung des Bematu wissen?«

Abrupt blieb Ardag Namtara stehen. »Bematu?«, zischte er.

»Was wisst Ihr darüber?«

»Kein Wort mehr! Kommt!«

Mit überraschender Geschwindigkeit hastete der alte Mann los, und Seld folgte ihm.

Ark Sibin staunte.

Quint Tamat eilte zwischen den Wagen der Hequiser umher, rief ihnen zu, dass sie sich weiter abwärts an der Küste sammeln sollten. Quints Haare wurden vom Wind zerzaust, und in seinen Augen stand ein Ausdruck der Entschlossenheit, den Ark nie zuvor bei diesem Mann gesehen hatte. Die Stimme des neuen Vorstehers hallte über die Ebene vor der Stadt.

Nun trat Quint zu Ark. »Dort hinten werden wir ab sofort lagern.« Er wies die Küste abwärts. »Wenn es zum Kampf kommt, haben wir noch einen Fluchtweg weiter die Küste hinab. Zwischen den Bäumen werden wir sicher sein. Einige unserer Leute sind verstreut zwischen den anderen Flüchtlingen. Wir sollten uns umsehen, dass wir niemanden zurücklassen.«

Ohne eine Erwiderung von Ark abzuwarten, war Quint schon wieder davongerannt.

Ardag Namtaras Kammer war schmal und stickig. Durch ein vergittertes Loch unter der Decke drang nur wenig Tageslicht herein, deshalb entzündete der Mann einige Kerzen, um den Raum weiter auszuleuchten. Ardag setzte einen Tonkrug über der Feuerstelle auf und ließ einige getrocknete Blätter in das heiße Wasser rieseln. Dann goss er die dampfende Flüssigkeit in einen schmalen Krug, den er Seld reichte.

Dieser nahm einen Schluck. »Klücher Strauchtee! Bei den Göttern, wie habe ich diesen Trunk vermisst.« Seld genoss den heißen, bitteren Geschmack.

»Nun erzählt mir, wie Ihr von der Prophezeiung des Bematu wissen könnt«, forderte Ardag ihn auf.

»Sollte ich etwa nicht von ihr wissen?«, fragte Seld zurück.

Ardag blickte ihn unverwandt an, blieb aber stumm.

Seld stellte den Krug ab. »Auf unserer Reise vom Nordostland nach Klüch bin ich einem alten Mann begegnet, der inzwischen gestorben ist. Er erzählte mir, dass die Prophezeiung des Bematu mein Schicksal vorzeichnen würde.« Seld zögerte, Ardag von seinen Geistesreisen zu berichten. Zwar glaubte er, diesem Mann vertrauen zu können, doch hatte er keine Gewissheit darüber.

»Der alte Mann war sicher ein Gelehrter, denn die Prophezeiung des Bematu gehört zu den geheimen Schriften. Sie stehen in den verschlossenen Flügeln der Bibliothek, und nur die Gelehrten dürfen sie lesen.«

»Ich muss unbedingt wissen, was in ihr steht! Habt Ihr einen Schlüssel zu dieser Bibliothek?«

»Nein«, erwiderte Ardag, doch er lächelte. »Aber ich habe Abschriften von den geheimen Prophezeiungen angefertigt, denn sie sind eine hochinteressante Lektüre.«

Ardag erhob sich und ging zu einer Kiste, die in einer Ecke des Raums stand. Mit einem Schlüssel, den er aus den Tiefen seines Gewandes fischte, schloss er die Kiste auf, öffnete sie, und nach langem Wühlen förderte er einen Stapel Pergamente hervor.

»Oft sitze ich nächtelang über den Prophezeiungen und versuche zu erfassen, was sie vorhersagen.«

»Gehört das zu euren Pflichten in der Gelehrtenstätte?«, fragte Seld lächelnd.

»Nein, das mache ich zu meinem eigenen Vergnügen. Und muss aufpassen, dass die Gelehrten es nicht bemerken.« Der alte Mann erwiderte das Lächeln.

Mit flinken Fingern blätterte der Mann durch die steifen, dicken Pergamentseiten und reichte Seld schließlich einen Bogen. Die Seiten waren dicht und absatzlos beschrieben, und Seld musste die Augen zusammenkneifen, um die einzelnen Buchstaben zu erkennen.

»Hier beginnt die Prophezeiung des Bematu«, sagte Ardag und deutete auf ein Wort mitten auf der Seite.

Laut las Seld: »›Bematu. Die Prophezeiung des fünften Meisters. Von den Alten überliefert. Im Jahr 283.

Das Land wird warten, wenn sich Berge bewegen. Der Boden zittert beim Klang der Todesglocken. Wenn die Nacht naht, fallen die Städte zu den Steinen. Das Dunkel gebiert das Osertem.‹«

Seld hielt inne. Diesen Namen hatte er schon einmal gehört – Auf seiner letzten Geistesreise hatte Alur gesagt, dass das Osertem komme.

Er las weiter: »›Es bringt den Tod über das wartende Land auf schwarzen Schwingen. Das Ajik wird das Kind des Lichts: Drei Drachen und drei Menschen.

Drei – der Erste muss selbst seine Seele befreien.

Drei – der Zweite muss den Dritten töten.

Drei – und der Getötete wird das Ajik.

Über dem Drachenstein schlagen das Osertem und das Ajik ihre Klauen ineinander. Und aus den Ruinen tritt der neu geborene, ewige Herrscher.‹«

Darauf folgte die nächste Prophezeiung. Ungläubig schaute Seld zu Ardag. »Das ist alles?«

Ardag zuckte mit den Schultern. »Ja. Die Prophezeiung des Bematu ist besonders vage. Und nur in ihr tauchen die Namen Osertem und Ajik auf.«

»Drei Drachen und drei Menschen ...« Seld las den Text nochmals. »Der Erste muss seine Seele befreien. Muss er sich töten?«

»Das kann es bedeuten«, gab Ardag zurück.

Seld fuhr fort: »Der Zweite muss den Dritten töten, und der Getötete wird das Ajik.« Er ließ den Text sinken. »Ich verstehe es nicht.«

Lange betrachtete Ardag Seld. »Ihr habt von der geheimen Prophezeiung erfahren, und Euer Weg hat Euch hierher geführt. Es wird vielleicht noch dauern, doch Ihr werdet verstehen. Diese Prophezeiung bestimmt Euer Schicksal.«

»Warum glaubt Ihr das?«

»Ich werde Euch eine Abschrift anfertigen.« Ardag holte seine Schreibutensilien herbei.

Während der Mann schrieb, verließ Selds Geist seinen Körper.

Wir sind nahe. Bald werden wir dieses Land verlassen. Du wirst uns folgen.

Dunkelheit umgab Seld. Die vertraute Stimme schien von überall herzukommen.

Ich habe die Prophezeiung des Bematu gefunden, rief Seld. Doch ich verstehe sie nicht. Wer ist das Osertem und wer das Ajik? Was hat es mit den Dreien auf sich?

Es klang, als holte eine überirdische Wesenheit tief Luft.

Du wirst verstehen, wenn wir angekommen sind. Folge uns.

Ardag schrieb noch immer, als Selds Geist in seinen Körper zurückkehrte.

»Wohin soll ich folgen«, murmelte er.

Ein Land jenseits des Meeres ...

Es waren keine gesprochenen Worte – sie wurden in seinen Geist geflüstert. Ardag legte seinen Federkiel beiseite und blies über das Pergament. Dann wendete er sich Seld zu, um diesem das Pergament zu reichen. »Was fragtet Ihr?«

»Ich ... ich redete mit mir selbst«, sagte Seld.

Der alte Mann gab Seld das Pergament. Sein Blick blieb auf Seld hängen.

»Habt Dank«, sagte Seld. »Ihr habt mir sehr geholfen.«

Ardag nickte.

Als Seld wieder in den Gassen von Klüch unterwegs war, las er nochmals über die Prophezeiung, bevor er das Pergament zusammenrollte und in seine Manteltasche steckte. Es gelang ihm nicht, eine versteckte Bedeutung zwischen den Worten zu erfassen. Osertem ... Ajik ... drei Drachen und drei Menschen. Ein Land jenseits des Meeres.

Gedankenverloren streifte Seld durch Klüch, verließ die alten Viertel der Stadt und überquerte den Heke. Er dachte daran, noch einmal zu der Stelle zu gehen, an der er Lokar getroffen hatte.

Seld schlängelte sich gerade am Hafen durch eine Gruppe Hilfsarbeiter, die auf ein anlegendes Schiff warteten, als er eine Frau entdeckte, die zwischen den Wartenden hervortrat und in Selds Richtung kam.

Obwohl Seld das Gesicht der Frau genau sehen konnte, schien sich sein Verstand zu weigern, sie zu erkennen, sondern tat sie als Trugbild ab. Schon oft hatte Seld in anderen Frauen etwas erkannt, was ihn an Alema erinnerte – die Form eines Mundes, das Blitzen in den Augen oder eine beiläufige Geste. Doch die Frau, die aus dem Haus gekommen war ... sie war Alema!

Seld machte noch einen zögernden Schritt und blieb stehen. Kein Geräusch drang zu ihm durch, nichts anderes nahm er wahr als die Frau, die nun in der Menschenmenge verschwand, einen geflochtenen Korb in der Beuge des rechten Ellenbogens haltend. Kaum war sie nicht mehr in Selds Sichtweite, war es für Seld, als wache er auf. Er machte einen tiefen Atemzug, schüttelte die Verwirrung ab, die sich seiner Gedanken bemannt hatte, und stolperte nach vorne.

Er stieß einige Leute beiseite, um schneller zu der Frau zu kommen, und nahm die Flüche nicht wahr, die ihm nachgerufen wurden. Gerade noch erhaschte er einen Blick auf das blaue Kleid der Frau, als diese in einer Seitenstraße verschwand, und Seld beeilte sich, ihr zu folgen.

In der Gasse waren einige Marktstände aufgebaut, an denen die Händler ihre Waren anpriesen. Die Frau trat an einen der Stände und nahm prüfend einen Apfel in die Hand.

Langsam näherte sich Seld ihr von der Seite. Seine Augen wanderten über ihre Nasenspitze, ihre Haare, ihren Mund, und seine Ohren lauschten ihrer Stimme, als sie nach dem Preis des Apfels fragte.

Es war Alema. Sie lebte.

Doch wie konnte das sein? Seld hatte mit eigenen Augen gesehen, wie sie von den Hequisern auf den Koan-Bergen in eine Drachenhöhle hinabgestoßen worden war. Er hatte ihren Schrei gehört, der abrupt in der Tiefe abgebrochen war.

War dies doch nur ein Trugbild, das sein müder Geist sah?

Als Seld direkt neben der Frau stand, hob er seine rechte Hand und führte sie zur Schulter der Frau. Seine Fingerspitzen berührten sie.

Mesala hatte gerade erfahren, wie viel die Äpfel kosten sollten und wollte den Preis herunterhandeln, als sie eine Hand auf ihrer Schulter fühlte. Sie schaute zur Seite.

Ein Mann stand neben ihr, Mesala blickte an ihm hoch. Das Gesicht des Mannes war bärtig und von den dunklen, weit aufgerissenen Augen beherrscht. Er trug einen weiten Mantel aus Lifhaut, und Mesala konnte den Griff eines Dolches sehen, der innen in dem Mantel befestigt war. Müde und verwirrt schien der Mann zu sein.

Mit ihrem rechten Unterarm stieß sie seine Hand weg. »Was willst du?«, fragte sie.

Die Augen des Mannes strichen über ihr Gesicht, und er versuchte etwas zu sagen. Er schien von Sinnen zu sein, und Mesala machte vorsichtig einen Schritt zurück.

»Du lebst?«, stammelte der Mann schließlich.

»Was willst du?«, wiederholte Mesala. Sie bemerkte, dass sie noch immer den Apfel in der Hand hielt und ließ ihn in die Auslage zurückfallen, wobei sie nicht den Blick von dem Mann abwendete.

»Ich ... ich dachte ...« Der Mann streckte beide Arme aus, doch Mesala duckte sich unter ihnen weg, rannte blindlings los, wobei sie den Korb mit dem rechten Arm an ihre Seite presste. Hinter sich hörte sie die schweren Schritte des Mannes, und als sie kurz über die Schulter blickte, sah sie noch, wie dieser ins Stolpern kam und stürzte. »Warte!«, brüllte er ihr hinterher.

Doch sie rannte weiter.

Talut Bas empfing den Obersten Gelehrten. Gelangweilt saß er auf seinem Thron und ließ sich von Bediensteten Früchte darbieten, aus denen er schließlich eine hellrote Luta wählte – eine Delikatesse aus den Südländern – und hineinbiss. Dann nickte er dem Obersten Gelehrten zu.

Dieser machte einen kurzen Schritt näher an den Thron. »Mein Herrscher ... soeben hat mich ein Seld Esan aus Hequis aufgesucht.«

Talut Bas schluckte, und seine Augen verengten sich. »Was wollte er von dir?«

»Er fragte nach der Prophezeiung des Bematu. Sie gehört zu den verbotenen Prophezeiungen und weissagt –«

»Ich kenne sie«, fiel der Herrscher ins Wort. »Was hast du ihm darüber erzählt?« Der Herrscher beugte sich ein wenig vor.

»Nichts«, antwortete der Angesprochene. Ich habe ihn aus der Gelehrtenstätte verwiesen und kam sofort hierher ... Herr.«

Talut lehnte sich wieder zurück und schlug die Beine übereinander. »Du hast richtig gehandelt und darfst gehen.«

Der Oberste Gelehrte nickte und wollte sich abwenden, doch er hielt inne. »Was werdet Ihr wegen Esan unternehmen?«

Einige Augenblicke starrte Talut den Obersten Gelehrten an. »Geh endlich«, sagte er schließlich.

Seld irrte durch die Gassen von Klüch und hielt vergebens Ausschau nach der Frau, die wie Alema ausgesehen hatte. Wen auch immer er ansprach – niemand hatte von ihr Notiz genommen, und niemand kannte die Frau, die Seld beschrieb.

Schließlich resignierte er und ging durch die Stadt zum Südtor. Gerade als er es verlassen hatte und sich zwischen den Flüchtlingen vor der Stadt wiederfand, ertönte hinter ihm ein gellendes Trompetensignal, das kurz darauf vielstimmig wurde und alle Soldaten vor und in der Stadt zu mobilisieren schien. Dieses Signal konnte nur eines bedeuten.

Die Drachen mussten sich Klüch nähern.

KAPITEL 13

Land ohne Drachen

Vor der Stadt am Nordufer des Heke fuhren einige Bauern die letzte Ernte des Jahres ein. Sie arbeiteten hart, denn sie fürchteten, dass auch ihre Felder bald von Soldaten als Lagerstätte genutzt wurden. Als die Trompetensignale zu ihnen herüberschallten, blickten sie sich fragend an, dann wanderten ihre Augen zum Horizont im Nordosten, und dort sahen sie in der Ferne die ersten Drachen auftauchen. Die Bauern ließen ihre Sensen fallen und rannten in Richtung Stadt.

Kaum war die erste Trompete erklungen, war das Nordtor von Klüch geöffnet worden, und unzählige Soldaten strömten heraus. Sie und die Soldaten, die in den Zelten vor dem Tor lagerten, versammelten sich schnell auf den Feldern nördlich des Heke. Hauptleute auf Lif stellten ihre Hundertschaften in Angriffsformationen auf.

In Klüch flohen die Menschen in ihre Häuser und verbarrikadierten sich. Auch den Flüchtlingen in den Straßen gewährten die Klücher Einlass. Nach wenigen Augenblicken waren die Gassen menschenleer.

Seld wurde von den Flüchtlingen vor dem Südtor fast erdrückt, als die Trompeten erklangen. Alle wussten, dass die Drachen vor den Toren der

Stadt standen, und die Menschen glaubten, nur hinter den Mauern sicher zu sein. Doch die Soldaten hatten Befehl erhalten, das Tor zu verschließen, sobald die Drachen kamen, und das taten sie auch. Die Soldaten schoben die beiden Torflügel zusammen, aber es gelang einigen Leuten, noch in die Stadt zu schlüpfen, bevor das Tor zufiel. Fäuste trommelten gegen das Holz, Menschen forderten brüllend Einlass.

Seld drängte sich durch die Menge, bis er freies Feld erreichte. Er blickte an der Stadtmauer vorbei über den Fluss nach Nordosten. Am anderen Ufer sah er die Soldaten, die sich formierten, doch am Horizont konnte er noch kein Zeichen der Drachen erkennen.

Diejenigen, die sich nicht gegen das verschlossene Tor drängten, flohen. Wie viel Verwüstung würden die Drachen anrichten, wenn sie angegriffen wurden? So trieben die Menschen ihre Lif an, um schnellstmöglich aus der Nähe der Stadt zu kommen, und wer kein Reittier besaß, rannte davon.

Seld wendete sich von den Heeren ab und blickte die Küste entlang nach Süden. An dem Hang, der die Klippen hinaufführte, konnte Seld Leute, Lif und Wagen erkennen. Es mussten die Hequiser sein, die von Quint dorthin geführt worden waren.

Er eilte los.

In dem Augenblick, in dem die Trompetensignale ansetzten, kam Mesala zu Hause an. Sie war außer Atem, lehnte sich mit der Schulter gegen die Hauswand und hielt die Augen geschlossen. Als sie hinter sich Schritte vernahm, wirbelte sie herum, aber es waren nur einige Soldaten mit Hellebarden, die an ihr vorbeiliefen.

Ihr Blick fiel in den Korb, den sie noch immer mit ihrem rechten Ellenbogen hielt, und sie sah, dass sie fast alle Einkäufe auf ihrer Flucht verloren hatte. Innerlich fluchte sie über die Münzen, die sie damit verschwendet hatte. Dann ging sie die Stufen hinauf.

Mesala fand ihren Vater aufrecht im Bett sitzend, den Rücken gegen die Wand gelehnt, die Hände gefaltet, den Blick nach draußen gerichtet. »Es beginnt«, sagte er, ohne sie anzusehen.

»Was?« Mesala stellte den Korb auf den Tisch in der Mitte des Raums und trat zu ihm, schaute aus dem Fenster. Unten marschierten weitere Soldaten im Gleichschritt vorbei.

»Die Drachen kommen auf Klüch zu. Früher hätte ich gefürchtet, dass die Drachen uns töten wollen, doch nun habe ich nur davor Angst, womit uns die Drachen zurücklassen.« Die Stimme von Mesalas Vater war leise.

»Du glaubst, die Drachen verlassen uns?«

Nun wanderte sein Blick zu ihr. In seinen Augen war zum ersten Mal seit seinem Unfall keinerlei Schimmer der Schmerzen zu sehen. »Ich glaube, sie fliehen vor den Dämonen.«

Bald darauf erstarben die Trompetensignale, und in den Straßen von Klüch waren keine Soldaten mehr. Sie hatten sich alle vor der Stadt formiert und waren bereit zum Angriff.

Auf der Klippe schützte ein mannshohes Gebilde aus Stein das Leuchtfeuer, das nachts entzündet wurde, vor dem Wind. Der Hang, der zur Klippe hinaufführte, war mit einem lichten Wald bewachsen.

Nur die Hequiser waren hierher geflohen und arbeiteten sich nun langsam den Hang hinauf. Seld hatte die Entfernung von der Stadt zum Wald rennend zurückgelegt, und nun war er außer Atem. Ark entdeckte ihn. »Von wo kommen die Drachen?«, fragte er.

Seld wies zum Platz vor dem Nordtor. »Dort sammeln sich die Soldaten. Die Drachen kommen von Nordosten.«

Ark kniff die Augen zusammen. »Ich glaube, ich kann sie schon sehen.«

»Wir sollten noch höher diesen Hang hinauf«, sagte Seld.

»Wozu? Sind wir in Gefahr?«

»Die Drachen werden uns nicht angreifen. Doch ich weiß nicht, was sie tun, wenn sie von den Soldaten attackiert werden.«

Seld und Ark eilten den Hang hinauf. An der Spitze der Kolonne trafen sie auf Quint Tamat, dessen Gesicht eine angstverzerrte Fratze war. »Sind wir hier oben sicher? Die Drachen können uns hier leicht angreifen!«

»Wir sind nicht in Gefahr«, beruhigte ihn Seld. Er beugte sich nach vorne und atmete schwer.

»Sollen wir auf der Klippe noch weitergehen?«, fragte Quint.

Seld richtete sich auf. Er fühlte Schweiß auf seiner Stirn. »Nein«, sagte er. »Beim Leuchtfeuer ist eine freie Fläche. Dort sollten wir warten. Ich gehe voraus.«

Bevor Quint und Ark etwas sagen konnten, rannte Seld weiter.

Talut Bas stand auf dem Balkon der höchsten Zinne seines Palastes. Der Wind, der vom Meer ins Inland fegte, war hier oben besonders stark und ließ sein rotes Gewand über das Geländer wehen, auf dem er sich mit beiden Händen aufgestützt hatte.

Seine Augen waren auf das goldene Glitzern am Horizont gerichtet.

»Kommt«, murmelte er. »Kommt, Drachen. Hier erwartet euch das Verderben. Verbrennt meine Soldaten mit eurem Feuer, doch ihr könnt den Dämonen nicht entkommen. Feuert ihre Macht an.«

Seld kam an dem Leuchtfeuer auf der Klippe an. Von hier konnte er ganz Klüch, den Verlauf des Heke und das Umland überblicken.

Und er sah die Drachen, die nun über den letzten Hügel vor der Stadt kamen. Es war wie eine goldene Flut, die sich über das Land ergoss und sich stetig der Stadt näherte.

Der Tag war kalt. Graue Wolken waren inzwischen vom Meer aufgezogen und hingen tief am Himmel, und nur an wenigen Stellen war das helle Blau des Himmels auszumachen. Jeden Augenblick konnte der Regen niederprasseln.

Was, wenn die Drachen Seld getäuscht hatten und nun Klüch angriffen? Vor ihrer Macht konnte kein Heer der Welt bestehen, und wenn es ihre Absicht war, konnten sie Klüch vernichten und jeden Menschen töten. Nein, das konnte nicht sein, Seld war sich dessen sicher.

Seld stieg auf einen Stein neben dem Leuchtfeuer, um sein Blickfeld zu vergrößern. Die Heere waren für ihn nur eine riesige Masse, in der er keinen einzelnen Soldaten erkennen konnte, doch er sah, dass die Heere sich nun in Bewegung setzten. Trompetensignale klangen zu ihm herüber, und Seld glaubte, das metallische Klappern von Schwertern zu hören, die gezückt wurden und gegen Schilde schlugen. Hinter den Reihen der Soldaten wurden auf erhöhten Positionen Kanonen geladen.

Die Fläche vor dem Südtor, auf der sich auch die Hequiser aufgehalten hatten, war inzwischen verwaist, doch noch immer hämmerten einige Menschen gegen das verschlossene Tor, alle anderen waren davongeeilt.

Es begann mit einem einzelnen Kanonenschuss. Seld hörte den Knall zu sich herüberwehen, und das lenkte seine Aufmerksamkeit auf den hinteren Heeresteil. Weißer Rauch stieg von einer der Kanonen auf. Schnell ließ Seld seinen Blick zurück zu der Drachenmenge schweifen. Er erwartete, irgendwo in der Menge einen getroffenen Drachen zu finden.

Alle Drachen bewegten sich jedoch unbeirrt weiter.

Nun schossen weitere Kanonen. Mit offenem Mund verfolgte Seld, wie die Geschosse an den Drachen abprallten und in alle Himmelsrichtungen davonflogen. Kein Drache wurde von ihnen verletzt.

Unaufhaltsam näherten sich die Drachen den Soldaten. Die Hauptleute hinter den Reihen gaben Anweisungen, und neue Trompetensignale schallten über das Land.

Kaum hatte die letzte Kanone gefeuert, hoben die Schützen ihre Bögen. Ein Schwarm Pfeile stieg auf und ging auf die Drachen nieder. Seld war nicht überrascht, als er sah, dass auch dies den Drachen nichts anhaben konnte.

Ein weiteres Trompetensignal ertönte. Und die Fußtruppen setzten sich langsam in Bewegung.

Seld verfolgte mit wachsendem Entsetzen, wie die Soldaten auf die Drachen zumarschierten. Es mochten einige tausend Mann sein; viel mehr als die Drachen, doch Seld wusste, dass sie ihnen nichts anhaben konnten. Glaubten sie wirklich, mit ihren Schwertern durch ihre Schuppen dringen zu können? Die Drachen konnten einfach weitermarschieren, durch das Heer hindurch – nichts würde sie aufhalten. Einige wenige Feuerstöße würden genügen, um sämtliche Soldaten des Herrschers auszulöschen. Selds Blick wanderte zu den Hauptleuten in den hinteren Reihen. Warum gaben sie nicht das Signal zum Rückzug? Sie mussten doch erkennen, dass die Soldaten nichts gegen die Drachen ausrichten konnten.

Die Formationen, die bislang geschlossene Reihen gebildet hatten, lösten sich zusehends auf. Besonders die Frontreihen der Hundertschaften wurden löchrig, und schließlich bewegten sich die Soldaten gar nicht mehr. Im Gegensatz zu ihren Hauptleuten schienen die Soldaten zu wissen, dass ihr Angriff aussichtslos war. Seld konnte einzelne Soldaten erkennen, die schon an ihren Hauptleuten vorbei in Richtung

Stadt zurückrannten, und diese konnten gegen diese Fahnenflucht nichts tun.

Abermals gaben die Trompeten ein Signal – sie bliesen noch einmal zum Angriff –, doch kein Soldat beachtete es. Von einem Moment zum nächsten befand sich das gesamte Heer von Klüch auf der Flucht, ohne dass dies von den Hauptleuten befohlen worden war.

Da blieben die Drachen stehen.

Alle streckten ihre Hälse zum graublauen Himmel und spien ihr Feuer hinaus. Über den Drachen vereinte es sich zu einem Flammenmeer, das weiter aufstieg und sich langsam zu schwarzem Rauch verwandelte, der Seld für einige Augenblicke die Sicht nahm, bis er sich langsam verzog. Wo die Soldaten von Talut Bas eine Frontlinie gebildet hatten, lagen Waffen und Rüstungsteile verstreut herum, die die Fliehenden fallen gelassen hatten.

Die Drachen hatten ihre Hälse wieder gesenkt, und sie verharrten immer noch auf der Stelle.

Inzwischen kamen die ersten Wagen der Hequiser bei Seld an. Ark und Quint eilten zu ihm, als sie ihn entdeckten, stellten sich zu beiden Seiten neben ihn und blickten zur Stadt.

Mit einem Mal entfalteten alle Drachen ihre Schwingen.

Atemlos verfolgte Seld, wie sie langsam mit ihren Flügeln schlugen und damit den Rauch vertrieben, der über ihnen hing. Immer schneller wurden ihre Bewegungen, ihre massigen Körper lösten sich schließlich vom Boden, und die Flügel trugen die Drachen in die Höhe. Der Wind, den sie erzeugten, kräuselte das Wasser des Heke, und nach einigen Augenblicken waren die letzten Fetzen des schwarzen Rauchs vertrieben.

In der Luft stiegen die Drachen stetig höher, wobei sie Kreise zogen und sich verteilten. Von den Türmen der Stadt wurden weitere Kanonenkugeln abgeschossen, doch auch sie prallten von den Drachen ab und verschwanden in der Ferne oder fielen zu Boden, ohne dass ein Drache Schaden erlitt.

Die Drachen flogen auf die Stadt zu. Ihre riesigen Schatten, die sie auf den Boden warfen, zogen über das Land und über die fliehenden Soldaten hinweg. Das Rauschen, das ihre Flügel erzeugten, vermengte sich mit dem Wind, der vom Meer herüberzog. Als die Drachen direkt über den Soldaten flogen, konnte Seld sehen, dass sich viele Soldaten auf den Boden warfen.

Die Klücher mussten wissen, dass die Drachen sich näherten, denn schrille Trompetensignale hallten nun durch die Stadt. Und sie erwarteten nun sicher, in den Flammen der Drachen zu sterben.

Während die Drachen weiterflogen, löste sich einer aus der Masse und hielt direkt auf die Klippe zu, auf der Seld und die anderen Hequiser standen. Der Drache schlug dreimal kräftig mit den Flügeln und glitt dann mit ausgebreiteten Schwingen durch die Luft.

Seld vernahm eine leise Stimme in seinem Kopf. Es war die Stimme des Drachen, doch dieses Mal hatte Selds Geist nicht seinen Körper verlassen. *Der Tag ist gekommen. Wir verlassen Derod*, sagte die Stimme, die von überall her zu flüstern schien. *Dein Weg ist unserer.*

»Wohin geht ihr?« Selds eigene Stimme schien mit der in seinem Kopf zu verschmelzen. Er bemerkte nicht, dass Ark und Quint ihn kurz ansahen.

Zurück, sagte die Stimme.

»Nehmt uns mit euch.«

Nein. Ihr müsst selbst und aus freiem Willen folgen.

Der Drache näherte sich Seld, sank tiefer, so dass seine Flügel fast die Baumwipfel berührten, und als er sich direkt vor Seld in der Luft befand, drehte er nach links ab, schlug noch einmal mit seinen Flügeln und kehrte zu den anderen Drachen zurück.

Diese flogen gerade über die Stadt.

»Komm zurück! Es ist zu gefährlich!«

Galen Cohm hielt sich mit beiden Händen am Fensterrahmen fest, und die Muskeln seiner Unterarme traten deutlich hervor. Er sah seine Tochter hinter der Hausecke verschwinden.

Mesala lief zur alten Brücke, den Blick in den Himmel gerichtet. Trompetensignale erschallten aus allen Ecken der Stadt, und die Gassen von Klüch waren menschenleer. Die Bewohner hatten sich in ihre Häuser verkrochen.

Auf der Brücke angekommen, schaute Mesala auf den Himmel über der Stadtmauer in nordöstlicher Richtung. Die Kante der Mauer war von der Brücke aus gut zu sehen, da sie die meisten Häuser der Stadt überragte. Mesala machte einige Soldaten aus, die auf der Mauer standen und wild gestikulierten.

Als die ersten Drachen erschienen, war es, als wogte eine Welle aus flüssigem Gold über die Stadt. Mit leichten Flügelschlägen hielten sich die Drachen in der Luft und überquerten die Stadt. Sie schoben sich zwischen Mesala und die Sonne, und nur noch gelegentlich blitzte ein heller Strahl zwischen den Drachen hindurch – Klüch lag vollkommen im Schatten.

Mesala hatte den Kopf in den Nacken gelegt und bemerkte nicht, dass ihr Mund offen stand. Sie versuchte zu ermessen, wie groß ein einzelner Drache war, doch sie flogen zu weit über der Stadt, als dass sie einen von ihnen mit einem Gebäude vergleichen konnte.

Als Kind hatte sie fasziniert den Erzählungen über die Drachen gelauscht und sich vorgenommen, sie irgendwann einmal zu sehen. Nun waren alle Drachen von Derod direkt über ihr. Und Mesala wusste, dass nicht etwa Talut Bas dieses Land beherrschte. Derod war ein Drachenland. Wenn die Drachen wollten, konnten sie jetzt die Stadt zerstören und alle Einwohner töten, auch Talut Bas. Kein Heer hatte die Macht, sie aufzuhalten.

Doch die Drachen flogen weiter, ohne auch nur eine einzige Flamme auszustoßen.

Wie lange es dauerte, bis sie die Stadt überquert hatten, vermochte Mesala später nicht zu sagen. Ihr Blick folgte ihnen, wie sie auf das offene Meer hinausflogen. Unwillkürlich hatte sie sich auf dem Geländer der alten Steinbrücke abgestützt, als könnten ihre Beine sie nicht mehr tragen.

Da vernahm sie eine Stimme hinter sich: *Folge uns.*

Mesala wirbelte herum, und ihre Knie knickten ein – sie sank zu Boden. Niemand außer ihr befand sich auf der Brücke.

Folge uns.

Wieder hinter ihr. Sie zog sich am Geländer der Brücke hoch und stützte sich mit dem Unterarm darauf, schaute den kleiner werdenden Drachen hinterher.

Folge uns ...

Seld und die anderen Hequiser beobachteten die Drachen, bis diese hinter dem Horizont verschwunden waren.

Die Hequiser brachten ihre Wagen wieder die Klippe hinunter und schlugen abermals vor den Toren der Stadt ihr Lager auf. Nur wenige der Flüchtlinge, die weggerannt waren, kehrten nach Klüch zurück.

Die Soldaten des Herrschers kamen gesenkten Hauptes in die Stadt, und die Klücher traten aus ihren Häusern. Sie wirkten verwundert, ihre Stadt heil vorzufinden.

Eine betretene Stille hatte sich über die Stadt gesenkt, als könnte niemand fassen, noch am Leben zu sein. Erst in tiefer Dunkelheit begriffen die Klücher, was geschehen war.

Zum ersten Mal seit Menschengedenken war Derod ein Land ohne Drachen.

Nachdem die Nacht hereingebrochen war, hatten sich die meisten Flüchtlinge wieder auf dem Feld vor dem Südtor von Klüch versammelt. Viele waren nicht mehr zurückgekehrt, sondern flohen weiter, wobei die meisten von ihnen nicht wussten, wohin sie gehen sollten. Über das Feld verteilt waren Lagerfeuer entzündet worden, und die Menschen saßen beisammen und redeten über Drachen und Dämonen.

Seld, Ark und Quint hatten die Kolonne der Hequiser abseits am Fuß des bewaldeten Hügels ihr Lager aufschlagen lassen. Nun saßen sie um ein Feuer herum und ließen Teeblätter in heißes Wasser rieseln.

»Wie werden wir nun den Drachen folgen?«, fragte Quint.

Seld, den diese Frage erstaunte, nahm einen Schluck Tee zu sich. »Wir werden ein Schiff ausfindig machen müssen. Vielleicht sind wir nicht die Einzigen, die in der Nähe der Drachen bleiben wollen. Ansonsten müssen wir ein Schiff kaufen.«

»Es ist ein großes Wagnis, aufs offene Meer hinauszusegeln«, sagte Ark.

»Das Wagnis wäre größer, wenn wir in Klüch blieben«, gab Seld zurück.

»Ich muss dir beipflichten«, sagte Quint. »Die Dämonen werden dem Pfad der Drachen folgen.« Er erhob sich. »Ich gehe schlafen. Morgen früh werden wir nach einem Schiff Ausschau halten.«

Nachdem Quint gegangen war, sagte Seld an Ark gewandt: »Ich habe Alema gesehen. Oft waren es Trugbilder, die genauso schnell verschwanden, wie sie mich getäuscht hatten. Doch dies war Alema – ich bin mir sicher. Es war kein Trugbild, ich habe sie berührt. Sie erkannte mich nicht, ist davongerannt.«

»Es war sicher eine Frau, die Alema besonders ähnlich sah.« Arks Stimme klang, als sprach er zu einem Kind – oder einem Verrückten.

Seld schüttelte seinen Kopf. »Sie muss den Sturz in die Drachenhöhle überlebt haben, und irgendwie ist sie nach Klüch zurückgekehrt. Aber sie hat ihr Gedächtnis verloren ...«

Ark schüttelte den Kopf. »Es kann nicht sein ... Aber es gibt nur einen Weg, wie du herausfinden kannst, ob es wirklich Alema war. Finde sie. Rede mit ihr.«

Am nächsten Morgen blickten alle in Klüch zum Horizont über dem Meer, als könnten dort jeden Augenblick die Drachen wieder auftauchen.

Je höher die Sonne stieg, desto unruhiger wurden die Menschen in der Stadt, denn jetzt erst verstanden sie, dass sie ungeschützt vor den Dämonen waren.

Die Drachen waren seit Menschengedenken ein Teil von Derod gewesen – die Beschützer auf den Koan-Bergen. Doch wer nicht jenseits der Weiten Steppe in ihrer Nähe lebte, hatte kaum einen Gedanken an sie verschwendet. Dass sie vor den Toren der Stadt aufgetaucht waren, hatte die Klücher zunächst geängstigt, doch nun erkannten sie, dass sie einer anderen Bedrohung schutzlos ausgeliefert waren.

Am Nachmittag erhielten große Teile des Heeres einen Marschbefehl zu den nördlichen Provinzen, und bald bewegten sich viele Hundertschaften, die erst vor wenigen Tagen nach Klüch gekommen waren, wieder die Küste aufwärts, um im Norden gegen die abtrünnigen Provinzen zu kämpfen. Es war, als wollte Talut Bas seinem Volk zeigen, dass die Dämonen keine Gefahr wären.

Der ersten Tag in einem Derod ohne Drachen war für Talut Bas voller Aufgaben. Er wusste, dass nun die Gefahr bestand, dass seine Untertanen vor Angst erstarrten, wenn sie an die Dämonen dachten. Das musste er verhindern, also rief er Feierlichkeiten aus. Bald würden die Straßen von Klüch von Musikern und Gauklern beherrscht werden, und die Bürger würden verstehen, dass eine Gefahr verschwunden war und nun Sicherheit herrschte.

Dann ließ er einen Hauptmann zu sich kommen und gab diesem einen besonderen Befehl – einen Befahl, bei dem der Name »Mesala« fiel.

Seld und Ark gingen am Pier entlang. Was sie suchten, war ein Handelsschiff, das bereit war, die Hequiser aufzunehmen und den Drachen zu folgen. Doch dies war kein leichtes Unterfangen, denn niemand wusste, was sich hinter dem Horizont verbarg. Unter Seeleuten erzählte man sich, dort hausten grässliche Meeresdämonen, die jedes Schiff verschlangen, das sich in diese Gewässer vorwagte.

Wahrscheinlich mussten die Hequiser sogar ein Schiff mitsamt der Mannschaft kaufen, wenn sie sich auf diese Reise begeben wollten. Seld wusste, wie viel Gold das Dorf besaß, und er hatte mit Quint besprochen, diesen Besitz für ein Schiff aufzuwenden, falls sich kein Kapitän fand, der mit den Hequisern diese Reise antreten wollte.

Bis auf wenige Wachen waren in der Stadt keine Soldaten mehr zu sehen, und vor dem Nordtor wurde das Lager der Soldaten binnen Stunden abgebaut. Noch während die Ausrufer die dreitägigen Feierlichkeiten verkündeten, füllten sich die Plätze der Stadt und die Gassen mit Musikern, Gauklern und Händlern, die ihre Stände aufbauten. Beide Stadttore waren nun weit geöffnet.

Seld wusste genau, warum Talut das Fest anordnete. Er wollte nicht, dass seine Untertanen auch nur einen Gedanken an die Dämonen verschwendeten.

Wie weit die Dämonen wohl inzwischen vorgedrungen waren? Es gab keine Zweifel, dass sie Hequis längst überrannt hatten. Die Weite Steppe ... hatten sie diese durchquert? Im Gegensatz zu den Drachen flogen die Dämonen, und sie konnten schneller als jeder berittene Kundschafter nach Klüch gelangen. Nun, wo die Drachen hinter dem Horizont des Meeres verschwunden waren, konnte es jeden Augenblick geschehen, dass die Dämonen aus dem Landesinneren auftauchten.

Im Hafen waren Kriegsschiffe des Herrschers vertäut: Dreimaster aus dunkelbraunem Holz bis hin zu kleinen Beibooten. An Deck der Kriegsschiffe war kein Matrose auszumachen. Doch auf den zivilen Schiffen der Händler herrschte Hektik. Diese Schiffe wurden im Laufschritt be- und entladen, Kapitäne brüllten Befehle, und Soldaten kletterten in den Wanten, um die Segel klar zu machen.

Auf dem ersten Handelsschiff, das Seld und Ark betraten, erfuhren sie von den Befehlen des Herrschers. Der Händler, dem dieses Schiff gehörte, entlud nun schnellstens seine Ladung, um vor Einbruch der Dunkelheit den Hafen zu verlassen, weil dann die Schiffe des Herrschers die Einfahrt blockieren würden. Vorher wollte der Händler wieder auf dem Weg zu den Südländern sein, denn niemand wusste, wann der Herrscher den Hafen wieder freigeben würde.

Es war inzwischen früher Nachmittag. Seld und Ark wussten, dass es unmöglich war, vor Sonnenuntergang die Hequiser auf ein Schiff zu bringen, selbst wenn die beiden sofort eines finden sollten. Trotzdem setzten sie ihre Suche fort, doch auf allen Schiffen hörten sie das Gleiche. Entweder wollten die Kapitäne schnellstens Klüch verlassen oder sie stellten sich auf längeres Bleiben ein – und kein Einziger war bereit, unverzüglich aufs offene Meer hinauszusegeln.

Als sie vom letzten zivilen Schiff wieder auf den Anleger traten, näherte sich eine dunkel gekleidete Gestalt mit schnellen Schritten. Selds Hand fuhr instinktiv zu dem Messer in seinem Mantel. Eine Armlänge entfernt von den beiden blieb der hoch gewachsene Mann stehen und musterte Seld und Ark mit hellen Augen, die unter der Krempe seines Huts blitzten. Sein Gesicht war braungebrannt und von

Falten durchzogen; seine Hände hatte er in den Tiefen seines grauen Mantels verborgen, der bis zum Boden reichte.

Der Blick des Mannes wanderte zu Selds Hand, die den Messergriff umschloss, dann blickte er ihm wieder in die Augen. »Ich hörte, dass Ihr ein Schiff sucht«, sagte er.

Seld entspannte sich und ließ seine Hand vom Griff seines Dolches gleiten. »Ja. Wir möchten den Drachen folgen.«

Der Mann nickte. »Das weiß ich. Mein Name ist Wod Olin. Ich werde zum Horizont segeln. Und mein Schiff braucht noch Verstärkung – oder zahlende Gäste.«

»Weshalb wollt Ihr in diese Richtung segeln? Habt Ihr keine Angst vor den Wasserdämonen, die im offenen Meer lauern sollen?«

Wod lächelte. »Das sind Ammenmärchen. Es gibt keine Dämonen. Sagen wir ... ich bin neugierig.«

»Welches ist Euer Schiff?«

Der Mann deutete zum entfernten Ende des Anlegers. »Die Ambria steht unter meinem Kommando.« Es war ein gewaltiger Dreimaster.

»Aber es trägt die königliche Flagge«, sagte Seld.

»Ich bin gerade im Auftrag des Herrschers in den südlichen Gewässern gesegelt. Meine derzeitige Mannschaft besteht aus Vasallen des Königs, und leider möchte der Herrscher seine Leute nicht für die Reise in Richtung des Horizonts bereitstellen.«

»Und daher braucht Ihr eine Mannschaft.«

Wod nickte. »Eine Mannschaft, die mutig genug ist, diese Reise auf sich zu nehmen. Leider wollen keine Klücher Matrosen bei mir anheuern.«

»Ist es ein Problem, wenn diese Mannschaft noch nie zur See gefahren ist?«

»Meine Maate werden gute Lehrer sein. Eure Leute müssen ihnen nur gehorchen.«

»Aber der Hafen wird heute Abend blockiert. Wie können wir hinaussegeln?«, fragte Ark.

»Die Blockade gilt nur für zivile Schiffe. Ich segle noch immer unter dem Banner des Herrschers von Klüch.«

Seld und Ark tauschten einen Blick. »Wir sind uns einig«, sagte Seld.

»Dann kommt mit Euren Leuten sofort an Bord. Verteilt Euch in den Quartieren unter Deck. Und bringt genügend Proviant für alle mit!«

»Wir werden unverzüglich an Bord kommen.« Seld nickte und wendete sich zum Gehen.

»Nur eines noch ... warum wollt Ihr den Drachen folgen?«, fragte Wod.

Seld warf kurz einen Blick über die Schulter zurück. »Weil wir wissen, dass die Erzählungen über Dämonen hinter den Koan-Bergen keine Ammenmärchen sind.«

Seld und Ark hatten sich erst wenige Schritte vom Anleger entfernt, als Ark seinen Freund plötzlich zur alten Brücke wies. »Ist das die Frau? Sie sieht Alema wirklich ähnlich ...«

Die Frau kam gerade die Brücke herunter zum Pier. Sie stützte sich beim Gehen am Geländer ab und hielt den Blick gesenkt. »Sie ist es«, sagte Seld, der schon loseilen wollte, aber von Ark zurückgehalten wurde.

»Es ist nicht Alema«, sagt Ark. »Ja, sie wirkt auf den ersten Blick so, aber sie ist es nicht.«

Seld betrachtete die Frau, und nun bemerkte er, dass sie viel zu jung war, um Alema zu sein. »Du hast Recht. Ich werde mit ihr reden. Geh schon zu unseren Leuten. Wir müssen unsere Wagen und unsere Habe verkaufen. Dann sollten wir uns mit Proviant eindecken und so schnell wie möglich an Bord der Ambria gehen.«

»Wäre es nicht besser, wenn ich mit ihr rede?«

Seld schüttelte den Kopf, hielt den Blick auf die Frau gerichtet. »Ich werde es tun.«

Ark nickte, warf noch einen Blick zu der Frau hinüber und ging.

Die Frau hatte Seld noch nicht bemerkt. Sie verließ die Brücke und kam gesenkten Blickes in seine Richtung. Als sie sich bis auf drei Schritte Entfernung genähert hatte, hob sie ihren Kopf und blieb stehen; auch Seld verharrte. Er bemerkte, dass ihre Kleider an einigen Stellen eingerissen waren, ihr Haar war zerzaust, und ihre Augen waren rot und aufgequollen.

Die Frau erkannte ihn sofort. »Wie hast du mich gefunden?«, fragte sie mit resignierter Stimme.

Es war tatsächlich nicht Alema. Ihr Haar besaß einen helleren Farbton, genauso wie ihre braunen Augen, außerdem war sie jünger als Alema. Doch ihre Gesichtszüge, das Funkeln in ihren Augen, die Art, wie die Frau dastand ... all dies erinnerte Seld an seine tote Frau.

»Ich habe dich für meine Frau gehalten, die ich vor einigen Jahren verloren habe. Wenn ich dir gestern Angst gemacht habe, möchte ich mich entschuldigen.«

»Angst?« Sie lächelte spöttisch. »Dazu braucht es mehr.«

Seld näherte sich ihr einen Schritt, und sie reagierte mit einem kleinen Schritt zurück. »Meine Frau kam aus Klüch. Ich frage mich, wie es kommt, dass du ihr derart ähnlich siehst.«

Die Frau runzelte die Stirn. Ihr Blick wanderte an Seld auf und ab. »Wie heißt du?«, fragte sie.

»Seld Esan. Ich komme aus Hequis und –«

Von einem Augenblick zum nächsten schien eine andere Frau vor Seld zu stehen. Sie spannte ihren Körper an, ballte die Fäuste und verengte ihre Augen zu Schlitzen. Hatte sie bislang herablassend, ja resignierend auf Seld geblickt, war sie nun von Wut erfüllt. Mit zwei schnellen Schritten war sie bei ihm und prügelte mit ihren Fäusten auf Seld ein. »Du hast sie getötet! Du hast Alema getötet!«

Seld bekam einige schmerzhafte Treffer in sein Gesicht, bevor es ihm gelang, ihre Unterarme zu packen. Daraufhin trat sie nach ihm, und Seld drehte die Frau herum und packte seinen rechten Arm um ihren Hals.

»Du verfluchter Mörder«, keuchte die Frau. »Du hast Alema getötet. Du hast sie in euer verdammtes Nordostland gelockt und den Drachen zum Fraß vorgeworfen.«

»Wer bist du?«, fragte Seld.

Sie versuchte, sich aus seinem Griff zu winden, doch es gelang ihr nicht. Ihr Körper entspannte sich ein wenig. »Ich bin Alemas jüngere Schwester.«

Seld lockerte seinen Griff, und sie schob wütend seinen Arm beiseite und stieß ihn nach hinten.

»Ich erinnere mich an dich. Mesala.«

Die Frau entfernte sich einen Schritt von Seld und drehte sich zu ihm um. Noch immer war sie wuterfüllt, stand vorgebeugt da, als wollte sie Seld abermals attackieren. In ihren Augen stand blanker Hass. Dann schluckte sie, atmete aus und strich sie die Haare aus ihrem Gesicht und sagte: »So heiße ich.«

Seld nickte. »Ich habe dich als Kind gesehen, ein einziges Mal. Warum behauptest du, ich hätte Alema getötet?«

»Mein Vater sagte es mir.« Dann kam ihr in den Sinn, dass ihr Vater vor einigen Tagen seine Meinung geändert hatte. »Allerdings ... glaubt er inzwischen, dass es nicht deine Schuld war.«

Seld atmete durch. »Ich habe Alema nicht getötet. Ich habe sie geliebt. Sie ist mit mir ins Nordostland gegangen, weil wir dort gemeinsam leben wollten, und ich vermisse sie jeden Tag. Sie hat viel von dir geredet. Es tat Alema Leid, nicht miterleben zu können, wie du älter wirst. Doch wir wollten selbst Kinder haben ...« Seld brach ab.

Mesala suchte in seinen Augen nach einer Lüge, doch fand keine. »Jemand möchte mit dir reden.«

Mesala führte Seld die Straße entlang zu einem zweistöckigen Gebäude, das sich direkt am Anleger befand. Es war ein altes Fachwerkhaus, und das Erdgeschoss schien nicht bewohnt zu sein, denn die Türen und Fenster waren vernagelt. Rußspuren waren an der Fassade zu erkennen. Mesala ging mit Seld zur Seite des Hauses, wo sie über eine Steintreppe hinauf zu einer Tür im ersten Stock gelangten. Sie schloss die Tür auf, öffnete sie, trat ein, und Seld folgte ihr.

Als Seld hereinkam, sah er am anderen Ende des Raums einen Mann auf einem Bett liegen, der seinen Kopf drehte. Seld erkannte ihn sofort – es war Alemas Vater.

Er hatte den Mann nur ein einziges Mal getroffen, und es war eine unangenehme Begegnung gewesen. Seld hatte damals gehofft, dass Alemas Vater mit ihm reden wollte, doch er hatte nur Verwünschungen ausgestoßen, und Seld war mit Alema sofort in Richtung Hequis abgereist.

Galen Cohms Augen weiteten sich. Er stützte sich auf die Ellenbogen, wollte etwas sagen und schüttelte ungläubig den Kopf. Dann schloss er die Augen, atmete, und als er sie wieder öffnete, nickte er Mesala dankbar zu, setzte sich in seinem Bett auf und lehnte sich mit dem Rücken gegen die Wand am Kopfende des Bettes. Seine Augen waren nun klar und aufmerksam. »Komm herüber«, sagte er.

Langsam näherte sich Seld dem Mann. Hinter ihm ging Mesala ins Nachbarzimmer, und Seld hörte, wie sie Wasser in eine Schale goss.

»Nimm dir einen Stuhl und setz dich zu mir.«

Seld tat es.

Galen Cohm hatte die Hände im Schoß gefaltet, und lange Zeit betrachtete er sein Gegenüber. Seld bemerkte, dass Alemas Vater abgemagert und blass war, nur in den Augen stand die Kraft, die er vor vielen Jahren gefürchtet hatte. Seine dünnen Beine zeichneten sich unter der Decke ab.

Der Vater bemerkte Selds Blick. »Ich werde niemals wieder laufen können«, sagte er. »Ein Unfall.«

»Das tut mir Leid.«

»Ich möchte nicht von mir reden.« Er bewegte seine rechte Hand, als wollte er eine Fliege verscheuchen, dann legte er die Hand wieder in den Schoß. »Habt ihr alle euer Dorf verlassen?«

»Ja«, antwortete Seld, »Hequis steht leer. Wir sind den Drachen bis nach Klüch gefolgt.«

»Und nun? Die Drachen sind nicht mehr hier.«

Seld zögerte mit einer Antwort. Konnte er Galen Cohm vertrauen? Er durfte nicht riskieren, dass der Herrscher vom Vorhaben der Hequiser erfuhr, doch dies war nicht mehr derselbe Mann, der Seld damals am liebsten getötet hätte. »Wir werden weiter den Drachen folgen.«

Galen nickte. »Das habe ich vermutet. Wir sind nun in großer Gefahr, nicht wahr?«

»Ja.« Hinter Seld kam Mesala wieder zurück ins Zimmer. Sie hatte sich gewaschen und frische Kleidung angezogen. Ihr Vater sah sie an, wie sie im Türrahmen stand. Dann wanderte sein Blick zu Seld. »Ich war ein Narr«, flüsterte er. »Und ich trage Schuld am Tod von Alema.«

Seld wollte etwas erwidern, doch Galen redete leise weiter. »Ich habe keine Kraft mehr und werde nicht fliehen können, wenn die Dämonen kommen. Ich bitte dich, mir meine Torheit zu vergeben und Mesala mit dir zu nehmen, wenn Gefahr aufzieht.«

Seld beugte sich nach vorne. »Ich verspreche es.«

Als Ark sich den Wagen der Hequiser näherte, kam Quint zu ihm geeilt. »Die Kalus-Familie will uns verlassen.«

Arks Gedanken hatten noch bei Seld geweilt. »Wie?« Er sah nun, wie die Kalus-Familie ihren Wagen belud. Eine Gruppe Hequiser stand tuschelnd in der Nähe.

»Sie wollen in die Südländer gehen und warten, ob die Dämonen wirklich kommen. Wenn nicht, möchten sie nach Hequis zurückkehren. Und einige andere Familien überlegen, sich ihnen anzuschließen.« Quint stemmte die Hände in die Seite. »Ich weiß nicht, was ich tun soll.«

»Nun – du bist der Vorsteher von Hequis. Du kannst weiter den Drachen folgen, wie es der Rat beschlossen hat, aber du kannst niemanden zwingen, dies zu tun.«

Quint dachte nach und nickte dann. »Wer gehen will, kann gehen.«

»Ja. Wir haben ein Schiff gefunden und können bald an Bord.«

»Das sind gute Nachrichten«, sagte Quint.

Mesala führte Seld wieder hinab zur Straße. »Worüber habt ihr gesprochen?«, fragte sie.

»Über Alema«, antwortete Seld. »Dein Vater hat sich sehr verändert. Liegt das nur an seinem Unfall?«

»Nein. Schon einige Zeit davor war ihm wohl bewusst geworden, dass sein Urteil über Alema und über dich falsch war. Meines auch. Ich möchte mich dafür entschuldigen, dass ich dich geschlagen habe. Zu sehr war ich an das alte Urteil gewöhnt, das ich über dich gefällt hatte.«

»Das war nichts, was dir Leid tun muss.«

Schweigend traten sie auf den Anleger hinaus. »Du kennst die Drachen, Seld. Mir ist etwas Seltsames widerfahren, das ich nicht verstehe. Als die Drachen über Klüch flogen, hörte ich eine Stimme, die mir befahl, den Drachen zu folgen.«

Er packte sie bei den Schultern. »Wurde dir schwindlig? Hattest du das Gefühl, dass dein Geist deinen Körper verlässt?«

»Ja ...«

Seld starrte sie mit unendlicher Verwunderung an. »Dann –«, begann er.

Hinter Seld näherten sich stampfende Schritte. »Seld Esan?«, fragte eine schneidende Stimme.

Seld wendete sich um und sah sich einem Hauptmann der Wache des Herrschers gegenüber, hinter dem sechs Soldaten mit gezückten Schwertern standen. Er nickte.

»Im Namen von Talut Bas – du bist verhaftet.«

Kapitel 14

Das Ende von Klüch

In der Zelle war es feucht, dunkel und es stank.

Sie befand sich in den Katakomben des Herrscherpalastes, und der Weg dorthin hatte über enge Wendeltreppen hinab und durch verwinkelte Gänge geführt. Erhellt wurde die Zelle nur von einigen Fackeln, die im Gang jenseits des Gitters hingen. Seld ließ sich auf die Strohballen in der hinteren Ecke fallen, zog die Knie an und rollte sich zusammen.

»Ark Sibin!«

Erst als er den Ruf zum dritten Mal hörte, erkannte Ark, dass jemand seinen Namen rief, und er hielt Ausschau, woher die Stimme kam. Es war die Frau, die Seld für Alema gehalten hatte.

Schnell ging er zu ihr. »Ich bin Ark Sibin.«

»Seld ist verhaftet worden!«, entfuhr es der Frau. Sie keuchte – offensichtlich war sie hierher gerannt. »Es kamen Soldaten von Talut Bas. Sie haben ihn mitgenommen. Seld rief mir zu, dass ich dich suchen soll und etwas ausrichten ...« Die Frau beugte sich nach vorne und stützte sich auf ihren Knien ab.

»Langsam«, sagte Ark, doch seine Gedanken rasten. Seld war verhaftet worden.

Sie richtete sich wieder auf. »Ich habe eine Nachricht von ihm: Du sollst die Leute auf das Schiff führen und so schnell wie möglich auslaufen. Dann sagte Seld: Vergesst mich!«

Ark versuchte zu erfassen, was er gerade gehört hatte. Scheinbar endlos lange schaute er die Frau an, unfähig, sich zu bewegen. Seld war in Gefangenschaft geraten. Es musste ein direkter Befehl von Talut Bas gewesen sein. »Wohin hat man ihn gebracht?«

»Wahrscheinlich in die Katakomben unter dem Herrscherpalast.«

Seld hatte Recht, dachte Ark – die Hequiser mussten schnell auf das Schiff und Derod verlassen, denn die Dämonen konnten jeden Moment nach Klüch vordringen.

Er blickte der Frau in die Augen. »Ich weiß, dass du nicht Alema bist ... aber wie ist dein Name?«

»Mesala. Alema war meine Schwester.«

Ark nickte. »Ich verstehe ... Kannst du mir sagen, wie ich in den Palast gelange?«

»Niemand kommt dort hinein. Dieser Ort ist voller Wachen.«

»Ich werde Seld nicht hier zurücklassen. Wir haben nicht mehr viel Zeit – die Dämonen kommen. Wir sind zu wenige, um den Palast zu stürmen.« Arks Gedanken rasten. »Wer wird in den Palast eingelassen? Angehörige der Gelehrtenstätte? Offiziere?«

»Ich werde eingelassen«, sagte Mesala.

»Du wirst –«

Eine Stimme hinter Ark unterbrach ihn: »Ich muss mit dir reden.« Es war Quint Tamat.

»Warte«, sagte Ark zu Mesala und wandte sich dem Vorsteher zu. »Was gibt es?«

»Immer mehr Familien wollen nicht weiter den Drachen folgen.«

»Wie viele?«

»Nun sind es über die Hälfte unserer Leute, die gemeinsam in die Südländer ziehen werden. Damit widersetzen sie sich einem Ratsbeschluss.«

»Wir können sie nicht zwingen, mit uns zu kommen ...« Ark strich sich über die Stirn, auf der sich kalter Schweiß gesammelt hatte.

»Ich werde mit den anderen in die Südländer gehen«, sagte Quint. »Als Vorsteher ist es meine Pflicht, und ich habe mit den anderen Ratsmitgliedern darüber gesprochen. Wir werden jedem einzelnen die Wahl lassen, ob er nach Süden geht oder das Schiff betritt. Welchen Zweck hat ein Ratsbeschluss, wenn ihn die meisten nicht befolgen wollen?«

Im ersten Moment dachte Ark, dass Quint Tamat Angst davor hatte, ins Unbekannte aufzubrechen, doch dann erkannte er, dass dies nicht der Fall war. »Nun gut«, meinte er. »Wir haben keine Zeit. Jeder muss sich sofort entscheiden. Wer weiter den Drachen folgen will, soll im Hafen zum Schiff Ambria gehen. Der Kapitän heißt Wod und erwartet uns. Und du brichst mit den anderen sofort auf.«

Quint nickte. »Ich werde es den Leuten sagen.« Dann streckte er seine Hand aus. »Danke, Ark Sibin. Meine guten Wünsche werden dich und Seld begleiten, wenn ihr über das Meer segelt.«

Ark ergriff die Hand. »Viel Glück, Quint Tamat. Ich hoffe, wir sehen uns wieder.«

Quint lächelte kurz, dann wandte er sich ab und verschwand zwischen den Hequisern, gab Anweisungen, wie die Wagen sich formieren sollten.

»Der Name des Schiffes ist Ambria?«, fragte Mesala.

»Ja«, sagte Ark gedankenverloren. Er schien unschlüssig, was er tun sollte.

»Geht auf das Schiff«, sagte Mesala in einem Tonfall, der keinen Widerspruch zuließ. »Wartet, solange ihr könnt. Ich werde Seld holen. Legt ab, wenn ihr kein Zeichen von uns seht.«

Und bevor Ark Einspruch erheben konnte, war Mesala losgerannt.

Der Gefängniswärter war ein schlaksiger Kerl mit einem bellenden Lachen. Er drehte grölend seine Runden an den Zellen vorbei, als wollte er dafür sorgen, dass keiner seiner Gefangenen schlafen konnte.

»He!«, rief Seld, als der Wärter an seiner Zelle vorbeiging. Seld stand von dem Strohballen auf und ging zum Gitter.

Der Wärter war stehen geblieben und blickte Seld grimmig an.

»Warum bin ich eingesperrt worden?«

Der Gefängniswärter spuckte aus. »Weiß ich nicht. Ich sorge nur dafür, dass du eingesperrt bleibst.«

Seld schätzte ab, ob er den Mann ergreifen konnte, doch der Mann wusste genau, wie viel Abstand er von dem Gitter halten musste.

»Ich muss mit dem Herrscher sprechen!«

Der Gefängniswärter warf den Kopf in den Nacken und lachte zur Steindecke. »Der Herrscher kommt sicher mit Freuden herunter, wenn du nach ihm verlangst.« Kopfschüttelnd ging er weiter und brüllte Trinklieder.

Seld trat zurück zu dem Strohlager und setzte sich. Es gab nichts, was er tun konnte.

Talut Bas fuhr hoch, und die Wachleute, die um ihn herumstanden, schreckten zurück.

Etwas Warmes floss in sein rechtes Auge, und Talut wischte es weg – es war Blut. »Was ist geschehen?«, fragte er.

»Ihr seid gestürzt«, sagte einer der Wachleute. »Es sah aus, als schlieft ihr auf dem Thron, doch dann seid ihr heruntergefallen.«

Zwei Wachleute halfen Talut hoch. Mit dem Ärmel seiner Robe wischte er das Blut von seiner Stirn. »Geht«, sagte er.

Die Wachleute standen unschlüssig herum.

»Geht!«

Langsam stieg Talut die Stufen zu seinem Thron hinauf, während hinter ihm die Wachleute den Thronsaal verließen. Ächzend ließ er sich in den Thron sinken.

Sie kamen.

Die Dämonen näherten sich Klüch. In wenigen Stunden würden sie die Stadt erreichen. Und sie riefen ihn – verlangten nach Talut, damit er zu Ende brachte, was er begonnen hatte.

Ein neues Zeitalter würde in Derod anbrechen. Und er wusste, was er zu tun hatte.

Ein Wachmann hielt Mesala auf.

»Der Herrscher wünscht, dass ich nach dem Gefangenen Seld Esan sehe«, sagte sie.

»Es ist nur Soldaten gestattet, die Katakomben zu betreten.« Der Wachmann rührte sich nicht.

Mesala musterte den Mann in seiner blauen Wächterrobe, auf der ein goldener Drache aufgestickt war. »Weißt du, wer ich bin? Welche Beziehung ich zum Herrscher pflege?«

Kurz schien er abzuwägen, ob er die Wahrheit sagen konnte oder nicht. »Ja.«

Mesala nickte. »Dann weißt du auch, was Talut Bas unternehmen wird, wenn ich ihm sage, dass mich einer seiner Wachleute behindert hat.«

Der Wachmann klammerte sich am Griff seiner Hellebarde fest. »Ich darf niemanden einlassen.«

»Wenn du mir keinen Zugang in die Katakomben gewährst, werde ich es dem Herrscher berichten müssen. Lässt du mich ein, schaue ich nach dem Gefangenen und kehre sofort wieder zurück. Niemand wird etwas davon erfahren.«

Der Wachmann trat von einem Bein aufs andere. Schließlich gab er den Durchgang frei. Mesala nickte und schritt die Steintreppe hinab in die Dunkelheit.

Es waren letzten Endes die Mitglieder von acht Familien, die nicht in die Südländer gehen wollten, sondern auf das Schiff – etwa fünfzig Leute. Alle anderen Hequiser bewegten sich mit ihren Wagen nun in südlicher Richtung. Ark, Erima und Hem standen Arm in Arm beieinander, als sie der Kolonne hinterherblickten.

»Ich frage mich, was törichter ist«, flüsterte Erima. »In die Südländer zu ziehen oder das Schiff zu besteigen.«

»Wir müssen Vertrauen haben«, sagte Ark. »Seld denkt, dass wir nur in der Nähe der Drachen sicher sind, und ich glaube ihm.«

Ark fühlte, wie Erima an seiner Schulter nickte. »Aber hätten wir unsere Freunde überreden sollen, mit uns das Schiff zu besteigen? Wenn die Dämonen nach Süden kommen, tragen wir Schuld an ihrem Tod.«

»Nein. Es war ihre freie Entscheidung. Wir wissen nicht, was das Schicksal für unsere Freunde bereithält. Unser Weg führt auf das Meer hinaus.« Ark löste sich von seiner Frau und seinem Sohn. Sein Blick glitt über die Hequiser, die bei ihren Wagen standen und ebenso der Kolonne hinterherblickten. »Gehen wir zu dem Schiff«, sagte Ark.

»Du!« Mesala trat in der Wachstube mit zwei schnellen Schritten zu dem Soldaten, der auf einem Stuhl döste, die Beine auf den Tisch vor sich gelegt. Der Mann zuckte zusammen und wäre fast zu Boden gefallen. Im letzten Moment fing er sich und wollte schon aufspringen, weil er dachte, sein Vorgesetzter habe ihn gerufen. Da erst erkannte er, dass eine Frau zu ihm hereingekommen war.

»Ich suche den Gefangenen Seld Esan. In welcher Zelle befindet er sich?«

Der Soldat blinzelte. »Ich ... ich ...«

»Der Herrscher schickt mich«, fuhr Mesala ihn an. »Wenn du es mir nicht sofort sagst, muss ich es deinem Offizier melden.« Sie blickte sich in der Wachstube um.

»Esan befindet sich im fünften Trakt auf der linken Seite.«

Mesala nickte, drehte sich auf der Stelle um und verließ die Wachstube. Sie hatte niemals erwartet, dass es ihr etwas nützen würde, die Gespielin des Herrschers zu sein. Obwohl sie versuchte, es geheim zu halten, wusste sie, dass es sich längst im Palast herumgesprochen hatte. Sie musste nur verhindern, dass ihr Vater davon erfuhr.

Der Herrscherpalast war auf einem Hügel errichtet worden, und in diesen Hügel waren die Katakomben gegraben worden. Ursprünglich waren sie als Grabstätten der Herrscher und Adligen genutzt worden, doch Talut Bas hatte die Gebeine entfernen lassen, weitere Stollen und Zellen gegraben, wodurch ein Gefängnis entstanden war, das kein Gefangener bislang lebend verlassen hatte.

Mesala eilte den breiten Hauptgang hinab und zählte die Querstollen, dann bog sie in den fünften ein. Es waren Zellen auf der linken Seite eingelassen. Im schwachen Licht der Fackeln an den Wänden konnte sie kaum die Insassen erkennen. Sie trat an das Gitter der ersten Zelle und konnte den Umriss eines Mannes ausmachen, der an der hinteren Wand lehnte. »Seld?«, fragte sie leise.

Der Mann sprang nach vorne und prallte gegen das Gitter. Seine Arme hatte er ausgestreckt, und seine Finger fuhren durch die Luft, um Mesala zu packen. Der Mann hatte lange Haare, sein Gesicht verdreckt und voller Narben, und sein linkes Auge war nur eine leere Höhle.

Zischende Geräusche fuhren aus seinem Mund, als er Mesala nicht erreichte.

Sie war sofort zurückgewichen, als der Mann vorgeschnellt war. Nun lehnte sie mit dem Rücken gegen die Wand und schob sich langsam weiter, bis sie gegenüber der nächsten Zelle stand. Darin sah sie einen Mann, der wimmernd am Gitter zusammengesunken war. »Die Drachen ... sie haben mich gerufen ... ich muss ihnen folgen.« In den Augen des Mannes, der wie sein Zellennachbar schon Jahrzehnte hier eingekerkert zu sein schien, stand ungezügelter Wahnsinn. »Ich antworte ihnen ... doch sie reden nicht mehr zu mir«, brabbelte er weiter. »Sie sind weg, ihre Stimmen, ich muss ihnen folgen ... wo sind sie?«

»Mesala!«, rief jetzt jemand von weiter hinten.

Ihr Blick folgte dem Gang, und sie entdeckte einen winkenden Arm. Es war Seld. Sie rannte den Gang entlang.

Seld wirkte müde, doch Mesala erkannte erleichtert, dass er nicht verletzt war. »Wie bist hier hineingekommen?«, fragte er.

Sie rüttelte an dem Gitter. »Wir haben nicht mehr viel Zeit. Eure Leute sind schon auf dem Schiff. Noch heute soll es auslaufen.«

»Du solltest bei ihnen sein. Es ist viel zu gefährlich, mich hier herausholen zu wollen.«

»Gefährlich ist es nur, wenn wir nicht bald verschwinden.«

»He!« Mesala fuhr herum. Vom Hauptgang näherte sich ein Mann, der dünn, aber drahtig wirkte. Er trug eine fleckige Kluft, an seinem Gürtel klimperte ein Schlüsselbund, und in der rechten Hand hielt er eine rostige Metallstange. »Niemand kommt in mein Gefängnis ohne meine Erlaubnis. Niemand!«

»Der Wärter«, flüsterte Seld. »Er hat den Zellenschlüssel.«

Ungläubig musterte der Gefängniswärter die Frau. Als er sich vor Mesala aufbaute, stieg der Geruch von Schweiß und Urin in ihre Nase. »Ich bin Mesala Cohm«, rief sie aus. »Der Herrscher schickt mich.«

Die Augen des Wärters fuhren an ihr herab und wieder hoch. Seld dachte, dass er wahrscheinlich noch nie eine Frau hier unten gesehen hatte – zumindest nicht auf dieser Seite der Gitter. »Warum sollte der Herrscher dich hierher geschickt haben?«

Seld nutzte die Unachtsamkeit des Wächters und warf sich nach vorne. Mit seinen Händen bekam er den Oberarm und den Hals des Wärters zu fassen. Kraftvoll zog er den Mann zu sich, so dass dessen Schläfe gegen das Gitter prallte. Doch dies schien ihm nichts auszumachen, denn mit einer schnellen Bewegung wand er sich aus Selds Griff und fuhr mit der Stange über die Gitterstäbe, wobei er Selds Hand streifte. »Verfluchter Hundesohn!«, rief er aus und hob die Stange, um abermals zuzuschlagen.

Mit einer schnellen Bewegung zog Mesala eine Fackel aus der Halterung und ließ sie auf den Kopf des Wächters niederfahren. Funken stoben auf, dem Wächter fiel die Metallstange aus der Hand, und er machte noch einen kleinen Schritt, bevor er vornüber fiel.

Mesala warf die Fackel zur Seite und ließ sich neben dem reglosen Mann auf die Knie nieder. Mit zitternden Händen löste sie den Schlüsselbund vom Gürtel und reichte ihn Seld. Beim vierten Versuch hatte Seld den richtigen Schlüssel erwischt, und mit einem Klicken sprang das Schloss auf. Seld öffnete das Gitter und trat in den Gang. Er packte Mesala an den Schultern und blickte in ihre Augen. »Danke.«

»Wir müssen uns beeilen«, meinte sie. »Die Soldaten werden es bald bemerken.«

Die beiden rannten den Gang zurück.

Die Hequiser, die mit dem Schiff lossegeln wollten, hatten ihre entbehrliche Habe den anderen aus ihrem Dorf gegeben, bevor diese aufgebrochen waren. Ihre Wagen hatten sie verkauft und die Münzen nun für Proviant ausgegeben.

Ark hatte seine Habseligkeiten als erster an Bord der Ambria verstaut und mit Erima und Hem eine Koje im Unterdeck gesucht. Nun stand er mit Kapitän Wod an der Planke, über die die Hequiser ihr Gepäck an Bord brachten. Die wenigen Matrosen der Ambria brachten Proviant auf das Schiff: Fässer mit Trinkwasser, getrocknetem Fleisch und Zwieback.

»Und du glaubst wirklich, dass wir beim Segeln eine Hilfe sein können? Die meisten von uns haben gerade zum ersten Mal das Meer mit eigenen Augen gesehen.«

Wod lachte auf. »Es wird euch die ersten Tage übel ergehen. Aber ihr werdet euch daran gewöhnen. Wenn eure Leute einfach das tun, was meine Maate ihnen sagen, werden wir eine einfache Reise haben.«

»Was versprichst du dir von dieser Reise?«, fragte Ark.

»Ruhm«, sagte Wod sofort. »Meine Vorfahren waren große Entdecker. Ich bin bislang nur die Küste auf- und abgesegelt, aber ich wusste immer, dass ich irgendwann auf eine große Entdeckungsreise gehen würde. Und ...«

Einige Augenblicke der Stille zogen vorüber. »Ja?«, fragte Ark.

»Ich möchte nicht, dass du denkst, ich sei verrückt geworden. Nun – ich habe einige Male von den Drachen geträumt. Eine Stimme sagte mir, dass ich den Drachen folgen soll.« Der Kapitän schaute Ark mit gerunzelter Stirn an. »Bin ich verrückt?«

Ark lächelte. »Nein. Es ist ein gutes Zeichen. Du hast eine besondere Verbindung zu den Drachen. Das ist auch bei Seld der Fall, doch seine Verbindung ist noch stärker.«

»Was wirst du wegen eurem Vorsteher unternehmen?«

»Ich warte auf Mesala«, sagte Ark. »Und dann werde ich irgendwie zu Seld vordringen müssen, um ihn zu befreien. Halte dein Schiff bereit zum Aufbruch, sobald alles an Bord verstaut wurde.« Wod hatte zur anderen Seite des Anlegers geblickt, während Ark gesprochen hatte. »Hast du mir zugehört?«

»Ja«, sagte Wod und ging von der Planke quer über das Deck zur anderen Seite des Schiffes. Ark folgte ihm. »Das ist die Valant«, sagte Wod und wies zu einem verzierten Dreimaster, der auf der anderen Seite des Flusses angelegt hatte. »Die Leinen werden gerade eingeholt. Das Schiff legt ab.«

»Vermutlich soll es Verstärkung in die Nordländer bringen.«

»Nein«, gab Wod zurück. »Es ist das Schiff von Talut Bas. Es wurde noch nie in eine Schlacht geschickt.« Langsam entfernte sich das gewaltige Schiff vom Anleger und ließ sich von der Strömung erfassen, um aufs offene Meer getragen zu werden.

Ein Trompetensignal erschallte vom anderen Ende der Stadt. Im ersten Augenblick dachte Ark, es gelte dem ablegenden Schiff, doch dann wanderte sein Blick den Fluss aufwärts, und über den Dächern der Häuser, weit jenseits der Stadtmauer sah er eine schwarze Wolke. Er kniff die Augen zusammen, denn die Wolke schien zu wabern und schnell näher zu kommen.

Es war keine Wolke – es waren die Dämonen.

Die dunklen Wesen breiteten sich am Himmel wie eine Flutwelle aus. Das Licht des Tages schien um sie herum zu verblassen, als vergifteten sie es mit ihrer Dunkelheit. Noch waren die Dämonen eine formlose Masse, in der Ark keine einzelnen Wesen ausmachen konnte, doch sie kamen schnell näher – sehr schnell.

»Wir müssen ablegen!«, rief der Kapitän aus.

Ark legte seine Hand auf die Schulter des Mannes. »Bereitet alles vor. Wir warten noch auf Mesala.«

Seld und Mesala hatten es geschafft, unbemerkt an der Wachstube in den Katakomben vorbeizuschleichen, während darin drei Soldaten aufgeregt über die Frau sprachen, die sich Eintritt verschafft hatte. Erst als Seld und Mesala längst den unaufmerksamen Posten passiert hatten, eilten die Soldaten ins Gefängnis.

Gerade als Seld und Mesala ins Freie traten, erschallte ein Trompetensignal, und weitere stimmten ein. Eine Vielzahl Soldaten wurde davon aufgeschreckt, und sie liefen in der Nähe des Palastes herum, als suchten sie die Quelle für das Alarmsignal, suchten ihre Offiziere. Kaum hatten die Drachen das Land verlassen, hatten sich die Soldaten des Herrschers in Ruhe gewähnt, und aus dieser schreckten sie nun auf. In der Aufregung gelangten Seld und Mesala unbehelligt bis auf die Straße.

»Die Dämonen kommen«, sagte Seld, und die Worte klangen selbst für ihn unglaublich. Er musste sein Gesicht von der Helligkeit des Tageslichts abwenden. »Wir müssen zum Schiff – schnell.«

Die beiden rannten den Hügel zum Heke hinab, und die Soldaten, die ihnen entgegenkamen, beachteten sie nicht. Selds Blick wanderte immer wieder zum Horizont, doch am Himmel über der Stadtmauer waren die Dämonen noch nicht zu erkennen. Wenn sie jedoch in der Luft so schnell wie die Drachen waren, würde es nicht mehr lange dauern, bis sie über Selds und Mesalas Köpfen erschienen.

Nach wenigen Augenblicken konnte Seld die Ambria sehen, auf deren Deck eine Vielzahl Menschen durcheinanderrannten. In der Mündung des Flusses segelte gerade ein Dreimaster aufs offene Meer hinaus.

Über die Brücke gelangten die beiden zum Hafen. Seld sah, dass an der Ambria gerade die letzten Taue gelöst wurden, und auf Deck konnte er Ark erkennen – er winkte ihm zu, und Ark winkte zurück, brüllte etwas herüber, das Seld jedoch nicht verstehen konnte.

Mesala wollte den Fluss entlang in die andere Richtung eilen, doch Seld hielt sie zurück. »Wir müssen zum Schiff«, stieß er aus und holte tief Luft. »Die Dämonen werden jeden Augenblick hier sein.«

»Mein Vater!«, entfuhr es Mesala. »Ich werde ihn nicht einfach zurücklassen!«

Jetzt erschienen die ersten Dämonen über der Stadtmauer. Seld blickte zu den schwarzen Wesen hinauf, die sich über der Stadt ausbreiteten. Jeder einzelne Dämon war dreimal so groß wie ein Drache, ein klauenbewehrtes Wesen von tiefer Schwärze, aus dessen roten Augen unendlicher Hass strahlte. Immer mehr Dämonen erschienen am Himmel über der Stadt, und das Licht der untergehenden Sonne wurde von ihnen verdrängt. Um Mesala und Seld herum brach Panik aus. Die Klücher brüllten vor Angst und klopften gegen die Türen der Häuser, bei denen sie sich gerade befanden, um unter irgendeinem Dach Schutz vor den dunklen Wesen zu finden.

Seld zog Mesala zu sich. »Du wärest tot, bevor du bei deinem Vater ankommst. Es gibt nichts, was du für ihn tun kannst. Schau – die Ambria legt in wenigen Momenten ab. Du kannst dich retten oder gemeinsam mit deinem Vater sterben.«

Sie blickte ihn an, und es schien endlos zu dauern. Seld erwartete schon, dass ein blauer Feuerstrahl aus einem Dämonenrachen auf ihn niedergehen würde, dann nickte Mesala, die mit Mühe ihre Tränen unterdrückte. Seld nahm ihre Hand und rannte los.

Die beiden hasteten die Planke hinauf zur Ambria, und kaum waren sie oben angekommen, wurde die Planke eingezogen. Ark umarmte Seld. »Du hast dich befreien können!«

Seld klopfte seinem Freund auf die Schulter. »Mesala hat mich befreit.«

Ungläubig wanderte Arks Blick zu der Frau, die zum Heck gelaufen war und auf die Stadt blickte. »Sie ist bis in den Kerker vorgedrungen?«

»Ja, sie ist besonders mutig. Wie Alema. Sind alle unsere Leute an Bord?« Seld blickte sich um, aber entdeckte nur einige Hequiser an Deck.

»Es sind all jene hier, die mit uns gehen wollten. Lass mich dir später davon berichten ... wenn wir den Dämonen entkommen können.«

Seld ging zu Mesala ans Heck, wobei er den Matrosen ausweichen musste, die über das Deck rannten, um Kapitän Wods gebrüllte Befehle auszuführen und den Hequisern Anweisungen zu geben.

Die Ambria war inzwischen fast in der Mitte des Flusses angelangt und trieb mit der Strömung aufs Meer hinaus. Sie passierte den Leuchtturm an der Hafeneinfahrt, und die Wellen des Meeres schlugen gegen das Holz des Schiffes, wodurch es leicht ins Schwanken geriet. Wod ließ das Segel des Hauptmastes hissen, und das Schiff beschleunigte sofort.

Inzwischen befanden sich alle Dämonen über der Stadt. Sie kreisten über Klüch wie eine wirbelnde, schwarze Wolke. Die Stadt lag in einer Dunkelheit, in der sich lähmendes Entsetzen breitmachte. Nun versuchten die Klücher nicht mehr, sich in Sicherheit zu bringen, sie standen nur noch in den Straßen, den Kopf in den Nacken gelegt und blickten atemlos hinauf zu den Wesen, die sie nur aus Legenden kannten. Niemand hatte wirklich die Existenz der Drachen angezweifelt, doch Dämonen entstammten Märchen, mit denen man seine Kinder erschreckte. So dicht kreisten die Dämonen über den Dächern der Stadt, dass der Wind ihrer Flügelschläge die Ziegel von den Dächern blies.

Seld blickte in Fahrtrichtung und hoffte, dort ein goldenes Glitzern zu entdecken – vielleicht kehrten die Drachen zurück, um Klüch und seine Einwohner vor den Dämonen zu retten, doch er sah nur den Dreimaster, der vor der Ambria in Richtung des Horizontes segelte, die Valant.

Dann wanderte Selds Blick wieder zurück nach Klüch. Im Hafen hatten einige weitere Schiffe losgemacht, um noch rechtzeitig aus Klüch zu fliehen. Doch dafür war es nun zu spät.

Die Dämonen richteten sich in der Luft auf und verharrten mit leichten Flügelschlägen auf der Stelle. Die Ruhe wurde nur vom Plätschern der Wellen durchbrochen. Seld nahm einen einzelnen Dämon genauer in Augenschein. In den Drei Dörfern war der Dämon genauso groß wie der goldene Drache gewesen, doch die Dämonen, die Klüch bedrohten, waren gewaltiger. Ihre Körper waren gedrungen und ihre Bewegungen abgehackt. Die pupillenlosen roten Augen strahlten endlose Mordlust aus.

Und plötzlich spien die Dämonen blaue Feuerbälle auf die Stadt hinab. Wie eine Welle fraßen sich die Flammen durch die Gassen der Stadt und verzehrten alles, was ihnen Nahrung war. Den Dämonen schien das Feuer nichts auszumachen. Sie flogen über den Spitzen der Flammen, als befänden sie sich in ihrem ureigenen Element.

Im Feuer starben die Klücher einen schnellen Tod. Die Schreie, die zur Ambria herüberdrangen, verklangen, sobald sie sich erhoben.

Die Flammen erfassten auch die Schiffe im Hafen, so dass nur noch verkohlte Wracks aufs offene Meer hinaustrieben. Nach kurzer Zeit war die Stadt von einer Kuppel des Feuers eingehüllt, die jedes Leben verzehrt hatte. Seld konnte erkennen, dass einige Menschen aus dem Südtor geflohen waren und sich eilig in Sicherheit brachten. Obwohl die Dämonen diese Menschen leicht hätten töten können, taten sie es nicht. Vielleicht gab es Hoffnung für die Hequiser, die nach Süden unterwegs waren.

Als wäre das Feuer nicht genug, stürzten nun die Dämonen ihre massigen Körper herunter auf die Stadt. Sie falteten ihre Schwingen ein und ließen sich in das Inferno unter sich fallen. Gebäude um Gebäude stürzte, kein Turm erhob sich mehr in den Flammen, die Stadtmauer wurde zerstört, und schließlich fiel auch der Herrscherpalast.

Derods größte Stadt war vergangen und lag in Trümmern.

Die Ambria segelte in die Nacht und ließ das zerstörte Klüch hinter dem Horizont zurück. Seld ging unter Deck und schaute nach den Hequisern. Sie hatten sich in ihre engen Quartiere zurückgezogen, und viele von ihnen weinten, denn sie wussten, dass ihre Freunde, die in die Südländer unterwegs waren, nun dem Dämonenheer hilflos ausgeliefert waren. Mit ruhiger Stimme erklärte Seld, dass die Drachen schon einmal die Dämonen aus Derod vertrieben hatten, und sie würden es wieder tun. Doch nun galt es, die Drachen zu finden.

Als er dies zu Hem sagte, unterbrach der ihn. »Aber warum haben es die Drachen nicht gleich getan? So viele Menschen sind gestorben ...« Er wirkte völlig ruhig, wie er in der obersten Koje lag, den Arm angewinkelt, den Kopf in die Handfläche gestützt.

»Ich weiß es nicht«, sagte Seld. »Deswegen sind wir auf dieser Reise – um herauszufinden, was der Wille der Drachen ist.«

Hem nickte nachdenklich.

Mesala stand noch immer am Heck, als die Nacht schon hereingebrochen war. »Du solltest unter Deck gehen«, sagte Seld.

Sie schüttelte langsam den Kopf. »Ich werde hier bleiben.«

»Warum?«

Ihre Antwort war Schweigen.

Seld trat näher an sie heran. »Du hast das Richtige getan. Dein Vater war hilflos. So bist du am Leben –«

»Und er nicht!« Sie schlug heftig auf die Reling und funkelte Seld an. »Vielleicht hätten wir es gemeinsam geschafft, ihn mit uns zu nehmen und auf das Schiff zu bringen.«

»Du weißt, dass dazu nicht genügend Zeit geblieben war.«

»Glaubst du das wirklich, oder hattest du einfach nur Angst?« Sie wendete sich ihm zu, die Fäuste geballt.

»Ich hatte Angst«, flüsterte Seld. »Mehr Angst als je zuvor in meinem Leben. Ich hatte schon einen Dämon in den Drei Dörfern gesehen, und ich wusste, dass mehr als einer nach Klüch kommen würde. Ja, ich wollte fliehen, so schnell wie möglich. Und du hast gesehen, wie schnell die Stadt zerstört wurde. Mesala ... es tut mir Leid.«

Mesalas Schultern sanken, ihre Miene wandelte sich zu tiefer Trauer, und Tränen sammelten sich in ihren Augen. »Sie werden uns folgen, nicht wahr? Die Dämonen wollen auch uns töten.«

Seld nickte. Er hob seine rechte Hand, um sie an der Schulter zu berühren, da neigte sie sich nach vorne, und er nahm sie in die Arme. Ohne einen Laut von sich zu geben, weinte Mesala.

Kapitel 15

Alemas Schicksal

Seld schlief tief und traumlos, und er erwachte nur langsam. Noch einige Zeit lag er auf dem Rücken, die Arme hinter dem Kopf verschränkt, gab sich dem Gefühl des Schaukelns hin.

Als er an Deck trat, überwältigte ihn die Helligkeit des Tages. Sanfte Wellen streuten das Licht der Sonne, die an einem wolkenlosen Firmament stand. Ein stetiger Wind blähte die Segel und fuhr durch Selds Haar und Kleidung. Noch waren die Bilder der Zerstörung von Klüch vor seinem inneren Auge, doch die Luft schien seine Gedanken bald aufzuklaren.

Seld fand Kapitän Wod am Steuerrad. »Du hast die ganze Nacht hier gestanden?«

»Ich wollte es mit eigenen Augen sehen, falls die Dämonen uns angreifen. Außerdem hielt ich es für das Beste, unseren Freunden zu folgen.« Er deutete voraus. Nicht weit entfernt vor der Ambria segelte die Valant. »Sie halten genau die Richtung, in der die Drachen am Horizont verschwunden sind.«

Seld nickte. »Das ist auch unser Kurs. Behalte ihn bei.«

»Es ist seltsam«, sagte Wod. »Nun fahre ich seit über dreißig Jahren zur See, aber erst zum zweiten Mal sehe ich das offene Meer ohne jedes Festland. Das letzte Mal war ich noch ein junger Maat. Ein Sturm hatte uns erfasst und aufs Meer hinausgezogen. Die Winde waren ungünstig, und es dauerte einen Tag und eine Nacht, bis wir wieder nach Derod kamen. Während dieser Zeit befürchtete ich, das Ende der Welt zu erreichen oder von Wasserdämonen angegriffen zu werden. Ich hatte schon mit meinem Leben abgeschlossen, aber nichts geschah. Und nun segle ich selbst hinaus, immer weiter weg vom Land.« Wods Hände klammerten sich an das Steuerrad, sein Blick war starr nach vorne gerichtet. Ein Lächeln erschien auf seinem Gesicht. »Ich habe mir immer gewünscht, dieses Unbekannte zu erforschen. Endlich ...«

Die Hequiser bekamen von den Maaten Aufgaben zugewiesen und die wichtigsten Befehle erklärt. Sie sollten vor allem bei Kursänderungen die Segel hissen und einziehen, wofür eine Vielzahl kräftiger Arme gebraucht wurde. Seld und Wod rationierten die Vorräte, denn niemand wusste, wie lange sie segeln würden ... oder wohin. Danach legte sich Wod schlafen – einer der Maate hatte das Steuer übernommen.

Der Wind frischte auf, die Fahrt beschleunigte. Gischt spritzte vom Bug des Schiffes auf und benetzte diejenigen, die an der Reling standen. Im Laufe des Tages holte die Ambria die Valant ein und ging längsseits. An Deck des königlichen Schiffes arbeiteten Matrosen in den blauen Uniformen der Flotte von Talut Bas. Zwischen den beiden Schiffen wurden keine Signale ausgetauscht – nur Blicke. Mit Hilfe eines Sextanten bestimmte der Steuermann den Kurs, der in Richtung der Drachen zum Horizont führte. Noch immer war kein Zeichen von den Drachen am Horizont zu sehen – doch glücklicherweise auch keines von den Dämonen in der entgegengesetzten Richtung.

Seld ließ sich von Ark berichten, wie Quint Tamat mit dem größten Teil der Hequiser in die Südländer geflohen war. Er wünschte, er hätte sich selbst von ihnen verabschieden können, doch nun konnte er nur noch hoffen, dass sie sich rechtzeitig in Sicherheit gebracht hatten und dass die Dämonen nach der Zerstörung von Klüch nicht ganz Derod vernichten und alle Menschen töten würden.

»Das waren die Dämonen, von denen die Legenden berichten?«

Mesalas Fragen holten Seld aus dunklen Gedanken. Er hatte den Abend und den Anbruch der Nacht damit verbracht, an der Spitze der Ambria zu stehen, die Hände auf die hölzerne Reling gepresst, den Horizont vor sich im Auge; hoffend, die Drachen zu erblicken, auf dass sie ihm den weiteren Weg wiesen. Dabei hatte er sich unablässig gefragt, warum die Drachen nicht den Klüchern zur Hilfe gekommen waren. Warum war Seld in den Drei Dörfern von einem Drachen gerettet worden, und all die Menschen in Klüch mussten in den Flammen der Dämonen verbrennen? War die Macht der Drachen etwa geringer, als er sein ganzes Leben geglaubt hatte?

Nun war die Sonne fast untergegangen. Noch immer segelten die Ambria und die Valant nebeneinander. Seld konnte den Kapitän des königlichen Schiffes sehen, wie er an Deck stand, die Arme hinter dem Rücken verschränkt.

Mesala lehnte sich gegen die Reling und wartete auf Selds Antwort.

»Ja, es waren die Dämonen«, sagte er.

»Sie sahen den Drachen ähnlich, aber sie waren viel dunkler. Warum ist das so?«

»Sie sind eins. Die Dämonen waren einmal Drachen.«

Mesala blickte in die Richtung, in die die Ambria segelte. Der Wind blies ihr dunkles Haar nach hinten, und sie legte die Stirn leicht in

Falten. Schmerzhaft wurde Seld abermals bewusst, wie ähnlich sie seiner toten Frau sah.

»Ich habe nicht geglaubt, dass es die Dämonen wirklich gibt. Mein Vater würde noch leben, wenn mir bewusst gewesen wäre, in welcher Gefahr wir waren. Nicht einmal an die Existenz der Drachen habe ich wirklich geglaubt ...«

»Deine Schwester konnte es kaum erwarten, die Berge und die Drachen zu sehen.«

Als hätte sie Selds Worte nicht vernommen, redete Mesala weiter: »Und dann kommen diese Wesen nach Klüch, und die Stadt gibt es nicht mehr. Alle sind tot.« Sie schluchzte.

Seld zögerte einen Augenblick, dann nahm er sie bei den Schultern. Sie erwiderte seine Berührung, indem sie die Arme um ihn schlang. »Erzähl mir von meiner Schwester«, flüsterte sie. »Erzähl mir, wie sie wirklich war.«

Seld holte Decken und einen wärmenden Trunk. Er setzte sich mit Mesala an den Fuß des Hauptmastes. Unter sich vernahmen sie die Geräusche der schlafenden Hequiser und das Knarren des Holzes. Ein schier endloser Sternenhimmel erstreckte sich über ihnen. Die See war ruhig, und das Schiff schaukelte nur leicht hin und her.

»Wo soll ich beginnen?«, fragte Seld.

»Wie hast du meine Schwester kennen gelernt?«

Seld musste nicht lange nachdenken. »Alema sah ich zum ersten Mal, als sie Talut Bas schlug.«

Mesala blinzelte. »Was?«

Er lächelte bei dieser Erinnerung. »Talut war damals noch nicht lange der Herrscher. Gerade hatte er das Todesurteil gegen zwei Männer verkündet. Sie waren Vorsteher von Dörfern im Norden und wurden beschuldigt, einen Aufruhr angezettelt zu haben, aber man erzählte, der

Aufruhr sei nur entstanden, weil die Soldaten von Talut versucht hatten, Lebensmittel zu rauben. Talut hatte die Urteilsverkündung auf dem großen Marktplatz vornehmen lassen, wobei er persönlich das Urteil sprechen wollte.«

»Talut selbst? Ich kann mich nicht erinnern, wann er sich das letzte Mal auf diese Weise dem Volk gezeigt hat.«

»Es waren andere Zeiten. Talut trat auf das steinerne Podest in der Mitte des Platzes und verkündete das Todesurteil. Da drängte sich eine junge Frau an den Wachen vorbei, sprang die drei Stufen hoch, holte mit der Faust aus und schlug Talut ins Gesicht. Ich befand mich nahe am Podest und konnte alles genau verfolgen. Talut krümmte sich, und sie trommelte auf seinen Rücken, bevor die Wachen sie packten.«

»Und sie wurde nicht sofort getötet?«

»Nein. Talut ließ sie abführen. Das Todesurteil der beiden Männer, das er verkündet hatte, wurde am nächsten Tag vollstreckt, und am darauf folgenden Tag wurde Alema wieder freigelassen.«

Mesala schüttelte den Kopf. »Meine Eltern haben mir niemals davon erzählt.«

»Alema hat mir später gesagt, dass sie selbst überrascht war, als sie freigelassen wurde. Talut muss von ihr sehr ... beeindruckt gewesen sein. Doch damit war es nicht vorbei. Er rief sie zu sich und ließ sie erklären, warum sie ihn geschlagen hatte. Und sie tat es – stundenlang erzählte sie ihm, was er in ihren Augen falsch machte. Er gab vor, ihr zuzuhören, und Alema bemerkte nicht, dass er sie für sich haben wollte. Das erkannte sie erst, als er sie zur Königin nehmen wollte.«

Mesalas Augen wurden größer. »Und sie hat also abgelehnt – natürlich. Talut muss sehr wütend gewesen sein ...« Sie schüttelte den Kopf. »Wann habt ihr euch kennen gelernt?«

»Nun ... dazu muss ich etwas über mich erzählen.« Seld nahm eine Decke und legte sie um sich, dann lehnte er sich mit dem Rücken an den

Hauptmast. »Als Alema den Herrscher schlug, war ich nur zufällig in Klüch. Ich bin in Hequis geboren. Als ich noch ein kleines Kind war, sind meine Eltern umgekommen ... sie wurden auf einer Reise von einer Räuberbande getötet, und ich wurde von einer befreundeten Familie aufgezogen. Als ich ein Junge war, suchte ein fahrender Händler einen Gehilfen, und ich bot mich an, gegen den Willen meiner Pflegeeltern. Sie meinten, dass ich besser ins Heer des Herrschers eintreten sollte, weil ich stark und ausdauernd war. Doch ich wurde Kaufmannsgehilfe, und die folgenden Jahre zog ich durch alle Teile von Derod und lernte das Geschäft des Händlers.«

»Warst du auch in den nördlichen Provinzen?«

»Ich war dort, als die Grenzkriege wieder entflammten. Das Land, das Jor Herut geeint hatte, zerfiel. Wir machten ein gutes Geschäft in den nördlichen Provinzen, denn kaum ein Händler wagte es, dorthin zu reisen, doch es war ein gefährliches Leben. Oft führte mich meine Reise nach Klüch. Ich traf mich dort mit meinem Freund Ark Sibin, der im Heer von Talut Bas diente. Von ihm erfuhr ich von den Truppenbewegungen des Herrschers, und wir konnten den schlimmsten Gefechten aus dem Weg gehen.«

»Und Alema? Wann hast du nun meine Schwester zum ersten Mal getroffen?«

»Das war nicht leicht. Ich wollte diese Frau wiedersehen. Was sie getan hatte, sprach sich in Klüch herum, so erfuhr ich auch ihren Namen ... und dass sie aus einer einflussreichen und alten Klücher Familie stammte. Stimmt es, dass die Cohm-Familie sogar mit der Herut-Dynastie verwandt ist?«

Mesala nickte. »Einer meiner Großonkel ist ein Herut.«

»Jedenfalls war mir damit klar, dass ich keine Gelegenheit haben würde, dieses Mädchen zu treffen oder gar zu gewinnen.«

»Wie ist es dir dann gelungen?«

»Mit Dreistigkeit. Ich bin zu der Residenz gegangen, in der deine Familie damals gelebt hat ... warum seid ihr von dort weggegangen?«

»Talut hat ... aber das ist eine andere Geschichte. Erzähl deine.«

Seld nahm den Faden wieder auf. »Ich klopfte an eure Pforte, und ein Bediensteter öffnete die Tür. Er bedachte mich mit misstrauischen Blicken und weigerte sich, Alema an die Tür zu holen oder mich einzulassen. Doch Alema hatte ihren Namen vernommen und kam hinzu. Ich sagte, dass ich sie bei der Hinrichtung gesehen hatte, doch als ich weitersprach, verhaspelte ich mich nach wenigen Sätzen. Sie lächelte mich nur an. Dann rief jemand ihren Namen, wahrscheinlich euer Vater, und sie packte mich an der Hand und rannte mit mir los. Wir liefen durch Klüch und redeten. Wie ein Wasserfall erzählte mir Alema von ihrem Hass auf Talut, der alles zerstörte, was Jor Herut aufgebaut hatte.«

Seld erhob sich, reckte seine steifen Glieder, und Mesala tat es ihm gleich. Sie traten an die Reling und blickten zu den Sternen auf. »Wir verbrachten die ganze Nacht zusammen. Sie fragte mich nach dem Nordostland und den Drachen. Wir landeten schließlich in einer Scheune in der Vorstadt.« Seld lächelte.

»Und sie ging sofort mit dir ins Nordostland?«

»Nein. Mein Lehrmeister hatte eine Wagenladung Töpfe und Metallschmuck gekauft, und wir brachen am nächsten Tag in die Südländer auf. Ich hatte keine Gelegenheit mehr, mit ihr zu sprechen, und ich wusste nicht, was euer Vater mit ihr gemacht hatte, nachdem sie wieder nach Hause gekommen war. In den folgenden Tagen und Nächten waren meine Gedanken in jeder freien Minute bei ihr. Als ich schließlich nach Klüch zurückkehrte, erwartete ich, dass Alema mich längst vergessen hätte, doch so war es nicht. Wieder verschwand sie vor den Augen eures Vaters, und er rief mir Verwünschungen hinterher. Wieder verbrachten wir einen wundervollen Tag. Ich erzählte ihr, dass ich mit meinem Lehrmeister nach Hequis zurückkehren würde, und sofort bat sie mich, dass sie mitkommen dürfte.«

»Aber meine Eltern ...«

Seld stieß sich von der Reling ab und machte ein paar Schritte auf Deck. »... drohten, sie aus der Familie auszuschließen, wenn sie mit mir ging. Sie kam mit mir, und sie wurde ausgeschlossen. Wir waren kaum in Hequis angekommen, da haben wir schon geheiratet.«

Mesala nickte. »Möchtest du wissen, was mir meine Eltern gesagt haben?«

Seld blickte sie fragend an.

»So lange ich zurückdenken kann, haben mir meine Eltern erzählt, dass du Alema entführt hast. Du sollst sie betört und verwirrt haben, bis sie nicht mehr Herr ihrer Sinne war. Dann hättest du sie mit Gewalt ins Nordostland gebracht und sie den Drachen geopfert.«

»Und du hast es geglaubt?«

»Du weißt, was man in Klüch über die Menschen aus dem Nordostland und besonders aus Hequis, dem Drachendorf, sagt. Wie soll man zwischen Wahrheit und Lüge unterscheiden, wenn man nur eine Geschichte als Wahrheit erzählt bekommt?«

Seld trat wieder zur Reling, stützte sich darauf und blickte auf das nachtschwarze Meer hinaus. »Alema ging mit mir nach Hequis, weil wir uns liebten«, sagte er leise. »Ich habe sie nicht gezwungen. Und ich habe sie nicht den Drachen geopfert.«

»Ich glaube dir.« Mesala legte ihre Hand auf seine Schulter. »Aber sie ist doch von den Drachen getötet worden, nicht wahr?«

Seld senkte den Blick. »Das weiß ich nicht. Sie wurde in eine Drachengrube geworfen. Vergiss alles, was dir bisher über Alemas Tod erzählt worden ist.«

Mesala wartete gespannt.

»Talut Bas hat Alema getötet. Er hat es nicht selbst getan, aber er hat an seinen Fäden gezogen, um ihr Leben auszulöschen. Sie hatte ihn verschmäht, und Talut wollte nicht mitansehen, dass sie einen anderen Mann wählte. Vor allem nicht, wenn es ein unbedeutender Kaufmannsgehilfe aus dem Nordostland war.

Alema und ich genossen unser Zusammensein. Wir lebten in Hequis in der Hütte, die von meinen Vorfahren errichtet worden war, wo ich als Kind mit meinen Eltern gelebt hatte.«

»Wie war es, als sie zum ersten Mal die Drachen sah?«

Seld lächelte. »Als wir in Hequis ankamen, schaute sie zu den Koan-Bergen. Sie sah einen einzelnen Drachen, der im Kreis über der Bergkette flog, und wenn man genau hinschaute, konnte man einige Drachen auf einem Plateau erkennen. Eine kurze Weile beobachtete sie die Drachen, und ich dachte, sie wäre von ihnen fasziniert, dann sagte sie zu mir: ›Ich dachte, Hequis wäre ihnen viel näher.‹ Und von da an waren die Drachen ein Teil ihres Lebens, und sie erwähnte sie nicht mehr. Ich glaube, sie hatte sich vorgestellt, dass wir mit den Drachen zusammenleben.« Seld hielt kurz inne. »Mein Lehrmeister schloss meine Ausbildung ab, und von da an war ich selbst ein Händler. In den folgenden Jahren bereisten Alema und ich das ganze Land, und immer wieder kehrten wir nach Hequis zurück.«

»Ich wünschte, ich hätte sie besser kennen gelernt. Als sie wegging, war ich ein kleines Kind, und sie kam niemals mehr zu uns zurück. Und in meinem Elternhaus wurde nur abfällig von ihr gesprochen.« Mesala ging zum Mast und trank einen Schluck Tee. Dann kam sie zu Seld zurück. »Bitte erzähl mir, wie Talut sie getötet hat.«

Seld atmete schwer aus. »Alema hat mich nicht nur auf meinen Handelsreisen begleitet, sie hat auch viele Geschäfte ausgehandelt. Sie hatte einen starken Willen und schaffte es oft, eine bessere Übereinkunft zu erreichen als ich. Sie hatte Spaß daran und war stolz darauf. Aber als die Händlergilde in Klüch davon erfuhr, wusste es auch Talut Bas. Er hatte nur darauf gewartet, sich an ihr und an mir zu rächen. Nun ordnete er an, dass Hequis mit einer Strafsteuer wegen unerlaubten Handels belegt werden sollte – doppelte Abgaben über drei Jahre. Und weil zu dieser Zeit die Drei Dörfer an Einfluss gewannen, belegte er gleich das ganze Nordostland mit dieser Strafsteuer.

Als Alema davon erfuhr, gelang ihr etwas Erstaunliches. Sie brachte die Vorsteher aller Dörfer des Nordostlandes zusammen und bewegte sie dazu, dass sie sich bei Talut gegen die Steuer aussprachen und dem Herrscher androhten, dass sich das Nordostland für unabhängig von Klüch erklärte. Zu diesem Zeitpunkt hatten die Grenzkriege in den nördlichen Provinzen immer weiter um sich gegriffen, und Talut Bas hätte keine weiteren Truppen an anderer Stelle zusammenziehen können, und er wusste, dass der Einfluss der Drei Dörfer auf einmal unermesslich wäre, auch ohne Waffen. Also setzte er unverzüglich die Steuer wieder ab.«

»Was hat er dann getan – Meuchelmörder ins Nordostland geschickt?« Mesalas Blick verhärtete sich.

Seld trank einen Schluck. »Talut Bas ist viel heimtückischer. Wenn Alema eines gewaltsamen Todes gestorben wäre, hätten alle gewusst, wer die Schuld daran trug. Nein ... viele Tage und Nächte vergingen, in denen im Nordostland alles friedlich blieb. Dann verschwand nachts Vieh, ohne dass man Spuren fand, und in Hequis, Kequor und den Drei Dörfern brannten Hütten ab. Dabei kamen auch Menschen ums Leben. Und bei alledem entdeckte man jedes Mal Drachenschuppen.«

Abermals nahm Seld einen Schluck, während Mesala ihn schweigend betrachtete.

»Die Menschen im Nordostland haben die Drachen niemals gefürchtet. Wir haben sie immer als unsere Beschützer angesehen. Sicher gibt es Prophezeiungen, dass geflügelte Wesen Tod über Derod bringen werden, doch vielleicht sprechen diese Prophezeiungen auch von den Dämonen – jetzt, wo wir das Aussehen der Dämonen kennen, ist es möglich. Als jedoch immer wieder Drachenschuppen im Nordostland gefunden wurden, bekamen die Menschen im Nordostland zum ersten Mal Angst vor den Drachen. Viele verließen das Nordostland, um sich in den Südländern oder in Klüch niederzulassen.«

»Aber es waren keine Drachen, die diese Schäden anrichteten?«

Seld blickte zu Boden. »Ich kann es nicht beweisen. Aber ich weiß, dass niemand einen Drachen gesehen hat, wie er eine Hütte angriff oder Vieh stahl. Und Alema ...« Seld schüttelte den Kopf und stand auf, machte einige Schritte. Er fühlte nun die Kälte der Nacht in jedem Knochen, und seine Lippen waren taub. »Es ist nur wenige Generationen her, als den Drachen im Nordostland noch Menschenopfer dargeboten wurden.«

Mesalas Augen wurden groß. »Davon habe ich noch nie gehört!«, entfuhr es ihr.

»Junge Frauen wurden in die Drachenhöhlen gestürzt, damit sich die Drachen an ihrem Blut laben konnten. Es war ein alter Brauch, der noch aus der Zeit stammt, als sich die ersten Menschen im Nordostland bei den Drachen niederließen. Schon viele Jahre war er nicht mehr ausgeübt worden.

Als es die vermeintlichen Drachenangriffe gab, erhob sich zum ersten Mal seit vielen Jahren wieder das Wort, man solle den Drachen ein Opfer bringen – zuerst leise, dann immer lauter, bis schließlich einige brüllten.«

Mesala schüttelte den Kopf. »Sag, dass nicht wahr ist, was ich fürchte.«

Seld wich ihrem Blick aus. »Sie kamen mitten in einer Nacht. Es war eine Gruppe von etwa einhundert Leuten, die aus verschiedenen Teilen des Nordostlands stammten.«

Mit zwei Schritten war Mesala bei Seld. Ihre Fäuste schlugen gegen Selds Brust. »Ihr Barbaren!«, rief sie. »Wie konntet ihr nur? Bei den Göttern, mein Vater hatte Recht – du hast sie getötet!«

Seld packte ihre Handgelenke, und es war, als wich alle Kraft aus Mesala. Sie sank auf das Deck des Schiffes und schluchzte. Mit ihr setzte sich Seld, und leise sprach er weiter: »Wir schliefen. Plötzlich schwang die Tür auf, und fünf oder sechs Männer stürmten herein. Mich schlugen sie zusammen und ließen mich blutend auf dem Boden zurück, Alema zerrten sie aus der Hütte. Ich war blind und taub vor Schmerzen.

Sie hatten Fackeln, schleppten Alema in Richtung der Berge. Ich konnte ihre Schreie hören. Sie rief meinen Namen. Niemand stellte sich den Leuten in den Weg, niemand hielt sie auf. Ich rannte ihnen hinterher, so schnell es mein geschwächter Körper zuließ, doch sie ritten auf Lif und waren schneller.

Einige Male brach ich zusammen und kam nach einiger Zeit wieder zu mir. Erst im Morgengrauen begann ich, den Berghang zu erklimmen, und ich sah Alemas Entführer weiter oben auf den Plateaus. Sie waren schon bei den Eingängen zu den Drachenhöhlen angekommen.

Ich lag gerade erschöpft auf einem Felsvorsprung, als ich klar Alemas Stimme hörte. Kurz tauchte sie auf einem Plateau weit oben auf. Unsere Blicke begegneten sich, und ich glaube, sie lächelte mich an. Ihre Lippen formten Worte, doch ich verstand sie nicht. Dann wurde sie zurückgezerrt, und ich hörte nur noch ihren Schrei ... der leiser wurde. Alema war in eine der Höhlen hinabgestoßen worden.«

Inzwischen hatte Mesala ihren Kopf an Selds Brust gelehnt, und sie weinte leise. Seld bemerkte nicht, dass auch aus seinen Augen Tränen flossen.

»Die Mörder stiegen wieder den Berg hinab, ganz in meiner Nähe. Sie beachteten mich nicht. Dann kam mir ein Gedanke: Vielleicht lebte Alema noch! Ich legte das letzte Stück zum Eingang der Drachenhöhle zurück und blickte in die schwarze Tiefe.

Es war nichts von ihr zu sehen. Ich rief ihren Namen, aber es kam keine Antwort. Ich musste hinabsteigen.

Einige Male bin ich fast abgerutscht, und der Sturz wäre mein sicherer Tod gewesen. Es war ein steiler Tunnel, voller spitzer Felsen. Ich entdeckte frisches Blut auf den Steinen. Als ich so weit hinabgeklettert war, dass kein Licht mehr zu sehen war, flachte der Tunnel ab, und ich konnte aufrecht gehen. Ich tastete den Boden ab, doch von Alema fand ich keine Spur. Es zweigten weitere Tunnel ab, und ich irrte weiter, rief immer wieder Alemas Namen. Dann fand ich Drachen.

Ich sah nicht mehr als ihre glühenden Augen in der Dunkelheit. Und sie beobachteten mich. Hätten sie mich auf der Stelle getötet – ich glaube fast, ich wäre dankbar in den Tod gegangen. Dann stürzte ich in eine Ohnmacht.«

»Wie lange warst du in den Höhlen?«

»Ich weiß es nicht. Am Tag, nachdem Alema getötet worden war, kam Ark zurück nach Hequis. Er ging sofort mit einigen Männern in die Koan-Berge, um mich zu suchen. Nach drei Tagen fanden sie mich auf einem Plateau vor dem Eingang einer Drachenhöhle. Ich war mehr tot als lebendig. Ark und die Männer schleppten mich nach Hequis zurück und pflegten mich.

Danach gab es keine Feuer mehr im Nordostland, keine Drachenangriffe. Es war, als habe das Menschenopfer die Drachen beruhigt.«

»Hast du die Mörder gefunden?« Mesalas Stimme klang erstickt.

»Als ich wieder bei Kräften war, verließ ich Hequis und schwor, niemals ins Nordostland zurückzukehren. Ich kann mich an kein einziges Gesicht, keinen Namen aus der Meute erinnern, aber es waren sicher Leute darunter, die ich kannte ... mit denen ich gehandelt habe. Und vielleicht sogar Leute aus Hequis.«

»Und wohin bist du dann gegangen?«

»In die Nordländer. Ich war des Lebens überdrüssig. Ich zog mich auf die Wimor-Berge zurück, kehrte der Welt den Rücken zu. Die Grenzkriege um mich herum kümmerten mich nicht. Ich lebte in einer Höhle nahe eines kleinen Bergdorfes.«

Mesala stand auf und schritt langsam über den Schiffsboden, die Decke fest um sich gewickelt. »Wieso hast du deinen Schwur gebrochen? Warum bist du zurückgekehrt? Und wie konntest du Vorsteher von Hequis werden?«

Seld blickte zum Horizont, und an der Grenze von Himmel und Meer deutete ein blasser Streifen das Heraufziehen des Morgens an. »Die Nacht ist fast vorüber. Lass mich dir ein anderes Mal davon erzählen.«

Mesala nickte. »Ich danke dir«, flüsterte sie.

Kapitel 16

In fremden Gewässern

Am Mittag des folgenden Tages versammelte sich die gesamte Besatzung auf dem Deck der Ambria. Hequiser und Matrosen verteilten sich um den Hauptmast und blickten hinauf zum hinteren Deck, wo Seld und Wod vor dem Steuerrad standen.

»Ich würde euch gerne sagen, wohin wir unterwegs sind oder wie lange die Reise dauern wird«, rief Seld. »Doch das kann ich nicht. Das Einzige, was wir wissen, ist, in welche Richtung die Drachen geflogen sind.« Er ließ seinen Blick über die Menschen an Deck gleiten. »Wir müssen unsere Vorräte rationieren. Und wir werden nicht ...«

Er brach ab. Zuerst dachte Seld, es wäre nur eine Welle, die sich der Ambria näherte. »Wod – was ist das?« Er wies nach vorne.

Der Kapitän schüttelte den Kopf. »So etwas habe ich noch nie gesehen ... sind das Unterwasserdämonen?«

Die Welle wuchs.

»Wir müssen ausweichen!«, erschrak Wod, rannte zum Steuerrad und drehte es nach links. »Geht auf eure Positionen!«, rief er. »Und alle, die nicht gebraucht werden, unter Deck!«

Matrosen und Hequiser eilten an Deck umher, und Seld trat neben Wod ans Steuerrad. »Schaffen wir es?«

»Er hat seinen Kurs geändert«, antwortete Wod, der mit aller Kraft das Steuerrad in seiner Position hielt.

Seld blickte auf und sah eine Spur aufgewühlten Wassers hinter der Welle – sie hatte sich der Richtung des Schiffes angepasst und hielt immer noch darauf zu. »Es hat keinen Sinn«, meinte Seld.

Wod ächzte. Er ließ das Steuer los, und es wirbelte zurück in seine Ausgangsposition. Die Ambria segelte wieder geradeaus, und nun hielt auch wieder die Welle direkt auf sie zu. Seld konnte nun einen gewaltigen Meeresbewohner erkennen, der knapp unter der Wasseroberfläche schwamm und so die Welle auslöste.

»Wenn er uns trifft, wird er unser Schiff aufreißen«, sagte Wod. Er trat vor das Steuerrad. »Alle festhalten!«, brüllte er.

Seld verfolgte wie betäubt das Näherkommen des riesigen Fisches. Auch er hatte von den Legenden gehört, die sich Seeleute erzählten – menschenfressende Wasserdämonen, die in den tiefsten Gräben der See lebten und nur nach oben kamen, um Schiffe zu rammen und die Menschen zu verschlingen.

Die Valant hatte den Meeresbewohner ebenso bemerkt und abgedreht. Würde er auch die Valant angreifen, nachdem er die Ambria versenkt hatte? Er war unter Wasser schneller, als jedes Boot auf der Meeresoberfläche segeln konnte.

Seld stellte sich an die Reling und hielt sich mit beiden Händen daran fest. Gleich würde es so weit sein.

Da wurde die Welle kleiner. Nicht weit vor der Ambria tauchte der riesige Fisch ab, und von einem Augenblick zum nächsten verebbte die Welle. Eine Flosse, die nach hinten breiter wurde, sich dann aufspaltete und in zwei Zacken zusammenlief, schoss aus dem Wasser. Sie war mit einer grauen, rauen Haut überzogen, und Wasserfontänen wurden von ihr emporgeschleudert, als sie einen kräftigen Schlag ausführte, der den Fisch wieder unter Wasser trieb.

Dann war die See wieder ruhig.

Seld und Wod blickten sich ungläubig an.

Da streifte der Meeresbewohner plötzlich die Ambria von unten. Ein Ruck fuhr durch das Schiff, und es kippte nach rechts. Aus dem Unterdeck drang ein schabendes Geräusch herauf, und Seld hörte über sich die Schreie des Matrosen im Krähennest, der sich nur noch mit Mühe halten konnte. Gerade, als das Schiff umzukippen drohte, neigte es sich wieder zurück, pendelte ein kleines Stück nach links, um sich dann wieder auszurichten.

»Dort!«, rief Wod und deutete hinter das Schiff.

Der Meeresbewohner war unter der Ambria hinweggetaucht und hatte dabei das Schiff berührt. Nun kehrte er zurück an die Wasseroberfläche, und Seld, der an die hintere Reling geeilt war, bekam einen Blick auf den gewaltigen Rücken, der sich aus dem Wasser hob. Dann erschien wieder die Schwanzflosse und schlug so heftig auf die Wasseroberfläche, dass Tropfen bis zu Seld hinaufspritzten. Damit tauchte der Fisch wieder in die Tiefe des Meeres ab.

Die Rationen für den Tag wurden verteilt. Obwohl die Lagerräume mit Lebensmitteln und Wasserfässern gefüllt waren, durfte eine Tagesration nur sehr klein ausfallen, denn sonst wäre schon nach zwei Wochen alles aufgebraucht, und Seld fürchtete, dass die Reise länger dauern würde.

Auch an diesem Tag war der Himmel wolkenlos, das Meer ruhig, und ein Wind sorgte für eine gleichmäßige Fahrt. Mesala hatte sich Schlafen gelegt, und Ark saß mit Erima und Hem auf dem Achterdeck.

Die Valant segelte noch immer an der Seite der Ambria.

»Ich muss mit dem Kapitän der Valant reden«, sagte Seld zu Kapitän Wod. »Kannst du ihm Zeichen geben, dass ich zu ihm an Bord kommen möchte?«

Wod nickte. Er rief einen Maat zu sich und ließ diesen die Flaggensignale ausführen. Ein Matrose auf der Valant antwortete.

»Wir dürfen an Bord kommen«, sagte Wod. Dann brüllte er den Befehl, längsseits näher zur Valant zu fahren und die Segel zu reffen. Bald darauf hatten beide Schiffe ihre Segel eingeholt und trieben auf den sanften Wellen. Ein Beiboot wurde herabgelassen, in dem Seld, Wod und zwei Matrosen saßen.

Mit gleichmäßigen Schlägen ruderten die Matrosen. »Der Kapitän der Valant heißt Tebis«, sagte Wod. »Er ist ein kampferfahrener Mann, dem viele Gräueltaten nachgesagt werden. Ich habe ihn noch nicht getroffen, aber wir müssen uns vor ihm in Acht nehmen – wir können ihm nicht vertrauen.«

»Ist er dem Herrscher ergeben?«, fragte Seld.

»Man sagt, er sei Talut Bas ein treuer Gefolgsmann.«

An der Valant angekommen, banden die Matrosen das Boot fest, und Seld und Wod kletterten eine Strickleiter an der Seite des Schiffes hinauf.

Als sie oben ankamen, waren sie von Matrosen umzingelt, die Schwerter auf sie richteten.

Seld hob seine Hände. »Wir sind unbewaffnet gekommen, um mit dem Kapitän der Valant zu reden«, sagte er laut.

Ein Mann trat zwischen den Matrosen vor. Er trug eine rote Uniform, die ihn als Kapitän des Schiffes auswies, und an einer schwarzen Schärpe, die von der linken Schulter quer über seine Brust reichte, hingen drei goldene Orden. Jeder Schritt seiner Stiefel erzeugte ein tiefes Knallen auf den Bohlen des Decks. Das Gesicht von Kapitän Tebis war von unzähligen Falten durchzogen und sein Haar ergraut, doch aus seinen hellen Augen strahlten Wachsamkeit und Unnachgiebigkeit. Er kam direkt auf Wod zu und stellte sich so nahe vor ihn, dass kaum eine Hand mehr zwischen die beiden Gesichter gepasst hätte.

»Ihr seid Kapitän Wod? Der so töricht war, sein Schiff zwischen den Ular-Felsen hindurchmanövrieren zu wollen und es dabei versenkte?« Kapitän Tebis blickte an Wod hinab, dann wieder direkt in dessen Augen. »Ich dachte, Ihr wäret älter.«

Wod kniff die Augen zusammen. »Kapitän Tebis? Der in den Grenzkriegen eine ganze Flotte in den Tod geschickt hat? Ich dachte, Ihr würdet in einem Kerker hocken.«

Seld drängte sich zwischen die beiden, bevor der Disput weiterging. »Kapitän Tebis? Ich bin Seld Esan, und ich war Vorsteher der Leute, die auf der Ambria geflohen sind. Wir müssen etwas bereden.«

Der Kapitän der Valant hielt den Blick auf Wod gerichtet. »Müssen wir?« Er machte einen Schritt zur Seite und stand vor Seld. »Was gibt es, das Ihr bereden wollt?«

»An Bord unserer Schiffe sind offensichtlich die einzigen Überlebenden aus Klüch. Wir wissen nicht, ob die Dämonen sich nun in ganz Derod ausgebreitet haben und wer dort überhaupt noch lebt. Und wir wissen nicht, wohin wir eigentlich segeln.«

»Was soll das mit der Valant zu tun haben?«, fragte Tebis.

»Wir können uns gegenseitig helfen.«

»Das wird nicht nötig sein.« Kapitän Tebis wendete sich ab und trat zurück zu seinen Soldaten, die noch immer mit gezückten Waffen einen Halbkreis bildeten.

»Aber vielleicht greifen uns diese riesigen Meeresbewohner an oder –«

»Wir werden euch nicht schützen«, rief jemand, der hinter den Matrosen stand. Seld erkannte die Stimme sofort. Die Soldaten machten Platz, und Talut Bas kam nach vorne. Der Herrscher trug seine

Königsrobe über einem schwarzen Anzug aus feiner Seide. Er wirkte, als sei er gerade die Stufen seines Throns herabgestiegen, und nicht wie jemand, der mit knapper Not der Zerstörung seiner Stadt entkommen konnte.

»Du lebst«, sagte Seld.

Talut Bas lächelte. »Ich werde länger leben, als du denkst.«

Seld schüttelte den Kopf. »Als die Dämonen kamen, konntest du unmöglich so schnell von deinem Palast hinab zum Schiff fliehen. Du hast es vorher gewusst, und du bist davongerannt, ohne deine Untertanen zu warnen. Du hast ihr Todesurteil gesprochen. Und mich wolltest du im Kerker sterben lassen.«

Talut runzelte die Stirn. »Du solltest mehr Respekt vor deinem Herrscher zeigen.«

»Herrscher? Wir sind weit weg von deinem Königreich. Dieses unbekannte Meer wird von niemandem beherrscht.«

»Diese ganze Welt gehört den Dämonen, und sie werden nicht aufhören, bis sie alles besitzen.«

Seld macht einen Schritt nach vorne, seine rechte Hand fuhr in den schweren Stoff der Robe, und er zog so heftig daran, dass Talut fast fiel. »Bist du mit ihnen im Bunde, Talut? Welches Spiel treibst du?«

Die Soldaten auf Deck sprangen nach vorne, doch der Herrscher gebot ihnen mit einem Handzeichen Einhalt. Mit unendlicher Sanftheit umschloss er Selds Handgelenk und führte die Hand von sich weg. »Wenn wir uns das nächste Mal berühren, wird es dein Ende sein«, sagte Talut.

In den Augen des Herrschers glaubte Seld das Flackern von Wahnsinn zu erkennen, doch es war mehr als das. Da war ein uraltes Wissen in diesem Blick – etwas, das auch Seld berührt hatte. »Du siehst sie in deinen Träumen«, flüsterte Seld. »Und manchmal auch am Tag. Was zeigen sie dir, Talut? Was zeigen dir die Dämonen?«

Als brenne plötzlich Selds Handgelenk, ließ Talut es fahren. Er wirbelte herum und schritt an den Soldaten vorüber. »Entfernt sie von meinem Schiff«, befahl er Tebis im Vorübergehen. An der Luke hielt er inne, blickte zu Seld. »Meine Empfehlungen an Mesala Cohm.« Dann verschwand er im Unterdeck.

Seld suchte nach der Kabine, in der sich Mesala aufhielt. Er fand sie schlafend in einer Koje liegen, allein in der Kabine. Leise trat er an sie heran, ging bei ihr in die Knie und betrachtete ihr Gesicht.

Im Schlaf sah sie ihrer Schwester so ähnlich, dass Seld der Verlust seiner Frau mit einem Mal wieder so bewusst wurde, als hätte er gerade ihren Schrei gehört, mit dem sie in die Drachenhöhle gestürzt war. Der Schwung ihrer Augenbrauen, das Zucken ihres Mundes – einen Augenblick war sich Seld sicher, dass es Alema war, die vor ihm lag.

Da öffnete sie die Augen, blinzelte, und der Moment war vergangen. »Was gibt es?«, fragte Mesala. Sie rollte auf den Rücken und streckte sich.

»Talut Bas ist an Bord der Valant«, sagte Seld.

Mesalas Körper versteifte sich, dann drehte sie sich wieder zu Seld. »Ich dachte, er wäre im Palast getötet worden, aber ich hätte wissen müssen, dass er einen Weg findet, der Vernichtung zu entgehen.«

»Es ist ihm bekannt, dass du hier an Bord bist.«

Sie stützte sich auf den Ellenbogen. »Ich fürchte, er weiß mehr über uns, als wir über ihn je erfahren werden.«

Selds Mahlzeit bestand aus wenigen Bissen getrockneten Fleisches und einigen Schluck faden Wassers. Er stand in einer fernen Ecke des Oberdecks und fragte sich, wie viele Vorräte an Bord der Valant waren ... und was Talut Bas wohl aß. Zuvor hatte Seld kontrolliert, ob Wod –

Drachenklauen bohrten sich in die Erde. Durchsichtige Schwingen falteten sich ein. Heißer Atem stieß aus Nüstern. Langgezogene Köpfe schauten sich um. Und goldene Drachen ließen sich auf den Boden nieder, blickten auf das Meer zurück, über das sie gekommen waren. Sie standen zwischen den Ruinen von Steinhäusern, die schon vor langer Zeit zu Staub zerfallen sein mussten.

Die Drachen richteten ihre Köpfe in den Himmel und spien Feuer, das sich in den Himmel wie eine brennende Wolke erhob. In dem Rauch entfalteten sie wieder ihre Schwingen, schlugen mit ihnen und erhoben sich wieder vom Boden. Und sie flogen landeinwärts.

Nur ein goldener Drache blieb an der Küste zurück. Es war der Drache, den Seld schon in Hequis gesehen hatte.

Seld hustete. Er hatte gerade einen Bissen Fleisch gekaut, als ihn diese Geistesreise überkommen hatte.

Die Drachen hatten Land erreicht.

Er setzte sich auf den Boden und schaute in Fahrtrichtung. Am Horizont war nichts zu erkennen, noch immer segelten die Ambria und die Valant auf hoher See. Seld schluckte den letzten Bissen und trank seinen Becher aus.

Der Drache würde warten, bis sie ankamen. Doch wohin waren die anderen Drachen geflogen?

Talut Bas lag auf dem Boden seiner Kabine und wand sich. Die Zähne hatte er aufeinandergebissen, die Knie angezogen und seine Arme gekreuzt. Ein Ächzen drang aus seiner Kehle, und nur mühsam konnte er Schmerzensschreie unterdrücken. Er wusste, dass die Wachen sofort sein Gemach stürmen würden, sobald sie ihn hörten.

Nur langsam ebbte der Schmerz ab, und schwer atmend lag der Herrscher von Derod schließlich auf dem Rücken, die Augen geschlossen.

Er hatte die Dämonen gesehen. Sie hatten sich aus der Asche von Klüch erhoben und flogen nun über das Meer. In den Ruinen der Stadt lebte kein einziger Mensch mehr, und nun mussten die Dämonen zu ihm. Er hatte ein Schicksal zu erfüllen.

Der Weg, der so undeutlich vor Talut gelegen hatte, war nun klar. Er verstand jetzt, warum die Dämonen seinen Geist bedrängten und was sie von ihm verlangten. Sie hatten ihn auserkoren, diese Welt zu beherrschen.

Doch dazu musste er einen Schritt tun, an den er nie zuvor gedacht hatte – er musste eins werden mit einem Dämonen. So würde er Macht erhalten, jedes Lebewesen zu unterwerfen, und selbst die Dämonen würden ihm gehorchen. Sobald die Dämonen die Valant eingeholt hatten, würde es geschehen ... Es war die Prophezeiung des Bematu, die sein Schicksal vorhersagte. Diese unendliche Macht würde er erhalten, wenn er die letzte Schlacht gewann. Und Seld – er war sein Gegner.

Neue Kraft schien durch seinen Körper zu strömen, und Talut Bas erhob sich vom Boden. Jeder einzelne Muskel war angespannt, und er atmete durch, wobei er glaubte, Gerüche wahrzunehmen, die er vorher nie bemerkt hatte. Wie es wohl sein würde, wenn er mit dem Dämonen verschmolzen war?

Talut Bas öffnete die Tür seiner Kabine. Die Soldaten, die im Gang gewacht hatten, nahmen Haltung an, als Talut an ihnen vorbeischritt.

Auf Deck trat der Herrscher zu Kapitän Tebis, der neben dem Steuermann stand.

Tebis hielt den Blick auf die Ambria gerichtet. »Eine Salve ... und wir hätten sie versenkt. Ich weiß, dass Ihr diesen Seld Esan hasst. Lasst uns ihm ein Ende setzen.«

»Nichts dergleichen werden wir tun«, sagte Talut. »Ich habe noch Pläne mit Esan. Es darf ihm nichts geschehen.«

Nun schaute der Kapitän zu dem Mann, der neben ihm stand. »Ihr wisst, wohin wir segeln?«

»Ich weiß, dass wir jenseits des Meeres ein anderes Land erreichen werden.«

»Aber warum ist niemand zurückgekehrt von denjenigen, die aufs offene Meer hinausgesegelt sind?«

Talut antwortete nicht. Sein Blick folgte einer Frau, die er auf dem Deck der Ambria erkennen konnte. Sie schien zu bemerken, dass sie beobachtet wurde, verlangsamte ihre Schritte und blickte zur Valant, dann eilte sie weiter. Bei einem Mann auf dem Achterdeck blieb sie stehen.

Talut lächelte. Mesala würde mit Seld sterben.

»Er beobachtet uns«, sagte Mesala.

Seld nickte. »Ich hätte wissen müssen, dass er nicht in den Flammen umkommen würde. Er wird ... ich ...« Er schüttelte den Kopf.

In ihrem Blick erschien Besorgnis. »Was ist mit dir?«

»Ich hatte eine Geistesreise. Ich sah die Drachen. Sie sind in einem Land angekommen, das irgendwo hinter dem Horizont liegt. Dann flogen sie weiter, aber ein Drache blieb zurück. Er wird auf uns warten. Selbst jetzt, ohne Geistesreise, fühle ich ihn dort.«

»Was für ein Land ist es? Leben dort Menschen?«

»Ich weiß es nicht«, sagte Seld.

Mesalas Blick schweifte zurück zur Valant. »Sollten wir uns nicht von ihm absetzen?«

»Das können wir nicht«, sagte Seld. »Auch wir sind den Wellen und dem Wind ausgesetzt. Wenn Talut uns folgen möchte, kann er es tun.«

Mesala nickte.

»Du hattest in Klüch auch eine Geistesreise. Was hast du gesehen?«, fragte er.

»Als die Drachen die Stadt überquerten, war es, als hörte ich unzählige ihrer Stimmen. Sie forderten, dass ich ihnen folgen sollte. Etwas derartiges habe ich noch nie erlebt, und ich frage mich, ob ich die Einzige war, die diese Stimmen vernommen hat.«

»Nein«, sagte Seld. »Viele Menschen haben das Gleiche erlebt.«

»Aber warum? Zu welchem Zweck wollen die Drachen, dass wir Menschen ihnen folgen? Wir sind so klein und machtlos verglichen mit ihnen.«

»Vielleicht erfahren wir es in diesem anderen Land.«

Mesala schaute zum Horizont. »Talut ... auch er hat Geistesreisen.«

Ungläubig starrte Seld die Frau neben sich an.

Sie redete weiter: »Oft wird er ohne Bewusstsein aufgefunden, als hätte sein Geist seinen Körper verlassen. Und nachts plagen ihn schreckliche Träume.«

»Woher weißt du das?«

Mesala zuckte mit den Schultern. »Eine Bekannte ... sie arbeitet als Bedienstete in dem Palast, und sie hat mir davon erzählt.«

Ihre Stimme klang leise und tonlos in Selds Ohren.

»Ja«, sagte Seld. »Ich habe in seinen Augen gesehen, dass sein Geist auf Reisen war.«

Fünf Tage und Nächte segelten die beiden Schiffe Seite an Seite über das Meer, wobei die Ambria die Richtung vorgab und die Valant ihren Kurs dem anderen Schiff anpasste. Es gab keinen weiteren Kontakt zwischen den beiden Besatzungen.

Das Wetter veränderte sich nur wenig und stellte die seemännischen Künste der beiden Kapitäne und der Matrosen nur auf eine leichte Probe. Selten trübte der Himmel ein, und ein prasselnder Regen ging nieder, zusammen mit Wind, der das Meer aufwühlte, doch nicht lange anhielt. Die Besatzung der Ambria befestigte leere Fässer auf Deck, damit sie das Regenwasser einfingen.

Mesala hatte eine Bitte an Seld, die er gerne erfüllte: Sie wollte Schreiben lernen. Kapitän Wod besaß Federkiel und Tinte, und so konnten Seld und Mesala viele Stunden auf Deck beisammensitzen und üben.

Schon nach diesen wenigen Tagen verringerten sich die Vorräte an Bord der Ambria so schnell, dass Seld und Ark die Rationen verkleinern mussten.

»Selbst bei diesen kleinen Rationen werden wir kaum länger als vier Tage durchhalten«, befürchtete Ark. »Dann haben wir nichts mehr – kein Fleisch, keinen Zwieback und vor allem kein Wasser. Wie lange überleben wir dann? Noch zwei Tage? Oder drei?« Verzweiflung klang in seiner Stimme mit.

Seld erhob sich. »Wir haben keine Wahl. Ich muss auf die Valant.«

Wod signalisierte dem anderen Schiff, dass er übersetzen wollte, und die Segel der Valant wurden eingezogen. Seld und Ark ließen sich wieder von zwei Matrosen hinüberrudern und standen schließlich auf dem Deck der Valant Kapitän Tebis gegenüber.

»Ich muss mit dem Herrscher reden«, sagte Seld.

»Er empfängt niemanden«, antwortete Tebis. »Ich darf für ihn sprechen.«

Seld nickte. Das hatte er erwartet. »Unsere Vorräte gehen zur Neige. Ich bitte darum, dass die Valant ihre Nahrung mit uns teilt.«

Keine Regung zeigte sich in Tebis' Miene. »Das wird nicht möglich sein. Unsere Vorräte sind für unsere Besatzung und die Soldaten bestimmt.«

Ark trat nach vorne. »Wir haben Frauen und Kinder an Bord. Gebt wenigstens ihnen Wasser.«

Tebis wendete sich ab. »Ihr verlasst nun mein Schiff.«

Seld legte seine Hand auf Arks Schulter, bevor dieser etwas sagen konnte. Ark schaute ihn an, und Seld schüttelte sachte den Kopf.

»Wir segeln unter königlicher Flagge«, sagte Seld.

Tebis hielt inne, wendete sich wieder Seld zu. Kurz fuhr sein Blick zum Hauptmast der Ambria.

»Der Herrscher möchte seine eigenen Untertanen in einer Notlage umkommen lassen? So wie in Klüch?« An die herumstehenden Matrosen und Soldaten gewandt rief Seld: »Und wann seid ihr dran?«

Die Matrosen unterhielten sich tuschelnd, und in Tebis' Gesicht zeichnete sich Wut ab. »Geht von Bord. Sofort! Sonst lasse ich euch hinunterstoßen!«

Seld deutete eine spöttische Verbeugung an, dann stiegen er und Ark die Strickleiter hinab.

»Es war vergebens«, seufzte Ark, während das Beiboot zur Ambria zurückgerudert wurde.

»Nein, das war es nicht. Ich hatte damit gerechnet, dass wir nichts bekommen. Doch wir konnten Misstrauen unter der Besatzung säen. Wir werden nichts geschenkt bekommen, doch vielleicht können wir es auf anderem Wege beschaffen.«

Wieder auf der Ambria berichtete Seld dem Kapitän, wie Tebis mit ihnen umgegangen war. Wod nickte. Dann schritt er zum Hauptmast und kletterte flink in den Wanten hinauf, bis er im Krähennest ankam. Er löste die Flagge des Herrschers – ein Drache auf rotem Grund – und hielt sie in der rechten Faust in den Himmel gestreckt. »Tebis!«, schallte seine Stimme über das Meer.

Seld konnte den Kapitän der Valant beim Steuermann erkennen, wie er seinen Blick zu dem Rufer auf der Spitze der Ambria richtete.

»Wir segeln nie mehr unter dieser Flagge!«, brüllte Wod und schleuderte mit einer weit ausholenden Bewegung die Flagge vom Schiff.

Taumelnd segelte sie hinunter und landete auf dem Meer, wo sie sich sofort voll Wasser sog.

Und die erschöpfte Besatzung auf dem Deck der Ambria jubelte.

Am nächsten Tag verschlechterte sich das Wetter, und die schwarzen Wolken kündigten einen Sturm an, der in der folgenden Nacht losbrach. Eilig wurden die Segel gerefft, und alle begaben sich unter Deck.

Die Wellen schleuderten die Schiffe umher, Regen und Gischt peitschten auf die Oberdecks.

Als am nächsten Morgen die Sonne wieder hervorkam, zeigte sich, dass die Schäden an der Ambria gering waren. Einige Taue waren gerissen und wurden schnell erneuert. Noch vor dem Mittag konnte die Ambria den ursprünglichen Kurs wieder aufnehmen.

Die Valant war abgetrieben worden, doch befand sie sich noch immer in Sichtweite der Valant. Am Abend dieses Tages war sie wieder längsseits gegangen. Sie schien völlig unbeschädigt zu sein.

Mesala war eine gelehrige Schülerin, und schon bald gab es nichts mehr, was Seld ihr noch beibringen konnte. Dadurch, dass sie schon Lesen gelernt hatte, war es nur noch ein kleiner Schritt, ihr das Schreiben beizubringen.

Als Seld sie beobachtete, wie sie in der Abendsonne ihre Gedanken auf ein Pergament niederschrieb, sagte er: »Kennst du die Prophezeiung des Bematu?«

Sie schüttelte den Kopf.

Seld erzählte ihr von der Begegnung mit Alur und der Gelehrtenstätte. Dann holte er das Pergament aus der Tasche und reichte es ihr.

Mesala las es mehrmals. »Ich verstehe sie nicht«, sagte sie.

»Niemand tut das«, gab Seld zurück. »Doch sie scheint meinen Weg vorzuzeichnen. Was auch immer das Osertem und das Ajik sind ... es müssen einige von uns sterben, damit die Prophezeiung eintritt.«

Obwohl Seld die Rationen weiter verkleinerte, schwanden Wasser und Nahrung schneller, als er gehofft hatte. Kapitän Wod vermutete, dass einige Leute an Bord aus den Vorratsräumen stahlen, und er stellte einen Matrosen als Wache ab.

Der Gedanke an Festland war jetzt nur noch eine vage Hoffnung. Aus erwartungsfrohen Blicken zum Horizont wurde verzweifeltes Starren. Alle an Bord der Ambria litten unter Wassermangel – das Salz des Meeres brannte in ihren Augen und in den gerissenen Lippen. Die Ersten wurden fiebrig und zogen sich unter Deck zurück.

Auch Arks Sohn Hem wurde vom Fieber befallen. Schwitzend lag er auf seinem Lager und bat um Wasser.

Ark versuchte, Seld zu überreden, nochmals zur Valant überzusetzen, um vielleicht doch wenigstens ein Fass Wasser zu bekommen, doch Seld verneinte. »Von Talut Bas bekommen wir nichts. In der folgenden Nacht werden wir mit Beibooten zur Valant rudern und das Schiff entern.«

»Bist du von Sinnen? Die Soldaten werden nicht zögern, uns zu töten, wenn sie uns erwischen.«

»Sie werden zögern«, sagte Seld. »Und töten sie uns doch, haben wir es wenigstens versucht.«

Ark schüttelte den Kopf. »Es ist Selbstmord. Warum sagen dir die verfluchten Drachen nicht, wie weit es noch bis zu jenem Land ist? Warum tragen sie uns nicht dorthin?«

»Ich habe versucht, es von dem Drachen zu erfahren, der in jenem Land auf uns wartet. Obwohl ich ihn dort fühle, redet er nicht zu mir. Wir sind uns selbst überlassen.«

»Warum?«, entfuhr es Ark. »Wir folgen ihnen bis in den Tod und wissen nicht wofür!«

»Hier erwartet uns kein Tod«, sagte Seld mit sicherer Stimme. »Vertrau mir. Hier nicht.«

Die Nacht war wolkenverhangen, und nur wenig Sternenlicht glitzerte auf den Wellen. Seld ließ Kapitän Wod weitere Segel setzen, damit die Ambria ein Stück vor die Valant segelte, und damit diese im Fahrwasser blieb. Dann bestieg er eines von sechs Beibooten, die im Schutz der Dunkelheit hinabgelassen wurden.

Wod ließ die Segel wieder reffen, und die Ambria verlangsamte ihre Fahrt. Die Beiboote ruderten zu beiden Seiten und warteten, bis sich die Ambria entfernt und die Valant zu ihnen aufgeschlossen hatte. Seld saß im vordersten der drei Boote, die an der Steuerbordseite zur Valant ruderten. Er schaute zu den anderen drei Booten, die von Ark kommandiert wurden, als sich die Valant zwischen sie schob. Mit starken Ruderstößen trieben die Matrosen die Beiboote an die Valant heran, wobei sie gegen deren Bugwelle kämpfen mussten. Alle Hände vertäuten die Beiboote in den Haken und Ösen an der Seite des Schiffes, und die drei Boote auf Selds Seite hatten an der Valant festgemacht, ohne einen Laut zu erzeugen. Seld blickte noch hinter das Schiff, ob nicht ein Boot auf der anderen Seite zurückgeblieben war, doch er sah nur Dunkelheit.

Die Matrosen warfen lautlos ihre Enterhaken zur Reling herauf, und das Metall krallte sich in das Holz des Schiffes. Mit den letzten Kräften, die sich in den Körpern der Matrosen befanden, zogen sie sich an den Seilen hoch, bis sie auf das Deck der Valant spähen konnten. Selds Muskeln brannten, und zweimal hätte er fast das Seil fahren gelassen, doch schließlich bekam er die Reling zu fassen. Er blickte hinunter und sah die drei leeren Boote an der Seite der Valant schaukeln.

Auf dem Deck, das von Fackeln an jedem der drei Masten erhellt wurde, konnte Seld nur wenige Soldaten erkennen. Am Heck stand der Steuermann an seiner erhöhten Position, und am Bug saßen zwei Soldaten am Mast – sie schienen eingenickt zu sein.

Seld versuchte zu erkennen, ob sich an der Reling an der Backbordseite schon etwas rührte, doch es war zu dunkel. Da sah er einen Schatten, der sich über die Reling schwang und geduckt in Richtung des Steuermannes schlich. Seld hob seine Hand zum Zeichen, dass alle auf Deck springen sollten, und ohne jedes Geräusch taten sie es. Auch auf der anderen Seite kamen nun die Matrosen der Ambria an Deck. Arks Truppe hielt auf den Steuermann zu und überwältigte ihn lautlos, und Selds Leute überraschten die beiden Soldaten, fesselten und knebelten sie.

Das Deck der Valant gehörte der Mannschaft der Ambria.

Seld und Ark nahmen eine der Fackeln aus den Halterungen am Hauptmast, bei dem sich die Luke befand, die zum Unterdeck führte. Ohne ein Wort zu wechseln, öffneten sie die Luke und stiegen hinab. Sie hatten sich von Wod genau beschreiben lassen, welchen Weg sie zu gehen hatten, auch wenn der Kapitän sich nicht ganz sicher sein konnte, da er die Valant selbst noch nie betreten hatte – doch er kannte baugleiche Schiffe. Den beiden folgten weitere Matrosen, während zwei von ihnen auf Deck blieben und Wache hielten.

Sie hatten Glück: Wie Wod vermutet hatte, führte eine Holztreppe direkt zu den Lagerräumen im vorderen Teil des Schiffes. Die Türen zu diesen waren weder bewacht noch gesichert – offenbar war die Besatzung der Valant diszipliniert. Seld horchte an einer Tür, doch er konnte kein Geräusch von dahinter vernehmen. Leise stemmte er die Tür auf.

Als er die Fackel hob, wurde ihm klar, warum diese Tür nicht bewacht werden musste. Obwohl sich auf der Valant sicher nicht einmal halb so viele Leute befanden, waren die Lagerräume bis zur Decke gefüllt. Fässer und Kisten stapelten sich vor Seld und Ark, der Geruch von Salz, Fisch und Fleisch hing in der Luft.

»Nehmt so viel ihr tragen könnt«, raunte Seld, der seinerseits nach vorne schritt und zwei kleine Fässer nahm, aus denen der Geruch von getrocknetem Fleisch drang. So leise es ging, eilte er die Treppe hoch und stellte die Fässer an der Seite ab, wo ein Matrose sofort eines von ihnen nahm und damit das Seil hinunterglitt, um dass Fass im Boot zu verstauen.

Seld hastete zurück in den Vorratsraum und trug eine Kiste hinauf. Als er wieder an Deck trat, erstarrte er. Dann stellte er langsam die Kiste ab.

Er war von Taluts Wachen umstellt, und ihre Schwertspitzen waren auf ihn gerichtet. Die Hequiser und die Matrosen der Ambria waren umzingelt, und sie waren in der Unterzahl. Seld erkannte sofort, dass eine Flucht auf die Boote unmöglich war.

Kapitän Tebis trat nach vorne. »Kontrolliert die Laderäume, dass sich dort unten niemand mehr versteckt!«, brüllte er einige der Wachen an, die sofort die Treppe hinabrannten. Dann wandte er sich lächelnd an Seld. »Der Herrscher ahnte, dass Ihr es wagen würdet, unser Schiff zu entern. Schon als Eure Boote an der Valant festgemacht haben, waren wir bereit, Euch gebührend zu empfangen.«

Seld erwiderte den Blick des Kapitäns und schwieg.

»Bei Sonnenaufgang wird der Herrscher über Euch entscheiden«, verkündete Tebis. »Sperrt sie ein!«

Die wenigen Stunden bis zum Anbruch des neuen Tages verschlief Seld, während die meisten anderen der Eingesperrten wach blieben und auf den Boden starrten. Als die ersten Sonnenstrahlen durch die Ritzen zwischen den Planken der Decke in die Zellen fielen, wurden die

Gefangenen auf Deck gebracht und in einer Reihe aufgestellt, während Kapitän Tebis vom erhöhten Platz beim Steuerrad das Geschehen beobachtete.

Seld schaute zur Ambria hinüber. Sie hatte sich der Valant bedrohlich genähert, und alle Hequiser und Matrosen waren an Deck versammelt und schienen bereit, auf einen Befehl von Kapitän Wod hin die Valant zu entern. Seld hoffte, dass es nicht dazu kommen würde – ein sinnloses Blutvergießen musste vermieden werden.

Die Tür zum hinteren Unterdeck wurde geöffnet, und Talut Bas trat heraus. Mit versteinerter Miene schritt er die Gefangenen ab, und nur Seld versuchte, dem Herrscher in die Augen zu blicken, während alle anderen das Haupt geneigt hielten.

Vor Seld blieb Talut schließlich stehen. »Was soll ich nun mit euch tun?«, fragte er.

»Teilen«, sagte Seld. »Eure Vorräte reichen noch für viele Tage, während an Bord der Ambria die ersten Leute dem Verdursten nahe sind.«

»Mit Dieben teile ich nicht«, erwiderte Talut. »Diebe werden bestraft. Soll ich euch mit dem Schwert töten lassen? Oder ertränken?«

»Die Wahl liegt bei dir«, sagte Seld.

Talut schritt weiter die Reihe entlang. »Aber ich will dir ein Geschäft anbieten. Ihr dürft alle wieder zurück zur Ambria. Und ich gebe euch etwas von unseren Vorräten – aber nicht ohne Gegenleistung.« Er verzog den Mund zu einem Grinsen. »Ich werde dich auspeitschen. Und für jeden Schlag erhaltet ihr ein Fass Wasser oder Nahrung. Wähle, wie viele Peitschenschläge du möchtest.«

Alle Augen wanderten zu Seld, und alle auf dem Deck schienen die Luft anzuhalten. Seld atmete tief ein. Dann machte er einen Schritt nach vorne, riss mit einer unwirschen Bewegung seinen Mantel vom Körper und ließ ihn auf den Boden fallen, das Gleiche machte er mit seinem

Hemd. Er schritt zum Hauptmast, streckte beide Arme aus und stützte sich dagegen. »Beginne«, rief er. »Ich werde sagen, wenn es genug ist.«

Gemurmel erhob sich, und es waren nicht nur die Gefangenen von der Ambria, die sich ungläubig unterhielten – auch die Wachen des Herrschers schüttelten die Köpfe. Seld blickte am Mast vorbei zur Ambria, und er entdeckte Mesala. Obwohl sie seine Miene nicht erkennen konnte, lächelte er ihr zu, als wollte er ihr Mut machen.

Einer der Wächter des Herrschers hatte ein Zeichen bekommen, eine Peitsche zu holen, und nach wenigen Augenblicken hatte er es erledigt. Talut nahm die Peitsche, entrollte sie und ließ sie wie zur Probe gegen die Reling schnalzen. Ein knallendes Geräusch schoss über das Deck.

»Ein Fass für jeden Schlag«, rief Seld. »Jeder hat es gehört.«

Da landete auch schon der erste Schlag auf Selds Rücken. Es war, als hätte ein Schwertstreich seinen Rücken getroffen, und Selds Knie knickten ein, er rutschte keuchend am Mast zu Boden und glaubte, nicht mehr atmen zu können. Talut sagte etwas, doch Seld bekam nur die letzten Worte mit: »... nur wenn du stehst. Also hoch mit dir!«

Seld hob sein rechtes Bein, stemmte es auf den Boden und drückte sich in die Höhe. Sein Rücken schien zu brennen, und er fühlte warmes Blut herabrinnen. Und wieder landete der Riemen auf seinem Rücken. Das Ende der Peitsche züngelte um seinen Hals und zeichnete einen dünnen Striemen quer über seine Brust bis zum Ansatz seiner Haare.

Er blieb stehen. Der Schmerz schien ungeahnte Kräfte ihn ihm freizusetzen, und Seld gelang es, auf den Beinen zu bleiben, auch wenn seine Knie zitterten. Ein Hochgefühl hatte sich seines Denkens bemächtigt: Sollte Talut ihn doch töten und immer weiter auf seinen leblosen Körper mit der Peitsche einschlagen – so konnte er die Ambria retten ... und Mesala ...

Bereit, den nächsten Peitschenschlag zu empfangen, stand er da, als ein Schrei über Deck hallte, dessen Bedeutung Seld nicht erfassen konnte. Erst als der Schrei wiederholt wurde, drang er in Selds Geist ein. Nur ein einziges Wort war gebrüllt worden: »Land!«

Seld schaute in die Richtung, in die die beiden Schiffe segelten, und er konnte einen blassen grünen Streifen am Horizont erkennen. Er richtete sich auf, und Schmerzwellen fluteten seinen Körper. Sein Blick richtete sich auf Talut, der die Peitsche gesenkt hatte und, wie alle anderen, zum Horizont sah. Dann rannten alle an Bord der Valant – bis auf Seld und Talut – zum Bug und drängten sich um die Plätze an der Spitze des Schiffes. Wachen des Herrschers, Hequiser und Matrosen der Ambria wurden zu einem jubelnden Durcheinander, in das nur Kapitän Tebis einschnitt, indem er die Besatzung der Valant zur Ordnung rief.

Langsam kehrten die Kräfte in Selds Körper zurück, und er ging auf Talut zu. Seine Haare standen in alle Richtungen ab, sein Körper war schweißgetränkt, und das Blut auf seinem Rücken gerann. Direkt vor dem Herrscher blieb er stehen, der ungerührt Selds Blick erwiderte.

»Ein Fass Wasser, ein Fass Fleisch«, murmelte Seld. Dann ging er.

Kapitel 17

Unbekanntes Land

Die Besatzung der Ambria drängte sich gegen die Reling, während das Schiff auf das unbekannte Land zuhielt. Alle redeten murmelnd – für ausgelassene Jubelschreie hatte niemand mehr Kraft. Das Fleisch und das Wasser aus den beiden Fässern, die die Ruderer von der Valant mit herübergebracht hatten, wurden zu einem Festmahl für alle an Bord der Ambria. Es dauerte noch bis zum Nachmittag, bis die beiden Schiffe an das Festland herangekommen waren und in sicherer Entfernung geankert hatten – Kapitän Wod wollte Abstand halten, falls es Riffe gab –, und während dieser Zeit war Seld in einen schwarzen Schlaf versunken.

Seld kam an Deck, kurz bevor der Anker hinabgelassen wurde. Er war erschöpft, und sein Rücken schien unter den Verbänden noch lichterloh zu brennen, doch er wollte so schnell wie möglich an Land; seine Füße endlich wieder etwas anderes als die schwankenden Planken spüren lassen. Sein Blick glitt über die flache Uferlandschaft, die von hohen Bäumen bestimmt war. Weit hinter einem hellen Sandstrand konnte Seld die Umrisse von Bergen ausmachen. Seld war froh, endlich etwas anderes als das offene Meer zu erblicken.

Mesala entdeckte Seld und eilte zu ihm. »Wir haben es geschafft.« Sie lächelte, aber Seld sah, dass Tränen ihr Gesicht hinabliefen.

»Ja«, bestätigte er und legte einen Arm um sie. »Aber wir sind noch nicht angekommen. Der Drache ist nicht an diesem Ort.«

Ein klatschendes Geräusch drang an Selds Ohren, und er schaute hinüber zur Valant. Die Beiboote des Schiffes waren ins Wasser herabgelassen worden. Die Matrosen des Herrscherschiffes ruderten zum Strand.

Seld suchte Kapitän Wods Blick. Beide nickten gleichzeitig. Und wenige Augenblicke später waren alle Boote der Ambria mit leeren Fässern beladen und hinabgelassen worden.

An diesem Tag, an dem Seld zum ersten Mal dieses unbekannte Land betrat, war es heiß. Das Sonnenlicht wurde von den Wellen tausendfach reflektiert, und kein Windstoß brachte Erfrischung. Das Boot mit Seld, Mesala und Ark fuhr voraus, die anderen Boote ruderten hinterher. Nun konnte Seld es kaum erwarten, am Strand anzukommen. Der Anblick der Schatten spendenden Bäume und der Gedanke an frisches Quellwasser pumpten neue Kraft durch seinen Körper, und den anderen Hequisern schien es genauso zu ergehen, denn sie ruderten kräftig.

Als Selds Boot über Sand schleifte, holte er sein Ruder ein, sprang ins Wasser und zog das Boot zum Strand. Die anderen taten es ihm nach, und bald standen die Männer und Frauen am Strand, die Füße im warmen Sand, den erdigen Geruch des Waldes vor sich in der Nase. Weiter aufwärts am Strand waren die Boote der Valant gelandet, und die Matrosen des Herrschers machten sich schon daran, den Wald zu erkunden. Von Talut Bas war nichts zu sehen – er musste an Bord geblieben sein.

Mesala sank neben Seld auf die Knie. Ihre Hände drangen in den heißen Sand ein, und eine Welle umfloss sie, tränkte ihre Kleidung.

Die Hequiser und die Matrosen traten an Seld heran.

»Wer an Land möchte, soll von der Ambria geholt werden. Einzelne von euch rudern zurück, um weitere Leute zu holen, während die anderen die Umgebung erkunden. Diesen Tag und die kommende Nacht werden wir ankern. Doch achtet darauf, dass niemand zu weit in den Wald hineingeht – noch wissen wir nicht, ob es darin gefährlich ist.« Seld lächelte. »Und genießt das Festland.«

Nun fanden alle Kraft zum Jubeln.

Die Hequiser und die Matrosen hatten sich in kleine Gruppen aufgeteilt, auf der Suche nach frischem Wasser und Essbarem.

»Diese Art von Baum habe ich noch nie gesehen«, sagte Mesala und legte ihre Hände auf die dunkelbraune, raue Rinde eines Baumes, der sich vor ihr in schwindelerregende Höhen erhob.

Seld schaute nach oben. »Es gibt in den Südländern einen ähnlichen Baum. Aber dort wächst er nicht annähernd so hoch.« Sein Blick wanderte über den dichten Wald, in dem sie standen. Der Boden war mit Flechten und Moosen bewachsen, von den Bäumen standen dicke Äste ab, und Schlingpflanzen hingen herab.

Die Luft war so warm wie zur Sommerzeit in Derod. Inzwischen waren in Hequis die Nächte sicher frostig, und vielleicht war schon der erste Schnee gefallen. Diese Vorstellung schien Seld unwirklich und fern, während er sich mit Mesala einen Weg durch das Dickicht bahnte. Durch Lücken im Blätterdach über ihm stach die Sonne, und Vogelgezwitscher hallte durch den Wald, dessen Töne Seld in Derod niemals gehört hatte.

»Wohin gehen wir?«, fragte Mesala.

Seld zuckte mit den Schultern. »Geradeaus.«

Vorsichtig tasteten sie sich voran. Schon nach wenigen Schritten stießen sie auf einen kleinen Bach, der sich durch den Wald schlängelte.

Sie kosteten das Wasser – es war süß und kühl. Von beiden Seiten hörten sie die freudigen Rufe anderer Hequiser, die den Bach ebenso entdeckt hatten. Seld und Mesala tranken, bis ihr Durst gelöscht war, dann füllten sie den Wasserbeutel, den Mesala mitgebracht hatte, und gingen weiter.

Sie entdeckten eine Lichtung, auf der mehrere Bäume mit einer schuppigen, hellen Rinde und einem flachen Dach von spitz zulaufenden Blättern standen. Von den Ästen hingen glänzend rote, längliche Früchte herunter. Seld pflückte eine von ihnen. Sie fühlte sich weich an, ihre Haut war glatt und der Stiel vom gleichen hellen Braun wie der Stamm des Baumes.

Mit beiden Händen öffnete Seld die Frucht und brachte so gelbes, saftiges Fruchtfleisch zum Vorschein, das von dunklen Kernen durchsetzt war. Er roch daran, dann träufelte er einige Tropfen des Saftes auf die Zunge. »Süß«, stellte er fest. »Aber nicht jedes Gift schmeckt bitter.«

»Wagen wir es. Ich habe Hunger«, meinte Mesala. Sie nahm ebenso eine Frucht von dem Baum und brach sie auf.

»Wir sollten nicht –«, begann Seld, doch bevor er etwas tun konnte, hatte Mesala hineingebissen, gekaut und geschluckt.

Seld ließ die Frucht in seiner Hand fallen, machte einen schnellen Schritt zu ihr und packte sie an den Schultern. »Du weißt nicht, was du tust – willst du hier sterben?«, brüllte er in ihr Gesicht.

Mesala hustete, schüttelte Seld ab. »Lass das! Anders finden wir nicht heraus, ob die Früchte giftig sind.«

Seld ließ von ihr ab. Sein Gesicht war wutverzerrt. »Alema hätte niemals eine solche Dummheit getan.«

Sie schleuderte die angebissene Frucht weg. »Ich bin nicht Alema!«

Die beiden standen sich schwer atmend gegenüber. Seld machte einen Schritt zurück. »Ich ... es tut mir Leid.«

Mesala nahm eine weitere Frucht von dem Baum. »Sie scheinen nicht giftig zu sein. Essen wir also.«

Seld nickte, und schweigend pflückten sie die Früchte. Dann setzten sie sich auf den weichen Boden und aßen.

»Als du dich nach Alemas Tod in die Nordländer zurückgezogen hattest ... warum hast du schließlich deinen Schwur gebrochen und bist nach Hequis zurückgekehrt?«, fragte sie plötzlich. Ihr Tonfall ließ kein Ausweichen zu.

Seld wischte seinen Mund ab. »Alles änderte sich, als ich die erste Geistesreise hatte«, begann er. »Wie ich sagte – ich lebte in einer Höhle auf einem Berg, und da traf es mich wie ein Blitz. Ich stürzte zu Boden, schlug mir den Kopf auf. Und kaum hatte ich den Boden berührt, war es schon wieder vorbei. Die Geistesreise war nur einen Augenblick lang gewesen, und ich hatte nur kurz einen einzelnen goldenen Drachen gesehen. Ich zitterte am ganzen Körper, fühlte einen starken Schwindel, und als ich mich hochstemmte, übergab ich mich.«

Mesala hörte ihm schweigend zu.

»Zunächst fürchtete ich, dass eine Krankheit über mich gekommen wäre«, fuhr Seld fort. »Doch später am gleichen Tag fühlte ich mich wieder, als wäre nichts geschehen. Es vergingen einige Wochen, dann widerfuhr mir die nächste Geistesreise. Dieses Mal sah ich den Drachen länger. Bei meiner dritten Geistesreise bemerkte ich, dass viel mehr Zeit vergangen war, während mein Geist meinen Körper verlassen hatte – für mich waren es nur wenige Augenblicke gewesen, doch die Sonne war am Himmel eine deutliche Strecke gewandert. Und dann hörte ich zum ersten Mal die Stimme der Drachen.«

Seld brach eine weitere Frucht auf und bis hinein. »Sie war leise, kaum zu vernehmen, doch was sie sagte – darüber gab es keinen Zweifel. Ich sollte nach Hequis zurückkehren.«

»Und du hast es getan.«

»Nicht sofort. Ich blieb noch mehr als ein Jahr in den Nordländern, bis die Stimme so drängend wurde, dass ich beschloss, ihr zu folgen. Anders konnte ich nicht herausfinden, was die Drachen von mir wollten.«

»Wie hat man dich in Hequis aufgenommen?«

Seld bis abermals in die Frucht. »Wohlwollend und auch mitleidig. Alle halfen mir, die zerstörte Hütte meiner Eltern wieder herzurichten. Meine Freundschaft zu Ark hatte Bestand gehabt, obwohl wir uns einige Jahre nicht gesehen hatten, und er war mir eine Stütze, schließlich musste ich in Hequis wieder Fuß fassen.«

»Wie bist du Vorsteher geworden?«

»Weil meine Familie zu den ältesten in Hequis gehört hatte, erhielt ich einen Platz im Dorfrat, wie es unsere Gesetze vorsahen. Der alte Vorsteher war ein gütiger Mann, der meinen Eltern sehr vertraut war. Er fühlte, dass sein Ende nahte, und er übergab mir zur Überraschung aller sein Amt. Wenige Tage später verstarb er. Das alles ist nun zwei Jahre her ...«

Seld aß den Rest der Frucht. »Gehen wir weiter«, sagte er, und beide erhoben sich. Nebeneinander gingen sie tiefer in den Wald.

Einige Zeit bahnten sie ihren Weg durch die Sträucher und Farne des Waldes, der dichter zu werden schien. Immer wieder hörten sie das Rascheln kleiner Tiere im Dickicht um sie herum, doch keines von ihnen schien gefährlich zu sein. Seld und Mesala hielten dennoch Abstand zu ihnen.

Schließlich erreichten sie die Grenze des Waldes. Saftiges Grasland, das von einer Vielzahl schmaler Flüsse durchzogen war, erstreckte sich vor ihnen. Dahinter am weit entfernten Horizont zeichnete sich eine Bergkette ab, die Seld an die Koan-Berge erinnerte. Er fragte sich, ob die Drachen dorthin geflogen waren.

»Was wohl hinter den Bergen liegt?«, fragte Mesala. »Ein Ödland, in dem Dämonen leben, wie in Dcrod?«

»Vielleicht müssen wir dorthin und finden es heraus«, gab Seld zurück. Er ließ seinen Blick zu beiden Seiten die Grenze des Waldes entlanggleiten, als zu seiner Rechten etwas seine Aufmerksamkeit auf sich zog. »Lass uns diese Steine dort genauer ansehen.«

Während sie sich den Steinen näherten, erkannte Seld schon, dass sein erster Eindruck richtig gewesen war: Dies waren Überreste von Gebäuden und nicht etwa Formationen eines natürlichen Ursprungs.

Die Ruinen bestanden aus einem hellen, gelblichen Stein, der mit Moosen und Flechten bedeckt war. Es waren wohl die Reste eines Torbogens, von dem nur zwei verwitterte Quader zurückgeblieben waren, jeder einzelne fast so hoch wie Seld. Es war unmöglich zu sagen, wie weit der Torbogen ursprünglich in die Höhe geragt hatte.

Mesala strich mit der Handfläche über den Stein. »Hier hat jemand gelebt«, sagte sie. »Es muss viele hundert Jahre her sein.« Sie blickte Seld an. »Das verstehe ich nicht, Seld. Warum lebt niemand mehr hier? Warum besiedeln wir das Nordostland, während in diesem wundervollen Land sich niemand niederlässt?«

»Ich weiß es nicht«, antwortete Seld. »Wer auch immer hier gelebt hat – dieses Volk ist seit langer Zeit tot. Vielleicht ist es vertrieben worden, vielleicht hat es dieses Land freiwillig verlassen. Und vielleicht ...«

»Was?«, fragte Mesala.

Selds Blick wanderte über die Landschaft, die ihn umgab. »Schau dich um«, sagte er.

Mesala tat es, aber entdeckte nichts Bemerkenswertes.

»Man kann die Überreste der Stadt erkennen«, sagte Seld und deutete auf die Fläche hinter dem Torbogen. »Im Boden zeichnen sich noch die Linien der Mauern ab. Dort war eine Straße. Und da kann man ein

Haus erkennen. Weiter hinten ist eine große, freie Fläche, und zum Wald hin ... bei den Göttern, diese Gebäude waren ungeheuer groß!«

Nun sah Mesala, was Seld meinte. Im Geist verband sie die Mauerstücke, die aus dem Boden ragten und sich unter der Erde abzeichneten. »Du hast Recht.« Sie deutete zur Waldgrenze. »Selbst dort kann man noch Überreste im Boden sehen. Lass uns von hier in den Wald gehen – vielleicht entdecken wir dort mehr.«

Kaum, dass sie wieder in den Wald eingetaucht waren, stießen sie auf verwitterte Bodenplatten, die in einer geschwungenen Linie zum Meer führten und nur stellenweise unter dem Dickicht hervorragten. Die beiden fanden Reste von gigantischen Säulen, und zwischen einer Gruppe von Riesenbäumen entdeckten sie eine umgestürzte, zugewachsene Statue.

Diese zeigte offensichtlich den Körper eines Menschen, doch sein Kopf ähnelte eher einem Drachen, und etwas abseits fand Mesala die Überreste eines steinernen Flügelpaares, das offenbar zu der Statue gehörte.

Verwundert betrachteten sie lange das steinerne Antlitz, schweigend, dann kehrten sie zum Strand zurück.

An einigen Dornensträuchern fanden sie kleine gelbe Beeren, die Mesala probierte. Seld ließ sie diesmal ohne Einwand gewähren. Die Beeren waren etwas bitter, aber wohlschmeckend. Die beiden füllten ihre Taschen mit den Beeren und legten noch einige Früchte auf ihre Unterarme.

»Schau!«, entfuhr es Mesala, als sie vor einem Busch knieten. Sie deutete zu einer Stelle irgendwo im Wald, und Selds Blick folgte ihrem ausgestreckten Arm. Zwischen den Bäumen machte er ein kleines, vierbeiniges Lebewesen aus, das im Unterholz nach Nahrung zu suchen schien. Es mochte Seld etwa bis zu den Knien reichen. Mit seiner unförmigen Schnauze durchwühlte es den weichen Waldboden, und ab und an fraß es mit schmatzenden Lauten.

»Sollen wir es fangen?«, fragte Mesala.

Seld verneinte. »Wir haben immer noch Zeit zum Jagen.« Er selbst bemerkte, dass er einen Heißhunger auf frisch gebratenes Fleisch verspürte. Mit den Taschen und Armen voller Früchte und Beeren kehrten sie zum Strand zurück.

Inzwischen waren alle Hequiser und Soldaten von den Schiffen ans Festland gekommen und lagerten am Strand. Auch die Kranken und Fiebrigen waren an Land gebracht worden, ruhten nun am Waldrand im Schatten und tranken frisches Wasser. Der Bach, die Früchte und Beeren waren längst auch von den anderen Suchenden entdeckt worden, und es waren sogar schon zwei der Tiere erlegt worden, die Seld und Mesala gesehen hatten. Eines der Tiere drehte sich an einem Spieß über einem Feuer und verströmte viel versprechenden Duft.

Ark kam zu Seld. Er lächelte. »Warum auch immer die Drachen uns hierher gebracht haben – dieser Ort könnte mein neues Zuhause werden.«

»Vielleicht muss er das auch werden«, gab Seld zurück. »Wie geht es Erima und Hem?«

»Sie sind wohlauf«, antwortete Ark. »Sie sind schwach, aber dieses Land hat uns gerettet. Einige Tage länger auf See ...« Er schüttelte den Kopf.

»Hat jemand Zeichen von Drachen ausgemacht?«

Ark verneinte. »Ich hoffe, wir sind auch wirklich in dem Land angekommen, in das uns die Drachen führen wollten.«

Seld wies zu dem gebratenen Fleisch. »Keine dunklen Gedanken heute, mein Freund. Wir haben es geschafft, bis hierher zu kommen.

Gönnen wir uns einen Tag Ruhe, bevor wir morgen mit der Suche nach den Drachen beginnen.«

Der Einzige, der nicht von Bord ging, war Talut Bas. Seld entdeckte ihn nicht unter den Besatzungsmitgliedern der Valant, und auch an Deck des Schiffes konnte er ihn nicht ausmachen.

Den Rest des Tages verbrachten die Hequiser und Matrosen der Ambria damit, Vorräte zu sammeln und mit den Ruderbooten auf das Schiff zu transportieren. Ark fragte Seld, wann und in welche Richtung sie weiterreisen würden. Darauf konnte Seld nur antworten, dass er nicht wusste, wo in diesem Land der Drache wartete. Er musste darauf hoffen, dass er entweder ein Zeichen ausmachte oder die Drachen ihn riefen. Doch in diesem Moment fühlte er nur, dass die Drachen existierten – irgendwo in dieser Welt.

Als es Nacht wurde und der Strand voller Lagerfeuer und satter, flüsternder Menschen war, schlich Seld mit einer Decke unter dem Arm in den Wald. Im Schein des Mondes und der Sterne ging er so weit in den Wald, dass er die Wellen und die Gespräche gerade noch wahrnehmen konnte. An einer flachen, geschützten Stelle breitete er die Decke aus und legte sich ausgestreckt auf die Seite, die Handflächen unter sein Gesicht gelegt. Noch immer fühlte er den Schmerz der Peitschenhiebe wie ein leises Pochen auf seinem Rücken. Der Wind trug würzige Gerüche zu ihm herüber, und um ihn herum war ein vielstimmiges Zwitschern, Knarren und Rascheln.

Seld schloss die Augen und genoss es, nach unzähligen Tagen und Nächten kein Schwanken mehr fühlen zu müssen und allein zu sein. Allzu lange hatte er mit vielen Leuten auf dem engen Schiff verbracht. Seine Gedanken wanderten zu Talut Bas. Warum ging er nicht von Bord? Was verbarg er?

Bei Seld knackte ein Ast, und das Geräusch ließ ihn in die Höhe fahren. Er sah den Umriss eines Tieres, das sich durch die Büsche schob und auf ihn zuhielt. Nein – es war ein Mensch.

»Ich bin es«, rief leise eine vertraute Stimme. Es war Mesala.

Seld sank zurück auf die Decke. »Ich dachte, ein Tier würde sich heranschleichen.«

»Entschuldige. Ich habe gesehen, dass du in den Wald gegangen bist und bin dir gefolgt.« Sie kam bei ihm an und setzte sich neben ihn.

In der Dunkelheit konnte er nur ihre Silhouette erkennen.

»Ich bin nicht Alema«, sagte Mesala. »Vielleicht sehe ich ihr ähnlich, und wer weiß, vielleicht verhalte ich mich manchmal sogar wie sie.« Sie rückte näher an ihn heran. »Aber ich bin nicht Alema«, flüsterte sie.

»Ich weiß«, sagte Seld.

»Und ich verstehe jetzt, warum sie mit dir gegangen ist.«

Ein leichter Kuss landete auf seinen Lippen, den er zögerlich erwiderte. Selds Hände strichen über Mesalas Rücken und tauchten in ihre Haare ein. Mit nervösen Bewegungen streiften sie sich die Kleider vom Leib.

Die hoch stehende Sonne weckte Seld. Als ihm der Geruch der Frau, die in seinen Armen lag, in die Nase stieg und er ihr Profil sah, schlug sofort sein Herz schneller, und jeder Muskel seines Körpers spannte sich an.

Nein, sagte er sich, das ist nicht Alema.

Er zog die Decke, in der sie lagen, enger um seinen Körper und schaute Mesala an, die gleichmäßig atmete. Da flatterten ihre Augenlider, und sie blickte ihn an. Mesala lächelte, strich mit der flachen Hand über seine Brust. Seld erwiderte das Lächeln, doch vor seinem inneren Auge stand noch immer Alemas Bild.

»Hast du nach Alemas Tod mit einer anderen Frau geschlafen?«, fragte sie.

»Ein einziges Mal.« Seine eigene Stimme klang seltsam fremd in Selds Ohren.

Sie schaute ihn fragend an.

»Es war ein Moment der Schwäche, den ich sofort bereut habe.«

»Erzähl mir davon.«

Seld atmete durch und rollte vorsichtig auf den Rücken. »Es ist vor etwa einem Jahr geschehen. Ich war mit der Vorsteherin unseres Nachbarortes Kequor zusammen, aber wir haben nur eine Nacht miteinander verbracht. Am nächsten Morgen wollte sie, dass ich sie zur Frau nehme. Ich habe Kequor sofort verlassen und habe danach versucht, ihr aus dem Weg zu gehen.«

»War letzte Nacht auch ein Moment der Schwäche?«

Selds Hand fuhr durch ihr Haar. »Nein«, sagte er. »Ich –«

Es war wie eine Geistesreise, ohne dass jedoch sein Geist seinen Körper verließ. Seld war gleichzeitig bei Mesala, aber von einem Augenblick zum nächsten war er auch viel weiter aufwärts an der Küste bei dem goldenen Drachen, der auf einer Klippe saß und den körperlosen Seld anblickte.

Dann war dieser Moment schon wieder vorübergezogen, und Seld war nur noch bei Mesala.

Sie runzelte die Stirn. »Deine Augen ... ganz kurz waren sie ...«

Seld stand auf und kleidete sich an. »Wir müssen sofort zum Strand«, sagte er.

»Wann können wir weitersegeln?«, fragte Seld.

Kapitän Wod hatte mit Telam ein Fass mit Trinkwasser zum Strand getragen und in eines der Boote gehoben. Er atmete durch und wischte sich den Schweiß von der Stirn. »Wir müssen noch die letzten Kisten verladen, dann können wir den Anker lichten«, antwortete er. »Zur Mittagsstunde.«

Seld nickte. »Gut. Je früher wir weitersegeln, desto besser.«

»Ist etwas geschehen?«, fragte Ark, der hinzugetreten war.

»Der Drache wartet auf uns«, sagte Seld. »Er wartet seit vielen Tagen. Aber nun habe ich das Gefühl, die Zeit dränge ... als wäre noch etwas auf dem Weg hierher.«

Als sich unter den Leuten herumsprach, dass Seld weitersegeln wollte, regte sich Widerstand. Unzählige Tage und Nächte hatten die Hequiser auf dem Schiff verbracht, hatten Hunger und Durst gelitten. Nun waren sie in diesem wundervollen Land angekommen, und niemand von ihnen wollte es so schnell wieder verlassen. Seld erklärte ihnen, dass sie nur die Küste entlang segeln mussten, nicht zurück aufs offene Meer, und einer nach dem anderen fügte sich.

Kapitän Tebis entging nicht, dass die Besatzung der Ambria an Bord ging und das Ablegen vorbereitete. Auch die Matrosen der Valant ruderten bald mit frischen Vorräten, die sie gesammelt hatten, zum Schiff zurück. Als die Ambria gegen Mittag den Anker einzog und lossegelte, folgte ihr die Valant.

Seld hatte Kapitän Wod angewiesen, die Küste aufwärts zu segeln, so dass das unbekannte Land zur Linken des Schiffes lag. Und mit jedem Wellental, das das Schiff durchquerte, wuchs in Seld die Gewissheit, auf dem richtigen Weg zu sein. Bald würden sie bei dem Drachen ankommen, und bald würden sie Gewissheit haben, wohin ihre Reise noch führen sollte.

Die Küste veränderte sich. Aus dem hellen Sandstrand ragten immer mehr schwarze Steine, und als sich der Tag dem Ende zuneigte, erhob sich neben den Schiffen eine steile, düstere Klippe. Beide Schiffe waren weiter aufs Meer hinausgesegelt – Kapitän Wod wollte nicht auf ein mögliches Riff auflaufen, und die Valant hatte es ihm gleich getan.

Die folgende Nacht segelten die Ambria und die Valant unter hellem Sternenlicht. Die See war ruhig, ein stetiger, warmer Wind trieb die Schiffe vorwärts.

Seld blieb auf Deck, um Ausschau nach dem Drachen zu halten, dessen Nähe er immer deutlicher wahrnahm, doch schließlich verlangte sein Körper so dringend nach Ruhe, dass er mit dem Rücken an die Reling gelehnt einschlief.

Als am nächsten Morgen die ersten Sonnenstrahlen über den Horizont blitzten, ließ ihn ein Schrei aus dem Krähennest in die Höhe fahren: »Rauch! Dort ist Rauch!«

Seld sprang auf – sein Blick raste über die Landfläche, die sich vor ihm erstreckte. Er war noch schlaftrunken, und er musste seine Augen anstrengen, um die Umgebung zu erkennen, die sich grell im Licht abzeichnete. Da sah er, was der Ausguck entdeckt hatte: Mehrere weiße Rauchfäden, die in die Höhe stiegen. Vor der Ambria befand sich eine Landzunge, und Seld schien es wie eine Ewigkeit zu dauern, bis diese umrundet war. Inzwischen versammelten sich immer mehr Hequiser und Matrosen auf dem Deck.

Schließlich hatten alle auf der Ambria einen Blick in die Bucht, aus der der Rauch aufgestiegen war. Eine Siedlung befand sich am Strand, und abseits davon auf einer steinernen Klippe wartete der goldene Drache.

Kapitel 18

Das Osertem

Verglichen mit Hequis war die Siedlung unscheinbar und schutzlos, sie mochte etwa halb so groß wie das Dorf im Nordostland sein. Ihre Häuser bestanden aus grauen Steinen, die von einem Fachwerk aus hellem Holz gehalten wurden, mit roten Ziegeln auf den Dächern. Die meisten Häuser waren einstöckig, aber im Zentrum der Siedlung konnte Seld ein breites, offenbar mehrstöckiges Gebäude erkennen. Direkt hinter der Siedlung begann der Wald, und am Horizont konnte Seld die Bergkette erkennen. Vorne am Strand ragte ein Steg in die Bucht hinaus, an dem kleine Fischerboote vertäut waren.

Seld konnte nicht einen Menschen ausmachen, doch die Rauchfahnen, die aus den Kaminen stiegen, waren ein untrügliches Zeichen, dass hier jemand lebte.

Langsam segelte die Ambria weiter in die Bucht. Ein Matrose maß am Bug die Wassertiefe, und als die Ambria noch etwa zehn Schiffslängen vom Steg entfernt war, gab er das Zeichen, den Anker zu werfen – der Tiefgang der Segelschiffe war viel größer als der der Fischerboote.

Noch immer war kein einziger Mensch zu sehen. Seld blickte zu dem Drachen, der reglos zu den Schiffen herüberblickte, und er fragte sich, ob die Bewohner wegen des Drachen geflohen waren ... oder fürchteten auch sie die Dämonen und hatten ihre Heimat verlassen? Seld fühlte den Geist des Drachen, seine Gegenwart, doch der Drache sprach nicht zu ihm – er wartete.

Seld, Mesala, Ark und Kapitän Wod bestiegen ein Boot und ruderten hinüber zum Anleger. Von der Valant wurde kein einziges Boot herabgelassen.

Seld erklomm als Erster die Holzleiter am Steg, die anderen folgten ihm.

»Vielleicht sind sie geflohen«, flüsterte Mesala. »Vielleicht haben sie Angst bekommen, als sie die Drachen gesehen haben.«

»Nein, sie sind noch hier. Seht!« Die anderen folgten Selds Blick und entdeckten einige Menschen, die zwischen den Häusern auftauchten. Zunächst verharrten sie dort, blickten zu den Neuankömmlingen, doch dann schritt einer von ihnen vor, und weitere folgten ihm.

Während sie herankamen, nahm Seld die Bewohner dieses Landes genau in Augenschein. Sie wirkten mit ihrem zielstrebigen Gang und ihrer hellen, einfachen Kleidung so gewöhnlich, dass sie in den Gassen von Hequis keine Aufmerksamkeit auf sich gezogen hätten. Der Mann, der voranschritt, hatte langes, braunes Haar und trug eine eng anliegende Jacke aus einem weißen Stoff, die mit einem goldenen Muster bestickt war und wie eine Uniform wirkte, und eine Hose aus dem gleichen Material. Seld glaubte, die Umrisse eines Drachen in diesem Muster zu erkennen. Die hageren Gesichtszüge des Mannes drückten Misstrauen aus, doch seine Schritte waren schnell und ohne Angst. Er blieb in einigem Abstand vor den Neuankömmlingen stehen, und sofort verharrten auch die Menschen, die mit ihm gekommen waren. »Wer seid Ihr, und weshalb seid Ihr hier?« Die Stimme des Mannes hallte durch die Bucht.

Seld machte einen Schritt nach vorne. »Mein Name ist Seld Esan. Wir kommen aus einem Land jenseits des Meeres und sind den Drachen gefolgt.«

Sein Gegenüber nickte und deutete ein Lächeln an. »Dann seid willkommen. Mein Name ist Ker Utum.« Er trat zu Seld und streckte die Hand aus.

Seld ergriff sie. »Was für ein Land ist das? Warum wussten wir nichts davon?«

Ker Utum wies zu dem breiten Gebäude. »Holt alle Eure Leute von den Schiffen und versammelt Euch dort. Es gibt viel zu erzählen. Und es war eine lange Reise von Derod.«

»Ihr kennt unsere Heimat?«

Der Mann nickte. »Unsere Vorfahren stammen von dort. Kommt mit mir.« Ark und Mesala schlossen sich Seld an, während Wod zum Schiff zurückruderte, damit alle anderen an Land kamen. Seld warf noch einen Blick zu dem goldenen Drachen hinüber, bevor er dem Vorsteher dieser Siedlung folgte.

Der Drache hatte sich nicht gerührt.

Die Einwohner dieses Landes verteilten sich wieder in ihre Häuser, und Seld, Ark und Mesala schritten mit Ker Utum zu dem großen Gebäude. »Die anderen Drachen sind von hier weitergeflogen?«, fragte Seld.

»Ja«, antwortete Ker Utum. »Vor einigen Tagen kamen sie zu unseren Gestaden. Sie landeten am Strand, und kurz darauf erhoben sie sich wieder in die Lüfte und flogen in Richtung der Berge. Nur dieser eine Drache blieb zurück – als wartete er auf etwas … oder jemanden.«

»Wisst Ihr, was sich hinter den Bergen befindet?«

Ein Blick streifte Seld. »Ihr habt es sehr eilig. Was habt Ihr mit den Drachen zu tun?«

»Wenn Eure Vorfahren aus Derod stammen, habt Ihr sicher von den Dämonen gehört.«

»Ja. Sie sind auf dem Weg hierher.«

Seld blieb stehen und starrte Ker Utum an. »Wie könnt Ihr davon wissen? Seht Ihr Dinge, die –«

Der Mann hob eine Hand. »Ich sagte, dass es viel zu erzählen gibt. Versammeln wir uns in der Großen Halle. Dann wird geredet.« Inzwischen waren sie bei dem Gebäude angekommen. Ker Utum ging die drei Stufen zum Portal hinauf und zog es auf.

Das Gebäude war nicht mehrstöckig, wie Seld gedacht hatte, sondern bestand aus einer einzigen hohen Halle, deren Holzdecke von dicken Steinsäulen gehalten wurde. Es erinnerte an die vergangene Gelehrtenstätte in Klüch.

Fackeln und Kandelaber wurden entzündet, die Tische wurden gedeckt, Fässer angestochen und Fleisch gebraten. Die ganze Besatzung der Ambria war bis zum Einbruch der Dunkelheit an Land gekommen und hatte sich in die Halle begeben, doch niemand hatte die Valant verlassen.

Die Köstlichkeiten, die den Hequisern an diesem Abend feilgeboten wurden, weckten bald eine Fröhlichkeit, die während der langen Seereise verloren gegangen zu sein schien. Die Einheimischen deckten die Tische mit gebratenem Fleisch, fremdartigen süßen Früchten und füllten die Kelche mit einer herben, dunklen Flüssigkeit, die ähnlich wie der Wein aus den Nordländern Derods mundete. Ein Trinkspruch nach dem anderen wurde von den Hequisern ausgerufen, und die Einheimischen, die sich bald unter die Gäste gemischt hatten, bedienten sich von der Tafel und scherzten mit den Hequisern.

Seld saß neben Ker und nagte Fleisch von einem Knochen ab. »Es gibt kaum Worte, mit denen wir Euch für diesen Empfang danken können«, sagte er zwischen zwei Bissen.

Ker lächelte. »Dies ist ein wichtiger Tag für uns. Es ist bisher noch nicht geschehen, dass andere Deroder nach Taheff kamen.«

»Taheff – das ist der Name dieses Landes?«

Ker nickte und nahm einen Schluck. »Es ist der Name, den unsere Vorfahren gewählt haben.«

»Warum haben Eure Vorfahren ihre Heimat verlassen?«

»Sie sind vor einem schrecklichen Herrscher geflohen, der Derod knechtete. Er hatte den König getötet und in den Dörfern des Landes die Vorsteher hinrichten lassen.«

»Wisst Ihr, wie er hieß?«

»Sein Name war Vered Herut.«

»Der Begründer der Herut-Dynastie ...«

Das letzte Wort schien Ker wie ein Faustschlag zu treffen. »Er hat eine Dynastie begründet? Hat sich das Volk nicht aufgelehnt?«

»All dies ist viele Jahre her. Es ist überliefert, dass Vered Herut beim Volk beliebt war und eine Ära des Friedens begann.«

»Hätte er meine Vorfahren gefangen genommen, wären sie hingerichtet worden. Und seine Söhne haben in den folgenden Jahren die Macht weitergereicht? Regieren sie noch immer?«

Seld schüttelte den Kopf. »Unser Herrscher heißt Talut Bas. Er befindet sich auf dem anderen Schiff, auf der Valant.«

»Der Herrscher von Derod ist hier?«, entfuhr es Ker.

»Ja, aber er hat sich auf seinem Schiff zurückgezogen«, beschwichtigte Seld. »Wir sind auf der Flucht. Er ist kein Herrscher mehr.« Seld erzählte, welcher Weg ihn nach Taheff geführt hatte – von den Drachen, die die Koan-Berge verlassen hatten, von der langen Reise und von der Zerstörung Klüchs.

Ker folgte den Worten, ohne dass sich eine Regung in seiner Miene zeigte. »Unsere Vorfahren haben die Legenden überliefert, die von Drachen und Dämonen erzählen«, sagte er schließlich. »Doch hier in Taheff haben wir mehr über die Drachen gelernt, als in ihren Schriften steht.«

»Was meint Ihr?«

Dies ist die Heimat der Drachen, Seld Esan.

Seld stockte der Atem. Das war nicht die Stimme eines Drachen in seinem Kopf gewesen, sondern ... »Du sprichst mit der Stimme der Drachen?«, fragte er flüsternd.

Ker lächelte. »Mehr als das. Aber das wirst du von den Drachen selbst erfahren.«

Es war dunkel, als Seld den Anstieg zur Klippe bewältigte, auf der der goldene Drache wartete. Das Licht der Sterne und des Mondes glitzerte auf der ruhigen Wasseroberfläche der Bucht. Die Ambria lag dunkel vor Anker, doch auf der Valant war Licht zu sehen – kein einziger Soldat hatte dieses Schiff verlassen. Wahrscheinlich hatte Talut es verboten. Aus dem nahen Wald drang das Geräusch von Grillen und Nachtvögeln. Der Drache verfolgte mit schimmernden Augen, wie Seld herankam und schließlich vor ihm stehen blieb.

Die Zeit drängt, vernahm Seld in seinem Kopf, *ihr müsst zur Drachenspitze.*

»Die Drachenspitze? Was ist das?«, fragte Seld.

»Du hast den Ort schon gesehen, Seld.« Die Stimme war nicht in seinem Kopf, aber sie schien von überall herzukommen – von dem Drachen, aus dem Wald hinter Seld, von den Sternen, aus der Bucht unter ihm ...

Eine leuchtende Gestalt trat hinter dem Drachen hervor, und Seld kniff die Augen zusammen. Es war ein Mensch, doch war er so hell, dass er alle Dunkelheit in der Nähe vertrieb. Erst nach einigen Augenblicken erkannte Seld, wie vertraut die leuchtenden Gesichtszüge waren. Es war der alte Mann, den Seld zu Beginn seiner Reise aufgenommen hatte. »Alur ...«, sagte er.

»Ja, Seld. Ich bin es. Ich habe eure Reise verfolgt, die sich nun ihrem Ziel nähert. Ihr seid nur noch wenige Tagesreisen von der Drachenspitze entfernt, wo sich dein Schicksal erfüllen wird – und das Schicksal aller Menschen und Drachen.«

»Aber was erwartet uns?«

»Du wirst Antworten auf der Drachenspitze bekommen.« Alur lächelte, und das Leuchten schien stärker zu werden. »Ich werde dich weiter beobachten, Seld. Ich danke dir. Ohne dich wäre mein Geist tiefer in den Wahnsinn gesunken, statt von den Drachen erleuchtet zu werden. Gehe den Weg, der dir bereitet wurde, und bringe Menschen und Drachen zu alter Größe zurück.« Von einem Augenblick zum nächsten verblasste die Gestalt – und war dann verschwunden. Seld blinzelte, wandte seinen Kopf hinauf zu dem Drachen, der ihn ausdruckslos anstarrte. Nun war die Nacht still. Dann pfiff ein Vogel, und weitere Gesänge setzten an, die Grillen ertönten wieder.

Geht zu den Bergen. Dahinter findet ihr die Drachenspitze. Wir warten auf euch. Aber seid schnell. Lasst Talut Bas zurück – er ist mit den Dämonen im Bunde.

Der Drache entfaltete seine Flügel und schlug sofort mit ihnen. Seld wich zurück, der Wind, den der Drache verursachte, riss ihn fast von den Füßen. Er tastete nach einem Baum und hielt sich daran fest; verfolgte, wie der Drache sich erhob. Seine Flügel erzeugten nur ein leises, schlagendes Geräusch, und der Drache glitt davon, überquerte die Siedlung, flog weiter in Richtung Inland. Dann war er mit der Nacht verschmolzen.

Seld kehrte zurück in die Große Halle. Die Feierlichkeiten waren inzwischen ausgelassener geworden: Abwechselnd sangen die Taheffer und die Hequiser Lieder und tanzten dazu. Mesala sah als erste Selds Besorgnis, und er rief sie, Ark und Kapitän Wod zusammen. Sie zogen sich zu einem der hinteren Tische zurück.

»Der goldene Drache hat zu mir gesprochen. Und Alur – ich habe ihn noch einmal gesehen. Beide sagten mir, dass wir weiterziehen müssen. Hinter den Bergen befindet sich ein Ort, der Drachenspitze genannt wird. Dort müssen wir hin.«

Mesala stöhnte auf.

»Wann müssen wir aufbrechen?«, fragte Ark.

»So schnell wie möglich. Der Drache sagte mir, dass die Dämonen auf dem Weg hierher sind.«

»Es sind noch einige Wachen auf dem Schiff«, sagte Wod. »Ich werde sie holen.« Seld nickte, und Wod stand auf. »Aber was ist mit den Menschen an Bord der Valant?«, fragte er.

»Wir dürfen nicht wagen, dass Talut davon erfährt. Der Drache sagte mir, Talut sei mit den Dämonen im Bunde.«

»Ja, das mag sein. Aber ich fühle mich nicht wohl dabei, die Soldaten und Matrosen ihrem Schicksal zu überlassen«, brummte Wod und verließ die Halle.

»Verlassen wir die Küste noch diese Nacht?«, fragte Ark.

»Ich muss zuerst mit Ker reden«, gab Seld zurück. »Auch die Taheffer sind in Gefahr. Aber wir sollten unsere Leute so schnell wie möglich wissen lassen, dass wir hier nicht lange ruhen werden.«

Ark nickte. »Das übernehme ich.«

Mesala blieb bei Seld sitzen und blickte ihn mit müden Augen an. »Dies wird niemals ein Ende nehmen. Wohin auch immer wir gehen, die Dämonen werden uns bedrohen.«

Seld ergriff ihre Hand. »Wir sind kurz vor dem Ziel, Mesala. Auf der Drachenspitze wird sich die Prophezeiung des Bematu erfüllen – das weiß ich.«

»Und wie wird es enden? Wer wird vernichtet? Die Dämonen oder die Menschen?«

»Das werden wir erst wissen, wenn es so weit ist.«

Mesala nickte.

»Du solltest dich schlafen legen«, sagte Seld. »Ker hat in einigen Häusern Nachtlager vorbereitet. Jede Stunde Schlaf wird dir gut tun, denn wir wissen nicht, wie weit der Weg zu der Drachenspitze ist.«

Seld wollte sich erheben, doch Mesala ließ seine Hand nicht los. »Es gibt noch etwas, das ich dir erzählen muss«, sagte sie.

Er setzte sich wieder hin, und Mesala drückte seine Hand fester, dass es fast schmerzhaft wurde, dann ließ sie ihn los, lehnte sich zurück und verschränkte die Arme. »Du hast mir auf dem Schiff fast alles über dich erzählt, aber ich kaum etwas über mich. Ich habe dir versprochen, dass ich dir berichte, warum unsere Familie nicht mehr in der Villa wohnt.«

»Du musst jetzt nicht –«, begann Seld.

»Aber ich will! Ich könnte dir sonst nicht mehr in die Augen sehen.«

Seld rutschte auf seinem Stuhl herum und faltete die Hände.

»Es geschah, kurz nachdem Alema mit dir weggegangen war. Eines Nachts kamen Soldaten von Talut Bas und trieben uns aus der Villa, die schon seit Generationen im Besitz meiner Familie gewesen war. Wir wurden heimatlos, aber es war uns nicht gestattet, aus Klüch wegzugehen. Jeder Wachsoldat hatte Anweisung, uns in der Stadt zu halten. Wir waren Vagabunden geworden und besaßen nur noch, was wir am Leib trugen.« Mesalas Augen waren auf den Tisch gerichtet und völlig ausdruckslos. »Wir mussten ins Armenhaus. Meine Eltern führten niedere Arbeiten aus. So verging Tag für Tag. Und wir wussten, dass er sich auf diese Weise rächen wollte, dass Alema sich ihm verweigert hatte.«

Mesala hielt einige Augenblicke inne. »Auch ich arbeitete dann in einer Wäscherei, so dass wir schließlich eine Bleibe bezahlen konnten. Mein Vater wurde zu einem geschickten und gefragten Zimmermann ... bis zu seinem Unfall. Aber meine Mutter ist schon vor einigen Jahren gestorben. Sie wurde tot in einer Gasse von Klüch gefunden – geschändet ...«

Seld fand keine Worte.

Nun hob sie ihren Kopf und blickte direkt in seine Augen. »Wir haben uns verändert, nachdem du Alema mit dir genommen hast. Ich hoffe, du verstehst nun, warum sich unser Hass auf dich gerichtet hat.«

Er nickte. Seine Lippen und Kehle waren plötzlich wie ausgetrocknet, jeder Muskel in Selds Körper schien erstarrt, und er konnte nicht nach dem Krug vor sich greifen.

»Und vielleicht kannst du jetzt auch verstehen, was ich dann getan habe. Als Vater vor einiger Zeit den Unfall hatte, blieb es an mir, uns beide zu versorgen. Doch es reichte nicht ... es reichte einfach nicht.« Tränen sammelten sich in ihren Augen. »Und irgendwann wurde ich von Soldaten aufgegriffen. Sie brachten mich vor den Thron des Herrschers. Und Talut Bas ... er ...«

Mesala schüttelte den Kopf, und Tränen flossen ihr Gesicht herunter. »Er begutachtete mich wie ein Lif. Dann bot er mir viel Geld an, wenn ich mit ihm das Bett teile.«

»Du hast es getan«, sagte Seld mit krächzender Stimme.

Sie nickte.

»Du hast mit dem Mörder deiner Schwester geschlafen.«

»Ich dachte all die Jahre, du wärst der Mörder meiner Schwester!«

»Aber ... Talut ... er ...« Seld schüttelte den Kopf.

»Ich hoffe, du verstehst, dass ich keine Wahl hatte. Wenn ich nicht zugelassen hätte, dass er mir beiwohnte, wären Vater und ich verhungert.«

»Deine Schwester hätte so etwas nie getan.«

»Ich habe dir gesagt, dass ich nicht Alema bin«, flüsterte sie, erhob sich und ging zur Tür der Halle.

Seld schaute ihr hinterher.

Die Frau, mit der er geschlafen hatte, war auch von Talut Bas berührt worden. Wie oft? Seld wagte kaum, sich diese Frage zu stellen. Mesala ... wie hatte sie das nur tun können?

Jemand ließ sich auf dem Stuhl nieder, auf dem vor einigen Augenblicken noch Mesala gesessen hatte. Es war Ker Utum. »Fühlst du dich nicht wohl? Du musst erschöpft sein – leg dich besser schlafen.«

Seld rieb sich mit den Handflächen über das Gesicht und fuhr sich durch die Haare. Nichts wünschte er sich mehr, als sich hinzulegen und seinen Geist in den Schlaf treiben zu lassen. »Nein«, sagte er und schaute seinem Gegenüber in die Augen. »Ker, woher hast du gewusst, dass die Dämonen kommen?«

»Der Drache hat es mir gesagt.«

»Redest du mit ihnen wie mit einem Menschen?«

»Ja. Das war schon immer so. Meine Vorfahren haben schon die Drachen sprechen gehört. Und die Drachen sagten mir, dass ich auf dich warten soll.«

»Auf mich?«

»Auf jemanden, der von jenseits des Meeres kommt und dem es bestimmt ist, mit den Drachen zu sein. Niemand von uns hat es je gewagt, sich der Drachenspitze zu nähern, doch dir ist dieser Weg bestimmt.«

Seld nickte. Er hob seinen Kopf und beobachtete die Hequiser, die mit den Taheffern lachten, sangen und tanzten. Es schien ihm, als wären er und Ker die einzigen in der Halle, die sich nicht vergnügten. »Du weißt auch, in welcher Gefahr wir uns befinden?«

»Wir Taheffer können sofort aufbrechen. Allerdings haben wir keine Wagen, denn wir sind ein sesshaftes Volk, und uns sind keine anderen menschlichen Siedlungen in Taheff bekannt. Einige Reittiere können wir mitnehmen; sie können Last tragen, aber die meisten von uns werden zu Fuß gehen. Ein langer Marsch ...«

»Wir werden im Morgengrauen aufbrechen. Verbreite es unter deinen Leuten.« Seld stand auf und ging aus der Halle.

Mitten in der folgenden schlaflosen Nacht kam Seld der Gedanke, dass Mesala vielleicht nicht mitkommen würde, und das ängstigte ihn. War sie schon allein losgezogen, in die Fremde, weg von ihm? Aber vielleicht lag sie genauso wie er in einem der Häuser der Taheffer und schlief. Er musste sich beherrschen, nicht aufzustehen und nach ihr zu suchen; es gab nichts, was er tun konnte. Und so wälzte er sich von einer Seite auf die andere, bis die ersten Sonnenstrahlen über das Land krochen.

Als Seld zu dem Gelände hinter der Siedlung kam, waren schon fast alle Hequiser und Taheffer versammelt. Seld fühlte sich an den Tag erinnert, als die Hequiser ihren Ort verlassen hatten. Es hatte damals geregnet ... doch an diesem Tag, vor diesem weiteren Aufbruch, war der Himmel wolkenlos und die Luft warm trotz der frühen Stunde. Seit einiger Zeit war Seld kein Vorsteher mehr, doch er fühlte die Blicke der Hequiser und der Taheffer auf sich, als er zwischen ihnen hindurchschritt. Zwar hatte er kein Amt mehr inne, aber er war immer noch der Anführer dieser Leute. Ark, Wod und Ker traten an Seld heran.

»Wir werden die Besatzung der Valant wirklich nicht fragen, ob sie mit uns kommen will?«, fragte Ark. »Meinst du, Talut Bas wird nicht bemerken, dass wir gehen?«

Selds Blick glitt zum Mast der Valant, der hinter den Dächern der kleinen Siedlung aufragte. »Er weiß längst, dass wir gehen ... und wohin wir unterwegs sind.«

»Aber seine Besatzung ist unwissend«, warf Kapitän Wod ein. »Wenn die Dämonen kommen, werden sie wehrlos sein.«

»Das waren die Klücher auch«, erwiderte Seld. »Wir können keine Rücksicht darauf nehmen. Uns ist ein Weg vorherbestimmt, und wir werden ihn nun gehen.« Während er sprach, ließ er seinen Blick über die Menschen schweifen, die sich um ihn herum versammelt hatten, doch er entdeckte Mesala nicht.

»Brechen wir auf«, sagte er.

Die neu gebildete Kolonne hatte sich kaum auf den Weg gemacht, als er Mesala fand. Sie lief gesenkten Blickes zwischen einer Gruppe Taheffern, als suche sie Schutz zwischen ihnen.

Seld trat an sie heran. »Ich verstehe, warum du es getan hast«, sagte er.

»Nein, das tust du nicht. Du lügst mich an.«

Seld kam näher, passte seine Schritte den ihren an. »Es steht mir nicht zu, über dich zu richten, aber ich habe es trotzdem getan. Ich kann dich nur um Verzeihung bitten, dass ich dir vorgeworfen habe, nicht wie deine Schwester zu sein.«

Nun warf sie ihm einen kurzen Blick zu. »Es ist dir vergeben.«

Hequiser und Taheffer ließen die Siedlung hinter sich und durchquerten den Wald. Seld hielt Ausschau nach weiteren Ruinen, doch hier fand er keine. Er erzählte Ker, der neben ihm lief, von dem Fund, den er und Mesala bei der ersten Landung gemacht hatten.

Ker nickte. »Wir kennen die Ruinen. Aber wir wissen nicht, aus welchem Zeitalter sie stammen. Vielleicht sind es die Stätten der Drachen, denn sie erstrecken sich über die gesamte Küste. Wir haben unzählige Überreste im Boden gefunden.«

Es war ein heißer Tag, und Seld hatte seinen Mantel ausgezogen und auf einem der acht Wagen abgelegt, die von kräftigen Lif gezogen wurden. Hinter dem Wald erstreckte sich eine hügelige Ebene, die Seld an die Landschaft zwischen Hequis und den Koan-Bergen erinnerte, denn auch hier zeichnete sich am Horizont das Gebirge ab. Es wurde wenig geredet in der Kolonne, als sie sich von der Küste entfernte, und der Geruch des Meeres dem vollen Duft der Wiesenblüten wich.

Über dem Meer brach die Nacht herein. Kapitän Tebis wanderte auf dem Deck der Valant auf und ab, warf den arbeitenden Matrosen kurze Blicke zu, als hielte er nach einem einzigen falschen Handgriff Ausschau.

Seitdem die Valant dieses fremde Land erreicht hatte, war kein Zeichen mehr von dem Herrscher zu vernehmen gewesen. Niemand hatte ihn seitdem von Angesicht zu Angesicht gesehen, nicht einmal die Matrosen, die sein Essen und frisches Wasser im Vorzimmer abstellten. Jeden Abend räumten sie die unberührten, kalten Gerichte ab und stellten am nächsten Morgen frische Nahrung und Wasser auf den Holztisch im Vorzimmer der Kabine.

Kapitän Tebis war angewiesen worden, seine Berichte nur noch in schriftlicher Form abzugeben. Er verfasste sie auf Pergamenten und schob sie unter der Tür in die Kabine, als wäre er eine Dienstmagd. Keine einzige Anweisung war aus der Kabine des Herrschers herausgekommen.

Nicht einmal auf die Nachricht von diesem Morgen hatte der Herrscher reagiert. Ohne etwas dagegen tun zu können, hatte Tebis beobachten müssen, wie sich dieser Esan mit seinen Leuten und den Einwohnern der Siedlung davonstahl. Tebis hatte gegen die Tür des Herrschers geklopft, nachdem er seine gekritzelte Nachricht unter der

Tür hindurchgeschoben hatte, doch den ganzen Tag hatte er nichts von dem Herrscher erhalten. Wollte er sie etwa einfach so ziehen lassen?

Wie lange würde er sich noch beherrschen können, bis er seinen Soldaten befahl, die Tür gewaltsam zu öffnen? Vielleicht war Talut Bas verstorben, und im Prunk der Kabine lag sein Leichnam?

Gedankenverloren hatte Tebis zum rückwärtigen Horizont über dem Meer geblickt. Nun blinzelte er, kniff die Augen zusammen. Dort, am Horizont, war ein schwarzer Punkt im Himmel zu sehen – ein Fleck, der Dunkelheit am Himmel zu säen schien und die Nacht mit sich brachte. Der Kapitän eilte zur Reling am Heck des Schiffes und starrte aufs offene Meer hinaus. Ein Schauer lief ihm über den Rücken, als ihm bewusst wurde, wann er diese Form das letzte Mal gesehen hatte: in Klüch. Es war ein Dämon.

»Ein wundervoller Anblick, nicht wahr?«

Tebis wirbelte herum zu dem Sprecher – es war der Herrscher. Talut Bas lächelte, und Tebis glaubte, in das Antlitz eines Totenschädels zu blicken. Talut trug seine Königsrobe aus blauem Samt. Er wirkte, als hätte er seit Tagen nicht mehr geschlafen, doch seine Augen waren ruhelos und stechend, seine Gestalt zwar hager, aber aufrecht und angriffslustig. »Die Dämonen kommen, um es zu beenden. Und ich bin dazu bereit.«

»Werden sie uns töten?«

Talut legte den Kopf schief, als dächte er darüber nach, während hinter ihm auf Deck Unruhe ausbrach – die Besatzung der Valant hatte das nahende Unheil entdeckt.

»Sie holen sich zurück, was ihnen gehört, Tebis. Diese Welt haben sie einst beherrscht, bis Drachen und Menschen sich verschworen haben, um sie an sich zu reißen.«

Tebis machte einen Schritt weg von dem Herrscher, der dem Wahnsinn anheim gefallen sein musste. Talut Bas breitete die Arme aus und brüllte: »Komm! Ich habe auf dich gewartet!«

Der Dämon näherte sich schnell. War er im ersten Moment noch ein undeutlicher Punkt im dunkler werdenden Abendhimmel, wurde er im nächsten schon von seinen Schwingen herangetragen und glitt so nahe über das Schiff, dass Tebis fürchtete, er würde den Mast rammen. In einem engen Bogen wendete der Dämon – Tebis und der Herrscher drehten sich um –, dann winkelte er seine Schwingen an und sank langsam auf dem Deck des Schiffes nieder. Als seine schwarzen Klauen das Deck beim Hauptmast berührten, faltete er seine Flügel zusammen. Mit einem Mal sackte sein gesamtes Gewicht herab, und die Valant schwankte heftig von einer Seite zur anderen, so dass Tebis sich an der nahen Reling festhalten musste.

Die meisten Matrosen waren längst vom Oberdeck geflohen, als der Dämon herangekommen war; einige waren in ihrer Furcht über Bord gesprungen und schwammen zum Anleger. »Du!«, rief Talut und deutete auf einen jungen Matrosen, der auf dem Oberdeck erstarrt schien. »Hab keine Angst. Komm zu mir.« Der Matrose kam zögerlich näher.

Tebis blickte zu Talut Bas, der den Dämonen anlächelte, und das jagte ihm einen Schauer über den Rücken. Als schritt er von seinem Thron herab, trat Talut Bas die wenigen Stufen vom Steuerrad auf das mittlere Oberdeck hinunter, direkt auf den Dämonen zu.

Es war das erste Mal, dass Kapitän Tebis einen Dämonen genau in Augenschein nehmen konnte. Ihm stockte der Atem, als er den Tod roch, der von dem Wesen ausging. Als das Wesen sein Maul ein wenig öffnete, konnte Tebis die unzähligen spitzen Zähne sehen. Die glühend roten Augen waren auf Talut Bas gerichtet. Als der Herrscher bei dem Dämonen ankam, senkte dieser den Kopf.

Talut hob seine Hände und berührte den Kopf des Wesens, ließ seine Handfläche über die dampfenden Nüstern gleiten, bis hinauf zu den spitzen Hörnern. »Er war der Erste«, sagte Talut. »Der erste Dämon dieser Welt. Und er ist derjenige, der eine Prophezeiung erfüllen wird.«

Tebis verfolgte atemlos, wie der Dämon die Berührung über sich ergehen ließ, und erwartete, das Wesen würde jeden Moment seinen Rachen aufreißen und den Menschen vor sich in seinen Flammen vergehen lassen. Talut drehte sich zu den beiden Männern um.

»Ich habe die Prophezeiung in den Tiefen der Gelehrtenstätte gefunden. Erst gestern Nacht habe ich sie vollständig verstanden. Nun weiß ich, was zu tun ist.« Er schaute zu dem jungen Matrosen, dann zu Tebis. »Wir sind die drei, von denen die Prophezeiung berichtet. Jeder von uns hat eine Aufgabe zu erfüllen.«

Mit beiden Händen griff Talut in sein Gewand und zog zwei juwelenbesetzte Dolche hervor und hielt die Griffe den beiden Männern hin. Tebis und der Matrose nahmen je einen Dolch an sich.

»Durch die Erfüllung dieser Prophezeiung werde ich mit dem Dämonen verschmelzen, und meine Macht wird diese Welt erzittern lassen. Und so werden wir eine weitere Prophezeiung erfüllen, die uns unendliche Macht auf ewig verleihen wird.« Talut schloss die Augen und atmete durch. »Lassen wir es geschehen.« Er öffnete die Augen und heftete seinen Blick auf den jungen Matrosen. »Du warst der Letzte, der außer uns beiden an Bord geblieben ist. Damit ist dein Schicksal besiegelt. Du wirst dich nun töten. Ramm den Dolch in dein Herz.«

Tebis versuchte zu schlucken, doch da war kein Speichel mehr in seinem Mund.

Der Matrose rührte sich nicht, blickte Talut nur angstvoll an.

Dieser trat einen Schritt näher an den Mann heran. »Möchtest du lieber Höllenqualen im Feuer des Dämonen erleiden und qualvoll verenden? Ramm den Dolch in dein Herz! Tu, was dein Herrscher dir befiehlt. Tu es!« Taluts Stimme war zu einem Brüllen geworden.

Als gehorchten die Hände nicht mehr seinem eigenen Willen, hob der Matrose den Dolch, richtete die Spitze auf sein Herz und rammte sich den Stahl in den Leib. Einmal blinzelte er, starrte ungläubig in Taluts Augen, dessen Gesicht nun ein Lächeln zierte. Der Matrose kippte zur Seite, röchelte kurz und starb.

Talut schaute zu Tebis. »Und du ... du wirst mich töten.«

»Wie?« Tebis hatte erwartet, sich nun ebenso töten zu müssen.

Wieder wendete sich Talut dem Dämonen zu und strich mit seiner rechten Hand über die Nüstern des schwarzen Wesens. »So steht es geschrieben. Ich muss sterben, um es zu vollenden.«

Zuerst wirkte es auf Tebis, als ginge von Taluts Händen, die noch immer auf dem schwarzen Dämonenkopf lagen, ein Licht aus – ein blaues Licht, das immer heller wurde und sowohl unter Taluts Haut als auch unter die Schuppen des Wesens zu kriechen und sich dort auszubreiten schien. Talut Bas fühlte offenbar keine Schmerzen, denn er warf seinen Kopf in den Nacken und lachte lauthals, das Gesicht zu einer Maske rasenden Irrsinns verzogen, während der Dämon vor ihm zu zittern begann.

»Töte mich, Narr!«, brüllte Talut.

Tebis hob seine rechte Hand und stieß den Dolch in Taluts Rücken, links neben der Wirbelsäule. Dann taumelte er zurück, schlug die Unterarme vors Gesicht, um seine Augen vor dem gleißenden, blauen Feuer zu schützen, das von Talut Bas und dem Dämonen ausging, und er fühlte selbst von seiner erhöhten Position aus die Hitze auf seiner erhobenen, von sich gestreckten Handfläche. Der Herrscher musste in diesem Feuer verbrennen – das gesamte Schiff musste in Brand geraten! Aber Talut Bas blieb am Leben. Er schrie sein wahnsinniges Lachen weiter heraus, und das blaue Feuer verzehrte ihn nicht, obwohl es ihn nun zur Gänze verhüllte und auch den Dämonen immer weiter in sich aufnahm.

Es war für Tebis, als griffe das blaue Feuer auch nach ihm, und er wich zurück, bis er mit dem Rücken gegen die Reling des Schiffhecks stieß, und sank zu Boden.

Was ihn dann verzehrte, war die Stille. Im ersten Moment glaubte er, das Prasseln von Feuer zu hören, doch es waren nur die Wellen, die leicht gegen die Valant schlugen. Kapitän Tebis erhob sich. Das Feuer war erloschen – der Mast war intakt, der Leichnam des jungen Soldaten lag in der Nähe, noch in seinem eigenen Blut. Mit zitternden Knien stellte sich der Kapitän auf und machte einige Schritte nach vorne. Dann sah er das Wesen, das dort auf Deck stand, wo sich vor kurzem noch der Herrscher und der Dämon befunden hatten.

Seine Gestalt war menschlich. Es stand aufrecht auf zwei Beinen, war fast dreimal so groß wie ein ausgewachsener Mann. Doch es war kein Mensch: Seine Haut bestand aus schwarzen Schuppen, und sein Kopf hatte die Züge eines Dämonen – doch darin glaubte Tebis auch das Antlitz von Talut Bas auszumachen. In den Höhlen brannten zwei tiefrote Augen. Schwarze, dicke Haare – jedes einzelne so dick wie ein menschlicher Finger – hingen vom Kopf bis auf den Rücken herab. An den gewaltigen Pranken standen spitze, schwarze Krallen ab.

Mit einer Stimme, die wie aus einer tiefen Höhle klang, sagte das Wesen: »*DAS DUNKEL GEBIERT DAS OSERTEM.*«

Dann rissen seine Klauen Kapitän Tebis in den Tod, und mit ihm alle anderen, die auf der Valant nach Taheff gekommen waren.

Kapitel 19

Auf der Drachenspitze

Die aus den Bewohnern von Hequis und Taheff bestehende Kolonne kam schnell voran, denn es gab kaum Hindernisse auf dem Weg, und die Leute waren ausgeruht. Seld fühlte sich rastlos, und er musste sich beherrschen, nicht loszurennen, denn hinter diesen Bergen würde er Antworten auf alle Fragen erhalten.

Als sie den Wald verließen, sahen sie vor sich eine hügelige Ebene, die Seld an das Nordostland erinnerte, aber offenbar viel fruchtbarer war.

Sie waren unterwegs, bis die Sonne den Horizont berührte. Als sie zum Rasten innehielten, glaubte Seld einen Schrei von der Küste zu vernehmen. Er fuhr in die Höhe und blickte den Weg zurück, den sie gekommen waren. Das Meer war im Zwielicht kaum noch auszumachen, und Seld konnte nicht erkennen, was der Ursprung dieses Schreis gewesen war. Doch offenbar war er der Einzige gewesen, der ihn vernommen hatte, denn alle anderen hatten sich nicht gerührt.

Es war der Schrei eines Dämonen gewesen, Seld war sich dessen sicher. Doch etwas daran war anders gewesen – fast hatte er menschlich geklungen. Waren die Dämonen schon in Taheff angekommen? Wäre das geschehen, so könnte die Kolonne niemals den Schutz der Berge erreichen, bevor die Dämonen über sie herfielen.

Mit dem ersten Licht des Tages zog die Kolonne weiter. Immer wieder blickte Seld hinter sich, ob sich Dämonenhorden am Himmel abzeichneten, doch weder eine Wolke noch die gefürchtete Schwärze waren zu sehen. Mesala und Ark bemerkten Selds Unruhe, doch sie sprachen ihn nicht darauf an, als fürchteten sie, schlechte Nachrichten von ihm zu hören.

Nun wurde die Umgebung immer unwirtlicher. Bis zum Fuß der Berge erstreckte sich ein Felsenmeer: Der Boden war steinig, und mannshohe Findlinge lagen verstreut herum.

Schweigend bewegten sich Hequiser und Taheffer vorwärts, wirbelten mit jedem Schritt einen feinen Staub auf, hielten den Blick auf die fernen Berge gerichtet. Am Nachmittag stießen sie an einen seichten Fluss, an dessen Ufer sie einige Zeit rasteten. Das Wasser war klar und kalt, es weckte Selds Sinne. Einige Leute schliefen, bis die Kolonne wieder aufbrach und sie alle durch den Fluss wateten.

Die Berge schienen kaum näher gekommen zu sein, und die Schritte wurden schwerer, doch keiner der Hequiser oder Taheffer verlangsamte das Reisetempo. Nur Kapitän Wod beschwerte sich mit schwachem Lächeln, dass er sich auf den Planken eines Schiffes wohler fühlte.

Seld beobachtete die Hequiser, während er einen Schritt vor den anderen setzte: Mesala, Ark, Erima, Hem, Telam ... sie alle waren Seld auf diesem Weg gefolgt, hatten ihm Vertrauen geschenkt. Er musste ihnen nun zeigen, dass er es wert war.

Mit dem Einbruch der Nacht hatte Seld das Gefühl, dass der Weg steiler wurde. Er blickte zu den dunklen Schemen der Berge auf, dann blieb er stehen und schaute zurück. Sie hatten das Felsenmeer durchquert und waren fast am Fuß der Berge angekommen; die Meeresküste war nur noch eine Erinnerung.

»Seht!«, rief jemand, und Seld wirbelte wieder herum. Über den Bergen waren drei Drachen am Himmel aufgetaucht. Dort oben fingen sie das letzte Licht des Tages ein, und so glänzten sie golden vor dem dunkelblauen Himmel. Einige Male kreisten sie mit ausgebreiteten Schwingen, dann glitten sie wieder über die Bergspitze auf die andere Seite, so dass Seld sie nicht mehr sehen konnte.

Freudiges Gemurmel erhob sich unter den Hequisern und Taheffern. Es war nicht mehr weit.

Der nächste Tag war erschöpfend, denn die Kolonne erklomm den Berghang. Seld war froh, dass diese Bergkette nicht so steil und felsig wie die Koan-Berge war, doch der Untergrund auf den Hängen war weich und voller kleiner Steine, die bei jedem Schritt hinabrieselten. Die folgende Nacht musste die Kolonne an diesem Hang verbringen.

Am nächsten Morgen machten sich die Hequiser und Taheffer wieder auf. Einige von ihnen kamen nun an den Rand ihrer Kräfte. Seld setzte sich an die Spitze, schritt voran.

Gegen Mittag kam die Kolonne auf dem Gipfelgrat an und erhielt einen Blick auf das, was sich dahinter befand. Seld stockte der Atem – diesen Ort hatte er schon auf seinen Geistesreisen gesehen, und nun war er kurz davor, ihn zu betreten.

Vor Seld erstreckten sich endlose Wälder und Seen bis zum Horizont. Nicht weit vom Fuß des Berges, auf dem die Kolonne innehielt, erhob sich ein einzelner, kegelförmiger Berg aus dem Wald: die Drachenspitze. Sie war schmal, bestand aus einem hellen Gestein, das an vielen Stellen mit Moos bewachsen war, und schien so steil zu sein, dass man sie nicht erklimmen konnte. Unzählige Drachen kreisten über der Drachenspitze und um sie herum. Seld beobachtete, wie einige von ihnen sich dem

Berg näherten und durch Öffnungen hineinflogen, während andere herauskamen.

Einige von ihnen näherten sich nun der Bergkette, die die Kolonne bestiegen hatte. Sie kreisten über den Menschen, stießen Feuerfontänen aus und brüllten dazu, dann kehrten sie mit leichten Flügelschlägen zurück.

Dies war das Ziel, hierher hatte Seld kommen müssen ..., um ein Schicksal zu erfüllen.

Erst am späten Abend kam die Kolonne am Fuß der Drachenspitze an. Der Abstieg auf der anderen Seite der Bergkette war leicht zu bewältigen gewesen, anders als der anschließende dichte Wald. Seld fragte sich, ob überhaupt schon einmal ein Mensch diesen Wald durchquert und die Drachenspitze betreten hatte.

Die Nacht brachte einen hellen Mond und unzählige Sterne mit sich, die durch das Blätterdach funkelten, so dass die Kolonne gerade noch den Weg vor sich ausmachen konnte und bei der Drachenspitze ankam. Der Berg hob sich gegen den Nachthimmel ab, und auch jetzt kreisten viele Drachen am Himmel, spien ihr Feuer in die Nacht.

Der Wald reichte nicht bis zur Drachenspitze heran, so dass die Kolonne direkt am Fuß des Berges im weichen Gras lagern konnte. Seld trat zu dem Felsen und legte seine Hand darauf. Das Gestein war glatt und warm. Er hörte die Stimmen der Drachen über sich und in seinem Geist – sie hatten ihn hierher gerufen, nun begrüßten sie ihn. Und auf der Spitze dieses Berges wartete jemand auf ihn.

Er wendete sich wieder der Kolonne zu und bemerkte, dass alle ihn stumm anblickten. »Schlagt euer Nachtlager hier auf. Ruht euch aus«, sagte er, warf Mesala noch einen Blick zu, dann ging er los, um den Felsen zu umrunden.

Seld fand den Eingang zur Drachenspitze schon kurz, nachdem die Kolonne aus seinem Blickfeld verschwunden war. Es war eine Öffnung, die von Menschen in den Felsen geschlagen worden sein musste, denn ein Drache hätte nicht hindurch gepasst. Seld blickte in das dunkle Loch, aus dem ein gleichmäßiger, warmer Wind herausblies. Er konnte im Licht der Sterne einige Stufen erkennen, die nach oben in den Berg führten. Noch einmal blickte er hinauf und beobachtete die Drachen im Nachthimmel, dann machte er einen Schritt nach vorn und betrat die Drachenspitze.

Es war ein enger, dunkler Gang, durch den Seld sich nach oben tastete, Stufe für Stufe. Mit jedem Schritt hörte er weitere Drachen in seinem Geist, und ihre Stimmen wurden deutlicher. Ebenso fühlten die Drachen ihn, sein Näherkommen, und es war, als trieben sie ihn voran, wiesen ihm den Weg.

Am Ende der Treppe kam Seld in einen geraden, lang gezogenen Raum, der voller Drachen war. Sie blickten ihn mit ihren glühenden Augen an. Sie drängten sich so dicht aneinander, dass Seld an ihnen nicht vorübergehen konnte. Er hörte ihren Atem, das Zischen aus ihren Nüstern. Wenn einer der Drachen sein Gewicht verlagerte, glaubte er, ein Zittern im Boden zu fühlen. Ihre Stimmen waren wohlwollend – sie hatten ihn erwartet.

Langsam näherte er sich den Drachen, und als er den Ersten erreichte, schob sich dieser zur Seite. Seld ging vorwärts, und weitere Drachen rückten fort, so dass er durch ein Spalier aus geschuppten Leibern, Hälsen und Köpfen schreiten konnte.

Seld erreichte einen runden Raum, der in ein gleichförmiges, bernsteinfarbenes Licht getaucht war, das keine offensichtliche Quelle hatte, zudem fiel ein wenig Sternenlicht durch Schächte an den Wänden herein.

In die Wände waren bis unter die Decke Zellen geschlagen worden – mit Klauen gekratzt, dachte Seld –, in denen Drachen lagen. Eine Decke war im Zwielicht nicht auszumachen, aber Seld vernahm das Grollen und Brummen von Drachen, die sich weit über ihm befinden mussten. Er sah ihre glühenden Augen, und sie blickten zurück.

In den Zellen, die sich über dem Boden befanden, saßen keine Drachen, aber etwas schien sich darin zu befinden. Seld ging zu einer der Zelle hinüber und erblickte ein Durcheinander aus menschlichen Schädeln und Knochen.

Die Stimmen der Drachen durchdrangen Selds Geist wie auch seinen Körper, und fast fühlte er sich selbst wie einer von ihnen. Und da war eine Drachenstimme unter ihnen, die klarer als alle anderen in seinen Geist eindrang; deutlicher noch als die des Drachen von den Koan-Bergen, die Seld auf dieser Reise begleitet hatte. Sie sagte ihm, dass er nun hinaufgehen sollte, zum höchsten Punkt der Drachenspitze.

Von dem runden Raum aus führten unzählige dunkle Tunnel in die Tiefe des Felsens, doch die Stimme führte Seld zu einem bestimmten Durchgang, in dem er eine Wendeltreppe ertastete. Seld stieg hinauf. Mit traumwandlerischer Sicherheit schritt er in der Dunkelheit über Treppenstufen, Felsbrocken und durch niedrige Gänge. Er durchquerte weitere Räume, in denen sich Drachen aufhielten, und immer machten sie ihm Platz, verfolgten seinen Weg mit ihren glühenden Augen. In den engen Gängen, durch die nur ein Mensch gehen konnte, wirbelte Seld den Staub unzähliger Jahre auf, vielleicht von Jahrhunderten, und er musste mehrmals husten.

Schließlich, nach beinahe endlosen Stufen, bog er in einen geraden Gang ein, an dessen Ende er Licht hereinfallen sah. Seld ging in die Knie und atmete schwer – er war so erschöpft von dem Aufstieg, dass er sich kaum noch auf den Beinen halten konnte. Doch er hatte sein Ziel erreicht – dort vorne war der höchste Punkt der Drachenspitze. Ein leichter Wind blies ihm entgegen, als er schließlich die letzten Schritte einer Reise unternahm, die er vor unendlich erscheinender Zeit in Hequis begonnen hatte.

Der Raum, den Seld betrat, war eine Schatzkammer. Sein Boden war mit einer Vielzahl von Reichtümern bedeckt. Goldene Münzen, Kelche und Teller, juwelenbesetzte Schwerter und Edelsteine jeder Farbe lagen auf reich verzierten Gobelins. Seld lächelte – er erinnerte sich an die Erzählungen, denen er als Kind gelauscht hatte: Die Drachen auf den Koan-Bergen hüteten dort die größten Schätze der Menschheit, hieß es, aber kein Mensch habe sie je mit eigenen Augen erblickt.

Seld wurde klar, dass er sich direkt unter der Spitze des Berges befand – und diese war geradezu ausgehöhlt worden, so dass die Bergspitze von außen wie eine Kuppel wirken musste, die von den Streben zwischen den Fenstern gehalten wurde. Hohe Öffnungen befanden sich zwischen den Streben aus Stein, die über Seld die Decke des Raums hielten.

Seld vernahm das Schlagen von Flügeln, dann erzitterte der Raum. Er blickte um sich und entdeckte, was die Erschütterung ausgelöst hatte: Ein Drache war am Rand der Drachenspitze gelandet und faltete gerade seine Schwingen zusammen. Doch er war anders als alle, die Seld jemals gesehen hatte.

Dieser Drache glänzte, als seien seine Schuppen aus reinstem Kristall. Er reflektierte das Licht der Sterne und schien es zu verstärken, seine Augen waren ein helles Glühen. Der Drache schritt in den Raum herein, über die unzähligen Goldmünzen hinweg.

Willkommen, Seld Esan. Deine Reise ist zu Ende.

Seld machte einen Schritt nach vorne und streckte seine Handfläche aus. Er strich über die kalten Schuppen am Kopf des kristallenen Drachen. Und dann war es für Seld, als träfe ihn ein Blitz.

Von einem Augenblick zum nächsten veränderte sich seine Wahrnehmung der Welt. Er spürte die Unendlichkeit, das Wissen und die

Unsterblichkeit, die die Drachen in sich trugen, und er erhielt nun einen Teil von ihr. Es fühlte sich für ihn an, als ging sein Geist auf eine Reise, von der es keine Wiederkehr gab; sein Geist machte einen Schritt über das Menschliche hinaus. Er erkannte, dass es nicht nur ein Drache war, der vor ihm stand, dies war der Inbegriff aller Drachen – das älteste Lebewesen, das es auf dieser Welt gab.

»Was geschieht mit mir?«, fragte Seld. Er machte einen Schritt zurück und blickte sich um. Die Münzen auf dem Boden ... wenn er sie anblickte, wusste er, wie es zu der Zeit gewesen war, als sie geprägt worden waren. Er schien in der Zeit der frühen Herut-Dynastie gelebt zu haben, in der die Münzen entstanden waren. Doch sein Geist drang noch tiefer ein, fühlte die Jahrtausende, die das Gold unter der Erde verbracht hatte, bis es von Bergleuten ans Tageslicht gebracht worden war.

Seld taumelte und sank zu Boden, hielt seinen Kopf, der zu bersten drohte. »Es ist zu viel ... zu viel«, murmelte er.

»*Du bist stark, Seld Esan. Diese Last des Wissens wirst du tragen, wie es keinem Menschen vor dir gelungen ist.*« Es hatte sich etwas verändert, doch es dauerte einen kurzen Moment, bis Seld erkannt hatte, was anders war. Die Stimme des Drachen befand sich nun nicht nur in seinem Kopf – sie drang ebenfalls an seine Ohren. Nun sprach der Drache.

Seld blickte auf. Das Blut pochte in den Adern auf seiner Stirn, und das Gefühl des Schwindels und der Schwäche ebbte nur langsam ab. »Warum? Was ist mit mir? Warum gebt Ihr mir dieses Wissen?«

»*Damit du dies verstehst, musst du die wahre Geschichte dieser Welt kennen lernen. Wir haben schon oft versucht, dies einem Menschen zu zeigen, doch alle stürzten in den Wahnsinn, denn sie konnten es nicht erfassen. Nur dir wird es gelingen, die Reise in unseren Geist bis zum Ende zu gehen.*«

Seld stand auf, atmete durch. »Ich bin bereit«, sagte er.

»*Gut*«, vernahm er die Stimme des Drachen.

Dann explodierte Selds Geist.

Und nachdem ein Blinzeln oder eine Ewigkeit vergangen war, fand sich Seld an einem Ort wieder, der ihm vertraut und gleichermaßen fremd war: Er stand am Fuß der Drachenspitze, doch nun war es neblig und kalt. Über sich hörte Seld das Schlagen vieler Flügel, doch wegen des Nebels konnte er nicht sehen, woher es kam.

Der kristallene Drache stand neben Seld. »*Diese Welt gehört nicht den Drachen, nicht den Dämonen, nicht den Menschen. Sie gehörte den Ettanin.*«

Das Schlagen von Flügeln wurde lauter, Seld blickte nach oben. Ein Schatten erschien im Nebel, glitt immer schneller herab und landete vor Seld und dem Drachen.

Es war ein goldenes, klauenbewehrtes Ungetüm, das auf zwei Beinen leicht vornüber gebeugt dastand und mit zwei Krallenhänden durch die Luft fuhr. Der Ettanin war dreimal so hoch wie Seld und überragte stehend sogar den kristallenen Drachen. Von seinem Rücken standen zwei durchsichtige Schwingen ab, die der Ettanin nun zusammenfaltete, so dass sie hinter seinem Rücken verschwanden. Sein Kopf war rund, aber sein Maul war spitz zulaufend und voller Zähne. Während der Körper mit goldenen Schuppen überzogen war, schien das Gesicht von einer rauen Haut bedeckt zu sein. Seld bemerkte, dass der Ettanin goldene Pupillen besaß, die von Weiß umgeben waren. Seld erinnerte sich an die Statue, die er mit Mesala bei der ersten Landung in dieser Welt gefunden hatte – sie hatte einen Ettanin abgebildet.

»*Seit Anbeginn der Zeit beherrschten sie diese Welt*«, sagte der kristallene Drache. »*Ihr Wissen war gewaltig, es reichte zurück bis zur Entstehung allen Lebens. Zwar verbrachten sie Zeiträume, die euch Menschen wie eine Ewigkeit vorkommen, doch sie waren nicht unsterblich. Sie schufen gewaltige Städte und auch die Drachenspitze – das letzte Zeugnis ihrer Macht.*

Doch obwohl sie ungeheures Wissen angehäuft hatten, das sie durch die Generationen weitergaben, war dies einigen von ihnen nicht genug. Sie strebten nach Unsterblichkeit und nach der letzten Erkenntnis über Welt und Zeit. Wieder andere wendeten sich von dem ererbten Wissen ab und versuchten, ihr Dasein in dieser Welt mit gewaltigen Gefühlen zu überhöhen, wofür sie sogar eine kürzere Lebensdauer in Kauf nahmen.

So entfremdeten sich diese beide Gruppen, und über die Jahrtausende hinweg wurden daraus die Drachen, unsterblich und im Besitz des allumfassenden Wissens, und die Menschen, sterblich und voller Gefühle.«

Der Ettanin vor Seld sprang plötzlich in die Höhe und entschwand mit kräftigen Flügelschlägen wieder im Nebel. Seld wendete sich wieder dem Drachen zu – und bemerkte, dass er nun an einem anderen Ort war, zu einer anderen Zeit.

Jetzt stand er in einer der Hallen der Drachenspitze. In allen Zellen an den Wänden saßen Drachen, während auf dem Boden ein Durcheinander aus Menschen herrschte, die offenbar in diesem Felsen lebten. Seld ging in einen der Gänge, durch den Licht hereinfiel, denn dort hatte er den kristallenen Drachen gesehen, und als er am Rand des Felsens ankam, eröffnete sich ihm ein Blick über eine weitgestreckte Siedlung am Fuß der Drachenspitze, die aus gewaltigen Gebäuden bestand, die sowohl für Menschen wie auch für Drachen errichtet schienen.

»*Drachen und Menschen lebten lange Zeit gemeinsam in Frieden, gaben dem anderen, was sie selbst nicht mehr besaßen. Die Drachen teilten ihr Wissen, die Menschen ihre Gefühle. Hier in der Drachenspitze waren die Geister für immer miteinander verschmolzen.*

Doch zu viel Wissen kann gefährlich sein.«

In dem Raum, aus dem Seld gekommen war, erhob sich ein Tumult. Menschen und Drachen schrieen durcheinander und drangen zurück. Seld eilte nach vorne, bahnte sich seinen Weg durch die Menschenmenge.

In der Mitte des Raums wälzte sich ein Drache auf dem Boden, schlug wild mit seinen Klauen und spie Feuerfontänen in die Luft.

»Ein Drache war nicht mehr bereit, sein Wissen mit den kurzlebigen Menschen zu teilen, und er weigerte sich, deren Gefühle auf sich wirken zu lassen. Er verschloss seinen Geist, nicht nur vor den Menschen, auch vor anderen Drachen.«

Nun veränderten sich die Flammen, die der Drache ausstieß – sie wurden blau. Die goldenen Schuppen verloren Glanz und Farbe. Und schließlich war der Drache schwarz. Er hörte auf, sich herumzuwälzen, und stellte sich auf seine Pranken. Seine roten Augen glitten über die Herumstehenden und blieben lange an Seld hängen. Dann sprang der Dämon in die Höhe und verschwand durch eines der Löcher in den Wänden.

»Dies war der erste Dämon, und bald folgten ihm andere nach, die ebenso ihr Wissen nicht teilen wollten. Wie eine Epidemie griff es um sich, und die Dämonen sammelten sich auf den Bergen zwischen der Drachenspitze und dem Meer.

Drachen und Menschen erkannten, dass die Wesensveränderung nicht aufzuhalten war. Irgendwann würden sich alle Drachen in Dämonen verwandelt haben. Nur wenn sie verhinderten, dass die Dämonen geweckt wurden, die in den Drachen schliefen, könnten sie alle überleben. Und so beschlossen sie, dass die Menschen weit weg von den Drachen leben mussten, damit die Drachen ihr Wissen allein für sich hatten. So verließen die Menschen dieses Land und ließen sich an dem Ort nieder, den sie Derod nannten – das Wort für Einsamkeit in der alten Sprache.«

Nun stand Seld auf einem Feld vor Klüch. Die Stadt war kleiner, als er sie in Erinnerung hatte, und da wurde Seld klar, dass sie noch nicht einmal über die erste Stadtmauer hinaus gewachsen war. Zu seiner Zeit war der Ort, an dem er gerade mit dem kristallenen Drachen stand, längst mit Gebäuden bebaut.

»*Doch damit hatten Drachen, Dämonen und Menschen keinen Frieden gefunden. Die Zahl der Dämonen war so weit angestiegen, dass es fast genauso viele wie Drachen gab. Und sie waren nicht bereit, auch nur die gleiche Welt mit den sterblichen Menschen zu teilen.*«

Am Horizont über dem Meer machte Seld eine Schwärze aus, die ihm bekannt war.

»*Die Dämonen griffen Derod an, um alle Menschen zu töten, doch die Drachen verhinderten dies.*«

Geheul, Fauchen, Feuer – Seld und der kristallene Drache standen auf einem Hügel, von dem sie in ein Tal hinabblicken konnten, in dem Drachen und Dämonen um das Schicksal der Menschen kämpften. Hinter Seld befand sich eine Ebene, durch die der Heke nach Klüch floss.

»*Aus einer drei Tage und drei Nächte währenden Schlacht gingen die Drachen als Sieger hervor und trieben die letzten Dämonen hinter die Koan-Berge. Dort auf den Bergen ließen sich nun viele der Drachen nieder, um darüber zu wachen, dass kein Dämon jemals wieder einen Menschen angriff.*«

Die Koan-Berge – Seld sah ihre vertrauten Umrisse. Er schaute, ob er Hequis entdeckte, doch er war an diesem Ort zu einer vergangenen Zeit, und das Dorf gab es noch nicht. Über den Bergen kreisten unzählige Drachen, und auf den Plateaus konnte Seld ebenso viele von ihnen erkennen.

»Es sind so viele«, sagte er. »Ich habe nur selten welche gesehen.«

»Es sind weniger geworden im Laufe der Jahrhunderte, Seld. Was der erste Dämon in uns gepflanzt hat, wächst noch immer. Wir haben auf den Koan-Bergen Wache gehalten, seitdem wir die Dämonen besiegt haben, doch die meisten von uns blieben auf der Drachenspitze. Hier und auf den Koan-Bergen – immer wieder geschah es, dass ein Drache sich zu einem Dämon verwandelte und dann hinter die Berge flog.

Wir können es nicht aufhalten. Bald werden sich alle Drachen verwandelt haben, und das wird auch das Ende der Menschheit bedeuten. Nur eines kann die Dämonen stoppen.«

»Die Prophezeiung des Bematu ...«, flüsterte Seld.

»Bematu war auf dem gleichen Weg, auf dem du gewandelt bist. Doch sein Geist war nicht stark genug. Er entglitt uns, konnte nicht erfassen, was wir ihm sagten. Seine Schriften zeugen davon, und seine Prophezeiung beschreibt, was geschehen wird: Osertem und Ajik werden um diese Welt kämpfen, ein Dämonenwesen und ein Drachenwesen.«

Nun war Seld mit dem kristallenen Drachen wieder auf der Drachenspitze, und es war wieder zur gegenwärtigen Zeit. Er erinnerte sich an Alur, den alten Mann, dem das Gleiche widerfahren sein musste. »Aber warum? So viele Menschen wurden dadurch in den Wahnsinn getrieben.«

»Das Osertem muss besiegt werden. Es ist schon vor einigen Tagen in diese Welt gekommen, und es versammelt seine Dämonen, um die Drachenspitze anzugreifen. Nun müssen wir das Kind des Lichts werden.«

Das waren die Worte aus der Prophezeiung. »Das Ajik«, sagte Seld. »Drei Drachen und drei Menschen ...«

»Wir haben lange nach einem Menschen gesucht, dessen Geist unser Wissen, unsere Gedanken aufnehmen konnte. Du bist es, Seld. Du bist derjenige, auf den wir all die Jahrhunderte gewartet haben. Doch

damit das Ajik entstehen kann, benötigten wir noch zwei weitere Menschen, deswegen haben wir versucht, so viele wie möglich zu erreichen, auf dass sie hierher kommen. Und es ist geschehen – die drei, die die Prophezeiung erfüllen werden, haben die Drachenspitze erreicht.«

»Mesala – auch sie sah die gleichen Bilder wie ich.«

»*Sie und viele andere. Bald wird sich hier das Schicksal von Menschen und Drachen erfüllen.*«

Seld wendete sich von dem Drachen ab und trat zu einer der Öffnungen. Unter ihm erstreckte sich das dunkle Land, am Horizont sah er die Berge, über die sie gekommen waren. Die Morgenröte deutete sich an, Wind jagte durch die Drachenspitze. »Die Prophezeiung sagt, dass der erste der drei Menschen sich selbst töten muss und dass der zweite dem dritten das Leben nehmen muss, damit der dritte das Ajik wird.« Seld schaute wieder zu dem Drachen. »Welcher der drei bin ich?«

»*Du bist der dritte. Dein Schicksal ist es, mit mir zu verschmelzen. Wir beide werden das Ajik. Und wir werden gegen das Osertem antreten.*«

Seld versuchte zu schlucken, doch sein Mund und Rachen waren ausgetrocknet. »Was ist mit diesen beiden anderen Menschen? Wer sind sie?«

»*Das musst du nicht wissen, um dein Schicksal zu erfüllen.*«

»Ich werde nicht zulassen, dass andere durch mein Schicksal in den Tod gestoßen werden!«

»*Du wirst es tun.*« Die Stimme des Drachen in Selds Kopf duldete keinen Widerspruch. »*Es ist vorgezeichnet. Und die beiden Menschen werden ihren Teil beitragen, die Dämonen aus dieser Welt zu tilgen, auf dass Drachen und Menschen wieder gemeinsam leben können.*«

»Warum ich?«, fragte Seld. »Wie hat das Schicksal mich ausersehen, dies zu tun?«

»Geh den Weg zurück, den du gekommen bist. Unten in der Halle der Alten wird dir der Wächter zeigen, warum wir mehr über dich wissen als du selbst. Ich bin der Oberste Drache. Du bist der Mensch, den die Drachen sahen. Wir werden unser Schicksal erfüllen.«

Seld starrte die glänzenden Augen des Drachen an. Sein Schicksal – das war es also, was ihn hierher gebracht hatte, was Alur in den Wahnsinn getrieben hatte. Er sollte mit dem Obersten Drachen eins werden, und er musste dazu getötet werden. Seld wendete sich ab und trat wieder in den Tunnel, ließ sich vom Wind gegen seinen Rücken nach vorne treiben. Über unzählige Stufen stieg er wieder hinab, auf dem Weg, den er gekommen war. Sein Geist schien keine Verbindung mehr zu seinem Körper zu haben, über seinem Kopf zu schweben, doch dies war keine Geistesreise. Dies war das Gefühl, etwas erfahren zu haben, das er nicht ganz erfassen konnte – noch nicht.

Nachdem er scheinbar endlos durch die Dunkelheit nach unten getaumelt war, fand sich Seld in der ersten großen Halle wieder. Noch immer saßen Drachen in den Zellen und blickten ihn an. Das Echo des Grollens, das aus ihren Rachen drang, hallte von der Decke wider. In der Mitte des Raums wartete ein goldener Drache auf Seld, den er sofort wiedererkannte. Es war der Drache, der mit seinen Artgenossen die Koan-Berge verlassen hatte, der ihn an der Küste dieses fremden Landes erwartet hatte – der Wächter der Drachen.

»*Du bist eins mit uns*«, vernahm Seld.

»Ihr blickt tief in mich«, sagte er. »Woher wisst ihr so viel über mich?«

Der Drache bewegte sich zur Seite. »*Wir sind zu deinem Geist geführt worden.*« Seld ließ seinen Blick über die Zellen an der Wand schweifen. In jeder saß ein Drache, nur eine war leer ... nein, diese Zelle war nicht leer. Seld machte einige Schritte nach vorne. Es war ein Mensch, der in dieser hohen Nische knapp über dem Boden lag. Hatte sich jemand von der Kolonne in die Drachenspitze gewagt und schlief dort?

Als Seld bei der Zelle ankam und erkannte, wer dort lag, war es, als ersticke er.

Dort lag der Körper seiner Frau Alema.

Kapitel 20

Kurzer Friede

Mit jedem Schritt näher wurden Selds Zweifel kleiner. Es war Alema, die dort lag, keine Einbildung, es war nicht jemand anderes. Es war Alema.

Aber ruhte dort nur ihre tote Hülle? Nein – sie schlief. Ausgestreckt und reglos war sie, bis auf das gleichmäßige Heben und Senken ihres Brustkorbs. Alema war nackt, und ihre blasse Haut sah geschunden und zerkratzt aus. Langes, graues Haar umfloss ihren Oberkörper.

Vor ihr fiel Seld auf die Knie, besah ihr Gesicht. Falten durchzogen ihr Antlitz, und die Haut war rau, doch Seld erkannte ihre vertrauten Gesichtszüge. Er streckte die Hand aus, um die Schlafende zu berühren, über ihre Haut zu streichen, doch vorher zog er die Hand wieder zurück.

Wo war sie all die Jahre gewesen?

»*Bei uns. Hier in der Drachenspitze.*«

Seld erhob sich, wendete sich von seiner Frau ab und schwankte auf den Drachen zu. Seine Stimme bebte. »Wie kann sie bei euch gewesen sein? Sie ist getötet worden ... auf den Koan-Bergen.«

»*Ihr Geist hatte ihren Körper verlassen, als wir sie fanden. Er war jedoch noch nicht in der Zeitlosigkeit versunken. Wir brachten sie zurück. Doch ihr Körper und Geist waren verändert. Wir mussten ihr einen Teil unserer Unsterblichkeit geben, damit sie überlebte, und im Gegenzug bekamen wir ihre Gefühle und Gedanken – über dich.*«

Seld schüttelte den Kopf, drehte sich wieder zu Alema um. »Das ist unmöglich. Sie ... sie ist tot ...«

»*Wir verstanden, dass das Ewige in den Menschen verloschen war. Sie hatten vergessen, woher sie kamen, und deswegen war es für sie unmöglich, mit unserem Geist zu verschmelzen. Durch Alema erkannten wir die menschliche Natur und wie sie sich weiter entwickelt hatte. Und wir wussten durch ihre Gedanken, dass wir dich zu uns bringen konnten, um mit dir die Prophezeiung zu erfüllen.*«

»Sie war die ganzen Jahre bei euch«, schrie Seld, der sich wieder dem Wächter zuwendete. »Ich dachte, sie wäre tot!« Er machte einen Schritt nach vorne und schlug mit der Faust gegen die Brust des Drachen, der den Schlag reglos hinnahm. Seld trommelte nun mit beiden Fäusten. »Ich verfluche die Drachen!«

Selds Schläge wurden schwächer, dann sank er zu Boden und barg sein Gesicht in den Händen, schluchzte. So verharrte er für eine Zeit, die ihm fast wie eine Ewigkeit vorkam. Schließlich verstummte er, hob seinen Kopf und stellte sich auf. Er schritt zu Alema, neben der er wieder in die Knie ging.

Seine ausgestreckte Hand berührte Alema an der Schulter. Ihre Augen öffneten sich sofort. Alemas und sein Blick begegneten sich, und im gleichen Moment war es, als berührte Selds Geist den ihren.

Seld sah sich selbst. Er lief an einem hellen Tag durch Klüch. Er nagelte ein Brett an sein Haus. Er saß in einer sternenklaren Nacht auf einem Stein nahe Hequis – Bilder aus ihrer gemeinsamen Zeit in Hequis, wie sie sie gesehen hatte.

»Alema«, sagte er. Dann erlebte er ihre letzten Sekunden als Mensch: Er fühlte die Hände, die sie in die Schwärze stießen, hörte ihre Schreie, erlitt den Schmerz, als sich Steine in ihren Rücken bohrten. Und im Geist starb er mit Alema in der Drachenhöhle. Dann kehrte sie zurück, von den Drachen wieder ins Leben geführt.

Seld war wieder ganz bei sich, starrte in die Augen der Frau, die er für tot gehalten hatte.

Mit einem unmenschlichen Schrei sprang Alema aus der Zelle, stieß Seld beiseite und rannte davon. Er brüllte ihren Namen, rappelte sich auf und eilte ihr nach, tauchte in die Dunkelheit des Tunnels, in dem sie verschwunden war, lauschte dem Geräusch ihrer nackten Füße auf Stein und versuchte vergebens, ihr zu folgen.

Seld kam zu einer Tunnelöffnung an der Außenwand der Drachenspitze. Der Wind blies ihm entgegen. Erste Sonnenstrahlen erschienen über dem Horizont. In dem Tunnel musste Alema eine Abzweigung genommen haben, die er übersehen hatte. Schwer atmend schaute Seld in die Ferne und bemerkte erst jetzt, dass sein Gesicht tränennass war.

Stunde um Stunde suchte er Alema in den Sälen und Tunneln der Drachenspitze, doch er fand sie nicht. Wahrscheinlich kannte sie jedes Versteck in diesem gewaltigen Felsen. Gegen Mittag verließ Seld die Drachenspitze und kehrte zu seinen Leuten zurück, die ein Lager am Fuß des Felsen aufgeschlagen hatten. Mesala und Ark waren erleichtert, ihn wieder zu sehen, doch er war zu erschöpft, um ihnen zu erklären, was geschehen war, ging in ein Zelt und schlief, bis die nächste Nacht hereinbrach.

Dann kehrte er leise und unbemerkt in die Drachenspitze zurück und tastete sich abermals durch die dunklen Gänge, doch wieder hatte er keinen Erfolg. Schließlich legte sich Seld in die Zelle, in der er Alema gefunden hatte. Über sich sah er die glühenden Augen der Drachen, und ihr vielstimmiges Grollen trug ihn in den Schlaf.

Ein Lichtstrahl fiel durch einen der kleinen Schächte direkt auf seine Schlafstätte, und Seld erwachte. Er fragte sich, wo wohl Alema die Nacht verbracht hatte. Viele Jahre war sie bei den Drachen gewesen, und bei dem Gedanken, Nacht für Nacht auf nichts als blankem Felsen zu schlafen, fröstelte Seld.

Er stand auf und reckte seine steifen Glieder. Wind pfiff durch die Tunnel und Öffnungen. Seld nahm seinen Mantel und streifte ihn über.

Im Schatten eines Tunnels an der gegenüberliegenden Wand bewegte sich etwas. Nach einigen Augenblicken erkannte Seld die Umrisse von Alema. Er machte einen Schritt in ihre Richtung – da verschwand sie in der Dunkelheit hinter sich.

Seld rannte in den Tunnel. Doch von seiner Frau war nichts mehr zu sehen oder zu hören.

Seld bewältigte abermals den langen Aufstieg zu dem Obersten Drachen. Dieser lag auf dem Boden im Kuppelraum und blickte Seld an, als er hereinkam.

»Weswegen hortet Ihr diese Reichtümer?«, fragte Seld, der seinen Blick über die Münzen, Diademe, Ketten und Waffen schweifen ließ. »Ihr seid unsterblich, was nützen sie Euch?«

»*Es sind Geschenke der Menschen, die hier mit uns gelebt haben, vor langer Zeit. Wir halten sie in Ehren.*«

Seld nickte. »Ich muss etwas von Euch wissen.«

Der Drache besah ihn mit seinen hellen Augen und erwartete die Frage.

»Was habt Ihr mit Alemas Geist getan? Habt Ihr ihre Erinnerungen vernichtet?«

»*Nein*«, vernahm Seld. »*Wir haben nur in ihrem Geist gelesen – was von ihm noch da war, nachdem wir sie zurückgeholt hatten.*«

»Aber warum erkennt sie mich nicht mehr?«

»Euer Geist ist sehr kurzlebig. Oft verändert das, was eure Gegenwart ist, eure Vergangenheit. Sie weiß nicht mehr, dass sie einmal ein Mensch war. Doch sie wird sich wieder erinnern.«

»Wie kann ich ihr dabei helfen?«

»Das kannst du nicht.«

Seld senkte den Blick. »Dann werde ich warten müssen.« Er ging zu einer der Öffnungen. »Aber nicht lange. Das Osertem und die Dämonen werden kommen, die Drachenspitze wird fallen. Das Ende von Menschen und Drachen ...«

Münzen bewegten sich unter den Krallen des Obersten Drachen. *»Du wirst es verhindern.«*

Seld vernahm ein Scharren aus dem Tunnel, durch den er in diesen Thronsaal gekommen war. Alema war ihm gefolgt. Sie stand gebückt in dem Durchgang und wirkte, als wollte sie jeden Augenblick wieder wegrennen. Seld wagte nicht, sich zu rühren oder etwas zu sagen. In seinem Geist vernahm er leise die Stimme des Obersten Drachen, der auf Alema einredete. Seld machte einen vorsichtigen Schritt auf sie zu, und Alema huschte davon.

»Alema! Warte!«, rief er.

Im Halbschatten des Tunnels verharrte sie, schaute schwer atmend über die Schulter zurück, bereit zur Flucht.

Seld blieb auf der Stelle stehen. »Ich bin es – Seld«, sagte er. »Erinnere dich. Klüch ... das Nordostland ... Hequis.«

Alema zitterte wie ein Tier, das in die Enge getrieben worden war. Nun wagte er einige kleine Schritte in ihre Richtung, und als er feststellte, dass sie nicht floh, trat er bis an die Tunnelöffnung. Er sah die Angst in Alemas Augen und blieb zwei Armlängen entfernt von ihr stehen.

»Ich weiß nicht, ob du mich verstehen kannst … aber ich weiß, dass du noch ein Mensch bist. Du hast Gefühle, Erinnerungen … du darfst dich nicht vor ihnen verschließen.«

Alemas Augenbrauen schoben sich zusammen, als dächte sie nach. Und die Erinnerungen, die sie durchlebte, tauchten auch in Selds Geist auf. Es war eine chaotische Ansammlung von Gefühlen und Gedanken aus einer Zeit, die lange zurücklag. *Ich bin bei dir*, sagte er im Geist, und als Echo kamen ihre Erinnerungen aus der gemeinsamen Zeit in Hequis zurück.

»Seld«, sagte sie leise. Dann umarmte sie ihn.

Er nahm sie an die Hand und führte sie von der Drachenspitze hinunter, wobei sie unablässig seinen Namen sagte, als wäre er ein magisches Wort. Durch Tunnel und über Treppen kamen sie schließlich am Fuß des Felsens an und traten hinaus ins Freie. Seld wollte mit ihr allein sein – die Drachen waren nun beständig in seinem Geist, und sie empfanden, was er fühlte, doch er konnte sich mit seiner Frau von ihnen entfernen. Er wollte noch nicht den anderen offenbaren, dass Alema noch lebte, also gingen Seld und Alema in den Wald, der die Drachenspitze umschloss. Die Luft war mild, und der Boden hatte die Wärme des Tages gespeichert. Sie setzten sich auf das Moos, das die Baumwurzeln und Steine bedeckte.

»Ich habe dir so viel zu erzählen«, sagte Seld, und Alema hörte auf, seinen Namen zu sagen. Ihre Augen waren auf ihn geheftet. »Wie viel du davon verstehst, weiß ich nicht. Aber ich muss dich an das erinnern, was du einmal warst, und ich weiß nicht, wie.«

Alema verharrte reglos. Seld fragte sich, ob sie nur dem Klang seiner Stimme folgte oder den Sinn der Worte erfasste.

»Nachdem du in die Drachenhöhle hinabgestoßen worden bist, bin ich hinuntergeklettert …«

Ark erwachte am nächsten Morgen in seinem Zelt neben seiner schlafenden Frau Erima. Leise kroch er ins Freie und fand Mesala, die im taubenetzten Gras bei der Drachenspitze stand. Sie hatte ihre rechte Handfläche auf den Stein gelegt und blickte den Felsen hinauf.

»Es hat sich etwas verändert«, sagte sie, als Ark bei ihr ankam. »Die Stimmen der Drachen sind verstummt ... sie haben uns all diese Zeit gerufen, und nun sind wir hier. Es ist, als ob sie darauf warten, dass wir etwas tun.« Sie wendete sich Ark zu. »Ich sollte hineingehen und Seld suchen.«

»Nein«, gab Ark zurück. »Du musst Seld vertrauen. Er wird zu uns kommen, wenn es an der Zeit ist.«

»Ich fühle seine Nähe – gerade so, als wäre er selbst einer der Drachen.«

Am Morgen aßen Seld und Alema die Beeren, die sie im Wald fanden, und tranken vom Wasser eines nahen Sees.

»Seld«, sagte Alema nun wieder. Sie starrte ihn mit ihren so jung wirkenden Augen an und sprach weiter seinen Namen. Es war immer noch das einzige menschliche Wort, das Seld ihr entlockt hatte. Über ihnen kreisten die Drachen am Himmel, brüllten und spien Feuer. Seld versuchte, die Kuppel des Obersten Drachen auf dem Felsen auszumachen, doch die Spitze war von seinem Platz nicht zu sehen.

»Kalt«, sagte Alema da.

Seld drehte ruckartig den Kopf zu ihr. »Was?«

»Kalt«, wiederholte sie.

Schnell zog Seld seinen Mantel aus und streifte ihn ihr über, schloss seine Arme um sie.

»Seld«, sagte Alema dann wieder. »Seld.«

Er nahm sie an die Hand, führte sie zurück zur Drachenspitze und dann am Felsen entlang. Es war an der Zeit, Alema mit ihrer Vergangenheit zusammenzubringen.

Als Seld die Stelle erreichte, an der sich die Kolonne niedergelassen hatte, rief jemand seinen Namen. Es war Mesala. Mit einem Lächeln auf dem Gesicht und mit wehenden Haaren rannte sie auf Seld zu. Dann erblickte sie Alema, die neben Seld lief. Ihre Schritte verlangsamten sich, sie kam zum Stehen, schwankte und sank auf die Knie. Ungläubig schüttelte Mesala den Kopf, und ihre Miene wandelte sich zu einer Fratze der Ungläubigkeit und des Zweifels.

Alema ging zu ihr. Ihre Hand strich über Mesalas Haare, die mit weinenden Augen zu ihrer wiederauferstandenen Schwester aufblickte. »Mesala«, flüsterte sie. Dann sank sie in die Knie, und die Schwestern umarmten sich.

Vielstimmiges Drachenbrüllen wehte aus dem Himmel über der Drachenspitze herunter.

Die Hequiser kümmerten sich um Alema, wuschen sie, schnitten ihre Haare und gaben ihr Kleidung. Alema verfolgte das Geschehen um sie herum mit wachen Augen. Was mit ihr getan wurde, schien immer neue Erinnerungen zu wecken. Sie lernte, sprach neue Worte. Mesala wich nicht von ihrer Seite.

Seld setzte sich mit Ark und Ker ab. Die drei suchten sich einen ruhigen Platz am Ufer des Sees und teilten einen Beutel Herbstwein.

»Es ist der letzte, den ich noch habe«, sagte Ark. »Aber einen besseren Tag als heute werden wir kaum erleben, um den Wein zu trinken.«

Der Wein erfrischte Seld, und er erzählte von dem, was er im Inneren der Drachenspitze erlebt hatte, von der Begegnung mit dem Obersten Drachen und wie er Alema gefunden hatte.

»Sie war all die Jahre bei den Drachen?«, fragte Ark. »Warum ist sie dann nicht zu uns zurückgekehrt?«

»Sie weiß noch nicht alles von ihrem früheren Leben. Ich glaube, langsam regen sich Erinnerungen, aber es wird noch dauern, bis sie wieder so leben kann wie früher. Ihr Geist war mit den Drachen verschmolzen.«

Ark blickte misstrauisch drein. »Sie haben Alema dazu gezwungen, bei ihnen zu bleiben. Wer weiß, was sie mit deinem Geist getan haben.«

»Alema wurde von ihnen gerettet.«

Ark wich Selds Blick aus. »Können wir dessen sicher sein?«

»Ja. Ich kann es in ihrem Geist sehen, Ark. Sie war tot.«

Ker unterbrach die beiden. »Haben die Drachen dir auch berichtet, was wir nun tun müssen? Sind wir hier sicher vor den Dämonen?«

Seld trank einen Schluck. »Nein. Es muss eine Prophezeiung erfüllt werden. Erst dann sind wir sicher.«

»Aber wir können sie nicht sofort erfüllen?«

Seld schüttelte den Kopf. »Wir werden auch nicht einfach herumsitzen – wir werden so leben wie unsere Vorfahren: gemeinsam mit den Drachen in diesem Berg. Lang wird es nicht dauern, dann wird die Zeit der Prophezeiung da sein ... früher als mir lieb ist.«

Niemand sprach ein Wort, als Seld die Menschen durch den dunklen, steinernen Gang in die erste Halle führte. Alle starrten hinauf, schienen zu fühlen, welche Geschichte diesem Raum innewohnte. Seld wies sie an, sich in der Mitte zu versammeln, dann erzählte er ihnen, was er von dem Obersten Drachen erfahren hatte, von der gemeinsamen Vergangenheit der Drachen und Menschen. »Ihr könnt euch in der Drachenspitze aufhalten, solange ihr wollt. Erforscht sie. Einige von euch vernehmen schon leise die Stimmen der Drachen im Geiste. Ihr werdet den Drachen näherkommen, und ihr werdet sehen, was ich gesehen habe.«

Auch Alema und Mesala waren dabei, und wie sie nebeneinander saßen, fühlte sich Seld von Gefühlen überwältigt. Er liebte diese beiden Frauen, diese Schwestern, die er im Zwielicht kaum unterscheiden konnte, obwohl sie so unterschiedlich waren. Seine Stimme, die gerade noch durch den Raum gehallt war, stockte. Er schluckte, dann hob er wieder an: »Ich weiß nicht, wie lange wir hier bleiben werden. Wir sollten uns darauf einstellen, dass es lange dauert. Vielleicht wagen es die Dämonen auch niemals, die Drachenspitze anzugreifen. Aber es kann auch sein, dass wir die letzten Menschen in dieser Welt sind und dass es unser Schicksal ist – mein Schicksal –, Drachen und Menschen wieder zusammenzuführen.« Er hielt kurz inne. »Und nun erforscht diesen Berg und seine Geschichte. Erfasst, was Drachen und Menschen verbindet.«

Seld wendete sich zum Gehen. Er hatte nur einige Schritte zurückgelegt, als Mesala neben ihm erschien. Schweigend schritten sie nebeneinander den Tunnel zurück, die Steintreppe hinunter und schließlich ins Freie.

»Was willst du?«, fragte Seld schließlich.

Sie packte ihn am Arm, und Seld versuchte mit einer ruckartigen Bewegung, ihren Griff abzuschütteln, doch sie krallte ihre Finger in seinen Unterarm. Selds Blick war voller Wut.

»Verändert es etwas zwischen uns, dass Alema noch lebt?«

Nun gelang es Seld, sich von ihrem Griff zu befreien. »Natürlich verändert es etwas. Es verändert alles!« Seine letzten Worte hatte er gebrüllt, dann wandte er sich ab und ging mit stampfenden Schritten Richtung Wald.

Mesala folgte ihm. »Was soll es ändern? Ich bin glücklich, dass meine Schwester noch lebt ... ich liebe dich!«

Seld blieb stehen. Er drehte langsam seinen Kopf, setzte an, etwas zu sagen, doch er schwieg und ging weiter.

Mesala blieb zurück. »Die Prophezeiung verbietet dir nicht, mich zu lieben«, sagte sie leise.

Nun wirbelte Seld herum und trat mit schnellen Schritten zu ihr. »Ich möchte niemanden wählen! Alema ist meine Frau. All die Jahre habe ich gedacht, sie sei tot, und jeden Atemzug habe ich sie vermisst – bis ich dich getroffen habe. Und nun soll ich wählen? Das kann ich nicht.«

Mesala bemerkte, dass Tränen in seinen Augen standen.

Bevor sie jedoch etwas erwidern konnte, ertönte ein ohrenbetäubendes Fauchen und Brüllen im Himmel über ihnen. Die beiden blickten nach oben. Hoch über ihnen, nahe an der Drachenspitze schlug ein dünner, goldener Drache wild mit den Flügeln, seine Klauen fuhren durch die Luft, als kämpfte er gegen einen unsichtbaren Feind. Er schleuderte seinen Kopf hin und her und spuckte grelle Flammenfontänen hinaus, die kurz in der Luft schwebten, dann herabsanken und ausbrannten. Andere Drachen näherten sich ihm vorsichtig, aber hielten Abstand.

»Was ist mit ihm?«, fragte Mesala.

Seld schloss die Augen und tastete mit seinem Geist nach dem Drachen. Was er fand, ließ ihn zurückschrecken. Er öffnete die Augen und atmete aus. »Er verwandelt sich in einen Dämonen!«

Der Drache veränderte sich. Krümmte er sich einen Augenblick zusammen, streckte er sich sofort wieder. Sein Kopf wurde dunkel, und die Schwärze schien sich über seinen gesamten Körper auszubreiten. Waren seine Schuppen gerade noch golden, verwandelten sie sich nun zu schwarzen, knochigen Platten. Innerhalb weniger Augenblicke war aus dem goldenen Drachen ein schwarzes, schweres Ungetüm geworden. Aus seinem Rachen kam nun kein fauchendes Geräusch mehr, sondern ein tiefes Grollen – und die Flammen waren von einem hellen Blau, das gegen den Himmel nur als Hitzeflimmern zu erkennen war.

Nun griffen die anderen Drachen den neu geborenen Dämonen an. Starke Flügelschläge trieben sie zu ihm, der schneller auswich als Selds Auge folgen konnte. Einem der Drachen versetzte er einen furchtbaren Klauenhieb, so dass dieser ins Taumeln geriet. Der Dämon schoss davon, triumphierend brüllend, in Richtung der Berge, die die Hequiser überquert hatten ... zu seinesgleichen an der Küste. Die Drachen verteilten sich wieder in der Luft, als wäre nichts geschehen, doch der Drache, der von der Dämonenklaue getroffen war, konnte sich nicht mehr in der Luft halten. Seine Flügelschläge wurden zusehends kraftloser, und schließlich faltete er seine Schwingen zusammen, fiel dem Erdboden entgegen.

Seld erkannte ihn: Es war der Wächter. Mit angehaltenem Atem verfolgte er, wie der Wächter sich in der Luft um sich selbst drehte. Keiner der anderen Drachen machte Anstalten, dem Artgenossen zu helfen.

Nahe bei Seld und Mesala stürzte der Wächter krachend in den Wald. Er durchbrach die Kronen der Bäume, sein Körpergewicht ließ einige von ihnen umstürzen. Seld glaubte, den Boden unter seinen Füßen erbeben zu spüren, als der Drache aufprallte.

Die beiden näherten sich vorsichtig durch das Unterholz dem gefallenen Drachen. Er lag auf dem Rücken inmitten zersplitterten Holzes. Aus seinen Nüstern stiegen Dampfwolken. Seld suchte den Körper nach Wunden ab, nach abgerissenen Schuppen, doch der Wächter schien keine Verletzungen davongetragen zu haben.

»Ich bin von einem Dämonen berührt worden. Sie werden stärker. Bald werden ihre Berührungen tödlich sein – und uns sofort zu Dämonen verwandeln.«

Der Drache rollte sich auf die Seite, stellte sich auf seine Beine und entfaltete seine Schwingen, um sich wieder in die Luft zu erheben.

»Nur das Ajik wird uns retten können – nur du und die beiden Frauen.«

Der Wind, den die Flügel verursachten, zerrten an Selds und Mesalas Kleidung, dann flog der Wächter wieder hinauf zu seinesgleichen.

Seld saß am Waldrand und beobachtete eine Gruppe Hequiser, die sich im Schatten der Drachenspitze ausruhte. Alema und Mesala saßen beieinander, hielten sich an den Händen und redeten. Dabei war es Mesala, die am meisten sprach, doch immer wieder ergriff Alema das Wort. Sie erinnerte sich, sie wurde wieder zu einem Menschen.

Nur du und die beiden Frauen ...

Selds Geist suchte den Wächter oder den Obersten Drachen, doch es war, als hätten sich alle Drachen vor seinem Geist verschlossen. Die Prophezeiung des Bematu sprach von drei Menschen – war es das Schicksal von ihm, Alema und Mesala, diese Prophezeiung zu erfüllen? Seld war der Dritte, hatte ihm der Oberste Drache gesagt. Doch wer musste sich selbst töten, und wer sollte Seld in den Tod stürzen, damit er und der Oberste Drache zum Ajik verschmolzen?

Ein Schrei schreckte Seld aus seinen Gedanken auf.

Alema war in die Höhe gefahren und deutete mit ausgestrecktem Arm zu einigen Leuten, die gerade aus der Drachenspitze gekommen waren. Dann lief sie los, näherte sich schwankend den Hequisern, die wie erstarrt Alema beobachteten. Einer von ihnen war Telam Jerv – jener Mann, der Seld in der Weiten Steppe gerettet hatte – und auf diesen stürzte sie sich, stieß ihn zu Boden. Alema kniete über ihm, trommelte mit ihren Fäusten auf ihn ein.

Seld war losgelaufen, stieß die herumstehenden Hequiser beiseite und packte Alema unter den Achseln. Er zerrte an ihr, doch sie wehrte sich, trat nun nach Telam, der sich zusammengerollt und sein Gesicht bedeckt hatte.

Seld schloss seine Arme um seine tobende Frau, die ein schrilles Kreischen in den Himmel brüllte, als wollte sie damit die Drachen übertönen. »Ruhig«, sagte er in ihr Ohr. »Ruhig ... es ist alles in Ordnung.« Langsam gab sie nach, die Arme sanken herab, ihr Körper erschlaffte. Sie zitterte, schluchzte und ließ sich von Seld auf den Boden legen. Dieser blickte hinüber zu Telam Jerv, der sich aufgesetzt hatte und verwundert wirkte. Er rieb sich den Hals.

»Hast du ihr etwas getan?«, fragte Seld den jungen Mann.

Der Angesprochene schüttelte den Kopf. »Sie ist über mich hergefallen«, sagte er. »Ich habe ihr nichts getan – niemals in meinem Leben.«

Seld beugte sich über seine Frau, nahm vorsichtig die Hände von ihrem Gesicht. »Alles ist gut, Alema.« Er nahm sie bei den Schultern und setzte sie auf. »Sag mir – warum hast du ihn geschlagen?«

Mesalas Augen waren voller Angst, als sie zu Telam hinüberblickte. »Hequis ...« sagte sie. »Packen. Stoßen. Schmerz. Tod.«

Seld musste nicht lange nachdenken, bis er verstand, was Mesala meinte. Er wandte sich wieder Telam zu. »Du musst ein kleines Kind gewesen sein, als Alema getötet wurde ...«

Telams Augen weiteten sich. »Ja. Man hat mir nur davon erzählt.«

»Du siehst deinem Vater sehr ähnlich, Telam. War er einer von ihnen – einer von Alemas Mördern?«

Telam wich Selds Blick aus. »Ich weiß es nicht«, sagte er. »Allerdings ... ich hörte von anderen ... dass er ...«

Seld nickte. Er wendete sich wieder an Alema. »Hier ist niemand, der dir Böses will«, sagte er leise. Er übergab sie wieder Mesalas Obhut. Noch immer zitterte Alema, klammerte sich an Selds Hand.

Später am Tag, als Seld gerade in der Drachenspitze einige Schriftzeichen an den Wänden zu entziffern versuchte, die er entdeckt hatte, tauchte Mesala an seiner Seite auf. »Ich muss mit dir reden«, sagte sie.

Abwartend schaute Seld sie an.

»Ich nehme deine Entscheidung an«, sagte sie. »Alema ist deine Frau. Ich werde mich aus eurem Leben fernhalten.«

»Mesala, wenn ich geahnt hätte, dass Alema noch lebt –«

»Dann hättest du dich nicht in mich verliebt, ich weiß. Du bist ein aufrichtiger und mutiger Mann, Seld Esan.«

Waren ihre Worte höhnisch, oder waren sie ehrlich gemeint? »Mesala ...«

Sie hob eine Hand. »Schweig. Ich will, dass du mir zwei Dinge versprichst.«

Seld wartete.

»Kümmere dich um Alema. Ihr habt euch Treue geschworen. Aber nun sehe ich, dass du dich von ihr fernhältst. Sei bei ihr – sie braucht dich!«

Er nickte.

»Und sollten die Dämonen kommen ...« Ihr Gesicht verzog sich in Angst, und ein Schluchzen entfuhr ihr. »Tu, was du kannst, um uns zu retten. Ich höre die Stimmen der Drachen, und sie sagen, dass nur du uns retten kannst.«

Seld machte einen Schritt nach vorne und umarmte sie, bis ihre Tränen versiegten. »Ich verspreche es dir. Beides.«

Die nächste Nacht lagen Seld und Alema nebeneinander in einer der Zellen in der Drachenspitze. Seld dämmerte an der Grenze zum Schlaf, als Alema etwas sagte: »Hequis ... weiß, wie es aussieht.«

Seld schaute auf. »Was sagst du?«

»Kam nach Hequis ... schöner Tag ... saß auf dem Wagen ... dein Arm um mich.«
Seld drehte sich zu ihr und stützte sich auf den Ellenbogen. »Du warst nicht glücklich, mit mir in mein Dorf zu gehen, weil du nicht wusstest, wie die Leute dich behandeln würden. Aber du hast es gewagt.«
»Hatte Angst«, sagte sie. »Angst ... die Leute mögen mich nicht.«
»Du brauchtest keine Angst zu haben.«
»Doch. Sie haben mich getötet.«
Ein kalter Schauer kroch über Selds nackte Haut. Er rückte näher an Alema heran.

Am folgenden Tag ging Seld mit Ark auf die Jagd. In diesen Wäldern lebte das Tier, das sie schon an der Küste gefangen hatten. Sie erlegten zwei Tiere und brieten sie über dem Lagerfeuer. Viele Hequiser und Taheffer wurden am Abend von den beiden Tieren satt, und später saßen Seld und Ark am verglimmenden Feuer. Seld erzählte von seinen Befürchtungen, dass er, Alema und Mesala diejenigen waren, deren Schicksal in der Prophezeiung vorgezeichnet wurde.
Ark hörte schweigend zu, nagte die letzten Fleischreste von einem Knochen, den er schließlich ins Feuer warf. »Hast du den Obersten Drachen befragt?«
»Von den Drachen erhalte ich keine Antworten, Ark. Sie blicken tiefer und weiter in diese und andere Welten, als wir ahnen. Zwar teilen sie ihr Wissen mit uns, doch sie klären uns nicht über unser Schicksal auf. Wir werden selbst herausfinden müssen, welcher Weg uns bevorsteht.«
»Nun klingst du selbst wie ein Drache.« Ark wirkte grimmig. »Was wirst du tun – abwarten, was mit dir geschieht?«
Seld schüttelte den Kopf. »Nein. Du hast Recht. Ich werde mit dem Obersten Drachen reden.«

Der Nachtwind blies durch den Thronsaal auf der Drachenspitze. Seld glaubte, ein leichtes Schwanken des Berges wahrzunehmen und aus den Streben der steinernen Kuppel ein Knirschen zu hören. Der Oberste Drache stand im hinteren Teil des Raums, blickte durch eine der Öffnungen auf die nächtliche Landschaft.

»*Etwas wird geschehen*«, vernahm Seld. »*Die Dämonen werden stärker. Immer mehr von uns Drachen umarmen die Dunkelheit.*«

»Ich habe beobachtet, wie sich ein Drache in einen Dämonen verwandelt hat. Könnt Ihr nichts dagegen tun?«

»*Ich bin der Oberste der Drachen, aber meine Macht reicht nicht aus, uns vor der Dunkelheit zu schützen. Sie kommen. Die Dämonen sind nun viele, und sobald das Licht des nächsten Tages die Drachenspitze berührt, werden die Dämonen am Horizont erscheinen.*« Der Drache wendete sich Seld zu. »*Dann wird dein Schicksal und das der beiden Frauen vollendet.*«

Seld schluckte. »Warum Alema und Mesala? Können nicht andere mit mir die Prophezeiung erfüllen?«

»*Nein. Ihr gehört zusammen, seid verbunden. Es gibt hier keine Menschen, die das Schicksal einander nähergebracht hat. Die Macht eurer Gefühle wird entfesselt werden – nur so kann das Ajik in diese Welt kommen. Vergiss nicht: Du bist der Dritte. Der Erste wird sich töten, der Zweite wird dir das Leben nehmen, und dein Geist wird mit meinem zum Ajik verschmelzen.*«

»Wir müssen fliehen!«, entfuhr es Seld. »In der Ferne können wir Kräfte sammeln und die Drachenspitze wieder –«

Ein starkes Gefühl der Ablehnung schnitt Seld das Wort ab.

»*Die Dämonen sind überall. Der letzte Ort ist hier. Es wird enden. Morgen und für immer.*«

Seld blickte in die Nacht hinaus, die noch kein Versprechen des Morgens in sich trug. Er wich zurück, schüttelte den Kopf. »Das wird nicht geschehen. Ich bin kein Sklave der Drachen und kein Sklave meines Schicksals. Wir werden die Drachenspitze verlassen.«

»*Das wirst du nicht.*« Die Worte des Drachen waren keine Drohung. Sie waren Gewissheit.

Seld wandte sich ab und eilte den dunklen Tunnel entlang. Rasch stieg er hinab, bis er wieder bei den anderen angelangt war. »Wir müssen die Drachenspitze verlassen! Sofort!«, rief er.

Mesala setzte sich schläfrig auf. »Was ist geschehen?«

»Es wird etwas geschehen, am Morgen. Bis dahin müssen wir uns in Sicherheit gebracht haben. Schnell – wir müssen alle aufwecken.«

Seld wollte davoneilen, doch Mesala hielt ihn fest und zog ihn zu sich. Er setzte sich auf die Steinkante.

»Was wird geschehen?«, fragte sie.

»Die Dämonen werden im Morgengrauen die Drachenspitze angreifen.«

Mesala nickte. »Ich weiß.«

»Was meinst du?«

»Fühlst du es nicht auch, Seld? Morgen wird es enden. Morgen geschieht das, weswegen wir hierhergekommen sind. Morgen wird sich alles zusammenfügen.« Mesala rieb sich das Gesicht, streckte sich wieder aus und zog ihre Decke an sich. »Ich will nicht mehr davonlaufen. Was auch immer morgen mit uns geschieht – ich werde es geschehen lassen.«

Seld beobachtete, wie sie in den Schlaf sank, dann ging er durch einen der Tunnel zu einer Öffnung außen an der Drachenspitze, lehnte sich sitzend gegen die Steinwand und wartete auf den Anbruch des Morgens.

Kapitel 21

Die Prophezeiung

Vielstimmiges Drachengebrüll ließ Seld aufschrecken. Sein Blick raste umher – im ersten Augenblick wusste er nicht, wo er sich befand. Als er ruckartig aufstand, geriet er ins Wanken und wäre fast in die Tiefe gefallen. Im letzten Moment bekam er eine Felskante zu greifen und zog sich vom Abgrund zurück.

Die Nacht war vorüber. Längst war die Sonne zur Gänze über den Horizont aufgestiegen.

Selds Blick wanderte von den Bäumen unter ihm hinauf in den Himmel über der Drachenspitze. Dort verharrten die Drachen in der Luft, schlugen heftig mit den Flügeln und spien lautstark Feuerfontänen, als wollten sie etwas am fernen Horizont verbrennen. Aus den Tunneln weiter oben am Berg schossen die Drachen heraus, und bald war der ganze Himmel mit golden glänzenden Drachenleibern bedeckt.

Währenddessen kamen von Richtung des Meeres die Dämonen heran.

Ihre Schatten ergossen sich über die Berge am Horizont. Die Brut beanspruchte den Himmel für sich.

War es schon eine Unzahl von ihnen gewesen, die Klüch vernichtet hatte, schienen sich die Dämonen in der Zwischenzeit noch einmal vervielfacht zu haben.

War das Osertem unter den Dämonen? Selds Augen glitten über die Horden, suchten die verzerrt menschliche Form des Wesens, doch er konnte es nicht ausmachen.

Seld war sich gewiss, dass die Drachen diese Schlacht nicht gewinnen konnten. Doch er fühlte den Obersten Drachen, der auf der Bergspitze auf seinen menschlichen Widerpart wartete, um mit ihm zu verschmelzen und dem Osertem gegenüberzutreten. Einzig das Ajik konnte die Drachen zum Sieg führen, nur seine Macht war der des Osertem ebenbürtig, und hatte es erst einmal das dunkle Wesen geschlagen, läge es sogar in seiner Macht, alle Dämonen zu vernichten.

Unten zwischen den Bäumen machte Seld Menschen aus. Er formte mit seinen Händen einen Trichter vor dem Mund. »Kommt herauf!«, brüllte er, und die Leute eilten zum Eingang der Drachenspitze, doch Seld wusste nicht, ob sie ihn vernommen hatten oder von sich aus in den Felsen flohen.

Seld wandte sich mit einem letzten Blick zu den Dämonen von der Öffnung ab und rannte den Gang entlang zu jenem großen, runden Raum, in dem er die vergangenen Nächte verbracht hatte. Dort hielten sich inzwischen keine Drachen mehr auf; sie waren alle hinausgeflogen. Hequiser und Taheffer hatten sich in diesem Raum versammelt, und alle unterhielten sich aufgeregt miteinander. Wer die nahenden Dämonen nicht mit eigenen Augen gesehen hatte, erfuhr nun davon, und alle wussten, was bevorstand. Sie alle verstummten, als Seld zu ihnen trat.

»Ihr bleibt alle hier«, verkündete er. »Verhaltet euch ruhig. Wartet. Ich weiß nicht, wie lange ihr hier sicher seid, aber wir haben keine andere Wahl.«

Er nickte Ark zu, der den Worten seines Freundes mit einem angsterfüllten Blick gefolgt war. Erima und Hem hatten ihre Arme um ihn geschlungen, den Blick auf Seld geheftet. Dieser suchte Alema und Mesala in der Menge. »Ihr beiden müsst mit mir kommen.« Als sie sich nicht rührten, sondern Seld nur zweifelnd anblickten, trat er nach vorne und packte Mesala unwirsch am Unterarm. »Die Zeit läuft uns davon«, sagte er gepresst. »Wir müssen hinauf zu dem Obersten Drachen.« Er nahm auch Alema an die Hand, zog sie beide in einen der Tunnel und über die dunklen Stufen nach oben.

Auf dem Weg nach oben fühlte Seld die Präsenz des Obersten Drachen immer deutlicher, und er öffnete seinen Geist weiter. Die Empfindungen der Drachen, die sich im Himmel über dem Berg sammelten, überrollten ihn schier mit dem Wissen der Jahrtausende.

Die Drachen erwarteten das Ajik, die prophezeite Wesenheit, den Beginn der letzten Schlacht. Sie hatten keine Gefühle – keine Angst, keine Entschlossenheit, keinen Mut. Um die Dämonen aufzuhalten, waren sie bereit, ihre Existenz aufzugeben, so wie viele ihrer Artgenossen vor langer Zeit im Drachental vor Klüch. Die Drachen mochten ewig leben, doch auch sie waren nur Abkömmlinge einer vollkommenen Rasse – und dies war ihnen bewusst. Menschen und Drachen waren niedere Lebewesen, die allumfassendes Wissen aufgegeben hatten. Durch die Verschmelzung zum Ajik würden sie wieder vollkommen werden.

Und es war an Seld, Alema und Mesala, das Schicksal von Drachen und Menschen zu erfüllen.

Während Seld die beiden Frauen vor sich die endlos erscheinenden Treppenstufen hinauftrieb, fragte Mesala atemlos: »Was wollen die Drachen von uns?«

»Keine Zeit.« Seld keuchte. »Wir müssen hinauf. Dann erkläre ich alles.«

Seld, Alema und Mesala eilten immer höher, während draußen die Dämonen ausschwärmten. Vom Meer kommend teilten sie sich zu beiden Seiten auf, als sie sich der Drachenspitze näherten, während die Drachen direkt über dem Berg verharrten. In beide Richtungen flogen die Dämonen in einem weiten Bogen um den Berg und die Drachen und schlossen den Ring. Der Schatten, den von diesen unzähligen Dämonen geworfen wurde, hatte sich über die Drachenspitze gelegt. Die Dämonen verharrten mit langsamen Flügelschlägen.

Aus ihren Reihen erhob sich das Osertem. Wie ein Pfeil schoss es in die Höhe, bis es hoch im Himmel über seinen Dämonen und dem aufragenden Berg mit den Drachen stand. Es stieß ein Gebrüll aus, das die Drachenspitze zu erschüttern schien. Seine roten Augen funkelten zu den Drachen hinunter. Es wartete.

Seld, Alema und Mesala waren außer Atem, als sie den Thronsaal des Obersten Drachen erreichten. Durch die Öffnungen zu allen Seiten sahen sie die Dämonen, die den Berg umzingelt hatten.

»Wie viele es sind«, murmelte Mesala, die mit zittrigen Knien zu einer der Öffnungen schritt.

Der Oberste Drache wartete in der Mitte des Raums. »*Der Moment ist gekommen, in dem endet, was war, und beginnt, was sein wird.*«

Mesala wendete sich erst dem Obersten Drachen zu, dann blieb ihr Blick auf Seld hängen. »Es ist unser Schicksal? Das, was in der Prophezeiung beschrieben wird?«

Seld sagte nichts.

»Wir sind die Drei ...« Mesalas Stirn legte sich in Falten.

Langsam näherte sie sich Seld. »Deswegen hast du uns hierher gebracht. Wir sollen die Prophezeiung erfüllen.«

Seld nickte. »Nur so können wir die Dämonen besiegen.«

Sie schüttelte den Kopf. »Welche Untaten verlangst du von uns ... wir können nicht ...« Doch dann wurde ihr Blick hart. »Wir haben keine Wahl. Was muss ich tun?«, fragte Mesala flüsternd. »Welche bin ich?«

»Ich weiß es nicht«, antwortete Seld. Er ging zu ihr und nahm sie in den Arm. »Ich weiß es nicht.«

Mesala erwiderte nach kurzem Zögern die Umarmung. Dann schob sie ihn von sich weg. Tränen standen in ihren Augen. »Finde es heraus.«

Seld trat zu dem Obersten Drachen. »Was geschieht nun?«, fragte er.

»Euer Weg ist bestimmt seit Anbeginn der Zeiten. So wie unserer. Seld, du wirst das Ajik werden. Durch die Hand deiner Frau Alema wirst du sterben. Und zuvor wird Mesala, die Erste, ihre Seele befreien.«

Was dem Drachen widerfahren war und was er getan hatte, drohte Seld nun zu überwältigen. Doch wie ein Echo vernahm er, wie der Drache seine Gefühle und Erlebnisse in sich aufnahm. Was verglichen mit der Lebensspanne des Obersten Drachen ein Blinzeln war, erlebte dieser wie die Geburt und den Tod ganzer Sterne. Der Oberste Drache litt mit Seld, als dieser seine Frau verlor. Er fühlte die Einsamkeit des Exils. Die Last der Verantwortung während der Flucht aus Derod.

Und die Äonen, die der Drache existiert hatte, und die wenigen Jahreszeiten, die Seld gelebt hatten, waren das Gleiche. Beide verstanden die Leben des anderen, und dabei war es unwichtig, wie lange es gedauert hatte.

Wir sind uns ähnlich, dachte Seld.

Er schluckte und versuchte, das Schwindelgefühl aus seinem Kopf zu verdrängen.

Das Flügelschlagen, das die Luft erfüllte, wurde lauter, als sich ein einzelnes Wesen näherte, und Seld erhaschte noch einen Blick auf das Wesen, das herangeflogen kam.

Es war das Osertem.

Sein massiger Leib prallte gegen die Kuppel des Thronsaals. Die Drachenspitze erzitterte, und Seld stolperte zu Mesala und Alema. Ein Riss erschien in der Decke, und Staub rieselte herab, geriet in den Sog des Windes und wurde hinausgeweht.

Das Osertem brüllte, stieß sich von der Kuppel ab und entfernte sich mit einem starken Flügelschlag. Dann kehrte es um und stürzte wieder auf die Drachenspitze zu. Mit seinem ganzen Gewicht prallte es dagegen, und nun brachen die Pfeiler, die die Kuppel des Thronsaals stützten. Riesige schwarze Krallen fuhren durch die Öffnungen, griffen die Kuppel und stemmten sie in die Höhe.

Die Pfeiler brachen auf, ganze Steinplatten platzten aus der Decke des Thronsaals und fielen herunter. Seld, Alema und Mesala suchten bei dem Obersten Drachen Schutz, und dieser hob seinen kristallenen Flügel, von dem ganze Trümmerbrocken abprallten.

Mit einer schnellen Bewegung stieß das Osertem die Kuppel vornüber. Die letzten Pfeiler wurden durchtrennt, und das gewaltige Gewicht der Kuppel riss sie in die Tiefe. An der steil abfallenden Felswand schlug sie weitere Felsbrocken heraus und wirbelte Staub auf. Als die Kuppel sich am Fuß des Berges in den Boden bohrte, glaubte Seld, die Erschütterung bis hinauf auf die Bergspitze zu fühlen.

Der Wind konnte nun ungehindert über die Drachenspitze fegen, und das Licht der hoch stehenden Sonne fiel direkt auf den Berg. Der Wind blies den Staub der Jahrhunderte von den Münzen und dem Geschmeide, und tausendfach wurde das Licht von den unzähligen Schuppen des Obersten Drachen und den verstreuten Reichtümern reflektiert.

Seld sah nun den gesamten Ring, den die Dämonen um die Drachenspitze geschlossen hatten. Hoch über ihm hingen die goldenen Drachen in der Luft, die wild durcheinanderflogen. Immer wieder brachen vereinzelte Drachen aus, als wollten sie die ruhig in der Luft schwebenden Dämonen oder das Osertem unter sich angreifen, doch kehrten sie schnell wieder zu ihren Artgenossen zurück, als wollten sie die Dämonen vor sich nur reizen.

Das Osertem landete inmitten des nun kuppellosen Saals, direkt vor dem Obersten Drachen und den drei Menschen. Der Oberste Drache rührte sich nicht.

Seld blickte hoch zu dem gezackten Haupt des Wesens. Das Osertem senkte seinen durchdringenden Blick auf ihn.

Und es wartete.

Ein Klimpern ertönte hinter Seld. Es war Mesala, die rückwärts über die Münzen schritt, auf eine Öffnung zu. Tränen standen in ihren Augen. »Ich bin die Erste«, flüsterte sie. »Ich werde mich fügen. Rette diese Welt.«

Seld wollte nach vorne stürmen und Mesala zurückhalten. Aber er konnte es nicht – er durfte es nicht. Dies war das Schicksal, das er, Alema und Mesala zu erfüllen hatten. Er hatte Tage und Nächte voller Entbehrungen hinter sich gebracht, er war aus seinem Grab entstiegen, um in diesem Augenblick seine Welt vor der Vernichtung zu bewahren.

Schritt für Schritt näherte sich Mesala der schwindelnden Tiefe. Ihr Blick blieb auf Seld geheftet, die Tränen flossen nun ihre Wangen hinab. Es stand keinerlei Angst in ihren Augen, sie fügte sich in ihr Schicksal mit einem Mut, den Seld schon bei ihrer ersten Begegnung gespürt hatte. Nun blickte sie noch einmal zu ihrer Schwester. »Leb wohl«, sagte sie mit zittriger Stimme.

Nur noch einen Schritt war sie davon entfernt, in die Tiefe zu stürzen. Es wäre ein langer Fall, immer wieder würde sie gegen die Felswand schmettern, bis der Aufprall auf dem Boden sie in den gnädigen Tod riss – und damit den ersten Teil der Prophezeiung erfüllte.

»Nein!«, brüllte Seld. Er warf seinen Körper mit ungestümer Wucht nach vorne, und mit drei großen Schritten war er bei Mesala, die sich nach hinten fallen ließ. Seld bekam einen ihrer Unterarme zu fassen, stemmte seinen linken Fuß gegen eine abgebrochene Strebe, die die Decke gehalten hatte. Sein rechter Fuß rutschte über den Boden und stieß in einen Haufen Goldmünzen, die klimpernd in die Tiefe fielen.

Seld zerrte Mesala zurück in den Thronsaal. Durch den Schwung gerieten beide ins Stolpern. Er zog sie an sich, und beide stürzten zu Boden.

Schwer atmend lagen sie auf dem Steinboden. Der Wind fuhr über ihre Körper. Stille – kein Geräusch der Drachen, keines der Dämonen – Stille.

Seld richtete sich auf. Er ballte die rechte Hand zur Faust und erhob sie. »Sollt ihr Dämonen doch die Drachen vernichten ... soll jeder Mensch sterben ... soll doch die ganze Welt in Flammen aufgehen ... Ich werde die Prophezeiung nicht erfüllen!«

KAPITEL 22

Entscheidungen

Seit dem Tag, an dem Seld mit den anderen Hequisern sein Dorf verlassen hatte, hatte er viele Momente erlebt, in denen es ihm schien, als würde er von einer unbarmherzigen Hand des Schicksals geführt. Was auch immer er tat, es konnte nichts an dem ändern, was für ihn durch die Prophezeiung vorbestimmt war.

Alle Menschen, denen er begegnet war, jedes Ereignis, das er erlebt hatte – alles hatte nur dem einen Zweck gedient, dass an diesem Tag auf der Drachenspitze der Erste sich umbrachte und Seld vom Zweiten getötet wurde, damit er mit dem Obersten Drachen zu dem Ajik verschmolz – und damit eine uralte Prophezeiung erfüllte, die über das Schicksal der ganzen Welt richtete. Er war nicht etwa ein unbedeutender Mensch neben den unsterblichen Drachen, er war für Drachen und Menschen die letzte Hoffnung, diesen finalen Angriff der Dämonen zu überstehen.

Und diese Hoffnung hatte Seld Esan nun zerstört.

Unten in einem der unzähligen Höhlenräume in der Drachenspitze stockte Ark Sibin der Atem. Etwas war geschehen. Ark blickte in die

Gesichter der Umstehenden, und er sah in ihren Augen, dass sie das Gleiche fühlten wie er.

»Seld hat etwas getan«, flüsterte Erima neben ihm. »Das Osertem ... die Dämonen ... sie werden wütend.«

Ark umarmte seine Frau. Er konnte nichts tun – nur abwarten.

Selds Worte hallten in Mesalas Ohren und ließen sie den Schmerz in ihrer rechten Hüfte vergessen. Sie konnte nicht glauben, noch am Leben zu sein. Vor wenigen Augenblicken hatte sie sich in den Tod stürzen wollen, doch Seld hatte sie zurückgehalten. Warum hatte er das getan? Das Osertem konnte sie alle mit einem Streich seiner Klauen töten, doch als Ajik hätte Seld die Macht gehabt, sich diesem Wesen entgegenzustellen.

Es rührte sich nicht, wie auch der in der Nähe stehende Oberste Drache. Tief atmete das Osertem ein und aus, und Mesala vernahm das Schnaufen aus dem klauenbewehrten Mund, in dem immer noch menschliche Züge zu erkennen waren – die von Talut Bas.

Wie wollte Seld gegen diese Macht bestehen?

»Es wird nicht geschehen«, sagte Seld und senkte die Faust, trat einen Schritt näher an das Osertem. »Die Prophezeiung des Bematu wird nicht erfüllt werden.«

Das Osertem senkte seinen Kopf. »*DU KANNST DEIN SCHICKSAL NICHT ÄNDERN.*« Wut schwang mit in den Worten, die aus dem Schlund des dunklen Wesens drangen.

»Es ist schon geschehen«, erwiderte Seld. Er wendete sich ab und schritt zu Mesala, ging neben ihr in die Knie.

»Was geschieht gerade?«, flüsterte sie. »Die Dämonen sind verwirrt – ich fühle es.«

Seld barg ihren Kopf zwischen seinen Händen. »Wenn wir die Prophezeiung erfüllen, werden Zwei um diese Welt kämpfen, und Einer wird siegen. Ob Osertem oder Ajik – seine Macht wird grenzenlos sein.«

»Ja, und du wirst sie erringen«, sagte Mesala. »Ich weiß es.«

Er beugte sich nahe zu ihr. »Ich will diese Macht nicht. Noch weniger will ich, dass sie auf das Osertem übergeht ... auf das, was von Talut Bas noch in diesem Wesen steckt. Menschen und Drachen teilen diese Welt, und so soll es bleiben. Niemand darf dieser Welt seinen Willen aufzwingen!«

»Aber was tun wir jetzt?«

Seld ließ ihren Kopf los. »Wir erfüllen ein anderes Schicksal«, sagte er leise.

Das Osertem richtete seinen Kopf gen Himmel. Es atmete ein, riss sein Maul auf und stieß eine blaue Flamme heraus, die fast bis zu den goldenen Drachen hinaufreichte.

Mit einem Mal setzten sich die Dämonen im Himmel in Bewegung und flogen auf die Drachenspitze zu.

Das entfernte Grollen drang durch die Tunnel zu den Menschen, die sich in der großen Halle versammelt hatten. Es schien eine Ewigkeit zu dauern, bis es erstarb.

»Vielleicht ist es schon vorüber«, flüsterte Hem.

»Nein«, sagte Ark mit ruhiger Stimme. »Es beginnt.«

Das Geräusch schlagender Flügel drang von draußen herein. Kurz darauf war das Kratzen von Klauen auf blankem Felsen zu hören, das durch die Tunnel hallte.

»Das sind nicht die Drachen«, sagte Hem.

Ark löste sich aus den Armen seiner Familie. »Wir müssen weg von hier!«, rief er. »Es gibt Tunnel, die zu schmal für die Dämonen sind. Schnell!«

Die Dämonen waren in die Gänge der Drachenspitze eingedrungen. Ark vernahm ihr Brüllen, und er konnte schon die ersten rot glühenden Augenpaare in der Dunkelheit einiger Gänge erkennen.

Die Menschen rannten zu mehreren kleinen Durchgängen in der Wand, die zu dunklen Treppen führten, manche in enge Sackgassen, und einer führte zu der Treppe bis hinauf zum Thronsaal, doch niemand wagte, diesen Weg zu wählen.

Die Dämonen kamen näher. Ark drängte Erima und Hem, als erste in einer der Öffnungen zu verschwinden. »Geht so weit ihr könnt!«, sagte er.

»Komm mit!«, bat Erima.

»Ich folge euch. Geht!«

Das rote Glühen kam näher. Die Umrisse der Dämonen wurden deutlicher. Noch waren die meisten Menschen nicht in die engen Tunnel vorgedrungen. Und Ark wurde bewusst, dass ein Flammenstoß der Dämonen in die Durchgänge die Menschen bei lebendigem Leib verbrennen würde.

Als sich die Dämonen in Bewegung setzten, gerieten auch die Drachen über dem Berg in Aufruhr. Die Dämonen flogen zum Teil in die Tiefe und hielten auf die Öffnungen der Tunnel in der Drachenspitze zu, aber die meisten von ihnen kamen näher an die Spitze des Berges heran. Einige Drachen schossen nun nach vorne, stießen helle Flammen aus, die vor dem blauen Himmel für Selds Augen zu einem einzigen Flimmern wurden. Das Feuer fraß sich durch die Reihen der Dämonen, und tatsächlich fügte es einigen von ihnen Schmerzen und Schaden zu – mehrere Dämonen taumelten abwärts, denn mit ihren brennenden Flügeln konnten sie sich nicht mehr in der Luft halten.

Doch dann schossen unzählige blaue Flammen auf die Drachen, die sich vorgewagt hatten, und es war, als schmolzen ihre goldenen

Schuppen, die überirdisch glänzten und auf Seld unzerstörbar gewirkt hatten. Flüssiges Feuer schien von den Drachenleibern zu tropfen und in die Tiefe zu fallen, mit ihren Klauen schlugen sie wild um sich. Wut und Entschlossenheit beider schien sie verletzlich zu machen.

Die meisten Drachen waren über der Drachenspitze geblieben, flogen in Bögen, schlugen wild mit den Flügeln. Der Kreis der Dämonen schloss sich unaufhaltsam.

»Wenn nur einer von uns nicht das Schicksal erfüllt, das die Prophezeiung für ihn vorgesehen hat, wird sie niemals erfüllt werden können«, sagte Seld.

Mesala hatte den Kampf im Himmel verfolgt. Nun wendete sie sich wieder Seld zu. »Was meinst du?«

»Ich soll das Ajik werden, und kein anderer. Doch wenn Alema mich nicht töten kann, wird dies nie geschehen.« Er nahm ihre Hand, küsste sie. »Sei für Alema da.« Dann fuhr er in die Höhe, rannte zum Rand der Drachenspitze und sprang in die Tiefe.

Der Boden zitterte, als die Dämonen sich Ark näherten. »Schneller!«, rief er und schlug dem Mann vor sich auf den Rücken, doch es ging nicht voran. Er wagte nicht, hinter sich zu blicken, doch er fühlte die Nähe der schwarzen Wesen – und er wusste, dass es kein Entrinnen gab.

Etwas traf ihn hart an der linken Schläfe. Arks Sinne versanken in Dunkelheit.

Als er absprang, trieb der Wind in seinem Rücken Seld ein Stück von der Drachenspitze weg. Er breitete die Arme aus, als könne er fliegen, schloss die Augen. Mit seinem Tod würde es enden, die Prophezeiung würde niemals erfüllt werden. Und damit würde das Osertem niemals die allumfassende Macht gewinnen, die die Prophezeiung versprach. Selbst wenn Menschen und Drachen von den Dämonen vernichtet wurden, wäre es nur ein Akt der Wut und Rache. Generationen würden vorüberziehen, und ein neues Geschlecht von Drachen oder Menschen würde heraufziehen – es wäre mächtiger als es die Dämonen jemals waren.

Und die Schlacht um diese Welt würde von neuem beginnen.

Als Seld am Berg hinabstürzte, blickte er in die Tiefe. Weit unter sich sah er die Reste der Kuppel, die durch den Aufprall zerschmettert worden war. Um ihn herum stürzten sich Dämonen in die Öffnungen der Drachenspitze, und Seld streifte den Flügel eines Drachen, drehte sich in der Luft um die eigene Achse.

Der Wind, der nun in sein Gesicht blies, trieb Tränen in Selds Augen, also schloss er sie und erwartete, gegen die Steilwand der Drachenspitze geweht zu werden oder in wenigen Augenblicken auf dem Boden aufzuprallen. Eine seltsame Ruhe und Zufriedenheit durchfloss seinen Körper. Es war vorbei.

Dann fühlte er die Nähe des Osertem, bevor er dessen Flügel hörte, und ein heftiger Ruck durchfuhr Selds Körper – ein stechender Schmerz breitete sich von seinem Rücken aus. Er war nicht aufgeprallt, das Osertem hatte Seld mit seinen Klauen im Flug gepackt. Es breitete seine Flügel aus, hob den Körper an und flog wieder zurück zur Drachenspitze. Seld öffnete seine Augen und sah die Felswand in seiner Nähe, die nun von oben nach unten an ihm vorbeizog. Der Schmerz, den die Klauen des Osertem ausgelöst hatte, betäubte seine Sinne, und er musste kämpfen, bei Bewusstsein zu bleiben.

Als das Osertem die Drachenspitze erreichte, flog es einen Kreis über dem Berg, sank herunter und öffnete die Krallenhand, in der es Seld hielt, woraufhin dieser auf dem Steinboden in sich zusammensank. Seld fühlte warmes Blut, das aus seiner Nase rann, und drehte den Kopf zur Seite. Wenn er nur einfach seinen Geist von seinem Körper lösen könnte und so in den Tod gehen – dann wäre alles vorüber.

Jemand sagte seinen Namen, strich durch sein Haar ... eine kühle, sanfte Hand. Seld drehte den Kopf und blinzelte. Als er zu erkennen versuchte, wer zu ihm gekommen war, drangen die Schmerzen in seinem Rücken wieder in seine Sinne, und ihm wurde schwarz vor Augen. Jeder Atemzug jagte neue Schmerzwellen durch seinen Körper.

Über der Bergspitze tobte der Kampf zwischen Drachen und Dämonen. Der Himmel war erfüllt mit massigen Leibern, die sich rammten, mit Krallen aufeinander einschlugen und versuchten, sich mit ihren Flammen gegenseitig zu vernichten. Immer wieder stürzten tödlich verwundete Drachen und Dämonen in die Tiefe.

»Seld ... bleib bei uns.«

Er erkannte noch Mesalas Stimme, bevor er ohnmächtig wurde. *Hoffentlich erwache ich nie wieder*, war sein letzter Gedanke.

»Vater!«

Hem wollte aus dem engen Tunnel zurückrennen, doch kräftige Hände hielten ihn zurück.

»Bleib!«, rief jemand. »Die Dämonen würden dich töten.«

Hilflos musste Hem mitansehen, wie ein wuchtiger Schlag einer Krallenhand Ark zu Boden stieß, woraufhin dieser reglos liegen blieb. Der Dämon trat an ihn heran, und Hem erwartete, dass sein Vater von diesen riesigen schwarzen Pranken zerquetscht würde, doch die Krallen ergriffen ihn nur und trugen ihn weg.

Dann wurde Hem von den anderen Hequisern in die Tiefen des Tunnels gezogen, wo sie vor den Dämonen sicher waren, solange diese nicht ihr blaues Feuer in die schmalen Gänge stießen.

Drei Namen riefen die Menschen in der Dunkelheit, ohne eine Antwort zu erhalten.

Die Sonne stand schon tief über dem Horizont, als Seld die Augen öffnete, und ihr Licht war rötlich und wärmend. Noch immer strich die Hand Mesalas über seinen Kopf, den sie auf ihren Schoß gebettet hatte.

Ich lebe noch, dachte er, und ein Stöhnen drang über seine Lippen.

»Es ist vorbei, Seld«, sagte Mesala. »Die Drachen sind vernichtet worden. Einer nach dem anderen ist um den Berg herum zu Boden gestürzt. Dort unten sind sie verschwunden, als hätten sie sich in Luft aufgelöst. Nur der Oberste Drache existiert noch.«

Er stützte sich auf die Ellenbogen und versuchte, den brennenden Schmerz in seinem Rücken aus seinen Sinnen auszublenden.

Alema saß bei ihnen auf dem Boden. Sie sah ihn aufmerksam an, und keinerlei Anzeichen von Angst waren in ihren Augen. Seld legte den Kopf in den Nacken. Er sah keinen einzigen Drachen mehr am Himmel. Über der Drachenspitze flogen die Dämonen wild durcheinander, stießen triumphales Gebrüll aus.

»Warum hast du das getan?«, fragte Mesala. »Du hättest es verhindern können.«

Nun bemerkte Seld, dass sich mehrere Dämonen auf der Drachenspitze niedergelassen hatten. Sie hatten den Obersten Drachen umzingelt, der sich gegen die ihn umgebenden Wesen nicht zur Wehr setzte, und sie verhinderten, dass Seld nochmals versuchen konnte, sich von dem Berg zu stürzen. Es gab kein Entkommen von der Drachenspitze.

»Vielleicht sind wir die letzten Menschen auf dieser Welt.« Mesalas Stimme klang ruhig und kalt wie eine Winternacht. »Wir sind die Letzten, die die Dämonen töten müssen, dann gehört ihnen diese Welt ... keine Drachen und keine Menschen mehr.«

»Nein.« Selds eigene Stimme klang fremd in seinen Ohren. »Sie können diese Welt nur besitzen, wenn die Prophezeiung erfüllt wird und das Osertem das Ajik besiegt.«

»Wenn sie alles Leben vernichten, herrschen sie.«

Seld setzte sich auf – sehr langsam. Seine Hüfte schmerzte, schien aber nicht gebrochen zu sein. »Sie mögen Jahre und Jahrhunderte herrschen. Aber nicht für immer. Das können sie nur, wenn die Prophezeiung erfüllt wird.«

Er schaute in ihre Augen und glaubte, Verstehen darin zu erkennen.

Der Boden erzitterte, als das Osertem einige Dämonen beiseite schob und zu Seld schritt. »*BRINGEN WIR ES ZU ENDE.*«

»Es ist zu Ende«, sagte Seld. »Ich werde die Prophezeiung nicht erfüllen.«

»*DU WIRST. STEH AUF.*«

Seld erhob sich. Er fühlte, dass sein Rücken mit getrocknetem Blut bedeckt war, aber die Wunden waren nicht so tief, wie er befürchtet hatte. Zwar fühlte er noch den stechenden Schmerz, den die Krallen hinterlassen hatten, doch er konnte sich auf den Beinen halten.

Eine Stimme erklang hinter ihm: »Rette uns, Seld!«

Er drehte sich zu der Stimme um. Dort, vor einer Wand schwarzer Dämonenleiber standen drei Männer.

Es waren Ark, Wod und Ker.

Der angsterfüllte Ruf war von Kapitän Wod gekommen. Er stand zitternd zwischen den beiden anderen Männern. »Rette uns!« Seine Stimme war nur ein Wimmern.

Nun bewegten sich die Dämonen, die hinter den Männern standen. Sie stießen sich vom Boden ab und erhoben sich in die Luft, so dass die drei mit dem Rücken zum Abgrund standen – und der Weg für Mesala frei war, sich in die Tiefe zu stürzen.

Mit stampfenden Schritten trat das Osertem zu den Männern, die sich dicht aneinanderdrängten und nicht wagten, zu dem Wesen hinaufzublicken. »*VOLLENDE DIE VERWANDLUNG ZUM AJIK.*

ERFÜLLE DIE PROPHEZEIUNG.« Das Ostertem stand nun hinter Ark, Wod und Ker.

Seld bemerkte, dass das dunkle Wesen nicht zu ihm sprach. Die glühend roten Augen waren auf Mesala gerichtet. Und die junge Frau erwiderte unschlüssig den Blick.

»Es wird alle töten«, flüsterte sie.

»Ja«, gab Seld leise zurück. »Aber es gibt nur einen Weg, ihm unendliche Macht zu verwehren.«

Mesala schüttelte den Kopf. »Ich kann es nicht tun – ich kann nicht zulassen, dass alle unsere Freunde getötet werden, wenn du sie retten könntest.«

»Es wäre keine Rettung, sondern die ganze Welt würde versklavt.« Seld schluckte. »Wir müssen leben und verhindern, dass die Prophezeiung erfüllt wird. Nur so können wir das Osertem vernichten.«

Als hätte das Osertem die geflüsterten Worte vernommen, hob es die rechte Krallenhand. »*WÄHLE, WER ZUERST STERBEN SOLL.*«

Seld tastete nach Mesalas Hand. Ihre Finger fanden seine, und sie umschlossen ihre Hände in einem festen, fast schmerzhaften Griff.

Ark wirkte ruhig. Seine Augen waren aufmerksam und klar; ohne zu blinzeln, blickte er zu Seld. Kapitän Wod stand Schweiß auf der Stirn. Ker hielt den Kopf gesenkt, als sei er in tiefe Gedanken versunken.

Und Mesala schwieg, rührte sich nicht.

Die Krallenhand fuhr durch die Luft und packte Kapitän Wod. Mit einer kurzen, ruckartigen Bewegung schleuderte das Osertem den Mann hinter sich. Wod entfuhr ein Schrei, er rudert mit den Armen. Dann stürzte er in die Tiefe.

Seld fühlte die Kraft aus Mesalas Griff schwinden.

»Das können wir nicht tun«, sagte sie. »So viel Tod ...«

Seld drehte sich zu ihr und zog sie an den Schultern an sich heran, schaute in ihre Augen. »Sei stark. Wir müssen alles opfern und selbst überleben, um diese Welt zu retten.«

»*WÄHLE*.«

Das Osertem stand noch immer hinter Ark und Ker. Es hatte nun seine Arme ausgebreitet und hielt die Krallenhände über die Köpfe der Männer. War diese Geste eigentlich beschützend, wirkte sie auf Seld doch wie die Androhung des Todes.

Seld trat vor. »Wir wählen nur eines: Die Prophezeiung nicht zu erfüllen. Niemals. Töte sie. Töte alle. Und verliere dadurch die Macht über diese Welt.«

Mit einer Bewegung, mit der ein Mensch eine Fliege verscheucht, stieß das Osertem Ker über den Rand des Berges. Der Vorsteher von Taheff hielt seine Augen geschlossen und fiel, ohne einen Laut von sich zu geben.

Das Entsetzen, das Seld angesichts des Todes von Wod und Ker empfand, hielt er tief in seinem Inneren zurück. Er durfte nicht zulassen, dass das Osertem Macht über ihn erlangte, ihn dazu brachte, sich doch in sein vorgezeichnetes Schicksal zu ergeben. Seld fühlte das Zittern, das durch seine Beine fuhr – er wollte zusammenbrechen und den Tod seiner Freunde beklagen. Sein Blick begegnete dem von Ark, und in den Augen seines Freundes sah er Vertrauen. Ark wusste, was auf dem Spiel stand; nicht Unverständnis lag in seinem Blick, sondern grenzenloses Vertrauen. Er sagte etwas, und Seld las von den Lippen: *Ich habe keine Angst.*

Das Osertem bewegte sich zu Mesala, schneller als Selds Augen folgen konnten. Mesala wich einen Schritt zurück, doch dann umgriff das riesige Wesen die Frau. Seld sah, wie sich die Krallen durch ihre Kleidung bohrten und ins Fleisch drangen. Ihr Blut bildete dunkle

Flecken in der Kleidung um die Krallen herum, und Mesalas Schreie hallten über die Bergspitze.

Seld fühlte den übermächtigen Drang, sich dem gewaltigen Wesen in den Weg zu stellen, als es mit Mesala in seiner Krallenhand zum Rand der Drachenspitze ging, doch Seld blieb stark und verharrte. Er wusste, dass es Mesala nichts antun konnte – sie musste ihren Tod aus freien Stücken wählen.

Das Osertem trat an den Rand, und Ark wich einige Schritte zur Seite, dann öffnete es seine Klaue, und Mesala sank zu Boden. Mit schmerzverzerrtem Gesicht schloss sie die Arme um ihren Körper. Sie saß direkt am Abgrund.

»*SPRING.*« Die Stimme des Osertem klang nun ungeduldig.

Mesala atmete schwer. Sie blickte hinab in die Tiefe neben sich, zu den Dämonen, die um sie herum warteten, zu dem Osertem, das über ihr stand – schließlich zu Seld.

Sie lächelte.

Es war das Lächeln eines Menschen, der sich unbesiegbar fühlte. Grenzenlose Erleichterung floss durch Seld: Mesala hatte verstanden.

Als das Osertem das Lächeln erblickte, schoss seine Hand vor, drehte ihren Kopf mit einer abrupten Bewegung dem Abgrund zu. »*SPRING!*«

Mesala packte die Klauenhand, als wollte sie diese beiseite stoßen, doch sie konnte den kräftigen Arm des Wesens nicht bewegen. Sie fuhr in die Höhe. »Ich werde leben!«, brüllte sie dem Osertem entgegen.

Das Wesen starrte ungläubig auf die Frau hinab. Langsam zog es seine Klaue zurück.

Es glitt hinüber zu Ark, packte ihn, wie kurz zuvor Mesala, und Ark schrie vor Schmerzen, denn die Klauen sanken tief in seinen Leib. Mit ausgestrecktem Arm hielt es Ark wie eine Trophäe vor Mesala. »*DANN BIST DU SCHULD AN SEINEM TOD.*«

Sie schüttelte den Kopf. »Nein. Deine Hand tötet, Talut. Du hast mir zu lange deinen Willen aufgezwungen. Es wird nie wieder geschehen.«

Die Krallen wurden tiefer in Arks Fleisch gebohrt. Blut floss seinen Körper herunter und tropfte von den Füßen auf den Boden. »*WÄHLST AUCH DU SEINEN TOD?*«

Doch bevor Seld etwas erwidern konnte, lachte Ark lauthals. »Es wird nicht geschehen!«, schrie er. »Es wird nie geschehen!« Sein Blick wanderte zu Seld, und für einen Augenblick schienen Schmerz und Verzweiflung aus Ark zu weichen. »Leb wohl«, flüsterte er.

Dann schleuderte das Osertem ihn vom Berg.

Mesala schloss die Augen und senkte den Kopf. Ihr ganzer Körper bebte, und Tränen flossen ihr Gesicht hinab.

Seld blieb ruhig. Er horchte in sein Inneres, doch dort waren keine Trauer, kein Schmerz. Er hatte gewusst, dass dies geschehen würde, als er Ark hier oben erblickt hatte. Es gab keinen anderen Weg. Jetzt durfte er nicht an Erima und Hem denken, jetzt nicht. Er durfte der Trauer nicht nachgeben.

Mit hochgerecktem Kopf ging er auf das Osertem zu. »Töte weiter, Osertem ... Talut. Töte alle. Du weißt, wozu es führen wird.«

Das Osertem schaute auf den Menschen hinab, ohne sich zu rühren.

»Wir werden nicht den Dämonen gleich werden, nicht dem Bösen erlauben, diese Welt an sich zu reißen«, flüsterte Seld. Dann hob er seine Stimme. »Gib auf. Flieh hinter die Koan-Berge und bleibe dort für immer. Sonst wirst du selbst vergehen.«

Das schwarze Wesen schien erstarrt zu sein, und Seld glaubte, zum ersten Mal nicht gnadenlose Entschlossenheit in diesen roten Augen zu sehen, sondern ein Gefühl von Angst.

»Drachen und Menschen wollen diese Welt nicht für sich allein«, sagte Seld. »Wir würden dir zugestehen, fernab von uns weiterzuleben.«

»*NIEMALS.*« Doch die Stimme des Osertem hatte schon an Kraft verloren.

»Dann wirst du sterben.«

Und aus dem Himmel über der Drachenspitze ertönte schrilles Schmerzgeheul. Selds Hände fuhren zum Kopf, um seine Ohren zu bedecken. Die Dämonen, die sich auf dem Berg befanden, wankten nun, und auch sie stießen die Laute aus. Sie öffneten ihre Schwingen und stießen sich vom Boden ab, flogen taumelnd zu den anderen Dämonen.

Seld und Mesala hielten einander fest, und eilten geduckt zu dem Obersten Drachen, der noch immer in der Mitte des zerstörten Thronsaals verharrte.

»*Es hat geendet. Die Macht des Osertem ist gebrochen.*« Der kristallene Drache hob seine Schwingen und bot den beiden Menschen Schutz.

»Was geschieht mit ihnen?«, fragte Mesala. »Sterben sie?«

»Ihr Schicksal ist besiegelt«, sagte Seld.

Der Himmel über der Bergspitze erstrahlte nun sonnenhell. Es waren die Körper der Dämonen, die aufzubrechen schienen, als suchte ein Gleißen einen Weg aus ihren Körpern heraus. Wild schlugen sie mit ihren Flügeln, brüllten unentwegt, warfen ihre Körper in der Luft hin und her.

Auch das Osertem schien von dem Licht erfasst zu werden, das sich nun veränderte, intensiver wurde und einen bläulichen Glanz annahm, und mit einem Mal erlosch es.

Seld und Mesala hielten die Augen geschlossen. Doch das Gleißen war sogar durch Selds Lider gedrungen, und helle Flecken tanzten vor seinen Augen, als er diese wieder öffnete.

»Was ist geschehen?«, fragte Mesala. Sie blinzelte.

Seld schaute in den Himmel und sah ihn voller goldener Drachen. Vor dem Abendhimmel zeichneten sich keinerlei Dämonen mehr ab – jeder einzelne Drache strahlte im Licht der untergehenden Sonne.

Seld, Mesala und Alema waren allein mit dem Obersten Drachen und dem Osertem auf der Bergspitze. Sie traten unter dem Flügel des Obersten Drachen hervor, und dieser legte seine Schwingen wieder an. Das Osertem stand aufgerichtet in der Mitte der Drachenspitze und starrte hinauf. Fäden des gleißenden Lichts umspielten das Wesen, verschwanden, leuchteten wieder auf. Sein Blick senkte sich auf die Menschen.

»*DIE PROPHEZEIUNG WIRD NICHT MEHR WAHR WERDEN*«, grollte das Wesen. »*DOCH EURE STRAFE WIRD DER TOD SEIN.*«

Seld trat vor. »Töte mich. Ich verdiene den Tod.«

»*NEIN.*«

Das Osertem machte einen Schritt zu Mesala und Alema und hob die Rechte, um sie mit seinen Krallen zu zerfetzen. Mit einem Brüllen, das von der Bergspitze weit über das Land hallte und Selds Ohren betäubte, stieß es zu.

Doch bevor der Klauenhieb die Frauen zerriss, verharrte das Osertem mitten in seiner Bewegung. Sein Schrei erstarb, für einen Augenblick schien es zu Stein geworden zu sein, dann taumelte es nach hinten, hob seine Krallenhände und hielt sie an seinen Schädel. Die Laute, die nun aus seinem Maul drangen, waren Schmerzgeheul.

Die roten Augen des Osertem blieben auf Seld gerichtet, und dieser glaubte, eine Anschuldigung in dem wütenden Blick zu sehen, als wäre er an den Schmerzen schuld, die das Wesen erleiden musste. Neue Wellen der Pein jagten durch seinen Körper, und das Osertem konnte sich nicht mehr auf den Beinen halten, stürzte hintenüber und krachte mit dem Rücken in einen Berg aus Gold und Kleinodien.

Die blauen Flammen erschienen wieder um seinen Körper herum und züngelten um den schwarzen Körper, dessen Gliedmaßen herumzuckten, als wollten sie das blaue Feuer vertreiben. Ein letztes Mal riss es seinen Rachen auf, um einen donnernden Schrei auszustoßen, dann wurde das Leuchten von einem Augenblick zum nächsten blendend hell, hüllte das Osertem in sich ein, und das Brüllen war wie abgeschnitten.

Dann herrschte nichts als Stille.

Seld hatte seine Hände vors Gesicht geschlagen, um nicht durch das blaue Licht zu erblinden. Nun nahm er sie herunter und blinzelte.

Das letzte Licht der untergehenden Sonne berührte die Bergspitze. Im kuppellosen Saal der Drachenspitze, umgeben von Münzen und Geschmeide, lagen nebeneinander ein Dämon und ein Mensch. Beide regten sich nicht. Der Mensch war Talut. Er war nackt, und er hielt die Arme von sich gestreckt, als wollte er etwas über sich umarmen.

»Ist er tot?«

Mesala machte einen Schritt nach vorne, hatte die Stirn in Falten gelegt. Seld näherte sich mit ihr dem auf dem Boden liegenden Mann. Taluts Brust wurde von keinerlei Atmen gehoben oder gesenkt, nur seine Haare bewegten sich im Wind.

»Ja«, sagte Seld. »Er ist tot. Als seine Macht verging, hat sich das Osertem wieder geteilt.«

Der auf der Seite liegende Dämon erwachte zuckend zum Leben. Sein Kopf fuhr in die Höhe, und seine roten Augen funkelten die Umstehenden an. Als er Seld erblickte, fauchte der Dämon und stieß sich vom Boden ab, breitete die Schwingen aus.

Seld hatte sein Schicksal nicht erfüllt, die Prophezeiung verhindert. Doch er hatte geliebte Menschen verloren, und sein Geist war leer. Er sah den Dämon auf sich zu rasen und wünschte sich nichts anderes als den Tod.

»NEIN!« Seld wurde zur Seite gestoßen, und während er zu Boden taumelte, sah er, dass Mesala ihn weggestoßen hatte – sie würde an seiner Stelle von dem Dämon zerfetzt werden.

Ein Glitzern schoss über Seld hinweg. Einen Augenblick, bevor der Dämon Mesala erreichte, wurde er von dem Obersten Drachen gerammt. Ein reißendes Geräusch ertönte, gefolgt von einem schmerzerfüllten Schrei. Der Dämon wurde nicht aufgehalten, doch er traf Mesala nicht. Seine rechte Schwinge schlug noch einmal, und ihre Spitze fuhr über Mesalas Gesicht. Dann trieb er hinaus über den Rand der Bergspitze, geriet für einen kurzen Moment ins Trudeln, fing sich aber wieder und erhob sich in die Luft. Mit einem letzten Brüllen wendete er sich ab und flog mit gleichmäßigen Flügelschlägen zu den Bergen, hinter denen das Meer lag.

»*Er kehrt hinter die Koan-Berge zurück*«, sagte der Oberste Drache.

»Also wird es immer Dämonen geben«, flüsterte Seld. »Immer.«

Ein Stöhnen ließ ihn herumfahren. Mesala kauerte auf dem Boden, hatte die Hände vors Gesicht geschlagen, und ein dünnes Rinnsal Blut strömte zwischen ihren Fingern hervor. Seld eilte zu ihr, nahm vorsichtig ihre Hände herab. Ein tiefer Riss zog sich von der Schläfe bis hinab zum Mundwinkel.

»Warum hast du das getan?«

»Ich hätte nichts mehr, wofür sich zu leben lohnt«, antwortete sie ohne Zögern. Ihr Blick war klar, wach, voller Entschlossenheit.

Seld schluckte. Sie hatte seine Gedanken ausgesprochen.

»Ich habe dich lange genug leiden sehen, Seld Esan.« Dann quollen Tränen aus ihren Augen, und Seld beugte sich nach vorne, um sie zu umarmen.

Der Dämon war zu einem Punkt am Horizont geworden.

Kapitel 23

Abenddämmerung

Mesala entfernte sich von den anderen, die im Wald am Fuß der Drachenspitze nächtigten. Es hatte niemanden mehr in den Höhlen des Berges gehalten, sie alle hatten sich in der milden Nacht versammeln wollen, um beim Lagerfeuer beieinander zu sitzen. Erima und Hem starrten mit leerem Blick in die Flammen vor sich, hielten einander fest. Immer wieder erzählten sich Hequiser und Taheffer, was geschehen war, wie Ark, Ker und Wod zu Tode gekommen waren und was Seld getan hatte. Stunde um Stunde hatten sie in der Dunkelheit verharrt und erwartet, im blauen Feuer der Dämonen zu vergehen, doch schließlich hatten sie Mesalas Rufen vernommen.

Und zuvor hatten sie gefühlt, wie das Osertem diese Welt verlassen hatte.

Mesala tastete sich durch die nachtschwarzen Gänge. Obwohl sie das Grollen der Drachen hörte, begegnete sie keinem. Es hielten sich nun weniger Drachen in dem Berg auf als vor dem Kampf, doch nur deswegen, weil die meisten der gewaltigen Anzahl an Drachen schon in alle Richtungen davongeflogen waren – als wollten sie der ganzen Welt zeigen, dass die Drachen keine Legende waren. Die meisten von ihnen waren in Richtung Derod gezogen. Vielleicht folgten sie dem letzten Dämonen, vielleicht ließen sie sich im ganzen Land nieder. Mesala fragte sich, wann Seld nach Hequis zurückkehrte – sicher würde er seine Heimat wiedersehen wollen und die Drachen, die auf den Koan-Bergen wieder Wache hielten.

Als Mesala den hohen Raum in der Drachenspitze betrat, der von einem schwachen Glühen erleuchtet wurde, entdeckte sie die Drachen, die in den Nischen an den Wänden hockten, bis hinauf in uneinsehbare Höhen glommen ihre gelben Augen.

Nur eine Nische in geringer Höhe war nicht mit einem Drachen ausgefüllt. Seld lag darin, schien zu schlafen. Vom tiefen Grollen der Drachen über sich begleitet, ging Mesala zu ihm, kniete an seiner Seite nieder. Seld hatte ihr sein Gesicht zugewendet. Er atmete gleichmäßig, war in einen tiefen, ruhigen Schlaf versunken.

Ein Knurren entfuhr ihm, als spürte er, dass er beobachtet wurde, dann schlug er die Augen auf, stieß einen Schrei aus, drückte sich strampelnd gegen die Wand im Rücken.

»Ich bin es – Mesala«, sagt sie, hob beschwichtigend die Hände.

Seld beruhigte sich, schluckte. »Ich bin gefallen. Nicht alleine. Mit den anderen ... mit ...«

Mesala nickte. »Ein Traum.«

»Deine Wange – ist es schlimm?«

Mesala strich sich über den verkrusteten Riss in ihrem Gesicht. »Die Wunde wird heilen. Was ist mit deinem Rücken?«

»Er schmerzt.« Dann fragte Seld: »Hat man sie gefunden?«

»Ihre Körper waren ...« Mesala konnte nur mit den Schultern zucken.

Er setzte sich in der Nische auf. Seine Bewegungen waren kraftlos, seine Augen in der Düsternis matt. »Wir beerdigen sie morgen.«

Mesala schwieg und legte den Kopf in den Nacken. »So viele der neu geborenen Drachen sind davongeflogen, und trotzdem scheint der ganze Berg voller Drachen zu sein. Die Zahl der Dämonen war unermesslich groß. Sie hätten uns ohne weiteres töten können.«

»Ja, es lag in ihrer Macht.«

Nun schaute Mesala in seine Augen. »Wusstest du wirklich, was du tatest?«

Seld hob seine Beine aus der Nische und setzte sich neben sie, betrachtete die gelben Augen, die wie Sterne über ihnen leuchteten. »Nein«, erwiderte er. »Als ich die Verschmelzung mit dem Obersten Drachen unterbrach, tat ich es, weil ich es zu Ende bringen wollte. Alles. Ich wollte von den Dämonen getötet werden, und es hätte mich nicht mehr gekümmert, wenn alle Menschen und Drachen dieser Welt vernichtet worden wären.«

»Aber es ist nicht geschehen.«

»Dann verstand ich es plötzlich«, sprach Seld weiter. »Die Prophezeiung des Bematu versprach den Kampf zwischen Osertem und Ajik, und wer von beiden überlebte, würde endlose Macht erlangen. Doch gäbe es keinen Kampf, würde diese Macht niemals vergeben werden.«

Mesala strich über seine Schulter. »Und so kam es.«

»Ich glaube, was von Talut noch in dem Osertem war, konnte sich nicht vorstellen, dass jemand nicht um diese Macht kämpfen würde, sondern einfach auf sie verzichten würde. Das Osertem lebte nur aufgrund der Prophezeiung des Bematu, und sein Leben entglitt ihm, als die Prophezeiung nicht erfüllt wurde ... weil ich es nicht zuließ.«

»Du hast eine Schlacht gewonnen, die du nicht geführt hast.«

Seld schaute sie wütend an, und Mesala zog ihre Hand zurück. »Nichts habe ich gewonnen.«

»Wo ist diese Macht nun? Wird eines Tages jemand anderer nach ihr greifen? Und wird es vielleicht wieder dieser Dämon sein?«

Seld schüttelte den Kopf. »Jahre werden kommen und gehen. Es wird neue Prophezeiungen geben, neue Schrecken ... und vielleicht werden wieder die Drachen zu Dämonen. Ich weiß es nicht.«

Er stand auf und ging mit schnellen Schritten zu der Treppe, die zur Bergspitze hinaufführte. Mesala fühlte den Drang, ihm zu folgen, doch sie blieb zurück, schloss die Augen, lauschte den Geräuschen der Drachen.

»Habe ich das Richtige getan?«

Der Oberste Drache besah Seld mit wachen Augen. Er schien keine Spuren des Kampfes davongetragen zu haben. *»Du hast genau das getan, was prophezeit war.«*

»Aber Bematu –«

»Nicht der Mensch«, unterbrach der Oberste Drache. *»Auch wir Drachen haben Prophezeiungen. Und eine von ihnen hat vorgezeichnet, was gestern geschehen musste.«*

»Aber wie konnte Bematu dann etwas anderes prophezeien?«

»Er hat nur gesagt, dass der Sieger des Kampfes große Macht erhält. Er hat nicht vorhergesagt, wer siegen würde oder ob überhaupt jemand siegen würde, weil er es nicht gesehen hat. Prophezeiungen sind keine Gesetze, sie zeigen nur, was möglich ist. Du hast den Weg unserer *Prophezeiung gewählt.«*

»Also war es gar nicht meine Entscheidung, die Verschmelzung nicht einzugehen, sondern ich habe nur das Schicksal gewählt, das die Drachen für mich ausersehen hatten? Und der Tod meiner Freunde – ich bin nicht ...«

»Du trägst so viel Schuld, wie du dir selbst aufbürdest. Auch dies ist deine Wahl. Kein Mensch und kein Drache haben dein Schicksal je vorgegeben. Auch jetzt ist deine Zukunft unbekannt.«

Seld wandte sich von dem Drachen ab und schritt zum Rand der Bergspitze, vorüber an der Leiche von Talut Bas, die niemand angerührt hatte. Zum ersten Mal, seit Seld diesen Berg betreten hatte, fuhr keinerlei Wind über die Bergspitze, die Luft stand völlig still. Seld blickte in die dunkle Tiefe hinab, die nur von dem Schimmer am Boden erhellt wurde. Es war das gleiche Leuchten, durch das Seld im Drachental vor Klüch gewandelt war. »Wenn ich mich hinunterstürze, ist es dann meine Wahl? Oder ist es Euer Schicksal, mich dann zu retten?«

»*Nicht alles ist prophezeit. Wählst du den Tod, lasse ich dich gewähren.*«

Mit der Fußspitze stieß Seld eine Münze an. Sie klang einmal hell auf, als sie gegen die Felswand stieß, und wurde still von der Schwärze verschluckt.

Mesala erwachte in der Nische, in der sie Seld gefunden hatte, aber sie war allein. Sonnenlicht fiel durch die Öffnung in die Halle inmitten des Berges, deren Wände noch immer voller Drachen waren, doch alle waren still, obwohl sie nicht schliefen. Sie erhob sich und ging zurück nach draußen.

Am Fuß der Drachenspitze lagerten die Hequiser und Taheffer. Ihnen stand der Schrecken des vorangegangenen Tages noch ins Gesicht geschrieben, und ihre Stimmen waren gedämpft und voller Angst. Mesala suchte nach Seld und Ark, und sofort fuhr die Erinnerung wie ein Stich in ihr Herz.

»Wo ist Seld?«, fragte sie einige Hequiser, die daraufhin nur stumm den Kopf schüttelten.

Er war in der vergangenen Nacht hinaufgegangen. Hatte er dort oben geschlafen? Oder etwa ...

Mesala wendete sich ab und rannte los, an der Felswand der Drachenspitze entlang, in Richtung der Stelle, wo Ark, Wod und Ker gestorben waren. Sie hatte furchtbare Angst, dort einen weiteren Toten zu finden.

Sie entdeckte Seld neben den drei leblosen in Laken gehüllten Körpern. Er kniete, und sein Körper wurde von Schluchzen geschüttelt. Mesala verlangsamte ihre Schritte. Sie wusste nicht, ob er ihr Näherkommen bemerkte oder nicht. Seld schüttelte seinen Kopf. »Schuld ... so viel Schuld ...«

Mesala kniete neben ihm nieder, schloss die Arme um ihn, barg seinen Kopf in ihren Händen.

Zur Mittagszeit wurden Ark, Ker und Wod am Fuß der Drachenspitze beerdigt. Alle Hequiser und Taheffer hatten sich versammelt. Erima und Hem standen in vorderster Reihe mit leerem Blick. Drei Gräber waren ausgehoben und die verhüllten Toten hineingelegt worden.

Seld stand hinter den Gräbern und ließ seinen Blick über die Umstehenden gleiten, bevor er mit fester Stimme sprach. »Wir verabschieden uns von guten Freunden, deren Mut wir es zu verdanken haben, dass die Dämonen besiegt wurden. Ker, der die Menschen von Taheff geführt hat, ist mir schnell ein guter Freund geworden. Kapitän Wod hat uns bei einer langen und gefährlichen Überfahrt beigestanden. Und Ark ... Ark war wie ein Bruder für mich.«

Seld blickte in die Gräber. »Die Dämonen haben versucht, uns zur Erfüllung der Prophezeiung zu zwingen, indem sie diesen drei Männern den Tod angedroht und auferzwungen haben. Ark, Ker und Wod haben uns damit gerettet, sich nicht dem Willen der Dämonen zu beugen.« Kurz hielt er inne. »Wir sind das Vermächtnis dieser Männer. Wir leben noch, und wir haben es ihnen zu verdanken. Ihre Weisheit und ihre Freundschaft werden wir für immer in uns tragen.«

Hunderte Drachen schossen aus der Öffnung der Drachenspitze. Seld blickte hinauf und sah den Obersten Drachen, der sich von dem Berggipfel erhob. Die Drachen bildeten einen engen Kreis, wie es tags zuvor die Dämonen getan hatten.

»Mit diesem Tag endet ein Zeitalter«, rief Seld. »Und es beginnt ein neues.«

Dann spien sie ihr Feuer auf die Drachenspitze. Der Körper von Talut Bas, der auf der Bergspitze lag, verbrannte innerhalb von Augenblicken zu Asche. Die Reichtümer auf der Drachenspitze schmolzen, und zu allen Seiten strömte flüssiges Gold am Berg hinab, riss die Edelsteine mit sich und erkaltete auf dem Weg nach unten. Dampf stieg von der Bergspitze auf, wurde vom Wind verweht, und nach kurzer Zeit blitzte die Spitze des Berges golden im Sonnenlicht.

Die Drachen wendeten sich von dem Berg ab, zogen Kreise im Himmel und verschwanden wieder in den Öffnungen. Der Oberste Drache glitt mit ausgebreiteten Kristallschwingen herab, flog knapp über die Menschen, gewann mit einem einzigen Flügelschlag wieder an Höhe und ließ sich auf der Bergspitze nieder.

Seld schaufelte die drei Gräber allein zu. Er war gerade damit fertig, als jemand hinter ihm sprach.

»Ich weiß, was du tun wirst.«

Seld fuhr herum. Es war Alema.

»Was meinst du?«

Sie blieb am anderen Ende der Gräber stehen und betrachtete ihn. Seld hatte ihre Augen seit ihrer Rückkehr niemals derart wach und aufmerksam erlebt. Zum ersten Mal hatte er das Gefühl, der Frau in die Augen zu blicken, die er vor vielen Jahren auf den Koan-Bergen verloren hatte.

»Wir werden uns niemals wiedersehen. Bevor wir uns trennen, möchte ich dir danken. Für deine Liebe, für deine Sorge.«

Seld ließ die Schaufel fallen und ging um die Gräber herum. »Warum glaubst du, das wir uns trennen werden?«

Als würde sie seine Frage nicht hören, trat sie zu ihm und nahm ihn bei den Händen. »Während all der Zeit, in der mein Geist verdunkelt war, habe ich dich in meinem Herzen getragen, Seld. Ich werde es immer tun.«

Seld fand keine Worte. Er nahm Alema in den Arm.

»Und nun erfülle mir bitte einen letzten Wunsch«, flüsterte sie.

Noch am gleichen Tag bereiteten die Menschen ihren Aufbruch vor. Niemand hatte sie angewiesen, es zu tun, sie folgten alle dem gleichen Wunsch: Wieder in ihre Heimat zurückkehren zu wollen. Seld verfolgte das Treiben von einem nahen Hügel. Er hielt sich im Schatten der Bäume, und nur eine Person bemerkte ihn dort.

Mesala stieg den Hügel hinauf zu ihm und setzte sich neben ihn. »Sie würden am liebsten noch heute aufbrechen. Die Taheffer wollen sehen, was von ihrer Siedlung noch existiert. Und deine Leute möchten nach Hequis zurück. Sie wissen nicht einmal, ob die Ambria versenkt wurde oder nicht ...«

»Dann würden sie ein neues Schiff bauen, egal wie viel Arbeit es bedeutet oder wie lange es dauert. Sie werden das Meer wieder überqueren. Die Seeleute von Kapitän Wod werden eine wichtige Hilfe dabei sein.«

»Wann gibst du das Zeichen zum Aufbruch? Alle sind bereit.«

Er schaute sie an. »Alle ... aber ich noch nicht.«

»Wenn wir wieder in unserer Heimat sind – was geschieht dann mit uns?«

»Es ist eine lange Reise ...«

Mesala schüttelte den Kopf. »Nein. Ich meine: Was geschieht mit uns beiden? Und mit Alema?«

»Was wünschst du dir?«

»Ich wünsche nichts. Ich möchte nur wissen, ob ich in deinem Leben noch eine Rolle spielen werde.«

Seld hielt den Blick auf die Menschen gerichtet, die am Fuß der Drachenspitze die wenigen Wagen beluden, die sie noch hatten. »Nein«, sagte er schließlich.

»Ich habe es erwartet«, sagte Mesala und stand auf. »Klüch wird wieder aufgebaut werden. Und dort werde ich bleiben.« Seld sah, dass sie mit einer schnellen Bewegung eine Träne aus dem Augenwinkel wischte. »Alema und du ... ihr werdet bei mir immer willkommen sein.«

Seld öffnete den Mund, um etwas zu sagen, aber schloss ihn sofort wieder und nickte. Ein trauriges Lächeln erschien dazu auf seinem Gesicht. »Versprich mir eines: Respektiere, was sich deine Schwester wünscht.«

Mesala runzelte die Stirn. »Ja. Immer.« Sie ging einige Schritte den Hang hinunter. Dann wendete sie sich nochmals Seld zu. »Also – brechen wir heute noch auf?«

»Nein. Morgen früh.«

»Aber –«

»Morgen.«

Fast erwartete Seld, dass sich die Kolonne ohne sein Zeichen in Bewegung setzte. Er fühlte die Unruhe der Menschen, die ihn umgaben. Sie wollten nach Hause, sofort. Doch seine Entscheidung, dass sie erst mit dem nächsten Morgengrauen aufbrechen sollten, wurde angenommen, und gegen Abend saßen die Menschen um die Lagerfeuer am Fuß der Drachenspitze zusammen.

Noch immer vernahm Seld kein Lachen, sondern nahm nur die stille Erleichterung wahr, die Bedrohung durch die Dämonen überstanden zu haben. Er schritt zwischen den Leuten einher und suchte nach Erima und Hem.

Schließlich fand er sie auf der Pritsche eines Wagens. Sie saßen schweigend beieinander und reagierten nicht, als Seld zu ihnen auf den Wagen stieg. Er schaute sie abwechselnd an, doch weder die Frau noch der Junge hoben den Kopf, um ihm in die Augen zu sehen.

»Ihr dürft mir die Schuld an Arks Tod geben«, sagte er. »Wenn ich die Verschmelzung mit dem Obersten Drachen beendet hätte, wäre er vielleicht nicht gestorben. Doch etwas viel Schlimmeres wäre geschehen. Diese Welt wäre in ewige Dunkelheit gestürzt worden, entweder unter die Herrschaft des Osertem oder unter die des Ajik gefallen.«

Nun hob Hem langsam den Kopf und schaute Seld mit Augen an, die keine Tränen mehr vergießen konnten.

»Dein Vater war der Mutigste von uns allen. Als er sich dem Osertem widersetzte, fühlte es zum ersten Mal die Stärke, die ein Mensch besitzen kann – die Stärke, der Versuchung des Bösen zu widerstehen. Dies war etwas, was Talut Bas nicht verwinden konnte.«

Hem blickte Seld an, doch schwieg weiterhin. Erima saß in sich zusammengesunken da, und Seld wusste nicht, ob seine Worte sie erreichten.

»Auch ich werde Ark den Rest meiner Tage in meinem Herzen tragen.« Seld erhob sich, sprang von dem Wagen herunter. »Und er wird mich bis zu meinem Tod an meine Schuld erinnern.«

Hem nickte. Es war nur eine kurze, fast nicht erkennbare Bewegung seines Kopfes, und seine Mundwinkel deuteten ein Lächeln an.

Seld nickte zurück. Dann ging er leise davon.

Als die Nacht ihren tiefsten Punkt erreicht hatte, glomm nur noch wenig Glut in den Lagerfeuern. Die Menschen hatten sich schlafen gelegt, eine letzte Nacht am Fuß der Drachenspitze, bevor sie in ihre Heimat zurückkehrten.

Nach dem Kampf hatten keine toten Drachen oder Dämonen am Fuß der Drachenspitze gelegen. Sie waren verschwunden und hatten ein schwaches Leuchten zurückgelassen, das nun nachts die Umgebung um die Drachenspitze in das gleiche Licht tauchte wie das Drachental vor Klüch. Es war ein Schimmern, das jeden mit Frieden und Ruhe erfüllte, der sich darin aufhielt.

Seld erhob sich von seinem Lager, auf dem er die letzten Stunden mit hinter dem Kopf verschränkten Armen und geschlossenen Augen gelegen hatte. Er nahm seinen Mantel, legte ihn um und entfernte sich leise von den Menschen.

Es gab nichts, was er mitnehmen konnte, seine Kleidung am Leib reichte ihm aus. Sein Dolch war Bewaffnung genug auf dem unbekannten Weg, der vor ihm lag. Proviant würde er unterwegs sammeln.

Während er sich von den Menschen entfernte, schaute er über die Schulter zurück, aber niemand schien sein Fortgehen zu bemerken. Seld umrundete den Berg und kam zu den drei Gräbern. Er kniete vor dem mittleren Grab nieder, legte seine rechte Hand auf die frische Erde. So verharrte er, und es kam ihm wie Stunden vor, bis er sich wieder erhob, doch es waren nur einige Augenblicke gewesen.

Er ging die Anhöhe hinauf, von wo er einen Blick auf das Lager der Hequiser und Taheffer werfen konnte. Das Flackern der Lagerfeuer stach aus dem bläulichen, nebelähnlichen Leuchten heraus. Dann drehte Seld seinen Kopf in die andere Richtung, und er betrachtete die Bergketten, die sich am gegenüberliegenden Horizont abzeichneten. Auch in diese Richtung waren Drachen geflogen. Und vielleicht würden auch dort Menschen leben. Doch dies war nicht der Grund, warum er dorthin ging. Schon einmal hatte er Zuflucht in der Einsamkeit gesucht. Damals schien Alema gestorben zu sein, nun war sein bester Freund von ihm gegangen.

Seld atmete die frische Nachtluft ein und wollte den ersten Schritt machen, als jemand vor ihn trat.

»Du gehst?«

»Mesala ...«

Sie schüttelte den Kopf. »Was soll das? Ich hörte, wie du aufgestanden bist, und bin dir gefolgt. Du willst nicht mit uns gehen, nicht wahr?«

»Ja, ich werde nicht mit euch gehen.«

»Warum?«

»Ich wusste, dass du es nicht verstehen würdest. Niemand wird es verstehen. Ich bin müde. Ich habe Schuld auf mich geladen. Ich bin so lange der Prophezeiung eines anderen gefolgt – nun werde ich meinen eigenen Weg einschlagen.«

Sie trat an ihn heran und umarmte ihn heftig. »Nimm mich mit. Bitte.«

Sanft schob er sie von sich. »Nein. Eine andere Aufgabe liegt vor dir.«

»Dann bleib wegen Alema. Sie braucht dich.«

»Sie braucht etwas anderes. Morgen früh wird sie dich bitten, dass ihr sie hier zurücklasst. Bei den Drachen.«

»Ich kann nicht –«

»Alema hat sich durch ihre Zeit bei den Drachen verändert. Ihr Platz ist nun bei ihnen. Sie wird nie wieder der Mensch sein, den wir liebten, sondern jemand anders – und diese Person können wir ebenso lieben. Bei den Drachen wird sie Weisheit erlangen und sie den Menschen weitergeben, die zur Drachenspitze kommen.«

Mesala trat einen Schritt zurück, verschränkte die Arme. »Und ich soll mit den anderen zurückgehen.«

»Du hast mir auf der Reise hierher geholfen. Nun hilf den anderen auf dem Weg zurück. Ihr werdet Überlebende finden, nicht alle Menschen sind von den Dämonen getötet worden. Die goldenen Drachen haben viele Menschen gefunden, überall, sogar in den Ruinen von Klüch. Du fühlst es auch, nicht wahr?«

Mesala nickte. »Dann ist dies das Lebewohl.«

»Das ist es.« Seld küsste sie auf die Stirn. »Lebewohl.«

Er wendete sich ab und ging mit langsamen Schritten davon. Zu ihr zurück schaute er nicht, aber er warf noch einen Blick hinauf zur goldbedeckten Bergspitze, von der der Oberste Drache auf ihn herabblickte.

Mesala folgte ihm die Anhöhe hinauf und sah ihm hinterher, während er in das nächste Tal hinabschritt und in einem dunklen Wald verschwand. Sie setzte sich ins Gras, das mit Tau benetzt war, und obwohl sie Seld wahrscheinlich niemals wiedersehen würde, fühlte sie sich glücklich, denn sie wusste, dass die Gabe des Fühlens und Wissens, die die Drachen auf einige Menschen übertragen hatten, nicht mehr von ihr und von ihm weichen würde.

Wohin Seld ging, wohin auch immer ihr Weg sie führen würde – sie waren verbunden.

ENDE

...verbunden war Seld jedoch auch mit dem letzten Dämonen, der hinter die Koan-Berge floh, um im Ödland wieder zu Kräften zu kommen...

www.drachenwaechter.de

DANKSAGUNG

Thomas LeBlanc, Bettina Twrsnick und Maren Bonacker von der Phantastischen Bibliothek Wetzlar haben viel Mühe ins Lektorat dieses Romans gesteckt und sind sowieso mit den Drachen im Bunde.

Holger Becker, Alexander Müller, Sascha Röder und Ansgar Schwarzkopf waren eine wertvolle Hilfe bei der Überarbeitung des Romans.

Meine Testleser und Ex-Kollegen der »Neon Studios« haben mir vielseitige und sich widersprechende Meinungen zur ersten Fassung des Romans geliefert.

Brigitte Hamerski hat den Drachen den letzten Schliff verpasst.

David Nathan hat den Drachen seine großartige Stimme geliehen. Stephan Dupré und Holger Buhr haben die Aufnahmen geleitet.

Ohne die Unterstützung meiner Familie ginge gar nichts. Vor allem nicht ohne meine Frau Mona und unseren Sohn Leonard.